LA TOUR DES DEMOISELLES

Paru dans Le Livre de Poche :

LES FOULARDS ROUGES

LE LOUP D'ÉCUME

LE VOLEUR DE VENT

FRÉDÉRIC H. FAJARDIE

La Tour des demoiselles

ROMAN

JC LATTÈS

www.fajardie.net
site officiel de Frédéric H. Fajardie

ISBN : 2-253-11521-5 – 1re publication – LGF
ISBN : 978-2-253-11521-2 – 1re publication – LGF

À Francine.
À Thomas et Stéphan.
À la mémoire de mes parents.

1

Octobre 1780...

Le vent soufflant du nord hurlait dans les cheminées et malmenait comme en se jouant les toitures. Dans les écuries, les bêtes, inquiètes, se serraient les unes contre les autres, pressentant peut-être le drame qui allait se jouer là.

C'était l'instant de la chute du jour en des roseurs mauves et fuschia traversées de fins nuages violets et de filets d'argent.

Une heure incertaine. Plus tout à fait le jour et pas encore les ténèbres de la nuit. Mais rien qui ne fut déjà vu, ordinaire, et l'on ne pouvait y trouver matière à nourrir quelque inquiétude.

Pourtant...

En ce village d'à peine cent cinquante âmes où l'on travaillait tout le jour et ne se parlait qu'aux veillées, une sourde angoisse poussait hommes et femmes hors de leurs misérables maisons tandis que les enfants cessaient les habituelles criailleries.

Près du calvaire, et tous l'entendirent et le virent, « Tue-Sans-Peur » hurlait à la mort. C'était un très grand chien noir, ancien gardien de brebis qui ne craignait rien ni personne, ayant mis en fuite plusieurs loups et même un ours.

Celui qui fut jadis son maître lui disait « vous »,

d'abord par jeu, puis par respect. Cependant, l'ayant un jour frappé en un geste énervé tandis que l'animal ne voulait pas le suivre, l'homme avait croisé le regard feu du grand chien noir, le déliant sur l'instant de toute obligation servile, tant grande fut sa frayeur.

Depuis, « Tue-Sans-Peur » était chez lui en chaque maison où il recevait nourriture d'abondance, dormant devant telle ou telle cheminée qui accommodait son bon plaisir si bien qu'il se pensait, avec raison, le chef de cette pauvre meute de villageois. Et si grande était sa naturelle majesté que même le châtelain, vieux seigneur descendant de Charlemagne et qu'on vit jadis général des dragons du roi, héros de Fontenoy dont les ancêtres firent les lointaines croisades, même lui, tout à la fois comte et prince, traitait le grand chien noir avec un froid respect.

Aussi, de voir « Tue-Sans-Peur » hurler ainsi à la mort, la gueule vers le ciel flamboyant et sous le regard résigné du Christ en croix, cela laissait-il augurer de quelque grand malheur.

Bientôt, on perçut le bruit lointain d'une troupe de cavaliers lancés au grand galop.

Au nombre de cinq, ils avaient tiré l'épée. Les quatre premiers étaient coiffés de feutres sombres aux larges bords rabattus sur le visage dont on ne distinguait que les mâchoires serrées. Mais bien davantage effrayant paraissait le cinquième car celui-là, au corps d'homme, dissimulait ses traits sous une tête de sanglier et ce masque large et épais imitait si parfaitement le modèle qu'on ne songeait pas, dès l'abord, qu'il s'agissait d'un habile effet d'artifice. Et ce n'était point tout car, ajoutant à la stupeur, le cinquième cavalier portait par le travers de son cheval une jeune femme aux poignets et chevilles liés en laquelle certains villageois reconnurent la jolie marquise Pauline de La Chesnaie de Flers.

À l'entrée du village, une poule fut écrasée par la horde et tous de se reculer mais guère longtemps, car on souhaitait distinguer à travers la poussière et le jour déclinant ce qu'il en serait de cette troupe à la sortie du village où l'attendait sans frémir le très singulier maître des lieux.

La troupe, arrivant au calvaire sans que faiblisse son allure, ne prêta aucune attention au grand chien noir tassé sur lui-même tant il est vrai que cette position, si elle peut trahir le fauve prêt à bondir, fait également songer à quelque repli du corps dû à la frayeur et la soumission.

Les cavaliers allaient passer outre, ils eurent tort. D'un bond qui dépassait tout ce que l'on vit jamais faire à un chien, « Tue-Sans-Peur » fit dégringoler le premier cavalier, roula avec lui sur le sol et lui arracha la gorge en un bouillonnement de sang.

Les autres, ayant ralenti leurs montures, revinrent au pas et la surprise qui engloutissait leur pauvre entendement fut si complète qu'elle ne laissa aucune place à la peur ou la prudence.

Une fois encore, ils eurent tort car « Tue-Sans-Peur », sans élan, bondit sur un second cavalier, un homme solide qui sous le choc ne vida pas les étriers. On vit alors une chose qui stupéfia tout autant que la première : en une façon qui pouvait sembler un jeu familier, le grand chien noir posa ses lourdes pattes avant sur les épaules du cavalier, plantant ses griffes acérées dans la chair. Puis il arracha le nez, une joue et enfin la gorge, sa robe noire au poil court et luisant soudain couverte de pourpre liquide.

Seul réagit promptement l'homme à la tête de sanglier qui portait la jolie marquise en travers de son cheval. Sortant un pistolet de sa ceinture, il visa en un geste parfait, la main ne tremblant pas, puis tira.

Atteint en pleine tête, foudroyé, « Tue-Sans-Peur » roula dans la poussière, immédiatement suivi du corps sans vie du cavalier qu'il venait d'égorger.

L'homme à la tête de sanglier demeura un instant songeur et grave, puis jeta un regard vers le village en disant :

– Si ces lâches possédaient même une infime partie du courage de ce chien, nous ne serions jamais passés !

Il remarqua alors, derrière le calvaire, quelques hautes broussailles qui s'agitaient puis découvrit bientôt le visage d'un enfant d'à peine dix ans qui le regardait.

Singulier, pénétrant et hardi était ce regard, tant, même, que le grand seigneur qui se dissimulait derrière le masque en fut gêné et se sentit nu, visage découvert. Il visa et tira très vite, à l'instant précis où l'enfant s'enfuyait si bien qu'il ignora s'il l'avait touché.

Mais, pressé d'en finir avec sa besogne marquée de folie et qui commençait à peine, il ne prit guère le temps de s'en assurer.

Il eut tort. Car passeront les lunes et les jours pluvieux de l'automne, l'enfant n'oubliera ni cette voix, ni la curieuse épée que celui qu'on appela bientôt « l'homme-sanglier » portait au côté. Et s'il dut se taire, frappé par son père dès qu'il révéla qu'il savait certains secrets, il ne s'en souvint que davantage.

Pendant que l'enfant fuyait éperdument, perdant ses sabots et meurtrissant ses pieds aux ronces, l'homme-sanglier et ses deux compagnons arrivaient à « la pierre de l'ogre », une pierre levée de la hauteur d'un homme et réputée, depuis le Moyen Âge, capable de chasser les esprits malins.

Sans hésiter, ils prirent la direction du château.

Le vieil homme leva son regard d'aveugle vers le ciel tourmenté. Il devina qu'il allait mourir de la main de ces cavaliers qui arrivaient au grand galop.

Il ne songea pas même à tous ces champs de bataille où, général de dragons, il avait guerroyé au goût capricieux des rois de France.

Aux coups sourds tapés contre la porte succéda le cri de Damien, son serviteur, passé au fil de l'épée.

Ces guerres ne lui apportèrent finalement que poussières de gloire sans agrandir son immense fortune.

Il entendit un coup de feu et devina qu'on venait d'abattre « Spadassin », son grand dogue.

Le vieux général ne pensa plus qu'à son fils, Joachim, qui naviguait sur des mers lointaines. Il eût aimé le revoir une ultime fois, et qu'il lui parle enfin. Que faisait-il au juste dans la marine royale ? Il montait en grade si vite qu'on vit rarement pareil avancement, mais n'en donnait pas la raison, avouant avec réticence commander une frégate, *La Terpsichore*. Mais nul, des ports de guerre à l'Amirauté, ne connaissait ce mystérieux vaisseau fantôme ni l'ombre, son fils, qui s'en trouvait le commandant.

Un hurlement strident achevé dans un râle aigu le fit à peine tressaillir : il sut que Mathurine, sa cuisinière, venait d'être égorgée et que le carnage s'approchait de lui.

Joachim, son fils chéri : lui avait-il jamais dit combien il l'aimait, comme il s'émerveillait de croiser ce regard profond, lumineux et mélancolique ? Et quels étaient ses tourments face à ce garçon de vingt-huit ans qui d'évidence tenait en son âme de lourds secrets d'État, ceux-là mêmes qui lui valaient peut-être la visite de cette bande d'assassins qui décimait ses gens ? Inquiet et fier tout à la fois, le père oublia l'image actuelle de son fils, tricorne noir, épaulettes d'or et sabre au côté pour ne songer qu'au petit garçon orphelin de mère qu'il avait tenté d'élever entre deux campagnes militaires. Un garçon étrange qui aimait l'épée et le cheval mais passait ses nuits sur de lourds traités de navigation, architecture de marine, science des poudres et de l'artillerie...

Il perçut des rires et des couinements. Les assaillants donnaient sans doute la chasse à « Troll », un nain qui se disait « homuncule » et fut jadis attaché à un officier de Prusse. Ramassé mal en point sur un champ de bataille, « Troll » égayait la vie assez terne du vieux général. Un cri déchirant apprit à celui-ci que le petit homme n'avait point eu le dessus en cette affaire.

Un instant, le général revint à cette pensée selon laquelle le profond mystère entourant les activités de son fils, qui semblait ne rendre compte qu'au roi, n'était pas sans rapport avec l'extermination de tous ceux qui se trouvaient au château. Puis la question lui sembla sans importance et il se leva du banc de pierre, seul ornement qui fut jamais au sommet de cette tour crénelée dite « des Demoiselles » d'où ses ancêtres, jadis, guettaient les envahisseurs.

Il entendit le bruit des bottes frappant les degrés de pierre et ils furent là très vite mais le vieux général le devina seulement car, aveugle depuis près d'une année, il ne les pouvait voir.

L'un d'eux, sans doute le chef, parla d'une voix métallique qu'il cherchait à masquer :

– Donatien de Niel, général-comte de Valencey, prince d'Adana, héros de Fontenoy et de cent batailles, ton courage passé et ta valeur enfuie te donnent cependant le droit de choisir ta mort : l'épée ou le pistolet.

– Assassin qui semble connaître tant de choses, réponds plutôt à ceci qui me fera mourir plus serein : pourquoi ne vit-on jamais la frégate *Terpsichore* ni à Rochefort, ni en aucun autre port militaire ? À quoi s'occupe mon fils avec toutes ses missions secrètes pourtant sous pavillon à fleurs de lys ?

– Cela, vieillard, je le saurai un jour, ne vivant que pour lui arracher son secret et le tuer par après.

Le général sourit.

– Je connais ta voix, assassin, et si j'avais du temps, je saurais qui tu es.

– Tu n'as plus de temps. Allons, choisis ta mort !

– Je n'ai point à faire ton travail. Tue et sans m'en prévenir : étant aveugle, mon regard ne te peut gêner.

L'homme-sanglier hésita, se trouvant un fugitif instant en grand embarras. Même vieux, aveugle et débile, il s'agissait là d'un Valencey d'Adana, avant-dernier représentant de la plus haute noblesse, celle des croisades...

– Lâche !

Sous son masque, l'homme-sanglier blêmit et de son poing ganté de cuir noir cassa le nez du vieil homme. Puis il adressa un geste excédé à ses deux compagnons. Ceux-ci ramassèrent le corps étonnamment léger et le balancèrent séant au pied de la Tour des Demoiselles, trente mètres plus bas.

L'homme-sanglier savait qu'en tuant le père il blesserait le fils qu'il atteindrait de nouveau avec la disparition de sa fiancée, la jolie marquise de La Chesnaie de Flers à laquelle il réservait la plus atroce et la plus raffinée des morts qu'on vit jamais en toute l'Histoire...

Il regarda le ciel lequel, en une débâcle générale, virait au sombre puis il murmura pour lui-même :

– Voilà, il ne reste plus sur terre qu'un Valencey d'Adana...

Il se pencha, regarda le corps désarticulé au bas de la tour et ajouta d'une voix gonflée de haine :

– Plus pour longtemps !

2

Le capitaine William Lansbury, soucieux, tentait de contrôler son énorme navire, *L'Ajax*, un trois-ponts de quatre-vingt-dix canons qui souffrait dans la tempête. Il naviguait vent arrière, comme il est d'usage par forte houle, ayant fait carguer les voiles pour ne conserver que les plus basses afin de ne pas démâter.

La nuit était illuminée d'éclairs talonnés par les sinistres roulements du tonnerre. Pluie, vent, obscurité, orage : les éléments semblaient de connivence pour pousser à son extrême l'inquiétude de l'officier qui murmura :

– Il ne manque que ces chiens de Français...

Lansbury savait sa responsabilité engagée, ayant « perdu » le convoi auquel il devait faire escorte et se demandant avec angoisse où se pouvaient trouver les vaisseaux marchands, sans doute dispersés sur la mer démontée.

Traversant le pont d'un pas mal assuré, il fit mettre aux fers deux marins qui s'étaient un instant abrités derrière un mât.

Rien n'allait !

Et ce n'était certes pas avec des hommes de si peu de qualité que l'Angleterre l'emporterait sur ces maudits Français lesquels, en cette guerre et avec leur flotte rénovée, se battaient exceptionnellement bien.

Laissant un instant la manœuvre au second, Lansbury descendit dans sa cabine, avala coup sur coup deux petits verres d'alcool et regagna le pont en maudissant le vent, l'orage, la tempête et les Français.

Tout particulièrement les Français.

– Oh les hypocrites !... dit-il à voix haute, sachant que le vent emportait ses paroles et souhaitant vaguement, comme si une telle chose fut possible, qu'elles arrivent jusqu'aux oreilles ennemies.

Comme le ressassait le capitaine, la France, seigneurs, bourgeois et peuple pour une fois réunis, n'avait jamais caché sa profonde sympathie pour la cause de ces Américains qu'on appelait les « Insurgents ». Dès avant la guerre franco-anglaise, les corsaires d'Amérique utilisaient déjà les ports français où ils se ravitaillaient, le gouvernement royal fermant les yeux.

Son regard morne fixant le pont que dévastaient par instants d'énormes vagues, l'officier anglais songea aux navires américains, et notamment à celui du capitaine John Paul Jones, lequel ravageait les côtes anglaises à partir de sa base de Brest tandis qu'il vendait ses prises à Nantes, les cargaisons servant à financer l'effort de guerre américain. Des dizaines de navires avaient ainsi été capturés par ces corsaires lesquels, aidés de corsaires français, s'en prenaient même aux corsaires anglais. Les Américains, pourtant si loin de leur pays mais partout chez eux en France, avaient osé détruire à demi White Havent, capturant au mouillage le *Drake*, un navire magnifique !

Tirant furieusement sur sa pipe éteinte, William Lansbury eut envie de pleurer de rage en songeant à la duplicité française. Ainsi la marine de Louis XVI fournissait même des navires aux Américains, tel ce *Bonhomme Richard* qui, après un duel de quatre heures, avait défait le vaisseau lourd *Serapis*, fine fleur de la Royal Navy... et victoire américaine.

Lansbury vociféra, indifférent aux regards apeurés des hommes de barre :

– Dieu a dû vomir Français et Américains le même jour !... Les mêmes sauvages qui se battent à la hache avec des yeux de fous !... Ils sont les doigts de la même main, celle du diable !

Malgré de molles consignes, combien de marins français s'engageaient sur les corsaires américains ? Aux Antilles, et spécialement à la Martinique, alors que l'Angleterre et la France n'étaient point encore en guerre, même les officiers français désertaient pour s'engager chez les Américains où l'on recevait à bras ouverts ces excellents professionnels de la guerre. Mais malheur à ceux-ci lorsqu'ils tombaient vivants entre des mains anglaises : Lansbury avait ainsi fait pendre un jeune lieutenant français blessé, qui plus est marquis de vieille noblesse.

C'est Lansbury, encore, qui avait intercepté un courrier du Gouverneur général, le marquis de Bouillé, qui expliquait à Versailles que même dans la flotte de guerre française, officiellement encore neutre, il se trouvait des capitaines de la marine royale pour protéger de leurs lourds vaisseaux « sourdement mais pourtant efficacement », des navires américains en difficulté.

Une vague formidable déferla sur le pont, emportant plusieurs marins.

– Les imbéciles !... lança Lansbury qui retourna à ses méditations.

Ce qui le fascinait, lui, un fils d'épicier qui avait mis presque cinquante ans à obtenir ce commandement, c'était l'alliance entre les Américains, tous roturiers, et la fine fleur de la noblesse française, la plus prestigieuse du monde. Tous ces La Fayette, ces ducs, ces marquis et ces comtes qui quittaient la Cour de Versailles, les plaisirs, les jolies femmes et la vie facile pour la marine de guerre, les conditions d'existence très pénibles sur les navires et le risque de se faire tuer à chaque instant... Tout cela pour un peuple de paysans, de rustauds sans façons et par la seule fascination du mot le plus stupide qui fut jamais : « Liberté » !

Quelle bêtise !

Atteignant la seule vérité qui illumina jamais l'esprit de William Lansbury, celui-ci, pensif, murmura :

– Cette guerre ruinera la France et l'Angleterre et les Insurgents, s'ils l'emportent avec l'aide française, finiront par faire une grande nation.

La mer grossissait encore, il pleuvait à seaux, le tonnerre roulant sur ce qui semblait l'infini mettait les nerfs à rude épreuve et, comme tous les trois-ponts, le navire réagissait mal.

Trop lourd.

Lansbury, quoique cruel et stupide en la plupart des circonstances de la vie, jugeait avec finesse son imposant bâtiment :

– Un village flottant.

Quatre-vingt-dix canons, trois ponts, mille hommes d'équipage !... À elle seule, l'artillerie représentait 10 % du tonnage. Relever l'ancre nécessitait les efforts de cent quarante hommes et il en fallait deux cent soixante-dix pour un simple virement de bord.

– Il a tous les défauts ! murmura Lansbury avec amertume.

Certes, dans la ligne de bataille, un trois-ponts constituait le plus redoutable des bâtiments existants et malheur à la frégate qui se trouvait à portée de ses terribles canons, mais hors la bataille, les trois-ponts ne valaient rien. Avec ces équipages pléthoriques, on finissait toujours par manquer d'eau et de vivres, ce qui favorisait les fièvres putrides et le scorbut. Sans parler des tempêtes...

Lansbury observa la proue qui disparaissait par instants sous l'assaut de la vague. Sur ces vaisseaux, l'avant était trop lourd et « faisait cuillère » dans la houle. L'arrière tout en fenêtres, vitres ouvragées et plombées, bois travaillé comme de la dentelle, était fragile et flambait souvente fois. La carène, occupant une trop large surface, était une proie facile pour la pourriture, les vers, tarets et herbes marines : faute d'un doublage en cuivre, la vitesse s'en trouvait considérablement réduite.

Seule valait l'artillerie.

Lansbury, que son vieil instinct de marin mettait mal à l'aise, sut que sa pensée, un instant, avait nourri sa peur. À quoi avait-il songé précédemment ? Il réfléchit et sursauta presque : « Malheur à la frégate qui se trouvait à portée... »

Elle !

Rouge du sommet du grand mât à la ligne de flottaison, surgissant le plus souvent de la nuit, de la brume ou de la tempête, habitée d'ombres noires aux gestes lents, la frégate fantôme, appelée, disait-on, *Terpsichore*, apparaissait un instant, donnait la mort et disparaissait en dansant sur les vagues, d'où lui venait peut-être le nom de la déesse de la danse.

– Menteries ! rugit-il en se tournant vers Richard Macready, le second.

Il hésita, craignant le ridicule car, si tous les marins anglais connaissaient le nom de *La Terpsichore*, les officiers n'en parlaient pas.

Il n'empêche, la légende disait que la frégate fantôme avait pour poisson pilote une gracieuse corvette de guerre appelée *Betelgeuse* si rapide qu'aucun bâtiment au monde ne pouvait l'approcher. On ajoutait aussi que la corvette repérait la proie et...

N'y tenant plus, Lansbury interrogea rudement Macready :

– Quel navire disiez-vous que nous aurions croisé tandis que j'étudiais les cartes ?

– Une corvette, sans doute française, capitaine.

Lansbury remarqua avec irritation le soudain tremblement des mains du second et décida de mettre un terme à ce dialogue avec quelque formule définitive :

– Il est naturel qu'une corvette détale devant un trois-ponts.

– Non, capitaine.

Un instant sans voix, Lansbury se reprit, s'efforçant au calme :

– Qu'avez-vous osé dire ?... « Non » ?

– Pardon, capitaine, j'ai maladroitement exprimé ma pensée. Il est en effet naturel qu'une corvette de vingt canons détale devant nous, mais pas à cette vitesse.

– Les corvettes sont rapides.

– Elle courait sur les flots. En trente ans de navigation, je n'ai jamais rien vu de semblable. Ou alors...

– Ou alors ? répéta le capitaine, excédé.

Sentant brusquement le terrain devenir mouvant, le second choisit ses mots avec le plus grand soin :

– Seule la corvette de cette légende, celle qui flanquerait la frégate fantôme rouge sang, a crédit d'aller si vivement, mais c'est là pure invention des imaginations de marins ivres.

Furieux, Lansbury ouvrit la bouche pour remettre le second à sa place mais aucun son ne sortit de sa gorge. Muet de stupeur, les yeux agrandis, il eut une vision où l'horreur le disputait au fantastique. Illuminée par la lueur prolongée d'un éclair, une frégate s'était approchée tous feux éteints, presque bord à bord. Rouge bourreau, on distinguait sur son pont quelques silhouettes noires lesquelles, sans hâte ni émotion, vaquaient tranquillement à l'ordre de la voilure, ectoplasmes indifférents à la tempête et à la proximité de l'énorme trois-ponts.

– Tout était vrai !... murmura Lansbury en voyant la frégate au haut de la vague, exécutant avec un effarant mélange de grâce, de sauvagerie et d'agilité sa danse de mort.

Soudainement vide d'autres pensées, songeant exclusivement à l'extraordinaire rapport qu'il allait adresser à l'Amirauté et ne voyant plus le danger, le capitaine anglais mémorisa les caractéristiques de la frégate fantôme :

– Plus longue mais plus étroite que les frégates habituelles... Plus fine, plus racée, plus élégante... Une ligne travaillée pour la vitesse... Audacieux : ils ont dû fortement lester la quille... Aux deux bords réunis, soixante canons : c'est considérable !... Et là, sur le pont, cette chose sur laquelle s'affairent ces morts-vivants...

– Vos ordres, capitaine : vite, vos ordres !... répéta plusieurs fois le second sans rien obtenir.

Les cris d'effroi des officiers et marins de quart ne parvinrent pas jusqu'à l'esprit de Lansbury :

– Le requin à poudre !... hurlaient les Anglais.

Le vaisseau fantôme, celui que de Liverpool à la Jamaïque on nommait aussi « La Mort Rouge », venait de lancer...

– Leur foutu requin, c'est donc ça !... constata froidement le capitaine.

La bête allait vite, nageant entre deux eaux, son aileron dorsal fendant la houle. Le métal d'acier poli semblait une merveille de soins attentifs. Elle venait droit sur le trois-ponts et Lansbury, soudain fataliste, songea que tout s'accomplissait comme il était sans doute prévu depuis la nuit des temps.

L'explosion secoua l'énorme vaisseau lourd.

L'Anglais savait que par la brèche d'un à deux mètres de diamètre située sous la ligne de flottaison des tonnes d'eau s'engouffraient dans les cales.

Averti par des récits de survivants de la manière de procéder de *La Terpsichore*, il ne devait pas méconnaître que les trente canons bâbord de la frégate fantôme allaient concentrer leur tir d'une mortelle précision sur le poste de commandement car toujours, en leurs plans de destruction, les maudits qui commandaient dans les batteries d'artillerie cherchaient à tuer les officiers, pour ajouter au désarroi général.

Le capitaine anglais entendit la canonnade, vit les flammes des coups de départ, nota que la tête de son second venait d'être emportée, puis mourut la poitrine défoncée par un boulet.

Comme si elle effectuait une maléfique cabriole, la frégate rouge disparut en se jouant de la tempête, toujours plus gracieuse sur l'écume furieuse...

3

Le comte de Vergennes, ministre des Affaires étrangères, observa d'un air gêné M. de Sartine, ministre de la Marine, qui évita son regard.

Pendant ce temps, Louis XVI allait de long en large dans la pièce, ses doigts potelés jouant nerveusement avec un diamant brut de la taille d'un œuf de pigeon.

– Je n'aime pas du tout semblable chose, messieurs. En mon royaume, ce n'est pas ainsi que l'on mène les guerres. Vous m'aviez convaincu, je ne le suis plus.

– Mais l'efficacité est telle, Majesté... risqua Sartine.

Tandis que Louis XVI haussait les épaules, Gabriel de Sartine s'efforça au calme. Il tenait le moyen de faire jeu égal, et mieux encore, avec la marine anglaise et en l'histoire des guerres qui depuis dix siècles opposaient la France à son détestable ennemi héréditaire, la chose était nouvelle. Ruinée et défaite après la désastreuse guerre de Sept Ans, la marine avait fait peau neuve grâce aux efforts de M. de Choiseul. Ministre depuis six ans, Sartine, son successeur, poursuivait cet effort, créant de magnifiques escadres. Les marins et officiers français dominaient les Anglais par leur inventivité, leur courage, leur audace et leur habileté à la manœuvre mais les Anglais, peuple docile, se montraient plus disciplinés. Les bâtiments français étaient solides, bien conçus et plus récents mais les Anglais ayant les premiers doublé leurs coques de cuivre allaient plus rapidement. L'artillerie française brillait par son modernisme mais avec l'invention de la « caronade », canon court tirant à mitraille, les Anglais provoquaient de véritables boucheries sur les ponts des navires français et de leurs alliés américains et espagnols. Aussi eût-il été fou, pensait M. de Sartine, alors même que les forces s'équilibraient, de se priver de l'avantage de « cette Mort couleur rouge », cette frégate française qui semait la terreur chez l'ennemi.

Telle était également l'opinion du ministre des Affaires étrangères, le comte de Vergennes, lui aussi en poste depuis 1774.

– Sire, dans la mesure où elle n'a jamais relâché dans aucun port, hormis Votre Majesté, M. de Sartine et moi-même, nul ne peut prouver que *La Terpsichore* est une frégate française. Son pavillon à fleurs de lys pourrait être usurpé comme les Anglais, par ruse, se cachent quelquefois sous les couleurs américaines. Nous pouvons nier : officiellement, cette frégate n'existe pas. Quant aux Anglais, terrorisés, ils ne se vantent pas de l'existence de notre frégate.

– Moi je le sais, et cela m'est tout soudainement insupportable !... coupa Louis XVI d'un ton capricieux, presque enfantin.

« Ce gros imbécile me mène au désespoir ! Au lieu de s'occuper de guerre et de marine, il ferait mieux de surveiller sa femme », songea amèrement le ministre dans un instant de colère vite maîtrisée.

Car le comte de Vergennes, dans cette affaire, se trouvait en parfait accord avec le ministre de la Marine. Sur fonds secrets, les deux ministres avaient financé la construction de la frégate *Terpsichore*, approuvant toutes les innovations de son jeune capitaine. L'arme secrète se révélait redoutable d'efficacité, était-ce vraiment le moment de l'abandonner ? Certainement pas ! En aucun cas !

Le ministre des Affaires étrangères se sentait floué. Pour ne point froisser le roi, il avait accepté le principe d'une alliance avec l'Espagne, sachant par avance que celle-ci ne jouerait pas le jeu, le courage de ses marins n'étant au reste pas en cause. Le roi devait donc lâcher du lest sur « la frégate fantôme » et son armement qui lui permettait d'affronter jusqu'à ces monstres des mers que sont les trois-ponts.

Vergennes ne se faisait aucune illusion sur le caractère du roi chez lequel dominait un évident manque de fermeté. Louis XVI était certes conscient qu'il fallait neutraliser l'Angleterre qui visait depuis toujours à ruiner les puissances émergentes du continent, et principalement la France, mais toute chose devait lui être arrachée sans pour autant se trouver à jamais acquise. En effet, il eût suffi que la reine Marie-Antoinette émette un avis contraire pour qu'aussitôt le roi fit volte-face. Mais, par chance, la souveraine suivait l'avis de sa très chère Mme de Polignac – laquelle, disait-on, partageait souvent sa couche... – et celle-ci était favorable à la guerre ainsi que toute la coterie de fausses bergères.

Le ministre des Affaires étrangères soupira. Quelquefois, il s'étonnait de parvenir à ce qui lui semblait justice et bonne politique pour la France sans qu'on lève devant lui mille difficultés.

L'aide de la France aux Insurgents, aide d'abord secrète, datait de 1776. Soutien arraché au roi après que le parti favorable à l'Angleterre eut fait valoir mille arguments.

Enfin, irréversible, le 6 février 1778, Louis XVI signait un traité d'alliance avec la nation rebelle : pour l'Histoire et à jamais, la France était le premier pays au monde à reconnaître officiellement les États-Unis. Un acte fondateur qu'une nation ne devrait jamais oublier...

La cause était des plus populaires, la principale opposition venant du cousin du roi, le duc d'Orléans, lequel avait fait du Palais-Royal, sa résidence, le centre de ralliement des rares amis de l'Angleterre.

Qu'importait ? La France tout entière s'enflammait pour les hommes du Nouveau Monde.

Songeur, Vergennes se dit que le principal ennemi du roi, en cette affaire, était le roi lui-même. En effet, Louis XVI détestait toute forme de rébellion et, s'il n'aimait guère l'Angleterre, il n'appréciait pas les rebelles américains pour l'unique raison que ceux-ci prenaient les armes contre l'autorité de fait.

Récemment, le roi de France avait fait envoyer à Mme de Polignac, qui l'agaçait fort, un pot de chambre en porcelaine de Sèvres au fond duquel se voyait un médaillon serti représentant Benjamin Franklin, délégué en France pour y défendre les Insurgents américains.

De même battait-il froid les francs-maçons, cet ordre du « Grand Orient » fondé en 1773 par Montmorency-Luxembourg, qui rassemblait en de secrètes assemblées les hommes adorant la liberté et la fraternité.

– À quoi servez-vous, Vergennes ? demanda rudement le roi.

Si le roi faisait grand cas de son ministre, auquel il accordait toute sa confiance – et pareillement à M. de Sartine –, le personnage lui inspirait parfois un certain agacement.

De fait, celui-ci ne cherchait point à plaire, croyant en l'esprit, au cœur, et non à l'apparence. Au reste, il s'agissait d'un gros homme mal fagoté n'accordant que peu d'importance à sa mise.

La Cour méprisait presque ouvertement ce ministre qui avait épousé une Européenne de Turquie dont certains, prompts à la calomnie, assuraient qu'elle fut jadis juive et esclave, subissant d'un calife ou d'un grand vizir tous les outrages que bien on imagine.

Aggravant un cas qui n'était guère sauvable, le comte de Vergennes, d'une grande naïveté, ne dissimulait point qu'il s'agissait d'un mariage d'amour en ces temps où le fait d'aimer son épouse, et que celle-ci fut en semblables dispositions, paraissait le sommet du mauvais goût.

Vergennes s'en moquait, travaillant dix heures par jour avec son premier commis du ministère, Conrad-Alexandre Gérard.

Peut-être, en effet, avait-il été nommé ministre à la surprise générale mais Vergennes savait, lui, que son nom avait été suggéré au dauphin par Louis XV lequel dauphin, mort avant de régner, avait laissé cette recommandation à son fils devenu Louis le seizième.

Vergennes chercha une réponse assez flatteuse pour plaire au souverain et le ramener dans le camp américain :

– Je pensais, Sire, qu'en effet les Anglais ne peuvent attribuer *La Terpsichore* qu'au génie français, et à vous-même qui suscitez chaque manifestation de ce génie. Les Anglais n'ont pas de preuves, ils n'arraisonneront jamais la frégate fantôme mais si cela était, il n'y a certes pas de quoi rougir à être soupçonné d'intelligence.

Le roi réfléchit à ces paroles, s'assura qu'elles ne contenaient ni piège adroit ni moquerie subtile, convint intérieurement qu'il ne pouvait guère aller là contre et, en conséquence, modifia son angle d'attaque :

– Je n'aime guère le capitaine de *La Terpsichore*, ni qu'il fut capitaine de vaisseau à seulement vingt-huit ans, ni que je fus dans l'obligation morale de le tant décorer, ni surtout qu'il ne se soit pas présenté à moi avant son actuelle campagne alors même que j'en avais exprimé le désir.

Vergennes et Sartine échangèrent un regard. Hommes subtils aux promptes réponses, ils se partagèrent la besogne, le ministre de la Marine attaquant le tout premier :

– Il brûlait de repartir terroriser les Anglais. Votre Majesté sait parfaitement que Joachim de Niel, comte de Valencey d'Adana, bien qu'il soit en effet très jeune, est un marin exceptionnel, officier courageux, architecte naval et ingénieur. C'est un cas très rare d'homme d'action doublé d'un esprit savant : l'arme terrifiante qu'il a inventée n'a actuellement aucune parade. Il mérite et son grade, et ses hautes décorations. Majesté, nous en étions convenus : il lui fallait ce grade important de capitaine de vaisseau pour qu'il puisse, comme nous le voulions, ignorer les ordres de l'inspecteur général des côtes, ne pas déférer aux ordres du chef du Bureau des ports et arsenaux, se servir par force, à la tête d'une compagnie d'élite armée de pied en cap, chez l'inspecteur des cartes et plans de la marine, ne pas saluer les amiraux et que sais-je encore...

Vergennes sourit puis, à son tour :

– Sire, cette attitude peut sembler insolente mais accrédite surtout l'idée, à voir si impossible désinvolture, que *La Terpsichore* n'existe pas et que ce capitaine de Valencey d'Adana n'est peut-être lui-même qu'un pur esprit si bien que nous évoluons tous, ici, en la transparence de l'insaisissable éther...

Sartine se retint de rire. Rassuré, le roi ne réprima pas un léger sourire. Au fond, il aimait ces deux hommes : intelligents, travailleurs, efficaces, fidèles et simples. Il aimait se trouver en leur compagnie alors même que les beaux esprits de la Cour le révulsaient secrètement.

Il entendait, cependant, conserver le dernier mot :

– Un Valencey d'Adana fut tué par la garde alors qu'il sortait par la fenêtre des appartements de la maîtresse chérie de François Ier : on ne fait point cocu son roi. Un autre Valencey d'Adana, qui prit les armes contre Henri III et lui infligea revers sur revers, fut capturé certes par traîtrise mais finit ignominieusement pendu, mort qu'on ne réserve qu'à la canaille.

– C'était un grand général, Sire, et il servait votre ancêtre Henri le quatrième qui pleura en apprenant sa mort.

– Il n'empêche, c'est beaucoup de rébellion en cette tumultueuse famille !

Vergennes répondit un peu trop vivement :

– Sire, ces comtes de Valencey descendent de Charlemagne et furent faits princes d'Adana lors de la troisième croisade car leur sang coula d'abondance en toutes les batailles d'Orient tandis qu'ils se tenaient à la gauche des rois de France.

« La chose est pourtant vraie », songea le roi tout de même incommodé par l'idée que les Valencey se trouvaient effectivement princes depuis Philippe Auguste, revendiquant très rarement ce titre qui était pourtant le leur. Si la modestie touchait le roi, cette forme de désinvolture l'agaçait.

M. de Sartine intervint :

– Sire, Valencey d'Adana ne ménage pas sa peine. Il n'aime certes pas les gens de Cour mais l'on ne saurait être partout : il sert mieux la couronne sur les mers. En un mois, il a capturé huit navires marchands lesquels, dotés d'équipage de prise, ont rejoint les ports français ou américains avec leurs richesses. Il a en outre coulé la frégate *Britania* et vient d'endommager très gravement *L'Ajax*, un trois-ponts de quatre-vingt-dix canons.

Louis XVI réfléchit un instant puis demanda :

– Où sont-ils, lui et sa *Terpsichore* ?

Sartine sourit.

– Comment le savoir, Majesté, puisque c'est là sa force ? On le signale en même temps à Marie-Galante, en Irlande, à La Désirade, à Philadelphie, à l'île de la Tortue et au large de l'Écosse. Je n'exclus point qu'il cingle plutôt vers sa base secrète.

Le roi s'emporta, ou fit semblant :

– Sa base secrète ! Tout n'est que secret, chez cet homme, ce qui évite de rendre trop de comptes !... Sa base secrète !... Avec ses Indiens sauvages et ses nègres !... Il est formellement interdit, tant sur les bâtiments de la marine royale que sur nos corsaires, d'embarquer des nègres. Et pareillement des Indiens. Mais Valencey passe outre !

Le ministre des Affaires étrangères intervint avec une persuasive douceur :

– Majesté, en cette affaire tout, alors, est interdit, ou rien ne l'est. Les libertés que nous prenons avec les codes et règlements servent une forme supérieure de liberté qui nous honore et Votre Majesté le sait tant cette guerre est pour une fois populaire.

– Peut-être en effet en est-il ainsi, Vergennes, mais cette guerre finira un jour. Il restera alors un officier supérieur que nul ne pourra plus jamais diriger tant il sera devenu indépendant et rebelle à toute discipline. Pourquoi accepterais-je semblable risque ?

– Parce qu'il est, Sire, l'enfant chéri de la Victoire et que tous les grands rois, en tout temps, honorent pareils capitaines qui ne relèvent point du commun.

Le roi, qui aurait tant aimé naviguer et l'eût fait sans doute s'il ne se fut trouvé roi, répéta :

– L'enfant chéri de la Victoire... Alors je lui souhaite de mourir très jeune car la victoire est capricieuse. Même avec ses enfants chéris !

4

Il était debout sur la dunette, le tricorne légèrement incliné vers l'avant, la lunette d'approche à l'œil droit. Sa raideur rassurait ses officiers : il avait sans doute flairé une proie.

Ce que confirma la vigie :

– Navires par le bossoir du vent !

Le capitaine de Valencey d'Adana répondit d'une voix très calme, grave, un peu traînante mais fort agréable à l'oreille :

– Hissez les couleurs !

Le pavillon monta au mât, les lys d'or du royaume de France éclatants sur fond d'un blanc immaculé.

Le capitaine n'avait pas baissé sa longue vue.

– Appelez au branle-bas de combat. La barre au vent, toute !

Les tambours roulèrent, les pas précipités montaient des profondeurs du navire, les armes cliquetaient. Bientôt, tous les regards s'arrêtèrent sur le commandant qui annonça sobrement :

– Une frégate et deux marchands. Ils...

Étonné au point de ne pas achever sa phrase, Valencey d'Adana vit la frégate anglaise *Amazing Grace* littéralement détaler, abandonnant à un sort nécessairement funeste les deux marchands qu'elle devait protéger.

– Mœurs nouvelles !... Cassez un peu de bois dans

la mâture anglaise, encadrez les navires, une seule salve, qu'ils viennent à résipiscence.

La batterie bâbord fit feu. Aussitôt, sur les navires marchands, les Anglais jetèrent leurs armes à la mer et amenèrent les couleurs : la frégate rouge avait glacé leur sang, nul ne souhaitait combattre.

Un lourd vaisseau français de soixante canons, *L'Argonaute*, approcha des Anglais toujours tenus en respect par les batteries de *La Terpsichore* tandis qu'apparaissait à son tour la corvette *Betelgeuse* chargée de prévenir toute intrusion ennemie. Les trois bâtiments étaient de connivence depuis le début de la guerre, ne s'éloignaient jamais trop les uns des autres et naviguaient sous pavillons à fleurs de lys.

Si le jeune capitaine connaissait chaque phase de la manœuvre, il n'en suivit pas moins avec attention son déroulement. Et c'était là une des choses qui étonnaient encore ses officiers et marins : cette façon scrupuleuse d'observer le cours d'opérations pourtant si souvente fois répétées et exécutées.

Ainsi de la corvette de vingt canons *Betelgeuse*, construite d'après les plans de Valencey d'Adana et réputée la plus rapide du monde. Sa mission consistait à repérer les proies. Puis de la frégate *Terpsichore* qui combattait, utilisant parfois son arme secrète mais se contentant bien souvent de montrer les crocs. Enfin du vaisseau lourd *L'Argonaute* dont un des multiples équipages de prise qui se trouvait à bord prenait le contrôle des navires conquis, mettant les Anglais aux chaloupes ou aux fers quand les premières venaient à manquer.

Les hommes qui arrivaient des profondeurs de la frégate n'avaient guère souvent l'occasion de monter sur le pont, ainsi des cuisiniers ou marins servant dans les différents magasins de cale. Ceux-là cherchèrent avidement le visage de leur capitaine. Mais Valencey d'Adana, comme souvent, s'était placé dos au soleil si bien qu'à contre-jour nul ne distingua clairement ses traits...

Pendant ce temps, en terre de Charente intérieure, on pouvait mesurer, parfois avec un léger étonnement, combien Donatien de Niel, comte de Valencey d'Adana et ancien général de dragons, était populaire.

Dans le carré herbeux proche de la chapelle du château, où dormaient du dernier sommeil tous les Valencey d'Adana des temps jadis, on se marchait sur les pieds. À l'exception des La Chesnaie de Flers, dont l'une des deux filles avait été enlevée et qui vivaient dans une profonde inquiétude, toute la noblesse locale se trouvait là ainsi que les bourgeois les plus en vue de Confolens et Ruffec accompagnés de leurs épouses. N'étant point admis dans le modeste cimetière, les paysans attendaient sous les remparts, sachant que leur tour viendrait quand les grands seraient partis.

Au premier rang, un aristocrate jeune encore ne parvenait pas à cacher son chagrin tandis que les dernières pelletées de terre comblaient la fosse. Tout occupé à réprimer ses larmes, il ne remarqua pas un homme de trente-cinq ans, vêtu de noir, qui ne le quittait pas des yeux et le suivit lorsqu'il sortit du cimetière.

Allongeant le pas, celui qui portait l'habit noir aborda le jeune aristocrate pâle et défait :

– Nicolas de Refroicourt, comte de Blacfort ?

Le jeune comte, qui se trouvait être borgne, le toisa de son œil froid, d'un bleu très pâle.

– Qui êtes-vous ?

– Pierre-François Gréville, police du roi.

– La police criminelle : toujours après, toujours trop tard.

– Vous vous abusez, monsieur : police secrète.

Celle-ci avait dans le royaume une réputation de redoutable efficacité mais, peu impressionné, Blacfort retroussa la lèvre supérieure, comme s'il se fut tout soudainement trouvé en présence de quelque répugnant reptile. Il répondit d'un ton cassant :

– Dans la police, il y a un peu de la canaille qu'elle traque.

– Et dans la canaille, il y a un peu de la police qui la pourchasse. C'est sans doute ce lien de parenté qui nous permet d'en envoyer un si grand nombre au gibet.

Le ton du policier, pour la froideur, n'avait rien à envier à celui de l'aristocrate qui reçut d'une main hésitante le pli que lui tendait Gréville.

Le sceau royal, quelques lignes, la plus prestigieuse signature de France : le jeune comte de Blacfort rectifia immédiatement le ton :

– Je ne pouvais point savoir, monsieur... Monsieur ?

– Pierre-François Gréville.

– En outre, cette douleur qui m'accable : je suis désolé.

– C'est oublié. Vous étiez sur place, lors de l'assassinat du général-prince d'Adana ?

– Non, j'arrive d'Angoulême où je me trouvais pour affaires privées.

– Quelle est cette chiennerie, cette histoire stupide d'homme-sanglier ?

Le policier parlait d'une voix désagréable, assez aiguë mais constamment sur le même ton. Ainsi, le *« c'est oublié »* qui se voulait conciliant avait-il sonné tel un commandement.

Embarrassé, le comte de Blacfort répondit :

– C'est ce que disent les villageois... Mais n'a-t-on point retrouvé les cadavres de deux des assassins tués par ce grand molosse noir ?

– En effet, des assassins de haut vol, mais qui ne se connaissaient sans doute pas entre eux. Requis spécialement pour cette sale besogne, je suppose. Parlez-moi du défunt général.

Un peu abasourdi, le jeune comte de Blacfort rassembla ses idées puis :

– C'était un homme très bon, je ne vois pas qui pourrait prétendre le contraire. D'accord avec son fils Joachim, qui se trouve être mon meilleur... au fond mon seul ami, il avait renoncé à ses droits de haute et basse justice, congédié le bailli, refusé qu'on lui attache un lieutenant, un procureur fiscal et autres officiers nécessaires à un si vaste domaine. Il refusait d'utiliser son droit de nomination aux cures, prieurés et chapelles, ouvrait ses chasses et garennes à ses paysans éblouis par tant de générosité, avait tout autant renoncé à ses droits de ban, de vendange, salpêtre, guet, péages et tant d'autres choses encore.

– Il justifiait si étrange attitude ?

Le jeune comte sourit, ému.

– Il disait que des paysans mangeant à leur faim et vivant presque libres n'ont guère l'envie de s'étriper entre eux, que d'une chose juste en découlent bien d'autres fort bonnes et qu'enfin lui-même possédait une immense fortune. Les Valencey d'Adana ont ramené d'Orient, outre un glorieux titre de prince, de fabuleux joyaux.

– Il était donc profondément aimé, et de tous ?

Le comte hésita un instant, ce qui n'échappa guère au policier.

– Non. Certes, nul ne le haïssait mais on le critiquait dans la noblesse, arguant que son exemple donnait des idées à d'autres paysans. On était choqué qu'il reçut si souvent et si chaleureusement son ami, M. d'Alembert, un des auteurs de l'*Encyclopédie*. On s'étonnait qu'il ait offert une véritable fortune aux Américains dont la cause l'enthousiasmait. Il était...

– Il était ?... reprit le policier

– Je vous l'ai dit : un mauvais exemple.

– Et vous, qu'en pensez-vous ?

– Qu'il était un exemple magnifique. À preuve, je partageais les idées des Valencey d'Adana.

– On m'a révélé que votre œil perdu serait le fait du fils de la victime, Joachim. Vous n'en concevez point rancune ?

Blacfort ne réprima qu'à demi un haut-le-corps.

– Nous avions quinze ans à peine et ce fut un accident dont je suis seul responsable m'étant avancé sur une contre-attaque. Notre vieux maître d'armes, encore vivant, vous le confirmerait. Mais voyez-vous, Joachim n'a guère de rival à l'épée ou au sabre et ses mouvements sont si sûrs que j'en perdais toute prudence. Je...

– Oui ?

Blacfort sourit.

– Au contraire. Avec Mahé, nous... Vous connaissez le baron ?

– Mahé de Campagne-Ampillac, embarqué sur la frégate du comte, je sais.

– Comment vous dirais-je ces choses ?... Tous trois, nous formons un inséparable trio mais mes rapports avec Joachim sont les plus solides. Il se croit responsable de cet accident et, quelles que soient mes dénégations, manifeste à mon égard plus de soin et d'attention qu'un père et un frère réunis.

Des carrosses assez anciens et des cavaliers les dépassaient, les nobles rentraient chez eux. Gréville questionna :

– Et cette jeune marquise, Pauline de La Chesnaie de Flers qui lui était promise : que savez-vous ?

Oppressé, le comte ébaucha le geste de repousser le policier.

– Monsieur, c'est assez : vous m'étouffez de vos questions, c'est trop et trop vite.

– Reprenez votre souffle, monsieur, je ne suis pas pressé.

Blacfort soupira.

– L'homme au visage de sanglier l'a enlevée, c'est ce qu'on dit au village.

– Cela, je le sais. S'aimaient-ils ou était-ce promesse de mariage convenu ?

Le comte de Blacfort demeura un instant perplexe puis, d'une voix douce :

– Elle, elle semblait l'aimer. Lui... c'est un bien étrange mélange de timidité et de rare intrépidité, de profonde solitude et de soins attentifs aux autres, fussent-ils humbles, de pudeur de sentiment et de violence guerrière : toutes les jeunes filles de la noblesse l'aiment, Pauline fut simplement la plus obstinée à le lui faire sentir. Quant à lui, il me confessa un jour ces quelques mots : *« Elle arrive bien trop tôt dans ma vie mais elle m'a distingué entre tous : c'est un grand honneur. Faillir en ne déférant point à sa muette prière ne serait pas d'un gentilhomme. »*

– Ah, il ne l'aimait donc point !

– Jugez vous-même. Mais il l'aurait prise pour épouse à seule fin de ne lui point créer de chagrin.

– Mais c'est folie, cela, pure folie !

– Vous ai-je jamais dit autre chose, monsieur le policier ?

Pierre-François Gréville observa le ciel d'un gris de plomb traversé de quelques nuages pommelés. En cette étrange affaire, on ne lui disait point tout, pas même au cabinet royal où on l'avait désigné contre toute attente pour résoudre cette curieuse énigme avec l'ordre de protéger Joachim de Valencey d'Adana comme on le ferait d'un prince héritier...

Pourquoi ?

Quoi qu'il en soit, il songea qu'il aimerait connaître ce curieux capitaine désigné par la formule « en mer » sur les registres maritimes et cela, depuis... sept ans ! En mer sur un bateau... que nul n'avait jamais vu !

Un capitaine qui laissait une si profonde impression sur ses amis et bouleversait le cœur des jeunes demoiselles de la noblesse.

– Nous nous reverrons !... lança-t-il sèchement au comte de Blacfort.

– Je ne le souhaite pas, monsieur le policier.

Sans se formaliser, Gréville observa Blacfort avec curiosité puis :

– Et cependant, nous nous reverrons tout de même !

5

Le roi George III d'Angleterre, qui devait mourir fou, souffrait déjà de troubles mentaux lors de la guerre d'Amérique.

Il n'était point populaire, tant sa politique allait à l'encontre des libertés traditionnelles. En outre, il avait négocié trop mollement le traité de Paris qui clôturait la guerre de Sept Ans et avait provoqué la guerre d'Amérique du seul fait de sa rudesse et de sa maladresse.

Il ne voyait, dans l'aide française aux Insurgents, que haine contre l'Angleterre sans soupçonner qu'il s'agissait, pour un grand nombre de Français, d'un superbe élan vers la liberté et d'une profonde détestation de la tyrannie. Pour avoir la claire conscience de ces choses, il eût fallu à George III une subtilité qui ne fut jamais sienne. Aussi est-ce d'un cœur léger qu'il avait engagé son puissant pays dans une guerre qui allait durer de 1778 à 1783 et grandement appauvrir le prestige et le Trésor de l'Angleterre.

La nouvelle d'un trois-ponts de quatre-vingt-dix canons attaqué par « la frégate fantôme » était arrivée à Londres bien avant que *L'Ajax*, si malmené, ne fût en vue des côtes d'Angleterre.

Le lourd vaisseau se traînait sur les mers, pris en remorque par rien moins que deux frégates de la Royal Navy mais l'allure, pour lente qu'elle fût, se révélait assez régulière si bien qu'il ne paraissait guère difficile de prévoir le jour et presque l'instant de son arrivée.

Prudent, le nouveau capitaine de *L'Ajax* ne souhaitait pas s'engager dans la Manche où rôdaient des corsaires français, aussi fixa-t-il son choix sur Plymouth.

C'est là qu'à cheval, entouré d'amiraux et d'officiers de la Royal Navy, George III attendait avec une croissante impatience puisqu'il avait fait savoir à *L'Ajax* qu'il l'accueillerait à son retour.

Un officier baissa sa lunette et, d'une voix altérée par l'émotion :

– Les voilà, Sire !

Le spectacle parut pathétique.

De loin, mais l'image se précisait d'instant en instant, *L'Ajax* ressemblait à un taureau blessé.

Très bas sur les flots, comme demi-paralysé, il suivait lourdement les frégates aux voiles gonflées par un vent assez favorable.

Un amiral remarqua :

– Sire, les affûts sont vides. Pour empêcher le naufrage et ramener le vaisseau, ils ont certainement jeté toute leur artillerie à la mer.

Une bouffée de colère submergea le roi d'Angleterre. « Les canons sont choses coûteuses et rares », songea-t-il, comment un capitaine ose-t-il accomplir pareil sacrilège ?

George III allait tempêter lorsqu'un autre amiral, baissant sa lunette, lança d'une voix satisfaite :

– Il n'empêche, *L'Ajax* est de retour en Angleterre. Ce n'est donc point faillir à la vérité que d'affirmer qu'en cette occurrence, la victoire est anglaise quand ces chiens de Français se trouvent une fois encore défaits en leurs ambitions. En outre, Majesté, c'est ici l'affirmation de ce principe que nous ne cessons de défendre devant vous : aucune frégate, fût-elle fantôme, fût-elle rouge, fût-elle la plus rapide du monde et supérieurement armée, aucune frégate ne peut couler un trois-ponts.

Apprenant qu'on touchait enfin aux côtes d'Angleterre où attendait le roi, nulle autorité ne put retenir le millier d'hommes qui constituaient l'équipage du vaisseau de ligne de se ruer sur le pont. Et après cet interminable voyage de retour, tandis que le scorbut avait fait son apparition, qui donc aurait pu blâmer ces malheureux d'abandonner les postes pour contempler enfin les côtes de leur pays et répondre à la faveur de leur souverain ?

Malheureusement, en raison de cette euphorie générale, les équipes qui se relayaient aux pompes suivirent le mouvement. N'étant plus surveillés avec cette constante attention qui entraînait de nombreuses interventions, les réparations de fortune et les calfatages hâtifs cédèrent, laissant s'engouffrer des masses d'eau à l'intérieur de l'imposant bâtiment.

En grande tenue d'apparat, comme fiché à son poste, le nouveau capitaine, Jack Clifford, n'ignorait rien de tout cela. Mais, pareillement, il savait parfaitement que parmi le petit groupe de cavaliers empanachés qui observaient son bâtiment à la lunette se trouvait George III et il voyait mal comment maîtriser une situation devenue d'une grande complexité. D'un côté, en effet, il n'était guère envisageable de reprendre le contrôle de l'équipage par la manière forte, en faisant tirer en l'air, par exemple. Et cela sous les yeux du monarque et des lords de l'Amirauté. D'un autre côté, couler en cet instant produirait également une déplorable impression sur le roi.

Tiraillé entre ces deux calamités, le capitaine hésitait. Cependant, plus il y réfléchissait, plus ce qui lui parut brusquement une évidence s'imposait : *L'Ajax* tiendrait !

Ses lèvres minces esquissèrent un fugitif sourire.

– Je joue ma vie sur cette certitude !... murmura-t-il.

Nul ne connaissait les trois-ponts aussi bien que lui. Envoyé sur une frégate rapide pour prendre le commandement de *L'Ajax*, suite à la mort de Lansbury, Clifford était un remarquable officier de la Navy, aux étincelants états de service. Certes, pensait-il, le vaisseau de haute mer était fort mal en point mais on touchait enfin au port, à peine une affaire de minutes. En outre, le capitaine Clifford avait envoyé une quinzaine d'officiers aux pompes, afin qu'ils y remplacent tant bien que mal les marins montés sur le pont.

Soudain, un brouhaha parmi les membres de l'équipage le tira de ses pensées. Suivant les regards de ses hommes, il se retourna et, sans qu'il puisse apporter le moindre remède à la chose, pour la première fois de sa vie, il se mit à trembler.

De la tête aux pieds.

Amiraux et officiers supérieurs de la Royal Navy savaient que c'était l'instant ou jamais de dire quelque chose de remarquable, des paroles que le roi n'oublierait pas. Une formule guerrière, par exemple, laquelle, lancée face au danger, mettrait en valeur le grand sang-froid et la fermeté de caractère de son auteur. Ou bien, plus fort encore, quelque sentence subtile aux airs de drôleries qui affirmerait la tranquille bravoure de l'officier qui la lancerait, faisant du même coup passer les autres pour autant de poltrons. Mais aucun ne parvint à desserrer les dents, et pas davantage le roi d'Angleterre.

Elle était apparue à une vitesse exceptionnelle et

jamais, de mémoire d'homme, frégate n'avait ainsi semblé courir sur les flots.

Rouge du sommet du mât à la ligne de flottaison, elle ne surprenait pas mais clouait de stupeur car nul, qu'il fût marin ou qu'il ne le fût pas, n'irait imaginer navire d'un semblable rouge bourreau, à la seule exception des voiles gonflées par un vent que le capitaine de ce vaisseau de cauchemar était littéralement allé chercher pour le domestiquer à son seul avantage.

Plus stupéfiant encore, on ne voyait sur le pont que quelques ombres aux gestes rares dont l'extrême lenteur dans la manœuvre faisait songer que ces créatures n'avaient point en les veines le bouillonnement du sang humain qui donne la vivacité mais quelque humeur lourde et délétère qu'on ne pouvait prêter qu'à des morts-vivants.

La frégate vira et l'on vit son nom, *Terpsichore*. Puis, se trouvant parallèle à *L'Ajax*, elle lança vers lui depuis son pont un objet étrange qui évoquait un long requin nageant entre deux eaux et dont seul dépassait d'une frange d'écume un aileron dorsal d'un gris acier.

Sous l'impact, *L'Ajax* sursauta, tel un ours foudroyé par un boulet. Il tangua quelques instants, se stabilisa, semblant remis de cette nouvelle et terrible blessure – mais nul ne s'y trompa.

Ni le roi, qui devinait la suite, ni les marins des frégates qui coupaient furieusement à la hache les filins et câbles de remorques afin de n'être pas entraînés dans le naufrage, ni le capitaine Jack Clifford, lui plus que tout autre.

Il avait quitté la vie avant que d'être mort, voyant les événements en spectateur. Ainsi, il sentit davantage qu'il ne vit son bateau s'enfoncer. Il contempla d'un regard triste le millier d'hommes composant son équipage qui sautaient à la mer. Une pensée lui vint pour la quinzaine d'officiers qu'il avait envoyés calfeutrer la première brèche et qui devaient en cet instant mourir noyés, assommés contre les parois par le flot furieux s'engouffrant de partout.

Lentement, Clifford approcha le canon de son pistolet de sa tempe et tira, se tuant sur le coup.

Il ne put voir la batterie de tribord de *La Terpsichore* qui, d'un tir d'une précision sans pitié, démâta les deux frégates anglaises trop occupées à se défaire de *L'Ajax* pour riposter.

Pas plus qu'il ne distingua le tir dirigé en direction des terres contre le groupe d'officiers empanachés, tir qui tua deux amiraux, obligeant le roi George III et les siens à sauter de cheval pour se jeter à plat ventre dans la boue.

Méconnaissable, souillé, le visage couvert de terre, le roi se mit à genoux et vit la frégate française virer de bord en direction du large. Ivre de rage, il distingua sur le poste arrière un officier qui ôta son tricorne avec une grâce extrême pour saluer avant de se détourner, comme déjà indifférent au sort du roi d'Angleterre.

Soulignant leur impéritie, les batteries côtières anglaises ouvrirent tardivement le feu sur le navire français bien qu'il fût hors de portée des canons.

George III oublia le spectacle du trois-ponts coulé sous ses yeux en une inimaginable et humiliante provocation. Il oublia les deux frégates anglaises étêtées, les amiraux aux corps désarticulés, l'artillerie de forteresse si lente qu'elle frôlait le ridicule, la boue puante qui le couvrait de la tête aux pieds.

De ce calme soudain qu'engendre quelquefois la haine à l'état pur et qui surprit son état-major étrillé, il lança d'une voix un peu basse :

– Rassemblez toute la Royal Navy s'il le faut mais coulez-moi cette frégate.

Puis, s'essuyant le visage d'un revers de main, il ajouta plus nerveusement :

– Et apportez-moi la tête de son capitaine.

Pas un instant le puissant souverain ne douta d'être promptement satisfait en la bonne exécution de ces ordres tandis que son regard, brusquement mélancolique, s'attardait sur le sommet des mâts de *L'Ajax* qui dépassaient d'une mer grise, seuls vestiges du puissant bâtiment de ligne.

Au fond, considérant sa nature complexe comme souvent il en va avec les fous, on pourrait dire le roi d'Angleterre heureux : il venait de croiser la route de celui qu'il considéra aussitôt comme son plus grand ennemi sur terre. Une haine tout d'un bloc, si forte et si massive, qu'elle allait devenir obsession.

Certains, pour vivre, ont besoin de haïr. À son corps défendant, le prince d'Adana allait servir – aussi – à cela...

6

Il était âgé de vingt-huit ans, ce qui est bien jeune pour porter sur la poitrine la croix d'or de chevalier de l'Ordre royal et militaire de Saint-Louis, la plus haute distinction et la plus prestigieuse décoration du royaume de France.

Il était impeccablement sanglé dans son uniforme : veste bleue, épaulettes d'or, chausses blanches, souliers à boucles d'argent, tricorne noir galonné d'or à plumet rouge et blanc, l'épée au côté.

Grand, le visage et les mains bronzées par le soleil, il paraissait indifférent aux dizaines de courtisans qui le regardaient avec stupeur tandis qu'il avançait tête droite dans la grande salle en suivant un officier de la Maison du roi. Tout son être dégageait une impression de force brutale, de détermination et de froideur.

Il ne manifestait aucun sentiment, s'étant présenté à Versailles à l'heure exacte, à la seconde près, où on l'attendait devant les grilles dorées. Pas un regard vers la salle des Ambassadeurs ou, en arrière-plan, la cour de marbre. Pas l'ombre d'un salut pour les officiers supérieurs des Gardes Françaises en longs manteaux bleu ciel et vestes rouges ni à ceux des Gardes Suisses, longs manteaux rouges et vestes bleues. Les uns et les autres le virent passer sans comprendre. À croire qu'il ne voyait pas même toutes ces épées aux poignées richement ornées ni ces chapeaux à belles plumes blanches.

Un vieux duc s'approcha et lui barra volontairement le passage.

– Ne... Ne seriez-vous pas son fils, Joachim ?

On crut que le jeune officier de marine aux manières glacées allait contourner le vieillard mais, courtois, il n'en fit rien, se contentant cependant d'un simple hochement de tête.

Satisfait, et même assez fier de s'être montré si physionomiste, le vieux duc se tourna vers les courtisans dévorés de curiosité puis, d'une voix chevrotante :

– Joachim de Niel, comte de Valencey, prince d'Adana.

Un « Oh » de surprise courut tel un frémissement dans les rangs des gens de Cour mais déjà, l'officier de la Maison du roi marquait son impatience :

– Monsieur le duc, s'il vous plaît : le roi attend !

Sans rien ajouter, toujours suivi de Valencey d'Adana silencieux, il disparut à l'extrémité de la galerie tandis que de tous côtés, on s'interrogeait en un pépiement continu :

– Chez le roi ?... Mais pourquoi chez le roi ?

– Les princes d'Adana ne viennent jamais à Versailles : qu'est-ce à dire ?

– Comment un simple commandant de vaisseau, fût-il de très ancienne noblesse, en arrive-t-il à être reçu par le roi ?

– N'est-il pas un nouveau pion dans le jeu de Vergennes et Sartine ? Le ministre des Affaires étrangères et celui de la Marine sont arrivés à Versailles voici une demi-heure !

L'étonnement le disputait à l'inquiétude tant il est vrai qu'à Versailles les gens bien en Cour craignaient sans cesse de ne plus l'être et voyaient en chaque nouvelle tête un intrus prêt à ruiner leurs ambitions.

En cette hypothèse, les belles dames songeaient avec délices que faire la conquête du prince d'Adana conforterait leurs entreprises, voilà pour les affaires, mais promettait des amours passionnés, et voilà pour le plaisir car toutes avaient été frappées par ce jeune capitaine si séduisant malgré sa froideur, si étranger aux hommes que l'on voyait ici.

Cependant, les uns auraient été rassurés quant à leurs inquiétudes et les autres déçues en l'alibi d'un avancement de leur position par une aventure amoureuse s'ils avaient pu assister à l'entretien entre le roi de France et le capitaine de la « frégate fantôme »...

Louis XVI, qui n'avait jusqu'ici rencontré Valencey d'Adana que quelques instants pour le décorer avec discrétion, ne se sentait pas à l'aise. Ce capitaine était bien tel qu'il le redoutait : un homme froid, peu causant, ne cherchant pas à séduire, auréolé auprès de quelques-uns – hélas de plus en plus nombreux, car le secret s'éventait vite – d'une gloire sans pareille.

Le roi jeta un regard à ses deux ministres puis considéra de nouveau Valencey d'Adana assis au bord du fauteuil, comme s'il était prêt à en bondir pour fuir plus rapidement cette entrevue.

– Nous vous félicitons pour l'ensemble de votre campagne, aussi victorieuse et fructueuse que les précédentes. Cependant... était-il nécessaire d'humilier à ce point le roi George ?

– Sire, je ne l'avais point invité. Il se trouvait là et, en toute occasion, ma politique ne varie guère : tuer en priorité les officiers pour désorganiser la troupe et y semer un désarroi qui nous sera profitable.

Louis XVI, interloqué, sursauta :

– Vous étiez prêt à tuer le roi d'Angleterre ?

– Je regrette sincèrement, Sire, que mes excellents canonniers aient raté de si peu cette vermine quant eux-mêmes sont plongés dans une profonde affliction.

– Mais enfin, prince, c'est un roi... Que cherchez-vous donc ?

– La victoire !... Je fais la guerre, Sire, le roi d'Angleterre la fait aussi et contre nous, me semble-t-il. S'il avait été décapité par un boulet français, la guerre en eût été abrégée et des milliers de vies sauvées.

Louis XVI secoua la tête, feignant d'en rire.

– Mais non, Prince, vous avez remarqué un groupe d'officiers supérieurs et en conformité avec votre théorie sur la nécessité de tuer ceux qui détiennent l'autorité militaire, vous avez ordonné le tir. Mais vous ne pouviez pas savoir que le roi d'Angleterre se trouvait parmi eux, voilà la vérité, n'est-ce pas ?

– Absolument pas, Sire !... Je le savais parfaitement, ayant intercepté une corvette anglaise porteuse d'un courrier confidentiel. J'entendais certes en finir avec *L'Ajax* mais tuer cette charogne qui nous veut tant de mal constituait l'essentiel de mes ambitions.

Le roi se leva et fit le tour de la pièce, inquiet. À n'en pas douter, ce Valencey d'Adana était complètement fou ! Le monarque s'assit lourdement et décida d'en finir au plus vite.

– Avez-vous besoin d'argent pour vos nouvelles campagnes ?

– C'est inutile, Sire. Votre ordonnance du 28 mars 1778 permet un très large financement de mes entreprises.

Inquiet, craignant une nouvelle calamité, le roi demanda :

– Heu... Mon ordonnance... que disait-elle, au fait ?

– Elle stipule, Sire, que durant cette guerre la couronne renonce à toute part sur les navires capturés. Un article précise que les bâtiments saisis par la marine royale appartiennent pour les deux tiers aux officiers et membres d'équipage et pour le dernier tiers à la caisse des invalides. Les cent soixante navires corsaires armés dans les ports français bénéficient d'autres avantages.

Louis XVI hocha la tête.

– Et cela vous suffit ?

– Sire, l'effort de guerre coûte cher au pays et je me fais un devoir de subvenir sans la couronne à l'entretien et au ravitaillement de *La Terpsichore*, la corvette *Betelgeuse* et le vaisseau lourd *L'Argonaute*, ainsi qu'à l'entretien et au développement de notre base secrète. Les officiers n'ayant pas charge de famille abandonnent la moitié, voire la totalité de leurs bonnes fortunes, aux Américains.

Louis XVI songea : « Il est moins fou qu'il n'y paraît et celui-là, au moins, ne nous coûte rien ! »

Il décida de rester sur cette bonne impression en mettant un terme à l'entretien.

– J'ai appris, Prince, l'assassinat de votre père. Les coupables seront trouvés et châtiés.

– De cela, ne doutez pas un instant, Sire ! répondit Valencey d'Adana en se levant à son tour.

Et le roi, ayant croisé le regard du commandant de *La Terpsichore*, frissonna.

La cuisine choisie, au reste déserte, était vaste et Valencey d'Adana y arriva au bras du ministre de la Marine. Le capitaine de vaisseau ne raffolait certes pas de ce genre de contacts physiques mais n'ayant aucun grief à formuler contre Sartine, qui le protégeait en toutes circonstances, il accepta la chose sans protester.

Bientôt, comme les deux hommes s'étaient assis, un serviteur apporta un grand bol fumant qu'il posa devant l'officier.

Deux heures plus tôt, après la rencontre à la « table rose » où s'étalaient les cartes de l'Amirauté sise au Palais de la Cité, Valencey d'Adana avait refusé une première collation, déclinant la même offre lorsque les deux hommes étaient passés dans « le cabinet doré » du secrétaire d'État à la Marine.

Mais celui-ci n'ignorait pas que c'est sans boire ni manger que le capitaine arrivait directement du port de Cherbourg, en construction, où l'avait déposé la corvette *Betelgeuse*.

Valencey d'Adana regarda le bol avec méfiance mais l'odeur qui s'en dégageait lui était agréable et familière.

– Allons, goûtez donc, ce n'est certes pas moi qui vous empoisonnerais !... lança le ministre.

Le capitaine porta avec prudence le bol à ses lèvres, puis sourit.

Le ministre l'observait, songeur : « C'est étrange, lorsqu'il sourit, c'est tout son visage qui sourit et on dirait un petit garçon. »

– Ah ça, monsieur le ministre, le diable m'emporte : qui donc vous a dit cette mienne faiblesse ?

– Votre ami d'enfance qui attendait devant les grilles de Versailles. Il m'a parlé de votre père qu'il aimait tant...

Puis, s'ébrouant et portant la voix :

– Montrez-vous donc, monsieur de Campagne-Ampillac, votre victime sait tout !

La porte s'ouvrit sur un homme blond, grand et fort.

Spontanément, Valencey d'Adana se leva et le prit dans ses bras.

– Mahé !... Ah ça, monsieur mon frère, je ne tenais plus de te savoir dehors avec ce vent du diable et ce froid de loup !

– M. le ministre ne l'a point voulu ainsi ! répondit Mahé en souriant.

Touché par la gentillesse de M. de Sartine, le capitaine de *La Terpsichore*, mal à l'aise, chercha ses mots :

– Eh bien... Merci, monsieur le ministre, pour lui comme pour moi.

Sartine, ému de l'affection peu commune que se portaient les deux hommes, répondit un peu rudement :

– Ah ça, Prince, buvez tant que ce breuvage est chaud !

Il regarda avec un contentement presque paternel Valencey d'Adana qui buvait à petites gorgées pour mieux savourer le contenu du bol.

Puis, levant la tête vers son ami d'enfance, le capitaine demanda :

– En as-tu profité, toi aussi ?

Les yeux bleus rieurs de Mahé de Campagne-Ampillac ne laissaient guère de doutes à ce sujet :

– Davantage qu'il n'est raisonnable !

– Monsieur mon frère, je te l'ai dit mille fois : seule la mort est raisonnable !... répondit le prince.

Le ministre, un peu fasciné, observa Valencey d'Adana en songeant : « Ainsi vont les choses. Il dessine des navires qui révolutionnent l'architecture navale, il fabrique une arme si terrible qu'il terrorise la Royal Navy, il commande sa frégate avec l'audace et le courage d'un Jean Bart, il fait tirer de sang-froid son artillerie sur le roi d'Angleterre qu'il traite de charogne devant le roi de France... mais ne sait pas résister au plaisir d'un bol de chocolat à l'orgeat et au lait de chèvre !... Avec des cœurs si jeunes et si purs, nous gagnerons cette guerre – s'ils ne sont pas tués avant. »

7

Le puissant seigneur ne portait pas le masque de sanglier qui avait dissimulé ses traits lorsqu'il avait semé la terreur puis la mort sur les terres des princes d'Adana. Au reste, le masque froissé se trouvait abandonné sur un élégant petit meuble en bois des isles, voisinant avec une curieuse épée. Noire, entièrement noire, la poignée évoquait un entremêlement d'os et l'extrémité du manche s'achevait par un crâne aux orbites vides très artistiquement forgé. Plus loin, jeté en un geste de colère, un chapelet dont les grains d'ivoire sculptés étaient formés de têtes de mort témoignait de la présence, en l'âme de l'assassin, d'un sentiment religieux tourmenté.

– J'aurais dû le tuer de ma main !... lança-t-il avec rage car les jours passant s'aigrissait en son cœur le souvenir de ce manque de décision qui lui venait parfois et lui fit déléguer l'exécution du crime à ses hommes de main.

Puis, presque aussitôt, haussant la voix :

– Et toi, maudit abbé, as-tu préparé la volière ?

Une ombre vêtue d'une soutane se glissa dans la pièce. Le prêtre, Phebus Monteroux, homme corpulent d'une quarantaine d'années, portait les cheveux longs mais rares et il semblait difficile de ne pas remarquer, en sa déplaisante apparence, son visage vultueux.

Il eût été faux de prétendre que l'abbé Monteroux

ne croyait plus en ce dieu qu'il servait en disant la messe pour mieux donner le change, et cela en de rares occasions, mais avec un talent d'acteur si consommé que les âmes crédules s'émerveillaient de sa ferveur. Oui, il n'avait pas perdu la foi, ne l'ayant simplement jamais ressentie. Jeune encore, il lui était apparu que seul l'état de prêtre, en la situation de grand dénuement de sa famille, lui permettrait d'échapper à la misère. Le hasard l'ayant placé sur le chemin d'un grand seigneur, il sut s'en faire remarquer et ne tarda pas à s'apercevoir que l'âme de celui dont il espérait faire son protecteur, eh bien cette âme se trouvait comme écartelée entre la noirceur de suie des instincts les plus bas et une croyance superstitieuse en un dieu terrible dont il souhaitait atténuer le courroux par des manifestations de piété trop ostentatoires pour être sincères.

Au fil du temps, cependant, chacun apparut à l'autre pour ce qu'il était vraiment et Monteroux, bien qu'il confessât son maître chaque jour, devint l'organisateur de ses abjects plaisirs comme de ses plus sombres desseins. Si bien qu'en un paradoxe qui eût semblé pitoyable ou risible à tout homme de raison, le curé confessait le chrétien qu'il avait lui-même plongé dans la perdition, l'homme de Dieu absolvait le pécheur de faits dont il se trouvait être le principal instigateur.

Mais comme ces couples unis par l'amour qui se déchirent en de violentes et stériles querelles sans que périclite jamais – tout au contraire ! – la passion qui les jette l'un vers l'autre, le grand seigneur et le petit abbé formaient un monstre à deux têtes dont, semble-t-il, on ne pouvait couper l'une sans précipiter la fin de l'autre. La haine du monde les rapprochait, le goût du vice était leur ciment, leur soif de destruction scellait leur complicité quand le mépris que chacun vouait à l'autre leur permettait, en se croyant moins vil et moins abject que son vis-à-vis, de se supporter.

– Eh bien, cette volière ?... demanda l'aristocrate.

– Nous n'attendions que vous, Monseigneur.

Ils traversèrent sans un mot plusieurs pièces assez spacieuses, puis gagnèrent un de ces merveilleux jardins que cachent nombre de riches hôtels particuliers de la ville de Paris. Celui-ci, rue de la Harpe, croulait sous les richesses artistiques. Tableaux italiens, meubles flamands, vaisselle d'argent n'étaient rien si l'on considérait que l'aménagement de ces délicieux jardins, où le temps remplace l'or, avait demandé près d'un siècle.

Derrière des massifs de buis taillés se trouvait une vaste volière, haute de plus de deux mètres et large d'autant, qui frappait par son treillage très serré. À l'intérieur, on pouvait voir des dizaines de petits moineaux qui s'ébattaient, jouaient, se disputaient une graine alors que le maître des lieux, sur ce chapitre, ne se montrait point avare et pourvoyait très largement ses chers petits oiseaux.

Celui qui dissimulait parfois ses traits sous un masque de sanglier adressa un geste impatient à un homme qui se tenait très droit, un faucon sur l'avant-bras, attendant visiblement les ordres.

L'homme, fin et le visage ridé, venait des bords de la Vlata, région de marais brumeux en la lointaine Bohême. Des guerres hasardeuses l'avaient mené jusqu'ici où, ne trouvant pas à s'engager comme mercenaire, il reprit ses activités premières de dresseur de faucons, métier où déjà excellaient ses ancêtres.

Obéissant sur l'instant, il ouvrit la porte de la cage, y lança le faucon, referma vivement puis observa le spectacle les bras croisés. Son visage, impénétrable, ne reflétait donc point l'immense dégoût qu'il ressentait.

C'était un homme fruste, ignorant la lecture et l'écriture, sans religion non plus car au bord des marécages obscurs de Bohême où il avait grandi, la superstition valait croyance en Dieu. Pourtant, fugitivement, il lui sembla que les crimes finissent par se payer et qu'en ce cas les hommes qu'il se trouvait obligé de servir aujourd'hui connaîtraient tous deux une fin digne de leur cruauté.

Cette vague morale, l'abbé ne la possédait pas, préférant s'abandonner aux sens. S'approchant au plus près du grillage, il se laissa éclabousser de sang comme d'autres se font asperger d'eau bénite. Sensation agréable qui chatouillait son bas-ventre. Il tendit les mains devant lui et, lorsqu'elles furent teintées de liquide rouge, il étala celui-ci sur son visage, paupières closes, en laissant échapper un petit cri pâmé.

Le grand seigneur, lui, tapait des mains tant ce spectacle l'amusait. Ce n'était que plumes volant en tous sens, piaillements de terreur, petits corps éventrés ou décapités jonchant de plus en plus nombreux le sol de la volière.

Émerveillé par ce massacre, il lança :

– Comme la chose est grisante !... Ah, s'étourdir de plumes et de sang, c'est comme feutrer la mort.

L'abbé approuva l'idée de son maître :

– C'est lui faire belle offrande, Monseigneur. Légère et délicate. La mort n'en sera que mieux disposée à ne point prendre trop vite si zélés serviteurs et suspendra longtemps au-dessus de nos nuques son fatal coup de faux.

– Cesse de proférer pareilles absurdités ! rétorqua sèchement l'homme-sanglier.

Contrarié, d'un geste sec, il ordonna à celui qui venait de Bohême de reprendre le faucon.

« C'est toujours ainsi, songea amèrement l'aristocrate, le maudit abbé lance des phrases de belles tournures en des instants où je n'en ai que faire et, lorsqu'il devrait se taire, il gâche mon plaisir avec ses sentences déplacées. »

« Zélé serviteur », avait dit l'abbé. Il n'était le « zélé serviteur » de personne !...

Sombre et au fond apeuré, il se souvint du bas-relief qui, dans la chapelle de son château ancestral, représentait la mort telle que venait de la décrire l'abbé : une silhouette noire, un crâne qu'on voyait à demi sous un capuchon de moine et, tenue lestement en ses mains, une faux dont l'érosion au fil des siècles n'avait point émoussé le fil tranchant.

Il frissonna en suivant du regard l'homme de Bohême qui s'éloignait, son faucon sur l'avant-bras, la main protégée par un gantelet de cuir et de fer.

Il n'aima guère le bref regard du fauconnier, ne sachant trop ce qu'il y devait lire mais sentant d'instinct qu'il ne lui était pas favorable.

Il songea qu'il devrait le faire tuer très bientôt car le massacre de moineaux l'amusait moins qu'auparavant quand s'aggravait son antipathie pour cet homme qui, déjà, en savait trop.

Pendant ce temps, arrivé à une cour plus modeste qui faisait suite à la première, le fauconnier ouvrit la cage de l'oiseau de proie mais, avant que de l'y déposer, il observa un instant l'animal au bec rouge de sang et aux yeux cruels.

Il murmura :

– Tu n'es qu'un tueur, toi aussi. Tu es bien pareil à eux !

Il réfléchit, sans quitter des yeux le faucon qui se tenait fermement, ses serres plantées dans le cuir et l'acier du gantelet.

L'homme venu de Bohême sentit qu'il lui fallait

partir. Pas dans une semaine, pas même demain, mais sur l'instant. Le rapide regard échangé avec le puissant seigneur totalement fou ne lui laissait guère d'illusions : il n'avait pas su dissimuler son mépris, l'autre l'avait en retour et sur-le-champ condamné à mort.

Rassembler ses quelques pièces d'or et ses pauvres vêtements serait l'affaire de dix minutes. Une fois dehors, voler un cheval et, dans une heure, chevaucher vers la Bohême pour ne jamais revenir.

Mais avant...

D'un geste rapide, son autre main se resserra sur le cou du faucon qu'il brisa d'un geste puissant, laissant choir à ses pieds l'oiseau de proie sans vie.

– Toi, tu as payé !... lança-t-il avec un sourire où se lisait une vague tristesse.

– Et toi, tu vas payer !... grommela derrière lui une voix un peu aiguë.

Le fauconnier se retourna sans hâte et découvrit le maître des lieux flanqué de deux spadassins armés de pistolets.

Il ne douta pas un instant qu'il y laisserait la vie et ne reverrait jamais sa Bohême brumeuse mais il fut loin d'imaginer qu'on allait d'abord lui scier les membres un à un et, une fois démembré, le dépecer. Pour le plus grand plaisir de son ancien maître. Et de l'homme de Dieu...

8

Un ciel d'un gris-bleu délavé pâlissait chaque chose, leur donnant étrangement un contour dur et un aspect métallique.

Les deux cavaliers allaient dans les rues de la capitale au pas lent de leurs chevaux fatigués.

Ils éprouvaient devant chaque scène offerte par la vie des citadins des sentiments et impressions assez semblables et pareille harmonie venait assurément du fait qu'on les avait élevés ensemble, lui le prince de très vieille noblesse et l'autre, l'enfant trouvé anobli à la requête du vieux général de Valencey d'Adana.

Tel en avait décidé la providence, à moins que ce ne fût le cœur d'un officier supérieur des dragons lequel, loin de s'endurcir au fil des ans comme c'est le sort commun à bien des hommes, s'attendrissait et devenait de plus en plus vulnérable au spectacle des horreurs de la guerre.

Leur amitié remontait fort loin, à l'époque où Mahé de Campagne-Ampillac n'était ni baron, ni Campagne-Ampillac mais « Mahé », un enfant placé en nourrice et abandonné par une mère qui ne le voulait plus voir.

Ainsi étaient ces temps cruels où il arriva sur les terres des princes d'Adana dans la hotte d'un « meneur de nourrice ». L'homme qu'on appelait ainsi effectuait souvent de bien longs et pénibles voyages, portant sur le dos une hotte matelassée avec trois bébés à l'intérieur. Les bébés se tenaient debout, serrés les uns contre les autres, dans l'impossibilité de s'étendre ou même de s'asseoir, vêtus d'un simple maillot et respirant l'air par le haut de la hotte, ce qui leur donnait l'aspect d'oisillons attendant la becquée. Et que pouvaient imaginer en leurs esprits balbutiants ces malheureux bébés de quelques mois souffrant au gré des saisons du froid, de la pluie, de la neige ou d'un soleil de plomb, à quoi s'ajoutait l'affolement né d'une situation qu'ils ne pouvaient pas comprendre ?

Comme ses milliers de collègues, le « meneur de nourrice » dormait fort peu, adossé contre un arbre et gardant hotte au dos. Il mangeait debout et humectait de temps en temps d'un peu de lait les lèvres des tout-petits. À l'arrêt, il trouvait souvent un bébé mort, parfois deux, et dans ce cas jetait les petits corps dans un fossé sans leur donner de sépultures.

Placé en nourrice pour un à trois ans, il était fréquent que la mère change d'adresse et de vie, abandonnant à jamais son petit enfant qu'elle promettait ainsi à la dure existence de valet de ferme.

Seul survivant d'un de ces voyages, Mahé avait abouti chez un couple de rudes paysans sur les terres des Valencey d'Adana.

Le général, entre deux guerres, aimait visiter ses fermiers et très tôt, afin que ceux-ci le connaissent, il emmenait avec lui son fils unique, Joachim. Lequel savait l'histoire de ces bébés abandonnés.

C'est ainsi qu'à trois ans l'héritier des princes d'Adana s'était trouvé face à Mahé, exactement du même âge que lui. Joachim avait longtemps regardé cet enfant sale, morveux et triste. Qu'avaient-ils lu dans le regard l'un de l'autre ? Quelle étrange promesse d'une amitié que rien, jamais, leur vie durant, n'altérerait ? Quoi qu'il en soit, Joachim avait pris

Mahé par la main pour l'amener à son père frappé d'une telle détermination. Le général hésita un instant. Il ne connaissait rien de cet enfant affreusement sale mais bien bâti. D'un autre côté, sa femme étant morte en donnant le jour à Joachim, il n'ignorait pas que celui-ci s'ennuyait en ce vaste château et que le temps n'arrangerait pas les choses car il ne voyait pas son fils plus de quinze jours par an. Aussi avait-il cédé, emmenant le petit Mahé émerveillé.

Plus tard, lorsqu'il y songeait, le vieux général se félicitait de cette décision. Mahé était solide, droit et fidèle. Il ne partageait pas le goût de Joachim pour l'étude mais se montrait lui aussi esprit assez subtil, faisait presque jeu égal au sabre et n'aurait jamais laissé porter la main par quiconque sur son indéfectible ami.

Peu après la guerre de Sept Ans, durant laquelle le général fit montre d'un très grand courage, Louis XV avait mandé le prince d'Adana, le priant de lui avouer sans hésitation en quoi il pourrait l'obliger. Le général avait alors conté l'histoire de Mahé, souligné ses qualités, insisté sur le fait qu'il avait reçu semblable éducation de gentilhomme que son fils et signalé qu'il existait sur les terres des Valencey d'Adana une baronnie de Campagne-Ampillac aujourd'hui sans nul survivant, même lointain. Touché par cette histoire, le roi avait accédé à la prière de son général de dragons avec d'autant plus d'enthousiasme que Louis XV n'ignorait pas que Valencey d'Adana, exemplaire et méritant, s'était singularisé des courtisans en ne lui ayant jamais adressé la moindre requête.

On sait peut-être que souvente fois, chez les monarques, le calcul a tôt fait de rattraper les élans du cœur et l'anoblissement de cet enfant trouvé était une manière fort économique d'apurer les comptes, c'est-à-dire la manifestation de la royale reconnaissance envers Valencey d'Adana.

Lorsque le grand et rude garçon de seize ans avait entendu de la bouche de Joachim, mis dans la confidence par son père, la révélation de son nouvel état, on avait dû recourir à des sels, aux liqueurs fortes et finalement à un seau d'eau pour l'éveiller d'un brusque malaise.

En effet, c'est sur un ton très ordinaire qu'après un petit signe du général, Joachim avait lancé :

– Au fait Mahé, notre père, je crois, a oublié de te dire que dorénavant, tous devraient t'appeler « Monsieur le baron de Campagne-Ampillac ».

Mahé avait souri de ce qu'il crut une plaisanterie mais, croisant le regard approbateur du général, un doute le prit :

– Mais les barons de Campagne-Ampillac sont tous morts et je suis un enfant abandonné... Vous le savez bien, papa !

Imperturbable, le général avait répondu :

– Je ne sais qu'une chose : j'ai obtenu du roi que tu portes le nom et le titre, et nul au monde ne le pourra contester. Cela dit... baron, crois-tu devoir continuer à m'appeler « Papa » ? Car si ce nom m'enchante en cela qu'il me fait souvenir lorsque vous étiez deux petits et tendres sauvages, vous devriez prendre garde, et je m'adresse à tous les deux, cette fois, à ne le pas dire en public.

Joachim avait alors adressé une bourrade à celui qu'il considérait comme son frère.

– Tu es tout pâle, Mahé !... Je suis stupéfait de constater combien tu apprends vite : tu as déjà adopté l'air souffreteux et le teint pâle de tant d'aristocrates... Monsieur mon frère !

Réalisant brusquement que tout cela n'était ni

mensonge ni plaisanterie, celui qui se trouvait à présent baron mais était arrivé quasi nu dans une méchante hotte à bébés s'évanouit tout de bon.

Valencey d'Adana et Campagne-Ampillac traversaient Paris du sud au nord, étonnés tant par les bruits, les cris et les couleurs que par l'activité de ce qui leur semblait une multitude de gens allant en tous sens. Et qui plus est, fort bruyants : hommes de peine s'interpellant, fripières à la voix cassée, jolies bouquetières, arracheurs de dents, porteurs de chaises d'aristocrates, marchandes de quatre saisons, forts des halles. Dans ces voix, on reconnaissait les accents du Sud, ceux de l'Est mais aussi la grande variété des patois.

Plus surprenant peut-être, surtout pour Mahé qui connaissait moins bien Paris que son ami, la grande disparité de fortune entre les habitants de la capitale. Celui-là, mangé de vermine, qui tendait la main à la sortie d'une église quand celui-ci passait dans un riche équipage sans même le voir. Des cavaliers vêtus d'habits à pierreries croisaient une foule de mendiants ou des ouvriers harassés de fatigue – et dans les yeux desquels on surprenait parfois un éclair de haine...

Et pareillement des maisons qui semblaient ne pas appartenir à la même ville. À deux rues de distance, des édifices penchés, menaçants ruine, les vitres disparues, la toiture semi-effondrée et là, d'orgueilleux hôtels dressant des façades d'une blancheur immaculée.

Le capitaine de vaisseau était silencieux et triste, comme abandonné à une profonde solitude intérieure. Et Mahé, qui en savait la raison, prenait garde de ne point trop lui parler pour ne pas interrompre le fil de ses réflexions, mais suffisamment pour qu'il ne sombre pas dans la mélancolie.

La nouvelle de la mort du général était arrivée par corvette dix jours plus tôt, sur *La Terpsichore*, alors que celle-ci ayant la veille appareillé de Charleston cinglait toutes voiles dehors vers le royaume de France.

Au fond, s'il ne se manifestait pas pareillement, le chagrin était chose très également partagée entre les deux hommes tant Mahé considérait le général comme son père, à quoi s'ajoutait une incommensurable reconnaissance. Joachim, par la brutalité de cette mort qui faisait de lui un orphelin et le nouveau maître des terres et châteaux des Valencey d'Adana, sentait tout le poids de pareilles responsabilités qui s'ajoutaient à celles de la guerre à outrance menée contre les Anglais.

Le baron, qui cherchait à distraire Joachim d'un profond chagrin qu'il se gardait de montrer, s'était à plusieurs reprises étonné de certains noms de rue de la capitale telle la rue du Grand-Huleu ou la rue de la Tuerie. Cependant, une autre encore le stupéfia :

– As-tu vu, Joachim : cette rue a pour nom « rue où-Dieu-fut-bouilli ». Où a-t-on été chercher pareille chose ?

Si, à son bord, Valencey d'Adana avait tendance à se fermer aux autres, tant le commandement vous isole en cela que, sur un navire, il ne se partage pas, dès qu'il se trouvait à terre le capitaine s'efforçait toujours de faire montre d'une grande disponibilité, surtout avec « Monsieur son frère ».

Un vague sourire apparut sur ses lèvres.

– Ah oui : on dit qu'aux temps jadis, un homme sans religion et qui cherchait à le faire savoir ébouillanta en cette rue une hostie devant le peuple trop surpris pour réagir.

– Certes, mais faire bouillir une hostie n'est pas faire bouillir Dieu ?

– Tu as raison. Disons alors que c'est l'idée de Dieu que cet homme a fait bouillir.

– On peut donc faire cela ?

– S'agissant de l'esprit, on peut tout faire, Mahé. On peut même penser que Dieu n'existe pas et que, si le bonheur un jour inonde la terre, cela viendra des hommes et de leur façon de s'organiser harmonieusement en société.

– Ah, toi et tes philosophes !

Ils se séparèrent peu après. Le baron allait en Charente préparer le château quand Valencey d'Adana faisait un détour par Arras où, disait-on, un homme de sciences avait mis au point un nouvel alliage de métaux. Pareil événement, pour le capitaine de *La Terpsichore*, l'entraînait immédiatement à songer à de nouveaux canons et boulets sans parler du « requin à poudre ».

Du moins, c'est ce qu'il prétendait...

Mais Mahé ne s'y trompait pas, et était bien le seul : tant que Joachim n'aurait pas vu la tombe de son père, celui-ci n'était pas vraiment mort et Arras n'était qu'un prétexte à différer l'horrible réalité. Petite lâcheté de celui en qui tous voyaient un héros ? Peu importe. Joachim mettait du temps entre lui et la vérité, voilà tout, afin de l'aborder publiquement avec froideur. Et l'on dirait encore, injustement, qu'il avait le cœur bien sec. Mais ceux-là, faute de se trouver en la cabine voisine sur *La Terpsichore*, ignoraient que pendant des nuits, venant de la chambre de Joachim, il entendit des sanglots étouffés. Au matin, il n'y paraissait pas car, faute de l'aimer tel que Mahé, nul ne voyait les yeux légèrement rougis du capitaine.

Et pourtant, songeait Mahé, ce père tant adoré mais toujours en guerre, c'est à peine si, mettant les jours bout à bout, ils l'avaient vu six mois !... Et lorsque le temps des campagnes militaires s'achevant pour le général celui-ci vint vivre au château, c'est Joachim qui se trouvait en guerre.

Quel gâchis ! Mais jamais une plainte et en cela, le fils était pareil au père : cette noblesse-là, si dure avec elle-même, n'existait déjà plus, Mahé en était convaincu.

Valencey d'Adana prit donc la route du Nord ignorant qu'il y ferait une étrange rencontre laquelle, douze ans plus tard, se révélerait de très haute importance quand ce pays, livré aux guerres civiles et assailli aux frontières, n'aurait plus même de roi...

9

Il arriva à Arras au matin, sous un ciel noir, et fut très déçu de s'être donné toute cette peine pour un si piètre résultat : l'alliage qu'on lui présenta en ménageant de grands effets se révéla trop mou pour une quelconque utilisation militaire.

Sa nuit avait été mauvaise puisqu'il n'avait trouvé pour refuge que les vétustes bâtiments d'une ancienne léproserie dite de « La Haute-Chevauchée ». Enroulé dans sa cape bleu marine, le tricorne posé sur le visage, incommodé par la pluie qui se glissait entre les tuiles disjointes, le froid, mais aussi l'obsédant souvenir de son père, l'avaient longtemps tenu éveillé. Et au matin, comme pour parfaire pareille infortune, son cheval boitait.

Il allait donc sur la Grand-Place d'Arras, à pied, tenant par la bride un cheval qui suivait en boitant bas. Son uniforme encore humide l'incommodait attirant en outre les regards car, si loin en les terres, il est rare de croiser un officier de la marine royale en uniforme, surtout d'un grade si élevé.

Il traînait un peu le pas le long des arcades lorsqu'il vit venir vers lui, à une vingtaine de mètres, un jeune homme extrêmement coquet, marchant au bord du trottoir d'un pas rapide.

C'est alors qu'un bruit sourd lui fit tourner la tête

et il fut frôlé par un équipage à quatre chevaux et deux valets assis à l'extérieur, à l'arrière.

Avec cette incompréhensible et fort gratuite méchanceté qui est la marque de certains hommes sans qualité, le cocher, apercevant tout à la fois le jeune homme élégant et une large flaque d'eau grasse qui stagnait sur le pavé depuis les pluies de la veille, le cocher, donc, fit en sorte que le carrosse roulât pesamment sur l'eau dormante. Soulevant une gerbe d'eau, il trempa l'élégant de la tête aux pieds.

Le capitaine de *La Terpsichore*, révolté, observa tour à tour le désarroi du jeune homme et le rire des deux laquais assis à l'arrière du carrosse qui tant contrastait avec la mine grave des gens du peuple et même des bourgeois présents.

Avec une rapidité, une violence et une colère qu'on n'eût point attendues d'un homme si frêle, le jeune élégant ramassa une pierre et la jeta vers le carrosse qu'elle toucha à l'arrière, brisant la vitre.

Aux cris des laquais, le bel équipage s'immobilisa bientôt et le cocher s'approcha, suivi de ses deux compères tandis qu'un gros aristocrate, l'air fort mécontent, posait pied à terre et s'écriait :

– Qu'on le bastonne, à la fin !

Le cocher, coiffé à l'écuelle, semblait un parfait idiot ce qui n'empêchait pas, à voir ses lèvres minces retroussées sur des dents noires ou manquantes, une expression cruelle dans le regard. Il tenait son fouet à la main tandis que les laquais, retournés à l'arrière du carrosse, en revenaient armés de bâtons.

Adossé à une colonne des arcades, le jeune homme perruqué et poudré mais mouillé attendait non sans courage l'imminent déchaînement de violence dont il serait la victime et cela sous les yeux d'un peuple désapprobateur mais silencieux et résigné.

Avec une joie mauvaise, le cocher levait déjà le bras lorsqu'il lui sembla que son poignet se trouvait dans un étau.

Un officier de marine, coiffé d'un tricorne, épaulettes d'or sur une veste bleue, botté et le sabre au côté le regardait et la brute vit dans ces yeux gris-vert l'expression de qui a déjà tué, et souvente fois.

Le cocher balbutia :

– De grâce, monsieur l'officier, vous allez me casser les os... Et vous ne savez pas à quel puissant seigneur vous vous attaquez là.

Dans l'impressionnant silence tombé sur la place, on entendit très distinctement un bruit atroce d'os brisés. La brute poussa un hurlement mais Valencey d'Adana, puisque c'était lui, le fit taire d'un rapide et violent coup de genou dans les parties sensibles.

Voilà, songera-t-on peut-être, une manière de se battre qu'on ne voit pas même dans les bouges infâmes. Dans les bouges infâmes, sans doute, mais dans la marine royale où les assauts contre les Anglais sont d'une violence inouïe, oui !

La brute, évanouie, s'effondra dans une large flaque et la résolution des deux laquais fléchissait lorsque la voix de leur maître demeuré près du carrosse vint les rappeler à l'ordre :

– Eh bien, qu'on en finisse et donnez le bâton au précieux et à l'officier pareillement.

Les deux laquais, tenant fermement leur bâton, s'approchèrent de Valencey d'Adana auquel le jeune élégant cria :

– Votre sabre !... Prenez votre sabre, ces deux-là ne font pas quartier !

– Ce ne sera pas nécessaire !... répondit le capitaine qui se tenait genoux légèrement fléchis, prêt à bondir. Et c'est bien ce qu'il fit car, comme les laquais approchaient en crabe, il se baissa avec souplesse pour éviter un coup de bâton, saisit l'homme à la taille, le souleva et le projeta sur l'autre, si bien que tous deux roulèrent sur le pavé.

Valencey d'Adana ramassa un des bâtons et le tint derrière son dos, tel un maître d'études, allant et venant à pas lents en attendant, patient et disponible.

Le laquais désarmé se releva et s'enfuit à toutes jambes mais l'autre, le bâton à la main, fit face, l'air mauvais.

– J'aurais grand plaisir à rosser un bel officier de marine car je suis le meilleur au bâton et, avec la protection de mon puissant maître, je puis briser chacun de tes os sans que cela me nuise.

– Diable, j'ai très peur !... Il n'empêche, tu en uses avec moi d'étrange manière, scélérat.

Le duel aurait dû commencer à cet instant si duel il y avait eu mais la foule en fut privée car, avec la virtuosité d'un homme maniant le bâton, l'épée et le sabre depuis l'âge de six ans, Valencey d'Adana enveloppa l'avant-bras de son adversaire, le désarmant par la même occasion, puis, d'un coup terrible, il lui brisa l'épaule.

La rumeur joyeuse qui entourait l'événement cessa lorsqu'on comprit que l'officier de marine n'entendait pas en rester là, se dirigeant à pas lents vers le carrosse. Et le bruit des talons de ses hautes bottes noires frappant le pavé semblait le seul son qui se pouvait entendre à cet instant en la ville d'Arras.

L'aristocrate dodu au visage flasque porta la main au manche de son épée en disant :

– Monsieur, vous ne savez point votre folie en cet instant. Restez où vous êtes et ne levez pas ce bâton sur moi.

– Finissez-en avec vos petites mines et vos agaçantes

grimaces. Soyez donc un homme à défaut d'être un gentilhomme.

– Je ne me bats point contre un homme ayant un bâton !

Valencey d'Adana sourit.

– Que vous voilà, monsieur, tout soudainement bremeux et foireux !... Finie, votre superbe ?... Et vous ne débitez que des pauvretés. Si je sors mon sabre, je vous fends par le travers en deux. Vous m'avez jugé digne d'être bastonné, soit, je me battrai au bâton n'étant point d'une nature inutilement contrariante.

– Vous allez à la mort ! Et si, par bonté, je ne vous tue point, votre amiral sera informé et vous brisera. C'est sur les galères que vous irez bientôt naviguer, et sous le fouet de la chiourme.

– J'aime assez, monsieur, vous voir tant vous soucier de mon avenir. Il sera ce qu'il sera car il est un temps pour vivre et un autre pour mourir mais assurément, il ne sera pas ce que vous méditez. Pensez plutôt à votre avenir immédiat...

Quelque chose, tandis qu'il sortait l'épée, contrariait depuis un moment déjà l'aristocrate bouffi et soudain, il réalisa la raison de cet embarras. Là, sur la poitrine de ce capitaine de vaisseau, il s'agissait à n'en point douter de la croix d'or de l'Ordre royal et militaire de Saint-Louis, la plus haute décoration du royaume : à l'âge de l'officier, elle ne peut récompenser que des actes d'une exceptionnelle bravoure.

Il blêmit.

– Monsieur, peut-être ignorez-vous qui je suis, alors sachez-le : on ne bastonne point le marquis Fervacq d'Habesca !

– Abaisse-caca !... hurla une voix dans la foule, déclenchant l'hilarité générale tant il est parfois des noms qui correspondent parfaitement à ceux qui les portent.

Mais la foule retrouva son sérieux car le capitaine semblait prendre avec gravité la nouvelle. Puis, faussement naïf :

– On ne bastonne pas un petit marquis Fervacq d'Habesca mais l'on peut bastonner un capitaine de vaisseau, comte de Valencey et prince d'Adana ?... Vous me déconcertez de plus en plus, monsieur.

Et, d'un petit coup sec, le commandant de *La Terpsichore* frappa une des cuisses dodues du marquis. Il recommença, et encore, jusqu'à ce que l'aristocrate joufflu se mît enfin en garde.

Mal lui en prit car le méchant bâton eut raison de la belle épée au manche incrusté d'émeraudes et cela, dès le premier engagement.

Désarmé, le marquis recula vers son carrosse mais Valencey d'Adana, l'y ayant coincé, annonça d'une voix à laquelle il imprima à dessein un accent d'outre-tombe :

– Vous faites face, je vous brise le crâne, la mort est certaine mais vous retrouvez partie de mon estime. Vous baissez culotte, me tournez le dos, et seule votre dignité passera de vie à trépas.

Le choix fut rapide et peu après la foule, aux anges, comptait :

– Cinq... et six... et sept... et huit...

Dix coups de bâton sur les fesses rembourrées de Fervacq d'Habesca tinrent lieu de châtiment, puis Valencey d'Adana jeta son arme de fortune sur le pavé et, réajustant son tricorne d'un geste élégant, répondit d'un discret salut aux acclamations de la foule.

Le jeune homme soigné de sa personne s'approcha alors et lança de sa faible voix mais sur un ton admiratif :

– Ah ça, Monseigneur, pour ajouter à tout, vous l'avez traité, lui qui en était imbu, avec une supériorité toute féodale.

Valencey d'Adana haussa les épaules.

– Jeune homme, lorsqu'on se trouve du même côté lors d'une bagarre, il n'est plus guère de « Monseigneur » mais des camarades. Êtes-vous de la région ?

– Je suis né à Arras.

– Eh bien puisque vous êtes trempé et moi encore mouillé des pluies de cette nuit, indiquez-moi une bonne auberge : vous êtes, si vous le voulez bien, mon invité.

Le jeune homme protesta que, tout au contraire, il était moralement la puissance invitante mais l'officier répondit que les choses se trouvaient inversées du fait qu'il venait de passer un bon moment grâce à lui.

On se mit en route et, chemin faisant, le jeune homme élégant et poudré précisa :

– Bien que je sois avocat, dans quelques mois, s'entend, j'ai mal plaidé mon cas en ne me présentant pas : Robespierre, Maximilien de Robespierre.

– Soit, Robespierre. Trouvez-moi cette auberge avec un bon feu et nous serons à reconnaissance égale.

10

Ils se devaient rencontrer en un lieu étrangement nommé « Le Chat troussé », carrefour de quatre chemins où l'on distinguait les ruines d'une maison. Il s'agissait d'un endroit isolé, la maison ayant aux temps jadis appartenu à une sorcière qui fut brûlée. Depuis, les paysans n'y passaient jamais la nuit et l'évitaient le jour, le spectacle de ces ruines calcinées et de ces terres retournées à l'état sauvage n'incitant aucunement à y regarder plus avant, tant il s'en dégageait une impression de tristesse et de sombre mélancolie.

Un temps épouvantable présidait à cette rencontre entre le puissant seigneur au masque de sanglier et ses deux tueurs envoyés au village pour observer et rapporter ce qui s'y disait.

L'homme-sanglier, arrivé le premier, piaffait d'impatience, peu habitué à attendre.

Derrière le masque, il jeta un regard accablé au ciel noir et frissonna sous le violent orage où se mêlaient grêle, pluie, éclairs et tonnerre. La foudre tombait sans cesse.

Enfin, couché sur l'encolure de son cheval qu'il ne ménageait guère, un cavalier ruisselant de pluie se présenta.

– Où est l'autre ?... demanda l'homme-sanglier qui devant la mimique d'incompréhension du tueur dut répéter sa question en portant la voix.

– La police royale l'a cerné à Ruffec.

– Quoi ?... demanda le puissant seigneur en pâlissant sous le masque.

– Rassurez-vous, Monseigneur, il est mort sans parler... N'ayant point obéi à vos ordres, il dépensa sans compter l'or que vous nous avez remis après... la mort du prince d'Adana. La chose vint aux oreilles de l'officier de police royale Gréville, qui est le plus fin renard qu'on vit jamais. Cerné, mon compagnon se défendit mais périt malgré l'incendie qu'il avait allumé pour tenter de masquer sa fuite.

– Et toi, qu'est-ce que la police sait de toi ?

Sentant la menace, l'homme lâcha la bride de son cheval et, très droit sur sa selle, leva les mains devant sa poitrine dans un geste censé protester de son innocence.

– Le lieutenant de police Gréville ne sait rien de moi, Monseigneur. Je voyais peu mon compagnon, uniquement pour lui transmettre vos ordres et toujours loin de Ruffec.

L'homme à tête de sanglier opina avec satisfaction, puis lança une bourse à l'assassin qui l'attrapa adroitement.

La tête de sanglier se leva un instant vers le ciel de suie, éclairée par l'aveuglante lumière d'un éclair et ce spectacle inspira une véritable terreur au tueur qui baissa les yeux. Il distingua, au côté de son maître, l'étrange épée noire à tête de mort mais s'éloigna au galop dès que l'homme-sanglier lui eut ordonné d'un ton sec :

– Reviens ici dans trois jours, même heure.

Valencey d'Adana et le jeune Robespierre avaient pris place à une petite table de l'auberge « Au sabot ».

Posé sur deux chaises placées devant la cheminée séchaient la tunique bleue à épaulettes dorées frangées d'or de l'un et l'habit gris perle de l'autre.

Ils dînaient d'asperges et d'un faisan aux petits pois, buvant un léger vin de Loire et de l'eau.

Robespierre s'interrogeait sur la nature de l'homme, et par exemple celle de ce cocher animé d'une si foncière méchanceté :

– Peut-être suis-je trop vain de ma tenue et mon aspect aura-t-il agacé cet homme...

Valencey d'Adana reposa la cuisse de faisan qu'il tenait par l'extrémité et chercha le regard de son interlocuteur. L'ayant trouvé, il expliqua doucement :

– Cette raison n'en est pas une, à peine une explication. Votre tenue ne regarde que vous. Je me souviens que mon père, souvent agacé par de jeunes précieux de Cour qu'on appelait alors des « muguets », ne leur adressa jamais la moindre remarque. C'est aussi cela la liberté ou alors nos goûts mettraient nos vies à la merci des homicidaires ou des « assassineurs » comme on dit en mon pays.

Robespierre essuya les verres de ses lunettes avec un mouchoir d'un blanc immaculé et répondit :

– Vous avez raison. Mais la cause de ce comportement agressif n'est-elle point que ce cocher ne fut ni éduqué ni instruit ?

– Voilà un conte tel que je les adore !... Ce n'est pas faux, mais c'est bien trop court. Voyons, Robespierre, tout homme doit connaître les contours du bien et du mal soit par sa conscience, soit par sa raison. Entre la rudesse du peuple qui se montre parfois impitoyable aux dépens de ceux qui le constituent et les discours mignards des belles dames de la Cour, il existe un terrain que des hommes tels que vous et moi doivent occuper pour y planter le drapeau de la fraternité. Ces temps sont durs aux faibles et aux infortunés, trop doux pour les puissants. Nous allons changer cela... Regardez cet uniforme : ne comprenez-vous pas où je sers et qui je sers ?

Le jeune homme laissa écouler un temps anormalement prolongé avant que de répondre. La raison en était qu'il se trouvait en grande admiration de son interlocuteur mais peinait à le bien comprendre. Comment un prince pouvait-il proférer des paroles aussi dures contre les siens ? Et cependant, Robespierre savait que la sincérité de Valencey d'Adana était sans failles : ne venait-il pas de corriger tout à la fois des laquais et un aristocrate ?... En outre il lui devait sinon la vie, du moins de ne s'être pas fait briser les os à coups de bâton, ce qui l'eût laissé infirme, ou défiguré par le fouet du cocher.

Ayant enfin pris la mesure de la question de l'officier de marine, il demanda avec curiosité :

– Vous servez sur les mers et pour le roi, n'est-ce pas ?

Le regard de Valencey d'Adana brilla soudain d'un éclat plus vif, les yeux gris-vert perdant l'expression lointaine qui leur était coutumière.

– Je sers un peuple qui brise ses chaînes et construit un monde nouveau. Les inconstances du caractère du roi peuvent par instants lui faire accroire que je me bats comme un chien pour la plus grande gloire des fleurs de lys, il s'égare. Les freluquets et les caillettes de la Cour peuvent bien se griser à penser que nous ne combattons que pour humilier les Anglais, quelle erreur : le peuple anglais est aussi malheureux que le nôtre. Ce qu'aucun de ceux-là ne comprend ni ne comprendra jamais, c'est que nous sommes de plus en plus nombreux, dans le Corps expéditionnaire français, à rêver d'installer la république et la liberté d'abord en

Amérique puis de construire semblable chose ici. Et pourquoi pas dans le monde entier une fois les frontières abattues ?

Robespierre, qui ne rêvait lui aussi que de cela, éprouva quelque peine à calmer une soudaine excitation.

– Vous servez en la ligne ?

Valencey d'Adana sourit.

– Tiens, vous connaissez les disposions des corps de bataille ?

– Je me passionne pour tout ce qui concerne le combat des Insurgents et pense tout comme vous que nous pourrions un jour prochain mener ici la même lutte.

Valencey d'Adana regarda un instant les flammes à présent mourantes puis, courtois, il répondit sans révéler l'essentiel :

– Je ne sers pas dans la ligne. La ligne est un assemblage de très lourds vaisseaux qui m'évoque de l'artillerie flottante. Je commande une frégate qui harcèle les Anglais car, si je ne conteste pas à la ligne la grande habileté de ses capitaines capables de faire virer des dizaines de navires tous en même temps, je ne crois qu'en la vitesse, la précision et la puissance de feu.

Robespierre, un instant, regretta de ne pas être marin mais il caressait d'autres projets. Néanmoins, le prince lui posait un problème dont il s'ouvrit avec franchise :

– Vous dites servir le peuple américain dans son désir d'instaurer la république. Vous dites la vouloir ici même. Vous êtes impitoyable avec la noblesse. Vous parlez du roi comme je n'oserais le faire. Mais vous, vous avez tout à perdre si... si les choses changeaient ?

– Quoi, des privilèges que je ne réclame plus depuis longtemps ? Que m'importe !... Le bonheur... *social*... d'un homme tire sa nourriture de la société dans laquelle il vit : moi, je la souhaite harmonieuse et fraternelle.

– J'admire votre force, la clarté de vos idées.

L'officier sembla brusquement perdre pied, à la grande surprise de Robespierre :

– Oh non, non, ne dites pas cela !... Le fait que nous soyons des inconnus l'un pour l'autre a libéré ma parole et, si vous serviez sur mon navire, je ne vous aurais pas dit un mot. Tout m'est trois fois plus difficile qu'aux autres car je ne peux jamais parler en situation d'égalité comme avec vous en cet instant. Celui qui est comme mon frère, je ne le veux inquiéter. Celle que j'aime, je ne lui puis rien offrir en raison de cette guerre et du piège où je suis tombé en acceptant d'épouser sa sœur. Mes officiers, mon équipage : s'ils me voyaient douter, ils prendraient peur. Ma solitude est définitive, Robespierre, je ne suis pas fort, mes idées sont agitées et en perpétuelle évolution et me voilà sans doute le plus malheureux des hommes.

Il rit, mais ne trompa guère son interlocuteur plus ému par cet homme qui se noyait en cherchant la vérité que par l'officier qui peu auparavant semblait dominer chacun des actes de sa vie.

– Eh bien... Je suis malheureux à mon tour car je découvre avec efffroi que les choses sont moins simples que je ne l'imaginais.

Ils discutèrent une heure encore, l'avocat ayant très jeune rencontré Voltaire quand Valencey d'Adana avait intimement connu d'Alembert qui était chez lui au château des princes d'Adana. Les lumières du savoir partagé les nimbaient tous deux et créaient un ciment étrange, cette amitié instantanée qui naît de la complicité.

Les vêtements étaient à présent secs et bien chauds.

Le ciel demeurait sombre mais le vent séchait rapidement la pluie sur les pavés.

Ils ne pensaient pas se revoir un jour mais étaient heureux de s'être rencontrés et de partager le même idéal. Ils se dirent adieu à regret, ignorant que, douze ans plus tard, des circonstances plus dramatiques les réuniraient à nouveau...

11

Le froid avait succédé à la pluie. Un froid de gueux, servi par un vent de nord-est qui terrassait certains au point qu'ils tombaient de cheval. On disait qu'en Lorraine, des cavaliers isolés avaient été attaqués par des loups que la faim poussait à pareille audace.

Enveloppé dans son long manteau bleu, le tricorne posé très droit sur sa tête baissée, Joachim de Niel, comte de Valencey et prince d'Adana, ne forçait guère son cheval tandis qu'il pénétrait sur les terres de Charente. Il ne se le dissimulait pas : il n'était guère pressé de voir la tombe de son père ni de retrouver le château et surtout sa haute tour dite « Tour des Demoiselles » où un certain souvenir, tendre et fragile, lui brisait le cœur...

Il préféra songer à son père. Sans qu'il le formulât avec une si nette clarté, il devinait que cette tombe, dont il ne possédait qu'une représentation assez vague, ne lui permettrait plus de s'imaginer que la mort de son père n'était qu'un mauvais rêve. Au contraire, la réalité de cette tombe le ferait basculer dans le monde doux-amer des souvenirs et des paradis perdus...

Sans doute le roi de France, les dignitaires de l'Amirauté et même ses hommes d'équipage qui le vénéraient pour sa bravoure, son intelligence et son humanité, sans doute tous ceux-là et surtout ses adversaires malheureux seraient-ils tombés de haut en voyant la scène mais l'insaisissable capitaine de *La*

Terpsichore pleurait doucement sur ce père assassiné. Une page essentielle de sa vie se tournait, ce deuil demeurerait une cicatrice sur son âme et en cet instant, sur ce mauvais chemin battu par un vent glacé, il se sentait totalement perdu. Pour la première fois de sa vie.

Il porta sa main gantée de gris perle à hauteur de ses yeux mais le vent avait déjà séché ses larmes.

Autre chose lui vint alors en tête et cette pensée, en cela qu'elle possédait un caractère énigmatique, le dérouta de son insupportable mélancolie : pourquoi avait-on enlevé celle qui devait devenir son épouse ? Mais, autre question, pourquoi devait-elle devenir son épouse ?

Il se redressa sur ses étriers et s'étira, les membres rendus douloureux par la persistance du froid et de l'humidité de son uniforme puis, ralentissant davantage encore le pas de son cheval, il songea à Pauline avec une froideur qui le surprit :

– Je ne l'ai jamais aimée ni ne l'aimerai jamais, hélas.

D'autres se seraient sans doute accablés de reproches, ayant proféré pareille phrase tandis qu'on cherchait partout la jeune femme enlevée, mais Valencey d'Adana ignorait ce genre d'hypocrisie. Il lui apparut que Pauline l'avait choisi dès longtemps et que les deux familles, très liées, encourageaient la chose mais nul ne s'avisa jamais de le consulter. On tint son indifférence pour un consentement, son grand calme pour les prémices d'un bonheur intérieur et son détachement pour une savante dissimulation.

Tout s'était ainsi mis en place à son insu et ce n'est que lorsqu'on évoqua sans fard la question du mariage qu'il comprit l'étendue de la confusion, reculant cependant à l'idée de précipiter tout le monde dans le chagrin, son père le tout premier.

Il soupira, résigné à l'idée de prendre Pauline de La Chesnaie de Flers pour épouse dès qu'on la retrouverait, ce dont il ne doutait pas. Et tant pis si depuis toujours il aimait la sœur cadette, Victoire, sachant cette inclination partagée.

Il sourit sans s'en rendre compte.

Chez Victoire, tout l'attendrissait... Son sourire exquis et un peu canaille, sa séduisante vénusté, sa grâce naturelle, son allure, ce mélange de féminité et ce côté un peu « garçon », son évidente pureté, le fait qu'elle ne soit pas futile et évite la mignardise de son aînée, sa simplicité et sa constance, notamment lorsqu'elle aimait : à l'évidence un seul homme et pour toujours, il en savait quelque chose !...

– J'ai vraiment tout perdu à ne rien oser... murmura-t-il, l'image de Victoire occupant tout son esprit.

Oui, elle était belle mais après tout, le monde est plein de jolies femmes, peut-être même plus belles que Victoire. Mais Victoire possédait sans le savoir la petite chose en plus qui ne pouvait que faire chavirer un homme tel que Valencey d'Adana : elle était émouvante !

Ah, que ne peut-on dire à une femme : « Je vous aime car vous êtes émouvante. » Qui oserait compliment si étrange ? Et qui le ressent quand d'autres ne s'arrêtent qu'à un beau sourire, un fier regard d'Espagnole ou des formes avantageuses ?

Il se sentit très seul.

« Émouvante »... Comme il adorait ce qui pour tant d'autres est un défaut ridicule : Victoire zozotait. À vingt-trois ans, elle zozotait encore comme la fillette qu'elle avait été.

Lorsqu'elle lui avait dit : « Ze t'aime, Zoachim », il avait, lui, le plus jeune officier décoré de la plus haute distinction royale, faillit se jeter à ses pieds et capituler sans conditions !

Pour elle, cinq ans plus tôt, et bien qu'il ignorât si elle le sut jamais – en fait, le soir même ! – il s'était battu en duel avec un baron, vieux coq prophétisant à voix haute qu'au lit, Victoire serait grâce, volupté et délices, pourvu qu'elle se taise mais pour cela, il assurait avec un regard égrillard connaître un bon remède.

Concernant le lit, Valencey d'Adana avait rétorqué que le tout était cependant de l'y mettre, et soi avec, ce qui, dans le cas d'un porc tel que le baron, semblait fort peu probable.

Une passe d'armes avait suffi pour faire mordre la poussière au baron, cuisse et bras transpercés, mais curieusement, et bien qu'il s'interdît de penser trop à Victoire, après ce duel, il considérait la jeune femme autrement. Il trouvait la chose abusive, indigne et odieuse mais s'étant battu pour elle en risquant sa vie, il se croyait par instants un droit sur Victoire. Et c'est une des nombreuses raisons pour lesquelles il l'évitait autant qu'il fut possible.

Au reste, songea-t-il avec soulagement, Mahé, arrivé au château quatre jours avant lui et le seul qui n'ignorait rien de tout cela, avait dû préparer le terrain et araser les difficultés.

Ce que Valencey d'Adana ignorait, et Mahé tout autant, c'est que certain grand seigneur allait sous peu les confronter tous deux à l'horreur absolue pour mieux détruire le prince.

Fût-ce en employant un moyen jamais vu encore en aucun pays du monde mais qui visait, en vous glaçant le sang, à faire chanceler puis perdre la raison.

Le roi George III d'Angleterre, qui se trouvait sur les grands chantiers de construction navale situés sur les bords de la Tamise, regarda avec contentement les trois unités prêtes pour leur première campagne. Les navires allaient bientôt sortir de la Tamise pour un premier voyage d'essai ou du moins, c'est ainsi que les choses auraient dû se dérouler.

Il n'en fut rien.

Le monarque, l'air brusquement contrarié, observa un vol de mouettes puis, d'une voix cassante :

– Qu'on débaptise ces navires, tous ces noms antiques sont ridicules !

Les amiraux, ingénieurs et architectes de marine éprouvèrent quelque peine à ne point sursauter.

– Qu'on leur ôte leur nom, vous dis-je !... Et qu'il en soit immédiatement ainsi !

Un amiral, plus courageux que les autres, suggéra :

– Majesté, tout navire doit porter un nom.

– Vous êtes, je crois, l'amiral Hood ?

– Au service de Votre Majesté.

– Nous appellerons le premier de ces navires le *Hood*. Le second... Le second sera le *Hornet*. Et le troisième, eh bien le troisième sera... le *Honey Bee*. Regardez comme ils se ressemblent, ce « H » en commun resserrera les liens qui les doivent unir car je veux que jamais, vous m'entendez, jamais ils ne naviguent séparément mais au contraire groupés en toutes circonstances.

– Mais... La ligne de bataille, Sire ?... demanda un vieil amiral.

– Je n'ai que faire de tout cela qui est fort ennuyeux !... Faites en outre savoir que la construction de ces bâtiments a été arrêtée, trouvez quelque argument qu'on puisse croire. Ces trois navires n'existent pas !... Et si je les devais perdre quelque jour funeste, ce qui paraît impossible, au moins éviterais-je une nouvelle humiliation publique.

Un troisième amiral risqua :

– Mais Sire, si les officiers peuvent se taire, les marins servant sur ces navires parleront.

– Eh quoi, monsieur : la parole de marins ivres contre celle du roi ?... Vraiment ?...

Les hommes constituant la fine fleur de l'état-major, qui ne pouvaient agir autrement, approuvèrent.

Satisfait, le roi d'Angleterre poursuivit :

– Nous aurons, nous aussi, nos vaisseaux fantômes...

Il rit, bientôt imité par un auditoire atterré mais courtisan.

George III reprit :

– Ces navires n'ont qu'une mission : couler la frégate française *Terpsichore*, celle qu'avec des voix de vieilles femmes vous appelez parfois « La Mort Rouge ». Suis-je bien compris ?

On approuva.

Le roi s'approcha des bords vaseux de la Tamise et observa avec une joie rayonnante les trois vaisseaux lourds, des navires à trois ponts. Puis, brusquement :

– Combien de canons sur *La Terpsichore* ?

– Soixante, Majesté.

– Et sur ces trois navires, au total ?

– Plus de trois cent vingt, Majesté. Des grosses pièces. Ils ont à eux trois une puissance de feu irrésistible.

– Combien d'hommes, officiers et marins, sur *La Terpsichore* ?

– Entre deux cents et deux cent vingt, Majesté.

– Et sur nos trois navires ?

– Près de quatre mille, Majesté.

Le roi George hocha la tête avec un petit sourire où ne se lisait aucune bonté.

– Quatre mille hommes, trois cent vingt canons, trois navires à trois ponts...

Il se tourna vivement vers les officiers supérieurs :

– Ils parviendront tôt ou tard à encercler *La Terpsichore*, eux et toute cette artillerie flottante. Ce chien de Français n'aura jamais le temps de faire face de trois côtés à la fois et, même s'il utilise son arme secrète, tout au plus endommagera-t-il un seul de nos navires. Mais, sous le feu d'apocalypse des batteries de ces trois bâtiments, il sera pulvérisé.

Le vieil amiral, encore lui, fut le seul à s'enhardir au point de suggérer :

– Sire, il est de mon devoir de vous dire qu'en cette guerre, hélas, nous faisons jeu égal avec la marine française, lorsqu'elle n'a pas l'avantage... Ces trois magnifiques et puissants bâtiments utilisés plus... régulièrement... devraient nous procurer un avantage décisif et précipiter notre victoire.

Le roi s'emporta :

– Ils feront cela plus tard ! Pour l'instant, je leur donne un ordre, un seul : il faut couler *La Terpsichore* !

Nul ne protesta devant cet ordre insensé et, même si chacun des hommes présents ne sous-estimait pas la dangerosité de la frégate française, c'était faire là un usage désastreux de la Flotte anglaise.

Le roi observa de nouveau ses énormes trois-ponts qui chassaient doucement sur leurs ancres. Il répéta :

– Le *Hood*, le *Honey Bee* et le *Hornet* : vous avez bien noté, messieurs ?

12

Après l'inévitable accolade à « Monsieur son frère », Valencey d'Adana, à peine arrivé en son château, monta au sommet de la « Tour des Demoiselles », y demeura dix minutes dans la plus totale solitude sans qu'on osât le déranger, puis il gagna sa chambre et se changea, endossant un uniforme neuf.

Les gens de Cour, prompts à l'exhibition, se seraient étonnés de voir le jeune prince descendre de la Tour des Demoiselles les yeux secs et le visage inexpressif. Sans doute l'auraient-ils jugé durement. Mais ceux-là avaient déjà changé de siècle, sinon d'époque. Pour un Valencey d'Adana, respecter les autres c'était d'abord se respecter soi : il était anéanti, effondré, brisé. Il allait penser à son père cent fois par jour pendant des années... raison de plus pour paraître insaisissable. Son père – mais pareillement Mahé et Victoire – l'aurait approuvé mille fois, cela lui suffisait. Le regard des autres, ce regard superficiel qui toujours juge sans savoir : quelle importance ?

Mahé le rejoignit dans la chambre. Également en uniforme, il lui signala qu'un lieutenant de la police secrète attendait en masquant assez mal son impatience.

Si le prince d'Adana prit la chose avec désinvolture, estimant qu'après des jours sous la pluie et dans le froid, il était bien naturel qu'il passât des vêtements secs, il remarqua combien Mahé s'inquiétait de l'attente du policier.

Enfilant de nouvelles bottes, Valencey d'Adana sourit. Il savait que la crainte n'entrait pour rien dans la gêne de Mahé qui ne mesurait sans doute pas même l'importance d'un officier de la police secrète, ne considérant, dans cette affaire, qu'un homme qui attendait, ce qui est pour tous chose fort désagréable.

S'observant rapidement d'un regard froid dans une glace biseautée, Valencey d'Adana questionna :

– Pourquoi la police secrète ?

– C'est un ordre conjoint des ministres des Affaires étrangères et de la Marine. Je crois que tout ce qui te concerne est placé sous le signe du secret. Je suppose que c'est en rapport avec *La Terpsichore*...

– Tu supposes bien. Parle-moi de ce policier.

– Mais... Il t'attend.

– Qu'il attende. Toute bonne police se doit d'être patiente quand j'aime savoir qui j'affronte. Allons, Mahé, comment est-il fait : grand, petit, jeune, âgé, naïf, retors ?... Qu'a-t-il trouvé ?... Que cherche-t-il ?... Qu'attend-il de moi ?

Mahé sembla un instant ployer sous le nombre des questions mais il ne manquait ni d'intelligence ni de mémoire. Il réfléchit et répondit enfin :

– C'est un homme de taille modeste, maigre, assez sec, qui doit avoir trente-cinq ans et semble ne point tenir en place. Il a cet air... Tu sais, ceux qui ont vu bien des choses et que rien ou presque n'étonne ni n'étonnera jamais. Il s'appelle Pierre-François Gréville et a déjà retourné le pays en tous sens, depuis ceux du village jusqu'au château des La Chesnaie de Flers en passant par les vagabonds qu'il fait arrêter partout, les charbonniers des forêts et même les pèlerins. Il a six hommes à lui.

– Que sait-on de Pauline ?... Comment a-t-il été reçu au château des La Chesnaie de Flers ?

– C'est à n'y rien comprendre : aucune nouvelle de Pauline, pas même pour demander rançon. Gréville, tu t'en doutes, n'a pas été très bien reçu au château et tu en sais la cause.

Valencey d'Adana arrangea son col et ébaucha un fugitif sourire. Le marquis de La Chesnaie de Flers, vieux compagnon d'armes de son père depuis Fontenoy et habitant sur les terres voisines, était mort d'une attaque d'apoplexie quelques années plus tôt. Il laissait deux filles, Pauline et Victoire, une épouse que la douleur avait rendue demi-folle et une sœur plus âgée qui vivait chez lui. Cette tante de Pauline était une femme redoutable qui voyait en chaque homme un possible suborneur de ses nièces, aussi tout ce qui portait culotte était-il reçu avec le peu d'égards qu'on réserve à un dogue entrant dans un boudoir précieux.

– La tante Aglaé aurait-elle malmené cet homme de la police secrète ?

– Elle le voulut d'abord mettre dehors et tel un petit coq se dressant sur ses ergots, le doigt menaçant, il répétait : « Police du roi : il y a des colonies pour exiler les gens tels que vous, madame ! » Mais je jurerais qu'il n'en menait pas large.

Valencey d'Adana imagina la scène : le maigre policier autoritaire d'un côté et de l'autre, la tante Aglaé. La tante avec sa moustache, son visage de vieux grenadier et sa vague odeur de singe. La tante qui menaçait parfois de se retirer entre les murs du couvent de Port-Royal, s'étonnant que beaucoup ne s'empressent point de l'en dissuader.

– Rien d'autre ? demanda Valencey d'Adana.

– Si, Victoire est passée tout à l'heure. Elle est très inquiète pour sa sœur qui pourtant la détestait mais je crois surtout qu'elle ne tient pas en place depuis qu'elle sait que tu es de retour.

– Je ne veux pas la voir. Arrange-toi comme tu voudras, Mahé, mais je ne veux point la rencontrer.

– Tu dois l'aimer bien fort pour te montrer aussi cruel !

Valencey d'Adana coiffa son tricorne orné de plumes blanches et rouges puis, s'approchant de « son frère », il lui posa la main sur l'épaule tandis que ses yeux gris-vert semblaient soudain marqués d'une profonde tristesse :

– Mahé, en cet instant, c'est seulement à Pauline que nous devons songer. Victoire... je ne veux pas parler d'elle. Même pas à toi qui es aujourd'hui, alors que notre papa est mort, l'homme que je chéris le plus au monde et ma seule famille.

En un élan émouvant et spontané, ils tombèrent dans les bras l'un de l'autre.

Pour quiconque eût assisté à cette scène, c'eût été spectacle fort singulier que celui de deux hommes de presque trente ans, de très haute taille, en uniformes d'officiers de la marine royale, le sabre au côté, et qui pleuraient doucement chacun sur l'épaule de l'autre...

Et sur quoi pleuraient-ils, au fond ?... Sur l'enfance perdue, sur ce père affectueux dans son bel uniforme de général des dragons du roi, sur les courses éperdues à travers les forêts, sur leur arrivée à Rochefort, à l'École des gardes-marine par un matin gris et sous un ciel sans joie ?... Ils étaient bien jeunes, peu habitués à la discipline militaire et à cet enfermement obligé entre les murs de bâtiments tristes et sombres. Parmi ces milliers de souvenirs, il y avait celui des cours de M. Gaspard Monge, l'inventeur de la géométrie descriptive et le plus redouté des examinateurs. Et ces nuits trop courtes où, à la pauvre lumière d'une bougie,

Joachim, l'élève le plus doué de la promotion, faisait de Mahé un Aspirant sortant de l'École avec un rang honorable pour entrer dans le « Grand Corps » par quoi tous désignaient la marine royale.

Mais surtout, lien indestructible, il existait le souvenir de ce jour où le tout petit Valencey d'Adana avait pris par la main un enfant sale et morveux comme pour l'attirer vers une autre vie où celui qui devait traîner une misérable existence de valet de ferme devenait un fringant officier de marine, et un aristocrate. Quelle magie, parfois, que la vie !

Était-ce là tout ?

Et non, diable, point encore. Si Mahé y songeait peu, Joachim était toujours bouleversé par l'évocation de l'arrivée de son « frère » dans une méchante « hotte à bébés », pauvre petite créature innocente promise à toutes les cruautés de la vie par la seule injustice de la naissance. Voilà qui pesait bien lourd, qu'il en fût ou non conscient, dans les choix politiques de Valencey d'Adana, lecteur enthousiaste et assidu de MM. Voltaire, Rousseau et des Encyclopédistes au premier rang desquels il plaçait l'ami de son père, d'Alembert.

– Ah ça, nous pleurons comme des vieilles femmes !... lança Valencey d'Adana, le plus bouleversé des deux mais extérieurement toujours de la plus grande raideur.

– L'épaule d'un frère est bien souvent le dernier rempart quand tout s'en va autour de nous !... répondit Mahé avec gravité.

Valencey d'Adana vérifia l'attache de son sabre en répondant :

– Tu as encore une fois raison. Attention, Mahé, la chose pourrait finir par te lasser.

Il remarqua le regard de Mahé.

– Eh bien, qu'y a-t-il encore ?

– Pourquoi fais-tu attendre ce Gréville ? Faire attendre, voilà qui ne te ressemble pas, toi qui as tant de soin des autres.

Le capitaine ouvrit la porte puis se retourna pour répondre :

– Deux raisons à cela. La première est que, s'il s'impatiente, il perdra de sa superbe, un peu de ses moyens et ne sera donc point trop odieux. La seconde est que, par mes questions, je voulais savoir qui j'allais rencontrer.

– Un homme redoutable !... répondit Mahé sur un ton marquant un certain respect.

– Eh bien allons affronter ce dragon... qui pourtant vacille devant la tante Aglaé.

13

Le policier Pierre-François Gréville bondit littéralement de son siège et, une fois debout, dévisagea avidement Valencey d'Adana qui affichait le plus grand calme.

– Prince, enfin !...

D'un geste calculé, Valencey d'Adana lui passa un bras autour des épaules et, l'entraînant vers la cheminée, répondit :

– Pour vous, monsieur Gréville, « comte » suffira bien.

« Habile ! » songea Gréville lequel, cependant, ne put se défendre d'être flatté par la distinction qu'on lui faisait là.

Gréville prit place dans le fauteuil que lui désignait Valencey d'Adana tandis que celui-ci s'adossait à la cheminée où mouraient quelques bûches.

Le policier mesura aussitôt son erreur car, lui assis et l'autre debout dans son uniforme, il le dominait totalement, accroissant encore l'ascendant que lui avait donné la nature.

« Subtil ! » pensa Gréville qui ébaucha le sourire sans rancune de qui sait s'incliner devant le talent.

Valencey d'Adana jeta un regard vers Mahé adossé debout contre un mur, comme si le fait qu'il fût là l'embarrassait. Prenant les devants, Gréville s'adressa à Mahé :

– Cet entretien revêt un caractère confidentiel et votre présence...

D'un geste gracieux, Valencey d'Adana l'interrompit, révélant bientôt un nouveau piège :

– Allons donc, monsieur Gréville, le baron de Campagne-Ampillac est pour moi tel un frère et sa présence ne relève pas de l'indiscrétion mais de l'assistance qu'un amour attentif manifeste envers un parent éprouvé.

« Diabolique ! » songea le policier, persuadé – à juste titre – que, depuis le début, Valencey d'Adana le menait où il voulait, c'est-à-dire à la faute. Il fut impressionné par ce qu'il reconnut immédiatement pour une intelligence supérieure et sa vie durant, il ne changea point d'avis encore qu'un hasard inouï l'amènerait de nouveau à croiser la route du prince pour le voir commettre des actes dont on ne savait s'ils relevaient de la pure folie ou d'une incroyable bravoure.

Plus tard, beaucoup plus tard, et dans une France devenue méconnaissable...

Changeant d'expression, le visage presque rieur, Valencey d'Adana risqua :

– Monsieur Gréville, je vous connais depuis moins d'une minute et, allez donc savoir pourquoi, j'ai l'impression que nous allons nous bien comprendre étant assuré que ni vous ni moi ne sommes des imbéciles. Qu'en pensez-vous ?

La chose était dite avec une telle grâce, et au fond une telle gentillesse, que le lieutenant de la police secrète sourit à son tour ; chose chez lui aussi rare que le soleil toisant la lune certain jour de grande confusion astrale.

Il émit une petite toux de politesse et répondit :

– Que nous ne fussions ni vous ni moi des imbéciles, voilà une certitude. Pour ce qui tient à moi, la chose est acquise, sans vantardise, par mon maintien à un poste délicat dans un service secret du roi. Pour ce qui vous concerne, monsieur le comte, vous venez coup sur coup de m'en faire trois jolies démonstrations.

– Alors voyons cette affaire...

Ils avaient parlé pendant deux heures après quoi, Valencey d'Adana avait été se recueillir sur la tombe de son père.

Gréville, prodigieusement intéressé, l'observait attentivement mais, sur le visage du capitaine, pas un muscle ne bougea.

Gréville avait interrogé tous les habitants du village et un homme, un seul, lui laissait un souvenir désagréable : celui de quelqu'un qui ment. Aussi, comme ils en étaient convenus, le policier, le prince et le baron se présentèrent-ils dans le champ où l'homme travaillait.

Celui-ci, à la vue du lieutenant de police et des deux aristocrates, ne put empêcher un fort tremblement des mains, signe qui conforta ses interlocuteurs en la certitude que cet homme ne disait pas la vérité ou, à tout le moins, ne disait pas l'entière vérité.

Sans attendre, Gréville le gifla sèchement évitant toutefois d'appuyer trop fort son coup. À cet instant, Valencey d'Adana s'approcha pour regarder le laboureur droit dans les yeux tandis que le policier menaçait :

– Les galères !... Mentir dans une affaire criminelle de cette importance est passible des galères. J'espère au moins qu'ils ont généreusement payé ton silence.

– Ils ne m'ont pas payé !... protesta l'homme qui, mesurant son erreur, porta sa main à sa bouche comme pour s'imposer tardivement silence.

Pourtant, il ne manquait pas de caractère et son obstination lui aurait sans doute permis de se taire n'était le regard profondément désolé que Valencey d'Adana posait sur lui. Il estimait l'officier de marine et trouvait d'instant en instant plus insupportable l'idée de le décevoir, surtout lorsque celui-ci lui demanda à mi-voix :

– Jean, je sais que mon père t'avait en affection et je sais également qu'il a été bon pour toi : pourquoi ajoutes-tu à mon chagrin en protégeant les assassins de ton bienfaiteur ?

C'était dit simplement, sans manières, et tous en furent émus.

– Je ne les protège pas, Monseigneur ! Le prince votre père...

– Le prince, c'est moi !... coupa l'officier de marine.

Le rappel de son titre n'était guère dans la manière de Valencey d'Adana mais il pensait assez finement qu'il se trouvait aujourd'hui le maître de Valencey, un personnage auquel il devenait plus difficile de mentir.

– La raison de mon silence est que je sortais de chez une femme... Ce que la mienne ne sait point !

– Quelle femme ?... demanda Gréville d'une voix à laquelle l'excitation donnait un léger tremblé.

L'autre répondit enfin, non sans réticences :

– La veuve Braudel. C'est sur mon chemin de retour depuis les champs... Je m'y arrête quelquefois, elle est si seule...

– N'entre pas dans ces détails car après tout, c'est votre secret et votre amour mais dis-nous ce que nous souhaitons entendre... proposa doucement Valencey d'Adana.

Une dernière fois, l'homme hésita, son regard allant du prince au policier puis il se décida enfin :

– À la vérité, je n'ai vu personne mais j'ai vu

quelque chose, quelque chose de bien étrange... C'était le jour même de l'assassinat de votre père. La nuit tombait, on y voyait bien peu et des bourrasques violentes balayaient le chemin. J'ai pensé : « Jean, tu t'es trop attardé chez la veuve Braudel. » J'avançais la tête en les épaules, transi de froid, lorsque je crus entendre un bruit bien inattendu. Je me retournai et vis venir au loin un chariot tiré par quatre chevaux lancés à grande allure...

Il s'interrompit, rêveur. L'officier de marine relança :

– Jean, ici, les chariots sont tirés par des bœufs : qui peut s'offrir des chevaux ?

– C'est bien observé, Monseigneur, et c'est ce que j'ai pensé aussi. Grâce à Dieu et à tous les saints...

– Laisse ces « gens-là » tranquilles !... coupa Gréville qui aussitôt se mordit les lèvres pour cette manifestation anticléricale. D'un geste agacé, comme si le paysan en était responsable, il lui fit signe nerveusement de poursuivre :

– Je me trouvais à un coude du chemin si bien que de loin, je devais passer pour une souche. Je ne sais pas pourquoi, mais je me suis jeté dans le fossé.

Il s'approuva lui-même en hochant la tête à plusieurs reprises, ce qui agaça Pierre-François Gréville.

– Eh bien, ce chariot, à la fin ?

– Quatre beaux chevaux. Une ombre armée d'un fouet que celui qui semblait un spectre faisait claquer à intervalles réguliers... Le chariot, enfin, couvert d'une toile bien tendue et attachée : une fourmi n'y serait point entrée ou sortie. Et là...

– Là quoi ?... demanda vivement Mahé.

– On aura du mal à me croire... Du chariot, ce n'était que plaintes, centaines de petits cris. Ah, ça semble impossible mais allez, je les connais trop bien, moi, ces cris et ne peux m'y tromper : des rats !... Des centaines de rats et ils étaient affamés.

Un instant bouche bée, le lieutenant de la police secrète répéta :

– Des rats... Mais nul ne transporte des centaines de rats affamés...

– Je la connais, cette engeance. C'était bien des rats ou que Dieu me damne jusqu'à la fin des temps.

On n'en tira pas davantage, chacun étant d'ailleurs persuadé que tout était dit et les trois hommes, songeurs, remontèrent en selle l'air un peu perdu, l'esprit en déroute devant si incroyable nouvelle. Qui, et pourquoi, irait de nuit par des chemins perdus transporter en grand secret des centaines de rats affamés ?

Brusquement, le lieutenant de la police secrète sursauta sur sa selle, resta un instant figé de stupeur puis, soudain très pâle, jeta un regard lourd à Valencey d'Adana :

– Je crois avoir compris et si c'est bien cela, c'est terrible, terrible !

– Que voulez-vous dire ? demanda l'officier de marine.

Gréville baissa les yeux et, à mi-voix :

– Apprêtez-vous à contempler une chose qui dépasse en horreur tout ce qu'il vous fut donné de voir jusqu'ici...

14

Il ne portait pas sa tête de sanglier, venant de l'ôter après avoir envoyé sèchement le tueur venu au rapport au lieu-dit « Le Chat troussé ».

Ainsi, Valencey d'Adana était sur place !... Enfin !... Il le tenait donc à merci, ou presque, ayant fait venir de Paris une dizaine d'assassins qu'il entretenait à Angoulême. Sur un mot, ils seraient ici. Et pourvu qu'ils attaquent en un instant où le lieutenant de police et ses hommes seraient occupés ailleurs, Valencey d'Adana et ce bâtard de Campagne-Ampillac, si redoutables soient-ils, ne pourraient faire face à dix spadassins, certains se trouvant anciens militaires, les autres ayant fait des armes leur métier.

C'était chose facile. Un mot, un ordre, et tout serait dit. La tourbe humaine qu'il avait rassemblée perçant de tous côtés le corps du dernier prince d'Adana.

– C'est si facile, à présent... D'une telle simplicité. Et pourtant...

Une chose le gênait. Il ne pouvait rien là contre, même s'il s'en irritait, mais l'histoire de cette tumultueuse famille le fascinait. Davantage, sans doute, que ceux qui en portaient le nom. Ainsi était-il écrit dans les chroniques et dûment établi que les Valencey d'Adana descendaient de Charlemagne. Et pareillement qu'aux temps jadis, un certain Enguerrand de Niel, comte de Valencey, et son jeune frère Tancrède avaient participé en 1189 aux côtés du roi Philippe Auguste à la troisième croisade, décidée après la prise de Jérusalem par Saladin.

Une suite d'événements tragiques avait marqué cette longue guerre. Chez les alliés chrétiens, l'empereur Frédéric Barberousse s'était noyé dans un fleuve de Cilicie, son armée s'en trouva aussitôt disloquée. Peu chanceux, le roi d'Angleterre Richard Cœur de Lion dut batailler durement, chèrement et longuement avec son armée pour conquérir Chypre. Quant aux Français, l'impitoyable Philippe Auguste avait pris Saint-Jean-d'Acre sans coup férir ni trop souffrir. Cependant, peu auparavant, ayant envoyé le comte de Valencey en reconnaissance, celui-ci, trompé par un guide à la solde de Saladin, s'était perdu en terre d'Arménie avec les siens.

Assoiffés, fourbus, Valencey et sa petite troupe avaient en outre essuyé une tempête de sable rouge d'une exceptionnelle violence. Et c'est ainsi qu'ils se présentèrent dans les lueurs de l'aube devant Adana, pas plus d'une trentaine mais de si terrible aspect !... Le sable s'était collé aux casques, aux heaumes, aux armures et cottes de mailles. Trente cavaliers rouges, leurs longues épées à la main, silencieux et immobiles sur des chevaux efflanqués ; c'est ce que découvrirent les habitants d'Adana. Une terreur sans nom s'empara de la ville, précédant une panique générale. Enguerrand de Niel, comte de Valencey, avait souri, craquelant le masque de sable rouge sur son visage. Puis, il leva sa lourde épée pour donner le signal de la marche sur Adana mais la ville s'était presque donnée. Les croisés ne perdirent que trois chevaliers, dont Tancrède de Valencey.

Apprenant l'inattendue et heureuse nouvelle, Philippe Auguste avait fait sur-le-champ de l'aîné des

Valencey le premier prince d'Adana lequel, aussitôt, en souvenir de la providentielle tempête de sable, ajouta du rouge à son blason. Accentuant le trait, ses descendants flanquèrent de plumes rouges les plumes blanches – couleur royale – de la monarchie.

1189 !... songea l'homme au masque de sanglier. 1189, bientôt sept siècles !

Sept siècles que les hommes de cette famille agrandissaient leurs terres et leur influence, épousaient les plus beaux partis et, surtout, les plus jolies femmes.

Il répéta :

– Les plus jolies femmes, les plus jolies...

Un sanglot où se mêlaient rage et amertume emporta ses paroles.

Valencey d'Adana avait adopté le parti de ne point montrer sa curiosité, estimant la chose tel un manque de qualité car si comme on l'a vu, très curieusement, il ne faisait guère volontiers étalage de ses titres de haute noblesse, se montrant même assez modeste sur ce chapitre, il avait en revanche fait siens, dès l'enfance, certains principes de la vieille aristocratie. Parmi ceux-ci, ne se jamais faire plaindre, ne pas être une charge pour les autres, éviter de se montrer curieux et pis encore, indiscret, ainsi que beaucoup d'autres traits marqués d'une certaine rigueur qui avaient participé à façonner son caractère... sans altérer, hélas, sa fragilité intérieure.

Le lieutenant de police préférait ne pas dire où il le menait ?... Tudieu, qu'il en soit ainsi et à Dieu vat !

Ils chevauchaient de front avec Campagne-Ampillac, les six soldats de police suivant en l'escortant un chariot transportant trois terrassiers et leurs outils.

De temps à autre, le capitaine jetait un bref regard au policier qui semblait soucieux, ou à tout le moins préoccupé, muré en lui-même, et Valencey d'Adana ne se trompait pas en supposant que l'autre, flairant une piste, craignait cependant de s'être trompé, s'exposant peut-être au ridicule. En tout cas, et l'officier de marine l'en estima aussitôt davantage, Gréville allait-il jusqu'au bout de ce que lui soufflait son instinct de policier.

Après un quart d'heure de route, Gréville fit halte devant une ancienne commanderie de Templiers, mettant aussitôt pied à terre. Plus ou moins surpris, les autres l'imitèrent.

Le bâtiment aux murs épais d'un mètre avait peu souffert des assauts du temps et des éléments, le toit lui-même ayant par endroits résisté.

– Vous connaissez cette commanderie ? demanda Gréville et, comme souvent lorsqu'il posait une question, il reprit sans doute malgré lui le ton désagréable du policier.

Valencey d'Adana ne s'en formalisa pas plus que cela, répondant même avec bonne humeur :

– Comment ne pas la connaître puisqu'elle se trouve sur mes terres ?

Il sourit et ajouta :

– Les Templiers... Un de mes ancêtres, héros des croisades, leur accorda par privilège ce coin de terre où ils bâtirent eux-mêmes la commanderie. Lorsque l'Ordre fut dissous et le grand maître envoyé au bûcher, Philippe le Bel confisqua leurs biens mais ses sbires, ne trouvant ici aucun trésor, il nous restitua les terres et le bâtiment.

Il se tourna vers Mahé.

– Te souviens-tu de nos jeux d'autrefois ici même, avec Nicolas ?

– Vous parlez du comte de Blacfort ?... questionna le policier.

– Oui, notre ami d'enfance.

Gréville hocha la tête, faisant l'important qui se trouve déjà informé de toutes choses. Puis, après un regard aux deux aristocrates :

– J'ai découvert ici une chose bien singulière et votre avis seul pourrait lever le sérieux doute qui m'est venu.

Puis, adressant un signe autoritaire à ses hommes et aux ouvriers :

– Suivez-nous, vous autres !

La dizaine d'hommes pénétra dans la commanderie, traversa une grande et belle salle jonchée d'éboulis et de gravats, gagna un couloir puis Gréville s'arrêta net devant un mur, désignant d'un doigt pointé avec autorité un endroit où l'on voyait distinctement de très récents travaux de maçonnerie.

Enfin, s'adressant à Valencey d'Adana :

– Avez-vous, monsieur le comte, ordonné ces temps derniers des travaux ici même ?

L'officier de marine éprouva quelque peine à cacher sa surprise. Il jeta un regard à Campagne-Ampillac lequel, incrédule, secoua négativement la tête. Encore troublé, c'est cependant d'une voix calme qu'il répondit :

– Je n'ai pas ordonné ici de travaux et nul n'en aurait entrepris, me semble-t-il, sans mon accord. J'ajoute que cet endroit n'a jamais été muré.

– Que voulez-vous dire ?... demanda le lieutenant de la police secrète lequel, déjà, triomphait dans la mesure où il avait décelé un événement anormal.

Valencey d'Adana haussa les épaules avec indifférence.

– C'était une ouverture de forme rectangulaire pouvant laisser passer un homme. Il s'agissait sans doute d'une porte pourrie par les siècles et tombée en poussière, du moins l'ai-je toujours vue ainsi. Lorsqu'on passait le seuil, on pénétrait dans une pièce assez modeste, sans fenêtres. L'endroit n'offrait aucun intérêt.

– Aucun intérêt, n'est-ce pas ? Et pourtant, quelqu'un s'est donné la peine de venir dans cette commanderie de templiers éloignée de tout et abandonnée de tous pour entreprendre d'y murer une pièce que vous dites vous-même « assez modeste et sans intérêt ». Voilà qui est singulier !

Valencey d'Adana soupira :

– C'est entendu, monsieur Gréville, il y a là un mystère qui nous dépasse assurément et que vous seul avez remarqué. Alors ne différez pas ce pourquoi vous êtes venu.

D'un bref hochement de tête, le policier accepta l'hommage, car c'en était un, puis désignant le mur tout récent aux ouvriers :

– Abattez-moi cela !

Les terrassiers attaquèrent par le haut, faisant tomber vers l'intérieur des moellons d'importance. Le travail était facilité par le peu d'adhérence du mortier à peine sec qui liait les blocs les uns aux autres mais cependant, sans outils, le mur eût résisté.

Brusquement, faisant sursauter tous les hommes présents, un rat sauta au visage d'un des terrassiers puis s'enfuit.

– Vous disiez la pièce hermétique, monsieur le comte ? demanda le policier, suspicieux.

– Elle l'est !... répondit Valencey d'Adana du ton calme que donne l'absolue certitude.

Un second rat, puis un troisième apparurent avec prudence avant de filer vivement.

– Travaillez en vous plaçant de côté, ne soignez pas

les bords, atteignez rapidement un bas niveau : il y a sans doute beaucoup d'autres rats et il faut faciliter leur fuite !... ordonna Gréville.

Les ouvriers se conformèrent aux ordres et plus leur travail les rapprochait du sol, plus les rats filaient par dizaines. Enfin, le flot de rongeurs se tarit et Gréville, une torche charbonneuse à la main, pénétra dans la pièce.

Il vit d'abord les cadavres de dizaines de rats lesquels, affamés, s'étaient entre-dévorés puis il ne put retenir un haut-le-corps. Valencey d'Adana le rejoignit et tressaillit lui aussi.

Silencieux, ils contemplèrent longuement un squelette aux os rongés sur lesquels ne demeuraient pas même quelques nerfs ou filaments.

Gréville avait déjà compris mais il pensa que tel n'était peut-être pas le cas de Valencey d'Adana, en quoi il se trompait, aussi remarqua-t-il à voix haute mais avec une très inhabituelle douceur :

– Ces os menus et ce bassin étroit sont ceux d'une femme.

Valencey d'Adana, le visage dur, hocha lentement la tête en répondant :

– Ne vous donnez pas tant de peine, monsieur Gréville, je devine déjà de qui il s'agit et que nous recherchions dans toute la région.

Gréville hésita à tourmenter l'officier de marine mais sa conscience du devoir à accomplir l'y poussa. Désignant ce qui ressemblait à du crin éparpillé autour du crâne, il demanda :

– Était-ce là la couleur des cheveux de Mlle Pauline de La Chesnaie de Flers ?

– Oui.

Le lieutenant de police se baissa et, près des os d'une des mains, ramassa un anneau d'or qu'il porta à hauteur de son regard. On y voyait une émeraude rectangulaire au gracieux tour de rubis. Il la montra à Valencey d'Adana lequel, accablé, hocha la tête en disant :

– C'était bien une de ses bagues. Sa préférée, je crois.

Mahé de Campagne-Ampillac prit son ami par l'épaule et l'entraîna à l'extérieur. Il savait que, sous ses dehors froids, le prince, bouleversé, faisait face. Car plutôt mourir que montrer sa douleur...

L'air était vif et une certaine roseur revint aux joues creuses de Valencey d'Adana tandis que Gréville, un peu gêné, suggérait :

– Il faudrait prévenir la famille...

– Je vais m'occuper de cela.

– Bien, très bien, monsieur le comte. Pour ma part, je vais faire commander un cercueil provisoire afin qu'on la ramène dignement chez les siens.

Valencey d'Adana ne répondit pas. Peut-être n'avait-il pas entendu. Aussi Gréville se plaça-t-il devant lui afin que l'officier de marine entende clairement ses paroles :

– Elle a été emmurée vivante. Une chose atroce.

– Je sais.

– On a dû attendre ainsi quelques heures, pour ébranler sa raison, puis, ôtant une pierre au sommet du mur à peine achevé, on a introduit par cette ouverture les rats affamés. Les assassins ne peuvent avoir procédé autrement, les rats n'auraient pas tenu en place si on les avait amenés avant de murer le bas. Il fallait grandement haïr cette jeune femme pour se montrer si cruel.

– Sans doute... Ou quelqu'un à travers elle...

– Attaquée de tous côtés par ces centaines de rongeurs, ses souffrances et son agonie furent brèves, c'est certain.

Valencey d'Adana s'ébroua :

– Quoi qu'il en fût des circonstances, monsieur Gréville, cela ne me console pas.

Le policier l'entraîna à l'écart et, sachant sa tâche malaisée, il choisit soigneusement ses mots :

– Je crois savoir que vous deviez... que vous envisagiez... on parlait d'un mariage, me semble-t-il.

– Certains en parlaient, monsieur Gréville.

– On le dit... Et vous étiez résigné à la chose.

Valencey d'Adana scruta attentivement son interlocuteur.

– Résigné, c'est peut-être le mot, en effet.

Gréville, davantage le policier que l'homme, se demanda jusqu'où il pouvait aller. Il était de son devoir de le savoir. Compte tenu des circonstances douloureuses, comment son interlocuteur réagirait-il à l'énoncé d'une vérité dérangeante ?

– N'est-ce pas ? Pauline de La Chesnaie de Flers était quelqu'un de terriblement dur. Par exemple, elle martyrisait sa jeune sœur, Victoire.

– Vous faites questions et réponses, ce qui rend votre commerce reposant. Mais soit, ce que vous dites est la vérité.

Ces points acquis, le lieutenant de la police secrète, satisfait, ajouta :

– Tout d'abord votre père... Puis celle qui devait devenir votre épouse : on cherche à vous nuire, à vous blesser.

– Le pensez-vous réellement ?... demanda Valencey d'Adana avec une sorte de triste ironie.

Gréville perçut l'intention sarcastique sans toutefois s'en offusquer puis, jetant un regard à Mahé et aux soldats des troupes de police qui se trouvaient à quelque distance, il poursuivit :

– Si je cherche les assassins de votre père et de votre fiancée, sachez, monsieur le comte, que ce n'est pas pour ces affaires en elles-mêmes mais parce qu'elles vous concernent. Ma mission, avant toute chose, consiste à vous protéger dès qu'un danger vous menace, vous, rien que vous, uniquement vous.

L'officier de marine éprouva quelque peine à dissimuler son étonnement.

– Avez-vous un supérieur ?

– Non. Je commande la police secrète.

– Vous ?... Un simple lieutenant ?

Gréville sourit :

– Lieutenant ou général, quelle importance, monsieur le comte ?

– De qui émane l'ordre de me protéger ?

– Désolé, monsieur le comte : secret d'État.

Il y eut un silence. Gréville savait que Valencey d'Adana n'insisterait pas mais il s'étonnait d'autre chose : son père, sa fiancée et tout cela reçu avec une impénétrable froideur !... Froideur ou force de dissimulation ?... En ce dernier cas, Valencey d'Adana serait un homme sensible et peut-être fragile mais comment le savoir : on eût dit une muraille !

Sous le masque de l'impassibilité, le policier, car c'était son métier, observa tout de même l'air tendu et obstiné, le teint pâle, les mâchoires serrées puis remarqua que les mains du bel officier tremblaient légèrement.

« Tiens, tiens, ce prince d'une force morale étonnante n'est donc qu'un homme, après tout, un homme avec ses peines et ses chagrins ! » songea-t-il.

Et il en éprouva un profond mais secret contentement.

15

Ils allaient se mettre en selle, Valencey d'Adana impénétrable, Campagne-Ampillac triste pour son ami qu'il ne quittait pas des yeux et le chef de la police secrète suspicieux, observant les parages tels que si un ennemi pouvait en surgir à tout instant.

Et ce fut lui qui, le premier, posa la main sur la garde de son épée en voyant arriver un cavalier à bride abattue. Il fut cependant rassuré en reconnaissant Nicolas de Refroicourt, comte de Blacfort.

Celui-ci sauta de cheval avec souplesse et se précipita dans les bras de Valencey d'Adana. Ils demeurèrent ainsi un long instant à s'étreindre en marque de profonde affection puis Blacfort donna une accolade plus brève, mais qui ne manquait pas de chaleur, au baron de Campagne-Ampillac.

Enfin, à l'initiative de Mahé, tous trois se prirent par le cou, formèrent cercle et esquissèrent une sorte de ronde enfantine qui laissa Gréville d'abord stupéfait. Stupéfait et... peu à peu, une tendresse très inattendue gagnait le cœur pourtant assez inaccessible du policier lequel, depuis longtemps, tentait d'étouffer ses émotions qu'il soupçonnait de pouvoir troubler son froid jugement et d'entraver son action. Gréville, sorti du rang après une enfance pauvre, avait tout sacrifié à sa carrière au reste fort brillante. Il avait renoncé à tout, même à l'amour qu'il lui semblait avoir entr'aperçu à deux ou trois reprises pour le fuir aussitôt et auquel il n'osait plus rêver à un âge où sa vie se stabilisait.

Un instant perplexe, il reporta son attention sur le trio et sa ronde enfantine où, tête contre tête, chacun se tenait par les épaules.

Il en fut profondément touché. Ainsi, un prince, un comte et un baron pouvaient, au seul bonheur de se revoir, tomber en pareille gaminerie ?... Ainsi encore, un capitaine si redoutable et utile à la couronne qu'on le faisait protéger telle une arme secrète, un lieutenant de marine s'étant cent fois illustré au combat et un comte qui, bien que borgne, passait pour une des plus fines lames de France, pouvaient pareillement adopter une attitude qu'on attend seulement de tout petits enfants ?

– À presque trente ans... murmura Gréville, partagé entre émotion et réprobation de pure forme.

Faisant un signe discret mais impératif à ses hommes, il monta à cheval et s'esquiva avec discrétion.

Au même instant, comme si le départ du policier l'arrachait à l'affection de ses amis, Blacfort regarda ceux-ci avec une légère surprise :

– Quel étonnement de vous trouver tous deux ici...

Valencey d'Adana observa au loin un vol de corbeaux qui semblait une aile noire survolant un paysage désolé par la grisaille :

– Pauline est morte, Nicolas.

– Quoi ?

Mahé confirma d'un signe de tête accablé.

– Où est-elle ?... demanda Blacfort.

– Il vaudrait mieux que tu ne la voies pas ainsi que la laisse la barbarie d'une mort affreuse !... répondit Valencey d'Adana assuré par avance de l'inutilité de ses paroles.

Ce qui se vérifia sur l'instant, Blacfort ébauchant une réaction où il semblait se cabrer :

– Pauline était mon amie très chère. Oh, Joachim, tandis que vous naviguiez et vous battiez sur les mers depuis des années, combien de soirées ai-je passées avec Pauline et Victoire à parler de toi !

Mahé, qui n'entendait à aucun prix voir son ami contraint de contempler de nouveau le terrible spectacle, fit signe à Blacfort :

– Viens, suis-moi, je vais te mener.

Demeuré seul près des chevaux, Valencey d'Adana alla de long en large, ses bottes crissant sur le gravier parsemé de flaques à demi gelées.

Étrangement, il se sentait comme extérieur à lui-même, ainsi qu'il serait s'il s'agissait de la vie d'un autre dont il aurait à estimer toute l'étendue de l'infortune. Son père si gentil et tolérant, ouvert aux idées de progrès, l'encourageant à mener sur les mers la vie dure aux Anglais qui opprimaient le peuple américain, recevant avec faste et chaleur son ami d'Alembert comme il ne l'eût point fait pour le roi de France...

Et maintenant, Pauline. Une Pauline certes effroyable avec sa petite sœur Victoire, dure avec sa mère fragile mais surtout fanatique dans son choix à le vouloir lui, si indécis, pour époux : mais elle ne méritait pas cette fin !

Certes, il n'aimait pas Pauline d'amour, son cœur tout occupé par Victoire mais, avec le temps, il avait fini par être ému de la constance des sentiments que lui portait l'aînée des La Chesnaie de Flers. Ému et un peu lâche – il ne l'ignorait pas –, suffisamment en tout cas pour mener Pauline à l'autel s'il n'était advenu cet épouvantable assassinat.

Il butait obstinément sur l'idée qu'on le puisse aimer, ne se trouvant aucune qualité qui le puisse rendre séduisant à l'exigeant regard des femmes. Courtois, et même galant, rompu aux usages gracieux de l'ancienne Cour, celle de Louis XV, il ne se pouvait défendre de manifester une certaine froideur et de mettre une distance entre les femmes et lui, surtout les aristocrates.

Il se pensait rebutant alors qu'il intriguait. Il se jugeait sans intérêt quand il fascinait. Il constatait le vide autour de lui ; mais ce vide était celui que les femmes habiles à sentir ces choses ne comblent pas lorsqu'elles voient dans un homme le possible objet d'une passion dont on deviendrait vite l'esclave... malheureuse !

Il refusait obstinément d'apprendre à danser, fuyait badinage et futilité et finalement, hors sa passion de la mer et des livres, n'avait connu de rares bonheurs amoureux qu'auprès de femmes sans naissance qui le prenaient avec ravissement mais ne pleuraient point trop lorsqu'il partait, puisque c'était là le lot commun de tous les capitaines.

– Je suis lâche, oh oui : quel lâche !... lança-t-il d'une voix forte, comme s'il cherchait à s'en convaincre.

La mort de son père et celle de Pauline ne pouvaient survenir à pire moment. La guerre s'éternisait et l'épuisait. Les responsabilités du commandement et ces dizaines de milliers d'Anglais qui le voulaient tuer ruinaient son système nerveux. Il n'en pouvait plus de cette posture de « héros » calme et tranquille qu'il pensait devoir aux autres. Mais pourquoi devrait-il quoi que ce soit aux autres ?... Qui avait décrété cela ?... Pourquoi ne se révoltait-il pas là contre ?... Il connaissait la réponse : au fond, c'était plus commode. Il se jugeait sacrifié à une grande cause et cela endiguait tous ses autres problèmes tel son impossible amour pour Victoire ou cette situation difficile, voire impossible : un pied dans le monde de demain et l'autre dans celui... d'avant-hier ! Un grand écart des plus délicats, aucun homme ne peut vivre ainsi déséquilibré : quelle évidence.

Depuis quelque temps, il comprenait que devenir – fût-ce à son corps défendant – un modèle, c'est être prisonnier. Il n'agissait plus qu'en fonction de ce qu'on était en droit d'attendre de lui eu égard à ses succès. Ses envies, ses espérances, les folies et les exubérances qui lui venaient parfois, les larmes, les interrogations, les doutes, tout cela s'étouffait en lui mais le tuait en même temps. Il s'éteignait, c'était bien cela. Il se desséchait vivant, la vie le fuyait pour ne laisser qu'une momie, une apparence. Comme un chêne debout, robuste et vigoureux au regard du voyageur mais creux à l'intérieur, rongé, vidé.

C'est à cet instant que revinrent Mahé et Nicolas, ce dernier défait, le corps secoué de gros sanglots.

Le prince s'approcha. Il sentit son cœur se serrer au point que la douleur, physique, l'empêcha presque de respirer. Ce qui le touchait à ce point dans le spectacle qui lui était involontairement offert tenait moins au chagrin de Blacfort qu'au fait que son œil unique, soudain voilé, semblait rougi tandis qu'en jaillissaient les larmes.

Valencey d'Adana sentit son âme comme écartelée par la vision de cet œil qui pleurait. Il n'était de jour où il ne se maudissait d'avoir ainsi éborgné son ami quand tous, et Nicolas le premier, l'assuraient sur les tons les plus variés qu'il n'était pas responsable.

Étrangement, dans la perception qu'il avait de Nicolas, s'il le voyait bien tel qu'il se trouvait aujourd'hui, plus souvent en son souvenir il l'imaginait telle une image figée, celle du jeune et beau garçon qui n'avait pas encore perdu son œil.

Il songea : « Pauvre Nicolas !... J'ai bien gâché ta vie, et à jamais. Plût au ciel que pareille chose me soit arrivée à moi, mille fois moi. »

Comme s'il devinait ses pensées, Blacfort posa sa main sur l'avant-bras du commandant de *La Terpsichore* en disant :

– Je sais à quoi tu penses en me voyant pleurer. C'est ridicule alors que le malheur t'accable de toutes parts entre ton père chéri assassiné et la pauvre Pauline avec cette mort effroyable, comme si on cherchait à tuer tous ceux que tu aimes.

Valencey d'Adana ébaucha un sourire marqué d'amertume.

– Un malheur ne se soustrait pas aux autres, tous s'additionnent pour annihiler ton âme, je le sais, et ce n'est pas de ce jour : les horreurs d'aujourd'hui n'effacent pas ma terrible faute d'hier.

Blacfort secoua la tête, l'air désolé, et répondit :

– Ne t'inflige pas d'aller annoncer cette catastrophe à la famille de Pauline. Pour une fois, laisse faire tes amis : Mahé et moi saurons bien trouver les mots qu'il faut.

Les yeux gris-vert de Valencey d'Adana reflétèrent quelques secondes une terrible colère mais cela ne dura guère :

– T'ai-je jamais habitué à fuir mes responsabilités, à me dérober, à me défausser, fût-ce derrière un ami ?

– Non, certes. Mais cependant...

Sans attendre la suite, Valencey d'Adana monta à cheval et s'éloigna au pas lent de sa monture sous le regard de ses amis.

Blacfort, qui cachait mal son chagrin, remarqua d'un ton surpris :

– C'est la première fois que je le vois ainsi, les épaules voûtées et en proie à une si terrible détresse.

Tout aussi consterné, Mahé répondit :

– Mets-toi à sa place... Son père jeté du haut de la Tour des Demoiselles, celle qu'il allait épouser emmurée vivante pour être dévorée par une meute grouillante de rats, les centaines de capitaines anglais qui ne rêvent que d'envoyer *La Terpsichore* par le fond après avoir fusillé Joachim au grand mât, le roi qui ne l'aime guère... Tout s'effondre sous ses pas mais il continue à se battre comme si ces choses n'existaient pas. Pourtant...

– Pourtant ?

– Nicolas, tu lui as arraché un sourire et sa joie en te voyant fut sans doute son premier bonheur depuis longtemps.

– Dieu tout-puissant, ne me dis pas cela !

– Pourquoi ?

– Je me déteste lorsque je songe que je suis le remords permanent qui gâche sa vie. Pourquoi ne veut-il pas oublier comme je l'ai fait moi-même ?

Mahé jeta un regard sur la plaine baignée d'une lumière triste et grisâtre.

– Parce que s'il oubliait, il ne serait plus l'homme que nous aimons plus que tout. Mais rassure-toi, tu n'es pas la seule cause. Il ne parvient toujours pas à parler de lui. Si tu savais comme il est malheureux depuis le début de cette longue guerre. Tuer, paraître, ne rien dire, ne jamais se plaindre, pas même à moi qui l'aime chaque jour davantage à le voir se détruire ainsi... Et il sait que je sais.

– Joachim, à ce point désemparé, vraiment ?... Mais il a la gloire !

Mahé haussa les épaules :

– Foutre, la gloire !... Au cul, celle-là : laisse-la aux

imbéciles. Pas lui, pas Joachim. La gloire, tu la gagnes sur mer et le sabre à la main mais tu sais bien qu'il n'y a qu'à Paris ou Versailles que tu en reçois les effets et que tu en exploites le filon, or, il n'y met jamais les pieds. C'est une gloire stérile, blanche et inutile. Joachim, c'est l'exact contraire de M. de La Fayette qui a besoin des regards, des sourires, des honneurs, des compliments et des femmes pâmées.

Blacfort sourit presque malgré lui.

– C'est bien de lui, cela !... Toujours torturé, toujours à douter et... jamais un mot, comme si le sens du devoir même exacerbé était une de ces maladies galantes mais honteuses qu'il convient de taire.

– C'est joli, ce que tu viens de dire. Joli, mais cruel.

– Je sais. Pardonne-moi. Dieu, que nous sommes vulnérables !

16

Entre chien et loup, au pas lent de son cheval, Valencey d'Adana suivait une route humide et bocagère. Sous le ciel noir, le cavalier enveloppé dans sa longue cape de marine hésita un instant tandis qu'il arrivait à un oratoire situé à la croisée de deux routes qui l'une et l'autre menaient au château des La Chesnaie de Flers. Bien que son esprit fût occupé de choses tragiques, il admira son pays de Charente qu'il aimait : les rudes hivers, les printemps lumineux, les rivières paresseuses, le paysage vallonné...

À la pluie et au froid s'ajoutait à présent un vent violent. Les loups, arrivés tôt cette année, hurlaient à l'orée des bois, sous les branches dépouillées et noircies par le crépuscule.

Tout cela, quand votre père aimé ne vous attend point devant un bon feu, était lugubre et faisait frissonner son âme car il est des instants où lorsqu'on se trouve seul devant un spectacle de désolation, tout semble vous accabler en même temps : le froid, la solitude, l'insignifiance de votre vie, le grand trou béant de la mort qui précède un vide infini...

Il se reprit et considéra les deux routes. La première, assez large, présentait l'avantage de conduire directement au château. La seconde, plus accidentée et sinueuse, permettait un détour que le cœur blessé de l'officier n'entendait pas éviter : son père et lui empruntaient toujours ce chemin. Choisissant cet itinéraire, il n'y puiserait certes aucun réconfort, devant plutôt craindre une nouvelle souffrance mais ainsi était sa nature qui ne s'épargnait rien, comme si le confort que tant d'hommes recherchent alanguissait l'âme quand il entendait confronter la sienne en permanence au pire, afin d'en tirer le meilleur par un effet de réaction brutale.

Un léger sourire se dessina sur ses lèvres tandis que, revenant à ses pensées, il songeait : « À quoi bon ?... Pourquoi et pour qui devrais-je à tout instant tenter d'être le meilleur ?... Mon temps humain n'en sera point allongé et, à toujours faire les choses deux fois plus durement que les autres, ne serai-je pas un jour envahi tout entier d'un vaste dégoût quand je n'aspire qu'à aimer la vie et les êtres ? »

Il haussa les épaules. Le froid n'avait pas prise sur lui et il se tenait très droit sur sa selle, l'esprit entièrement occupé de questions dont les réponses tant tardaient à venir.

L'homme-sanglier ne voulait point être présent lors de la mort de Valencey d'Adana. Il savait pouvoir se délecter à la vue de son cadavre mais ne souhaitait pas assister à ses derniers instants. Lucide, il savait par avance qu'il trouverait de la beauté dans la manière dont le prince se battrait à un contre dix pour finalement mourir avec un grand courage. Et il ne le voulait point admirer, subissant bien assez sa fascination. En outre, bien que la chose fût en soi des plus irritantes, il éprouvait des sentiments contradictoires, souhaitant ardemment voir s'éteindre cette illustre famille tout en mesurant quel horrible et définitif gâchis ce serait là.

Mais le cynisme, qui dominait en sa nature, ne tarda

pas à prendre le dessus et il se demanda s'il n'éprouvait pas un sentiment amoureux à l'endroit du capitaine de vaisseau.

Amusé, il songea : « S'il en est ainsi, adieu donc mon bel amour qui ne fut jamais. »

Puis, subitement, cette idée lui fut odieuse :

– Je te hais plus que tout !...

Empruntant la route principale à bride abattue, Campagne-Ampillac et le comte de Blacfort, après une discussion orageuse, s'étaient mis en selle pour rattraper Valencey d'Adana, s'étonnant de plus en plus, à mesure qu'ils progressaient, de ne le point voir. Aussi supposèrent-ils qu'il allait lui aussi grand train et forcèrent-ils encore l'allure. Ils firent tant et si bien en cette voie erronée qu'ils arrivèrent les premiers au château, se trouvant aussitôt confrontés à un terrible cas de conscience.

Comme on se jette à l'eau, mais comme on se sacrifie, également, au nom de l'amitié, le comte de Blacfort annonça la terrible nouvelle de la mort de Pauline avec sécheresse, voire brutalité, estimant que c'est ainsi que, pour sa part, il souhaiterait être informé en pareil cas.

Les trois femmes, un instant stupéfaites, réagirent de manière fort différente. Ainsi, la mère de Pauline, perdue de raison, secoua gravement la tête puis, ouvrant une armoire à porcelaines précieuses, elle entreprit de permuter les pièces rares en chantonnant :

– Pauline est morte, pauvre Pauline... Pauline est devenue un ange, heureuse Pauline...

Pour sa part, la tante Aglaé ne dit mot. Son visage se durcit terriblement et, de peu avenant qu'il se trouvait en temps ordinaire, il devint d'une telle gravité que cela lui conférait une certaine forme de beauté, ainsi qu'il en serait si l'on tient pour acquis que la douleur peut transfigurer les êtres.

La stupeur et un petit cri étouffé passé, Victoire ne put empêcher les larmes de couler sur ses joues. Aussi, ne voulant se montrer en cet état, quitta-t-elle la pièce et à Mahé, qui tentait de s'approcher, elle jeta un regard où se révélaient le déchirement implorant merci et une froideur qui n'incitait guère à aller plus avant en la voie de la consolation.

Au même instant, celui qui menait la dizaine de tueurs chargés d'exécuter Valencey d'Adana, qui n'était autre que le second de l'homme-sanglier auquel il rendait compte régulièrement et avait pour nom Malvy, dit « Petit-Sans-Quartiers », celui-là, donc, comprit que sa proie lui avait échappé et il appela ses hommes tapis derrière une futaie et de hautes fougères, lieu choisi pour le guet-apens.

Les assassins ne semblèrent pas autrement déçus de ce contrordre. « Au contraire », songèrent les plus intelligents car plus durait leur pension à Angoulême, où le gîte et le couvert leur étaient assurés, plus s'arrondissait le salaire de leur infamie.

D'accroupis qu'ils se trouvaient, ils se relevèrent bruyamment, s'apostrophant et plaisantant, lorsqu'une voix qui semblait venir de l'autre côté du chemin les immobilisa un instant :

– Police du roi !... Rendez-vous, et vous ne serez que pendus !

Pareils hommes n'ont guère pour habitude de déférer à ce genre d'ordre et ils se ruaient vers leurs chevaux, cachés plus en profondeur dans la forêt, lorsqu'une salve tua la moitié d'entre eux, les têtes étant visées.

Courant à perdre le souffle, « Petit-Sans-Quartiers », sautant en selle, songea à deux choses coup sur coup. Tout d'abord, il avait reconnu ces fusils, le modèle 1777, le plus moderne et le plus efficace du monde mais qui jusqu'ici n'avait jamais été en dotation dans aucune unité de la police royale... sauf la police secrète !

Il songea aussi que pour qu'on procède à pareille exécution, car c'était bien le sort advenu à ses compagnons, qu'on aille si vite en besogne, qu'on vise la tête et qu'on cherche à tuer avec une froideur si déterminée, eh bien il fallait que ce Valencey d'Adana fût un personnage très important.

Un des plus importants du royaume...

Le capitaine de vaisseau reconnut de loin Victoire laquelle, lui tournant le dos, se trouvait près de l'étang proche du château.

Malgré lui, l'officier se redressa, se tenant très droit en selle, mais hésita un peu craignant le ridicule avec cette posture gourmée.

Puis il distingua en haut des marches du perron de ce château à un seul étage, reconstruit au début du siècle, ses amis Mahé et Nicolas, devinant aussitôt qu'ils l'avaient devancé en apportant la nouvelle de la mort de Pauline.

Valencey d'Adana descendit de cheval et, le cœur battant, s'approcha de la jeune femme. Comme si elle le devinait, elle se retourna vivement et tous deux s'immobilisèrent, pétrifiés.

Elle lui sembla plus jolie qu'en ses plus beaux souvenirs, fussent-ils magnifiés par l'éloignement et les imaginations qui vous viennent en semblables circonstances.

Quant à elle, même si son corps frissonnait de la tête aux pieds, la tranquille certitude que ce serait lui, et nul autre, lui ou le plus froid des couvents, cette assurance transcendait toutes choses, et jusqu'au chagrin d'avoir perdu sa sœur.

Elle le trouva beau. Un vent insistant faisait ondoyer les plumes blanches – pour le roi – et rouges – pour les sables d'Adana – de son tricorne marine bordé d'un galon d'or éclatant. D'or également les épaulettes à franges et les boutons sur la veste bleu foncé. Les hautes bottes noires, un sabre au côté, il était plusieurs hommes à la fois. Un prince de haute lignée mais aussi un nettoyeur de ponts de navire qui avance sabre à la main en pataugeant dans le sang. Un aristocrate érudit et subtil, mais aussi un capitaine qui n'hésitait pas un instant, pour aider son équipage, à faire le coup de poing dans les quartiers infâmes de ports lointains. Un homme qui recueillait les chiens errants et soignait les oiseaux blessés mais aussi un artilleur de génie qui touchait les navires anglais sous la ligne de flottaison, ne leur laissant pas l'ombre d'une chance.

Elle voulut adopter une attitude hautaine ; mais courut vers lui. Elle espéra s'arrêter à quelques pas pour marquer une distance ; mais se jeta dans ses bras.

Mort de peur, il conserva un instant les bras levés, n'osant les refermer sur le dos de la jeune femme mais son parfum, son corps menu contre le sien, ses cheveux noirs qui agaçaient si délicieusement son visage continuellement frôlé par ceux-ci : il déposa les armes et la serra à l'étouffer.

Ils restèrent ainsi un temps que, par la suite, ni l'un ni l'autre ne sut évaluer. Était-ce quelques évanescentes secondes ou un fragment d'éternité ?

Il posa une main forte qui devint légère sur la nuque appuyée contre son épaule et murmura :

– Il ne faut pas, Victoire. Avec la mort de Pauline, aujourd'hui moins que jamais.

Il s'arracha à l'étreinte et la jeune femme eut l'impression physique d'une profonde douleur, comme si on ôtait avec force et violence une partie d'elle-même.

Les mains sur les épaules de Victoire mais un pas en arrière, il posa sur elle le regard de ses yeux gris-vert, dont l'éclat parfois froidement métallique se trouvait cette fois marqué d'une infinie douceur :

Il répéta :

– Il ne faut pas...

Elle regarda avidement, éperdument ce visage. Comme elle aurait aimé le prendre dans ses mains en ce geste qui les fait tendre vers une eau claire lorsqu'on est assoiffé. En cet instant, elle le possédait tout entier, l'absorbant d'un regard passionné rendu plus fiévreux encore par l'idée que bientôt le vide de l'absence succéderait à l'homme aimé. Elle souhaita se noyer dans le regard de celui qu'elle aimait, ce regard qui fut toujours tendre et moqueur. Elle chancela à la perspective de ne plus entendre cette voix un peu basse qui parfois traînait paresseusement sur les mots pour mieux les fouetter l'instant d'après...

– Reste, ne me laisse pas, ze t'en prie !

Cet adorable zozotement faillit retenir le capitaine qui le ressentit telle une crucifixion. Toutes les années d'enfance et de jeunesse revenaient en son âme parfumée tout soudainement de sucre blond, d'orgeat et de vanille quand le présent chargé de l'inévitable séparation n'apportait qu'un goût d'amertume.

Ils s'étaient connus enfants, elle n'avait que cinq ans lorsqu'il atteignait la dizaine d'années mais aussi loin qu'elle remontait dans le temps et ses souvenirs de petite fille, elle l'aimait follement quand déjà il se dérobait, sans doute effaré par la profondeur de ses propres sentiments.

Il sourit.

– Rester ?... Mais je fais la guerre, Victoire : la guerre !... On compte sur moi... Mon équipage... Les Américains... Je ne puis me dérober : nul, pas même toi, n'aime les lâches. Je ne veux pas, quelque jour lointain, t'inspirer du dégoût.

Les mots sortaient vite, trop souvent ressassés, mais la pensée était ailleurs. Il savait. Il savait ce qui sépare un libertin d'un amoureux. Le premier va de l'une à l'autre, ne s'attache guère. Il jouit du bonheur d'être libre mais paie du prix élevé des amours superficielles. L'autre, l'amoureux, paie lui aussi pour le prix de ses sentiments. Pour Valencey, il n'était d'amour que d'amour-passion, celui qu'on donne et qu'on subit, quoi qu'on dise. Il voulait bien payer ce prix mais lucidement, pas dans la hâte. Respecter la femme aimée devrait être le premier des actes amoureux. Toujours, à n'importe quel prix. Comment Victoire en viendrait-elle à le comprendre si ce n'est avec le temps ?

Il fallait partir, et sans tarder. Pour eux, pour leur avenir – s'il en existait un –, et quoi qu'il lui en coûtât...

Une fugitive inquiétude le saisit. Laisser Victoire quand rôdait l'homme-sanglier ? Mais celui-ci ignorait fatalement l'intensité et même l'existence de ses sentiments pour la jeune femme car il n'était dans la confidence que ses deux amis Mahé et Nicolas. La preuve irréfutable se manifestait en ceci : tuant Pauline, l'assassin montrait bien l'ignorance de ses sentiments réels et ne risquait pas de les apprendre, chacun étant à présent sur ses gardes.

L'homme-sanglier lui avait arraché ceux qui étaient vulnérables du fait de son attachement, mais un attachement public : son père et sa fiancée. Victoire, elle, était protégée par le secret absolu, et Nicolas se trouvait de taille à se défendre, étant une des meilleures lames du royaume des lys. Oui, Mahé naviguant à ses côtés, Nicolas étant un trop redoutable adversaire, son père et Pauline ayant été tués, Victoire n'apparaissant au tueur que tel un personnage sans importance, au même titre que la mère et la tante de Pauline, qui laissait-il derrière lui ?... Personne !

Son maître d'armes ? Il vivait en Provence. L'abbé Brégère ? Un vieux curé attachant mais qu'il ne faisait qu'entr'apercevoir ces dernières années. Non, personne, il ne laissait rien ni personne. Son château ? Il brûlait si mal avec ses épais remparts que les envahisseurs des temps jadis renoncèrent à l'incendier. Au moins pouvait-il repartir sans avoir cette menace dans le dos : l'homme-sanglier avait accompli son œuvre de mort, il ne pouvait plus rien contre lui si ce n'est le tuer et cela, c'était autre chose encore. Et puis il y avait ce Gréville, un rude adversaire pour l'homme-sanglier qui agissait probablement – quoi d'autre ? – pour le compte du roi d'Angleterre.

Il se trouvait rassuré, dans la mesure, toutefois, où le lui permettait sa nature anxieuse. Montant en selle, il lança assez rudement son cheval.

Sans revoir rien ni personne, il prit la route de Rochefort où l'attendait la corvette *Betelgeuse* qui le mènerait à sa frégate, à la mer et aux horreurs de la guerre...

17

Le roi George III d'Angleterre aurait été fort chagrin de ne point assister à l'appareillage de sa flotte secrète. Constituée de trois énormes unités, le *Hood*, le *Honey Bee* et le *Hornet*, elle paraissait invincible.

Le monarque regretta fugitivement que, pour des raisons de sécurité, le secret entourant jusqu'à l'existence de ces navires eût obligé à appareiller de nuit mais, cependant, il distinguait les silhouettes massives des trois bâtiments qui défilèrent devant lui.

– Quelle force !... Des forteresses flottantes !... dit-il, la voix gonflée de fierté.

Un courtisan opina, non sans une servilité qu'il perçut bien à tort tel un opportunisme de bon ton :

– Sire, « La Mort Rouge » ne leur échappera pas et c'en est fini de la terreur qu'elle répand dans nos rangs. Ces trois vaisseaux, c'est vous, Majesté !

Le jeune roi, dont la raison s'égarait si vite, et plus rapidement encore pourvu qu'on le contrariât, trépigna sur place en poussant de petits cris rageurs.

Amiraux et grands seigneurs se raidirent aussitôt, s'attendant à tout tant le souverain possédait le don détestable de voir en d'innocentes paroles malice qui n'exista jamais. Imprévisible et fantasque, son commerce s'avérait des plus éprouvants mais il était roi d'Angleterre et on n'ajoutait rien à cela.

Respirant avec peine, George III contrôla en partie

sa crise nerveuse mais, cependant, il se planta devant le courtisan soudain très pâle et, d'une voix aiguë :

– Tout ce que vous dites, monsieur, m'exaspère au plus haut point car tout est faux. J'interdis...

Il s'interrompit et désigna l'ensemble du groupe d'un geste large et désinvolte avant de reprendre :

– J'interdis, et cela vaut pour tous, qu'on appelle le navire que vous savez « La Mort Rouge ». Pareille expression a pour effet d'entretenir la réputation de cette maudite frégate qui pourtant a un nom : *La Terpsichore*.

Les courtisans prirent bonne note de la chose tandis que les amiraux y virent à titre exceptionnel une trace de lucidité tant il est vrai qu'il semble désastreux, pour le moral des équipages, d'entretenir l'idée de terreur et la réputation d'invulnérabilité de l'ennemi.

Malheureusement, c'est surtout le mot « terreur » qui, dans la bouche du courtisan, avait sans doute le plus choqué le roi.

Il reprit d'une voix stridente :

– Vous parlez de terreur, monsieur !... Vous osez cela, devant moi votre roi. Jamais, jamais mes équipages ni aucun navire anglais ne ressentirent la moindre terreur devant ces chiens de Français. Vous avez gravement insulté votre roi et la marine anglaise, ah, disparaissez, monsieur, retournez sur vos terres pour n'en jamais sortir : c'est un ordre.

Le courtisan, livide, salua et se retira. Une troisième chose, encore, avait incommodé le roi, à savoir que, dans son égarement, le courtisan ait lancé : « Ces trois vaisseaux, c'est vous, Majesté ! » Quelle horreur à vous glacer le sang !... Et si, pour impossible que cela paraisse, ils venaient à être coulés ? S'ils faisaient naufrage suite à une terrible tempête ? Qu'en serait-il de lui, le roi, assimilé à ces vaisseaux pourrissant au fond des océans... Où pourrirait-il, lui, sinon dans un cercueil alors que toute idée d'enfermement le terrorisait ? Et cette phrase maudite, n'était-elle pas un oracle semi-déguisé, l'annonce de sa mort prochaine ?

Il frissonna en murmurant :

– L'imbécile !...

À quelque distance, il aperçut un petit homme très rond enveloppé dans une redingote grise. Celui-là, au moins, qui avait nom Francis William Dawson et dirigeait ses nombreux espions, ne disait jamais un mot de trop.

D'un geste agacé, George III signifia à ceux qui l'accompagnaient qu'ils aient à s'éloigner, ce que voyant, Dawson approcha.

Le roi s'adressa à lui rudement :

– Eh bien ?

L'homme, à peine la cinquantaine, parlait d'une voix tranquille :

– Sire, le commandant de *La Terpsichore* s'appelle Joachim de Niel, comte de Valencey et prince d'Adana. Par parchemins et lecture des tombes anciennes, il descend incontestablement de Charlemagne. Capitaine de frégate à vingt-cinq ans, de vaisseau à vingt-sept, ce qui est fort rare, il porte la plus haute décoration française.

– Comment est-il fait ?... s'impatienta le souverain.

– Grand, mince, large d'épaules, hanches étroites, corps tout en muscles longs, pas de rondeurs. Visage osseux, joues maigres, bouche un peu épaisse, cheveux châtain clair tirés en arrière en catogan à ruban noir, jamais de perruque. Des yeux gris-vert, un regard qu'on ne soutient pas, une voix grave, assez basse, mais un peu chantante, étrange et qu'on n'oublie jamais. Il plaît aux femmes.

– Mais quoi encore ?

– Aussi redoutable au sabre qu'à l'épée. Tireur exceptionnel, au pistolet comme au fusil. Cavalier accompli : saute d'un cheval à l'autre en plein galop. Très versé dans l'étude : il est aussi ingénieur et architecte de marine. Lit des traités de mathématiques, de navigation et de philosophie. Caractère intéressant. Homme très calme, déterminé, droit voire rigoureux, juge vite des situations, prompt à prendre une décision : toujours la bonne. Souvent assez lointain, un peu froid, parfois mélancolique, porté aux nues par son équipage, officiers et marins. Courage exceptionnel, grande bravoure au feu, a le tort de trop s'exposer. Fuit la Cour de France, les honneurs et les palais. Très peu de femmes dans sa vie, trois ou quatre peut-être, et c'est bien peu : des incendies violents et brefs. Un ami d'enfance embarqué avec lui et d'ailleurs élevé à ses côtés : le redoutable baron de Campagne-Ampillac. À mon avis, cependant...

– Quoi ?... demanda le roi, impatient.

– C'est une hypothèse...

– Parlez, Dawson, mais parlez vite.

– Trop parfait !... Un tel homme ne saurait exister, croyez-en ma très longue expérience, Sire. Cet officier s'épuise à se surveiller, à tenir fort haut le nom des princes d'Adana. Quelque chose le hante, me semble-t-il... Ah, il ne serait pas le premier. Avec cela, il est attiré avec fascination par l'avenir que symbolisent les Américains mais à jamais attaché aux valeurs des temps jadis. Donc beaucoup plus fragile qu'il ne paraît et j'oserais dire : déstabilisé. Nous devrions fouiller de ce côté-là, l'atteindre sur ce qui semble son seul point vulnérable, déboulonner cette statue de l'invincibilité et du sang-froid digne d'une machine qui terrorise nos équipages. Qui sait, avec sa fierté d'un autre âge, nous le pourrions mener tout droit au suicide. Quel gain de temps et d'argent !

– Foutaises !... Spéculations !... Je déteste qu'on fouille les esprits. Jusqu'où, jusqu'à qui irait-on, alors : votre roi ?... Ne savez-vous pas que l'intérieur des têtes est sale ?... Bon, et le navire, que sait-on ?

Dawson ne put retenir une mimique qui signifiait bien son impuissance :

– Hélas, Sire, nous ne savons rien, ou presque, et tout l'or du monde ne pourrait changer les choses. *La Terpsichore* doit son nom à sa légèreté exceptionnelle, cette façon de danser sur les flots. Les plans, audacieux, furent conçus par Valencey d'Adana qui participa à sa construction et la baptisa ainsi, ce point est acquis. Nous savons, ou croyons savoir, qu'elle serait légèrement plus longue que les frégates ennemies que nous connaissons mais elle n'a jamais mouillé dans un port français car il n'en est pas un, Sire, où nous ne comptions des hommes à notre solde.

Le roi fronça les sourcils.

– Rien ?... C'est là chose impossible, Dawson, et qui ne saurait être.

– Votre Majesté a raison, aussi envisageons-nous bien des hypothèses. Ainsi, peut-être *La Terpsichore* relâche-t-elle chez les Espagnols alliés des Français et des Américains. Peut-être bénéficie-t-elle de l'aide d'un navire ravitailleur avec des points de rendez-vous dans l'Atlantique Nord et l'Atlantique Sud. Peut-être les deux hypothèses ne s'excluent-elles pas. Peut-être encore...

– Ah, c'est trop de « peut-être », Dawson. Beaucoup trop, à la fin !

George III réfléchit un instant puis reprit :

– Ce capitaine dont j'oublie déjà le nom...

– Valencey d'Adana, Sire.

– Eh bien, le voit-on en France ?

– Oui, Sire, et c'est bien le plus étrange. Comment y arrive-t-il si ce n'est par mer, et donc sur un autre navire ?... Nous étudions ce problème de très près.

– Et « La Chouette » ne vous apprend rien ?

Malgré lui, Dawson regarda autour de lui avec crainte et méfiance puis, baissant instinctivement la voix :

– « La Chouette » est impuissante en cette occurrence, Sire. Les Américains de France n'ont pas accès aux secrets de *La Terpsichore.*

Les deux hommes se perdirent un instant dans leurs pensées. « La Chouette » : une pièce maîtresse de l'Angleterre, un Américain appartenant au proche entourage de Benjamin Franklin et qui tenait ses maîtres anglais informés de tout ce qui se concevait, se disait et s'échangeait à la représentation américaine.

– Dawson, tout est déjà écrit. *La Terpsichore* va connaître l'enfer sur toutes les mers du monde et, si l'opération est très coûteuse, l'issue n'est point douteuse. Cependant, que cela ne vous empêche pas de traquer Valencey d'Adana dès qu'il met le pied sur le sol de France.

– Il en sera fait ainsi que vous le souhaitez, Majesté. Mais nous avons un... concurrent : il vient de tuer le père et la fiancée du prince.

Le roi eut un geste d'humeur.

– Qui est-il, celui-là, et de quoi se mêle-t-il, à la fin ?

– Les Français eux-mêmes semblent l'ignorer. Mais les plus intelligents ne vont pas tarder à nous soupçonner... très injustement.

– Je veux sa tête, Dawson !

– Je n'ai jamais déçu vos attentes, Sire !

Le roi en convint intérieurement, mais ne daigna pas répondre.

La Terpsichore, informée par la corvette *Betelgeuse*, approcha à distance du convoi de vaisseaux lourds britanniques dans les premières lueurs de l'aube.

Le *Honey Bee* allait en tête, suivi du *Hood* tandis que le *Hornet* fermait la marche.

Sur le pont, Valencey d'Adana demeura longtemps immobile, impénétrable. Puis il baissa sa lunette d'approche et, à ses officiers qui attendaient une parole, il lança :

– Impressionnant !... Très impressionnant !...

Un enseigne de vaisseau, comme hypnotisé par la puissance de feu des trois mastodontes, balbutia en un murmure :

– Ils vont nous crucifier !

Valencey d'Adana, qui avait l'oreille fine, perçut ces paroles dites d'un ton désespéré et répondit doucement :

– Ce n'est pas « la vie de Jésus », Enseigne Linhardt, mais tout au plus un combat naval !

Mahé de Campagne-Ampillac qui, en public, vouvoyait toujours son ami demanda :

– Quels sont vos ordres, commandant ?

– Nous dérobons.

Jamais encore la frégate qu'on appelait « La Mort Rouge » n'avait fui le combat et l'impression fut désastreuse sur les officiers.

Valencey d'Adana les observa l'un après l'autre, un sourire sarcastique aux lèvres, et ajouta :

– Nous dérobons. Mais nous les retrouverons, n'en doutez pas un seul instant.

18

– Parez à hisser les voiles !

– Hissez le grand foc !... Hors le diablotin et la voile d'étai de perroquet !... Et hisse et borde, holà, hisse !...

Les ordres claquaient sur le pont de *La Terpsichore* qui reprenait le cap. En effet, sur mer calme, en plein Atlantique, Valencey d'Adana avait provoqué une réunion des trois navires. Ainsi, changeant de bâtiment, on vit tout d'abord monter sur le pont de la frégate le baron Joseph de Taillebourg, quarante-cinq ans, commandant de la corvette *Betelgeuse*. C'était un géant d'une toise*, barbu et hirsute, ses cheveux frisés débordant de tous côtés du tricorne marine frangé d'or. Il était batailleur et franc-maçon, partisan enthousiaste des Insurgents. Parfois, on le trouvait goujat. Ainsi cette fois où à Brest, ayant échoué en son entreprise de séduction d'une dame de grande minceur, il avait signé sa défaite définitive en disant :

– Eh bien tant pis !... Il n'empêche, Madame, j'aime vos cuisses : ou devrais-je dire vos ossements ?

On ne fait pas davantage malotru.

Cependant, grande était sa popularité en raison que sans en avoir la réelle conscience, sa drôlerie naturelle faisait rechercher sa compagnie par tous les marins de la petite flottille de Valencey d'Adana.

---

* Deux mètres.

Nombreux étaient ceux qui se souvenaient d'une aventure survenue deux années plus tôt. Se trouvant descendu dans la cale pour raison de service, le capitaine Taillebourg fut mordu par un rat. Voyant en cet incident une affaire personnelle et un conflit d'autorité entre le rat et lui, il n'eut de cesse de rattraper l'animal. Étant parvenu à ses fins, il regarda le rat dans les yeux puis lui mordit cruellement la partie charnue, qu'il nommait le cul, avant de le relâcher pour qu'il conte aux autres rats son aventure et qu'on sache ce qu'il en coûtait de s'attaquer au capitaine-baron Joseph de Taillebourg, « l'homme qui mordait les rats au cul ».

Bien qu'il fût du même âge, capitaine et franc-maçon lui aussi, tout autre était Josselin de Keringan, commandant du transport lourd et navire de guerre auxiliaire, *L'Argonaute*. Gentilhomme de tradition, réservé, excellent marin, c'était un astronome et mathématicien distingué qui s'intéressait également à la physique et à l'hydrographie. Il était membre de l'Académie de marine.

D'autres officiers, mais de *La Terpsichore*, ceux-là, participaient à la réunion. Ainsi, outre Campagne-Ampillac, le lieutenant Guillaume de Lamorville, un baron âgé de trente-cinq ans, franc-maçon et commandant l'artillerie de bord. Un homme discret, porté sur les mathématiques et la lecture de Voltaire dont il récitait de mémoire des pages entières, mais qui perdait toute réserve et se montrait fanatique dès lors qu'il s'agissait de la défense de la cause des Insurgents américains.

Deux enseignes avaient été également conviés : Bernardin des Essarts, marquis de La Mellerie, et Florimond de Kergoat, vicomte de Passavent, tous deux âgés de vingt-cinq ans et francs-maçons de fraîche date. Bien qu'ils fussent très différents, ils étaient inséparables. De La Mellerie était un beau jeune homme, plutôt taciturne car atteint du « Haut-Mal* ». Il vivait dans la hantise de ses crises de convulsions sous les yeux de l'équipage et, quoi qu'on y fasse, quoi qu'on lui dise, s'estimait discrédité par avance. De Passavent, intelligent et courageux, souffrait, lui, d'un léger strabisme. La chose était regrettable à double titre. Tout d'abord, cet inconvénient altérait la grande beauté du jeune homme au visage d'une extrême finesse encadré de longs cheveux blonds ondulés au naturel. Ensuite, en raison de ce léger problème aux yeux, le vicomte s'avérait fort mauvais pointeur d'artillerie alors même qu'il pensait fermement être né pour trouver place derrière un canon : les marins anglais s'en réjouissaient, les officiers de *La Terpsichore* tentaient de l'occuper à tout autre chose dès lors que la « frégate fantôme » se trouvait engagée dans un des combats brefs et violents qui étaient sa marque.

D'autres proches de Valencey d'Adana représentaient *La Terpsichore* et cela, sans qu'il fût tenu compte de leur rang dans la hiérarchie du vaisseau. Par exemple, et bien qu'il se montrât toujours réservé en ces circonstances, Jules Dumesnil, maître d'équipage unanimement respecté des marins et des officiers. Franc-maçon, ouvert aux idées nouvelles et à la lutte du peuple américain pour son indépendance, il savait parfaitement doser une bonhomie agréable en temps de navigation ordinaire et une fermeté exemplaire lors des combats où il exposait sa vie sans le moindre frémissement.

Né à Paris, il possédait une connaissance remarquable de cette ville ayant par exemple un jour fait découvrir à Valencey d'Adana le souterrain qui, par la

* Épilepsie.

rue de l'Hirondelle, menait rue Gît-le-Cœur à l'ancien « Palais d'Amour » construit par François Ier.

Dernier des familiers de l'étrange frégate, le baron Florent de Saint-Frégant était le chirurgien du bord. Âgé d'une cinquantaine d'années, il possédait beaucoup de charme et ses manières ravissaient les Américaines et les Françaises des isles. Franc-maçon comme la majorité des aristocrates engagés à cette époque dans le combat aux côtés des Insurgents, il soignait les blessés sous le feu ennemi sans jamais défaillir et, le combat achevé, mettait sa science et son talent au service des blessés anglais transportés sur *L'Argonaute* car aucun Britannique ne devait jamais poser le pied sur le pont de la frégate. Valencey d'Adana laissait faire, dissimulant son impatience car en son principe, et pour sa survie, *La Terpsichore* devait frapper vite et fort pour disparaître tout aussi rapidement. Mais son « brûle-gueule » entre les dents, Saint-Frégant avait une façon si émouvante de dire « J'ai encore à faire, commandant, les Anglais aussi sont des hommes... quoique fous comme des goélands », que son chef n'y savait résister, grognant un habituel :

– Soit, mais hâtez-vous, baron, nous avons peu de temps !

Estimé de la Société royale de Médecine, à laquelle il communiquait ses observations et ses travaux, il s'était taillé un vif succès auprès de l'équipage en expliquant que, si le lys des rois de France est symbole de fertilité, son pistil a incontestablement la forme d'une verge d'âne...

Tels étaient les proches compagnons de Valencey d'Adana, à la fois sur *La Terpsichore* mais aussi sur ses deux navires d'accompagnement. Cependant, à la seule exception de Campagne-Ampillac, et théoriquement hors du service, aucun ne le tutoyait et tous admettaient la distance qu'il conservait avec eux, comme ils comprenaient que, bien qu'il partageât leurs idéaux, le commandant, par son rang et ses responsabilités, ne pouvait pas toujours y souscrire publiquement. Ainsi de la Maçonnerie qui abolit les grades, ce que Valencey d'Adana ne pouvait se permettre sans déchoir de sa place dont le salaire est la solitude et la pratique un isolement définitif.

Certains, qui se taisaient sur ce point, souffraient lorsque, se réunissant pour les rencontres que commandaient leurs choix philosophiques et politiques, ils surprenaient dans le regard de leur chef et de Mahé, toujours solidaire, une fugitive tristesse de ne se point pouvoir joindre à eux.

Cependant, au-delà de son cas personnel, Valencey d'Adana se réjouissait de voir les officiers qu'il aimait soudés par la même communion dans la Maçonnerie et la cause américaine. Ce ciment très fort s'ajoutait en effet à la fraternité des hommes de la marine royale française appelés à lutter et peut-être à mourir côte à côte. Sans qu'il fût nul doute sur ce point, la cohésion des hommes de *La Terpsichore* en faisait un équipage d'élite, presque aussi efficace que l'arme secrète que la frégate cachait dans ses flancs.

S'il avait connu l'avenir, Valencey d'Adana, à n'en pas douter, s'en fût réjoui davantage encore.

19

M. de Sartine, ministre de la Marine, n'eut pas à attendre son visiteur : celui-ci se présenta exactement à l'heure.

C'était un homme assez grand, mince, portant un habit gris. À la demande du ministre, quelques années plus tôt, cet officier supérieur avait quitté le navire amiral sur lequel il servait pour une tâche plus confidentielle.

François-Joseph de Coëtquilem s'attela aussitôt à sa nouvelle besogne : créer un service secret ne dépendant que de la marine et ne rendant compte qu'au ministre.

Sartine, qui avait ce don rare de savoir bien choisir les hommes, pouvait difficilement avoir la main plus heureuse. En quelques années, Coëtquilem avait installé des agents dans tous les ports français, dans les services de la marine et même sur certains bâtiments. Dès avant la guerre, il avait identifié la plupart des agents de l'Angleterre dans les ports de guerre français mais il eut la grande habileté de ne les point faire arrêter. Il estimait en effet que ces hommes de grande vénalité seraient vite remplacés et qu'il faudrait tout recommencer pour démasquer leurs remplaçants. Aussi, s'il ne pouvait empêcher les espions britanniques de communiquer à la Royal Navy le nom de tel ou tel navire appareillant, il parvenait à l'aide de faux traîtres à les induire en erreur tant sur le chargement que sur la route et la destination.

En outre, il avait installé dans les ports anglais ses propres agents. Négligeant de recruter sur place des hommes toujours prêts à s'offrir aux plus offrants, évitant d'envoyer des Français aussitôt suspects, il s'était plu à recruter des étrangers : Polonais, Russes, Italiens, Prussiens... et sur un seul critère : leur enthousiasme pour la cause américaine qu'ils reçurent l'ordre de dissimuler pour la mieux servir. Or, chez les Européens non belligérants séjournant en France, ils étaient très nombreux ceux qui voulaient aider à la victoire d'une jeune nation où soufflait un vent de liberté.

Il ne se révéla guère difficile de convaincre les plus talentueux d'entre eux.

Sartine n'ignorait rien de tout cela et éprouvait du respect pour Coëtquilem dont l'intelligence subtile le soulageait de bien des tracas.

Il le reçut donc dans une pièce demi-secrète, lui prodigua toutes les marques de son attachement puis l'écouta :

– Monsieur le ministre, les trois navires à trois ponts qui nous causent quelques ennuis ont été brusquement débaptisés. Ils s'appellent aujourd'hui le *Hood*, le *Honey Bee* et le *Hornet*. Plus grave, ils sont rayés des listes de construction des chantiers navals, comme si on y avait renoncé, ce qui, bien entendu, est faux : ils viennent d'appareiller.

– Si vite ?

– En pleine nuit, monsieur le ministre. Une feuille locale toute dévouée au roi d'Angleterre a aussitôt imprimé un écho selon lequel les coques inachevées présentant des défauts et vices rédhibitoires auraient été menées au large et coulées.

Sartine se leva, approcha ses mains tachées d'encre

de la cheminée puis, se tournant brusquement vers Coëtquilem :

– Si bien qu'il s'agit de trois vaisseaux fantômes. Voilà donc qu'ils nous imitent dans notre affaire de *La Terpsichore*.

– Davantage que vous ne l'imaginez, monsieur le ministre : ces trois navires ont pour mission exclusive d'en finir avec la frégate de Valencey d'Adana. À n'importe quel prix.

– C'est une catastrophe !... se désola Sartine.

– Rien n'est moins sûr, monsieur le ministre. J'y ai beaucoup songé. Une chose, en effet, est de posséder trois redoutables navires lourds, une autre est de tenir à portée de canons une frégate aussi rapide que *La Terpsichore* et de coincer un capitaine de l'habileté de Valencey d'Adana.

– C'est exact.

– Mais ce n'est pas fini si je puis exprimer ma pensée tout entière, nonobstant qu'elle vous paraîtra sans doute fort cruelle.

– Je vous écoute !... répondit le ministre, surpris.

– Monsieur le ministre, l'équilibre des forces navales avec l'Angleterre est toujours indécis et précaire. Si ces trois navires rejoignaient l'escadre anglaise, quelque chose serait rompu inclinant en notre défaveur un des plateaux de la balance. Le fait que le roi d'Angleterre veuille se venger de *La Terpsichore* au point de compromettre une victoire maritime justifie à lui seul l'existence de notre frégate, et qu'elle serve d'appât, et qu'elle soit sacrifiée. Cela devrait d'ailleurs constituer sa principale mission : exciter le *Hornet*, le *Hood* et le *Honey Bee*.

– Sacrifier Valencey d'Adana, son équipage d'élite et notre frégate, c'est bien ce que vous suggérez ?

– Dans l'intérêt du royaume : oui, monsieur le ministre.

– Valencey d'Adana, ce n'est pas possible... Nous ne pouvons lui faire ça, il a toute confiance en nous. Je sais qu'il paraît dur mais songez à ce qu'il est vraiment et que nous, nous savons : il n'a jamais pendu un de ses marins, jamais de châtiment corporel. La seule punition est de débarquer un coupable et pas un de ceux-là qui n'ait regretté amèrement *La Terpsichore*.

– Mais nous devons gagner cette guerre, même à ce prix.

Sartine, un instant accablé, demanda d'un ton sec :

– Comment voyez-vous les choses ?

– La provocation. Comme une jolie fille se déhanchant devant des marins ivres... Donner sans cesse aux Anglais l'impression qu'ils sont sur le point de couler notre frégate.

Sartine réfléchit, puis :

– Vous êtes de bon conseil, Coëtquilem. Mais envoyer *La Terpsichore* provoquer ces navires-tueurs... Je sais trop bien la fin, je l'imagine frappée de toutes parts, titubant sous les coups...

Il secoua la tête.

– Vous souvenez-vous, au début de la guerre ?... Les Anglais la croyaient à Philadelphie, Norfolk, Boston, d'autres la disaient à Marblehead, dans le Massachusetts... tandis qu'elle canonnait sans pitié Rhode Island. Quelle merveille !

Gagné à son tour par la mélancolie du ministre, Coëtquilem poursuivit :

– Nous avons connu de si beaux succès... Le drapeau à fleurs de lys flottant sur Kingston, la Royal Navy partout tenue en échec, de Guichen prenant les Caraïbes, les victoires de Suffren et La Motte-Picquet, nos premiers sept mille soldats d'élite débarqués à

Newport au nez des Anglais, la prise de commandement de Rochambeau flanqué de Viomesnil et La Fayette alors que Washington était à bout de souffle et quasiment battu...

Sartine s'approcha de la fenêtre et dit d'une voix triste :

– Coëtquilem, apprenez ceci qui est absolument confidentiel : le roi me l'a dit avec une gentillesse extrême, prenant grand soin de ne me pas blesser, mais je suis renvoyé.

– Quoi ?... Mais vous allez de victoire en victoire !... Pourquoi ?... Pourquoi, monsieur le ministre ?

– C'est là l'œuvre de M. Necker.

– Ce gros porc ?... ne put s'empêcher de questionner Coëtquilem d'habitude si réservé.

Tous deux savaient que Necker, qui régnait aux Finances, ne cessait de freiner l'aide à l'Amérique. Ce Suisse plaidait sans relâche pour l'ouverture de négociations avec l'Angleterre aux dépens des Insurgents... et de la France. En effet, les millions que coûtait cette guerre qui ruinait le pays ne pouvaient trouver de justification que dans la victoire, dans l'accession de Washington à la tête d'une Amérique enfin libre et indépendante. Sinon, pourquoi tous ces efforts et tous ces morts ?

Sartine eut un sourire fugitif.

– On me fait la réputation d'un casse-cou ayant pris le mors aux dents pour se lancer dans une aventure très risquée... D'autres légitiment la politique de Necker par le souci d'épargner le Trésor...

– Balivernes !... Toute la Cour sait que Necker possède d'énormes intérêts dans les banques d'Angleterre !... Voilà le règne des marchands, des entrepreneurs et des bandits ne soignant que leurs intérêts mercantiles. C'en est fini des hommes d'honneur.

Sartine eût souhaité corriger les paroles de Coëtquilem, il n'en eut pas la force.

– Mon successeur, le duc de Castries, n'est point incompétent. Il tentera de poursuivre ma politique. Il connaît l'existence de *La Terpsichore* et la vôtre : vous n'êtes point menacé pour le moment. J'entends que vous preniez contact avec Pierre-François Gréville, chef de la police secrète. Il se présente comme lieutenant mais n'en croyez rien, il est général. Le meilleur policier du royaume. Eh bien, qu'avez-vous ?

– Votre renvoi n'est point conforme à la morale publique.

– L'Histoire n'est pas toujours morale, Coëtquilem, vous m'étonnez en semblant l'ignorer.

– Le constat d'un manquement à la morale, monsieur le ministre, ne signifie pas qu'on en ignore le principe appliqué à l'Histoire.

Le ministre rit franchement.

– Nous lisons les mêmes philosophes, Coëtquilem, nous ne pourrons ni l'un ni l'autre l'emporter en cette occurrence. Cependant, pour en parler encore, dîneriez-vous avec moi ?... J'ai par ailleurs quelques ultimes conseils à vous donner.

– C'est un honneur, monsieur le ministre.

20

Un mois de campagne s'était écoulé depuis l'appareillage de *La Terpsichore*.

Conformément aux ordres reçus, et bien que ceux-ci l'aient un peu surpris, Valencey d'Adana agaça quelque temps les trois navires lourds anglais mais ceux-ci ne réagirent pas, ne s'éloignant guère de leurs côtes pour ce qui ressemblait à une croisière d'essai.

Dès lors, Valencey d'Adana gagna la haute mer.

Aussi *La Terpsichore* et les deux navires qui la flanquaient écumaient-ils l'Atlantique, se consacrant à cette tâche qu'ils connaissaient à la perfection : arraisonner – ou couler en cas de force majeure – les bâtiments anglais, qu'ils fussent navires de guerre ou de commerce.

Avec un sens pointilleux du devoir et de la justice, et bien que nul ne lui demandât semblable chose, le commandant faisait alors scrupuleusement le point et, selon que la géographie indique comme étant le plus proche France ou Amérique, il dotait le vaisseau capturé d'un équipage de prise réduit au minimum et prélevé sur *L'Argonaute* qui servait à cet effet. Puis il souhaitait bon vent aux marins français dans la direction la plus adéquate.

Les navires marchands anglais étaient l'objet de fouilles minutieuses car tout y était considéré comme prises de guerre si bien que, dans la flottille de

Valencey d'Adana, on ne manquait ni d'eau, ni de nourriture pour ce qui est de l'essentiel quand le superflu s'étendait sur une gamme presque infinie, des vêtements de cour aux couverts d'argent en passant par des perroquets, des bois précieux, des vases chinois, des essieux de diligences, mille autres choses dont on ne savait que faire et même, une fois, un lot de dix singes hurleurs dont l'un, victime du mal du pays, se précipita à la mer pour en finir avec la vie. Ôtant son tricorne sans même réfléchir, et malgré la présence de requins, Joachim de Niel, comte de Valencey, prince d'Adana et commandant de la fabuleuse *Terpsichore*, s'était alors jeté à la mer. La lutte fut sévère, le singe hurleur n'entendant point être sauvé mais après un vif échange de gifles, qui déclencha les hennissements de joie de l'équipage, l'officier français de très ancienne noblesse eut le meilleur et on le ramena sur le pont mouillé comme un canard mais le singe sous le bras.

Dans son langage parfois marqué d'un archaïsme et d'un maniérisme bien involontairement mondain – mais de l'ancien monde ! –, Valencey d'Adana appelait cela « un très merveilleux et très inoubliable souvenir ».

Bientôt, on annonça des voiles assez loin sur tribord mais déjà, la corvette éclaireuse *Betelgeuse* lâchait un pigeon qui se posa sur le pont de *La Terpsichore*. Le message, par nature fort bref, avertissait d'un engagement très sévère entre un deux-ponts anglais et son équivalent espagnol. Et comme pour mieux assurer la symétrie, chacun des navires de guerre flanquait un bâtiment de commerce.

Valencey d'Adana n'hésita pas un seul instant sur le parti à prendre et, communiquant par pavillon ses ordres à la *Betelgeuse* et à *L'Argonaute*, il cingla tout droit vers le lieu de l'affrontement.

L'Anglais vit arriver le Français et prit lui aussi rapidement sa décision.

Il ne pouvait tout faire, d'autant qu'il avait reconnu « La Mort Rouge ». Il savait parfaitement que même en prenant le parti le plus lâche, c'est-à-dire la fuite, *La Terpsichore* le rattraperait avant la nuit. Il choisit donc d'abandonner le navire de commerce espagnol, qu'il s'apprêtait à arraisonner, et de se replier dans une attitude belliqueuse en escortant son propre navire de commerce. Quant au vaisseau de guerre espagnol, à l'agonie, il coulerait avant deux heures.

C'était parfaitement calculé, et certainement le meilleur parti à prendre car « La Mort Rouge » et le gros navire auxiliaire qui le flanquait approchaient de leurs alliés espagnols, sans doute pour se rendre compte s'ils pouvaient leur prêter assistance.

L'Anglais, et son adversaire français en prit bonne note, n'était pas médiocre marin, tant s'en faut, car dans cette situation complexe il savait aller à l'essentiel.

Côté français, Valencey d'Adana et Josselin de Keringan qui commandait *L'Argonaute* s'approchèrent des Espagnols. Keringan ne comprenait pas où voulait en venir son chef mais il n'avait jamais discuté un ordre. Peu auparavant, le pigeon lâché de *La Terpsichore* vers la *Betelgeuse* lui avait semblé le signe d'une mission particulière mais il devina qu'il ne s'agissait point de demeurer à vue des Anglais pour suivre leur route. Au reste, dans un mouvement d'humeur, le deux-ponts anglais pouvait très bien se retourner contre son suiveur et Keringan eut une pensée fugitive, mais angoissée, pour son ami Joseph de Taillebourg qui commandait la fine corvette.

La Terpsichore s'approcha au plus près du deux-ponts espagnol qui se trouvait incliné à presque quarante-cinq degrés, ce qui annonçait une fin imminente.

Valencey d'Adana éprouva une réelle tristesse pour ses alliés. Il était difficile, de par le monde, de trouver marins plus vaillants que les Espagnols. Ils connaissaient parfaitement leur dur métier qu'ils exerçaient avec un courage et une endurance au-dessus de tout éloge, disciplinés et se battant jusqu'au bout. Et leurs officiers avaient ces mêmes qualités, impassibles sous les tirs anglais, ne songeant pas même à s'abriter, braves, téméraires, admirables et compétents.

Mais, dans ce cas, un regard suffisait pour comprendre que tout était fini.

À Campagne-Ampillac et à l'enseigne Bernardin des Essarts, marquis de La Mellerie, qui se trouvaient à ses côtés, Valencey d'Adana expliqua :

– Observez, messieurs, ces gréements de mauvaise qualité. Voyez ces canons médiocres. Constatez ce que l'on voit de la coque demi-retournée : pourriture, vers et tarets, algues en grand nombre. Ce navire allait de toute façon vers sa fin.

Il se tourna vers ses deux officiers, auxquels s'était joint Guillaume de Lamorville, commandant de l'artillerie de *La Terpsichore*, et poursuivit avec plus de véhémence :

– Comprenez-vous, messieurs, pourquoi l'Espagne, qui possède autant de navires lourds que la France, n'en peut aujourd'hui engager que quarante-huit, et dans quel état ?... C'est une grande honte d'envoyer ainsi à la mort des officiers et des marins d'une qualité aussi exceptionnelle !

La Terpsichore passa rapidement et s'établit à quelque distance, Valencey d'Adana ne souhaitant pas être vu de trop près, fût-ce par des alliés, qu'ils fussent espagnols ou américains.

Cependant, il fit mettre un canot à la mer et dépêcha son chirurgien Florent de Saint-Frégant vers le navire de commerce espagnol car c'est sur celui-ci qu'on hissait les très rares survivants du bâtiment de guerre.

Valencey d'Adana avait fait carguer les voiles et placer *La Terpsichore* légèrement par le travers.

Nul, si ce n'est Mahé, ne s'en rendit compte tant le capitaine affectait cet air lointain qui était un peu sa manière, mais intérieurement, il ne tenait plus en place. Il détestait se trouver ainsi immobilisé, sans voilures, alors qu'un Anglais traînait dans les parages.

Son attente fut rendue moins pénible par le retour de la *Betelgeuse* laquelle, par pavillons, lui indiqua le plein succès de sa mission.

On se trouvait là depuis une heure lorsque le canot de *La Terpsichore* revint. Et tout aussitôt, Valencey d'Adana tressaillit : enfreignant les ordres, le chirurgien ramenait un Espagnol, chose qui ne s'était jamais vue ni même imaginée.

Sans qu'un muscle de son visage tressaillît, Valencey d'Adana prit note de plusieurs choses. Tout d'abord, l'Espagnol était sans doute un très grand seigneur, portant des vêtements coupés dans les plus belles étoffes. Il devait être âgé d'une cinquantaine d'années et son visage demeurait altier tandis que sa main gauche pendait le long de son corps, complètement déchiquetée, et c'est à peine s'il y restait deux doigts.

Apparemment indifférent à sa blessure, qu'il affectait de traiter comme si elle n'existait pas, le blessé se présenta en parlant d'une voix qui ne tremblait pas :

– Amiral de Montermoso, duc d'Avila et de Linares.

– Joachim de Niel, comte de Valencey et prince d'Adana. Je suis le capitaine de ce navire et commandant de la flottille qui l'accompagne. Soyez le bienvenu à mon bord, monsieur le duc.

Et, d'un geste que le protocole n'exigeait point, Valencey d'Adana ôta un instant son tricorne en guise de salut.

L'Espagnol avait perdu le sien mais, en parfait gentilhomme, il porta sa main valide à son cœur et inclina un instant la tête, visiblement touché par les manières élégantes et courtoises de l'allié français.

Il précisa :

– J'allais rejoindre l'escadre, pour en prendre le commandement en second, lorsque les Anglais, plus rapides et mieux armés, nous ont attaqués.

Saint-Frégant, le chirurgien, tenta d'attirer l'attention de Valencey d'Adana lequel, aussitôt, lui donna la parole.

– Je dois amputer. Et sans attendre.

L'Espagnol demeura impassible.

Valencey d'Adana précisa :

– M. le baron de Saint-Frégant est un chirurgien exceptionnel. Je lui confierais ma vie sans hésiter, amiral.

L'amiral passa sa main valide dans sa barbe noire où se voyaient quelques poils gris. On eût pu croire, à le voir ainsi, qu'il hésitait sur l'amputation quand la préoccupation unique de cet homme remarquable tenait au fait que son interlocuteur venait de l'appeler « amiral ». Que faire ? Valencey d'Adana était capitaine de vaisseau, grade élevé mais juste en dessous du sien. Il était aussi « commandant », puisque chef de *La Terpsichore*, mais le compte n'y était toujours pas. L'amiral savait qu'il se trouvait sur un navire de légende commandé par un homme qu'il admirait.

Tous comprirent le fin calcul qui quelques secondes occupa son esprit lorsque, ayant trouvé remède à son problème, il répondit :

– Prince, je ne puis dès lors faire moins que vous

et remets ma blessure aux soins de votre chirurgien. Une chose, cependant...

Valencey d'Adana s'enquit de cet ultime désir et fut tout de même surpris lorsque l'amiral espagnol reprit :

– Il me plairait, voyez-vous, d'être amputé ici même, sur le pont, pouvant ainsi continuer à m'entretenir si plaisamment avec vous et vos officiers. Je ne pense pas vous occasionner de grande gêne et, je l'avoue, perdre ma main sur *La Terpsichore* serait un honneur des plus rares.

– Il en sera fait tel que vous le souhaitez, amiral.

Aussitôt, le chirurgien ouvrit son coffre où se voyaient d'excellents instruments d'argent tandis que Valencey d'Adana, s'étant assuré que l'autre navire espagnol n'avait souffert aucun dommage, lançait ses ordres pour qu'on entame au plus vite la chasse aux navires anglais.

Un regard en direction du soleil lui faisait en effet craindre que les bâtiments ennemis ne s'échappent à la faveur de la nuit.

La chose eût cependant été mille fois préférable...

21

Avec novembre, un froid précoce s'était abattu sur le royaume de France, annonçant un très rude hiver. Dans les modestes chaumières comme dans les vastes châteaux, on s'approchait au plus près des cheminées. En ces circonstances, les pauvres dormant près des bêtes souffraient parfois moins du froid que les aristocrates dans leurs très belles chambres bien glacées.

On ne saurait toujours gagner...

Partout on se réjouissait de la proximité des forêts lorsque tel était le cas, mais la chose valait surtout pour les terres des Valencey d'Adana. Non seulement les forêts et les bois y étaient vastes et nombreux mais feu le général de dragons Valencey d'Adana, abolissant les droits et coutumes anciens, avait permis qu'on ramasse le bois mort en prévision du chauffage d'hiver, et même qu'on abatte certaines parcelles à replanter.

Attitude généreuse reconduite par son fils Joachim.

D'aucuns, pourtant, auraient pu se plaindre de l'abondance des forêts en terres de Charente s'ils n'avaient trouvé, un peu par leur faute, une mort tragique. Tel était le cas de deux marchands d'orviétan dont on découvrit en lisière les corps aux trois quarts dévorés par des loups affamés.

L'affaire donnait matière à discussions dans le pays, créant une surprenante diversion après la mort tragique du général et l'horrible fin de sa future belle-fille.

Au reste, la population se divisait sur les marchands d'orviétan, certains trouvant à leurs remèdes toutes les qualités issues des bienfaits de la nature quand les autres, plus doctes, expliquaient que l'orviétan était un faux remède inventé par un imposteur italien au siècle précédent si bien que la poudre proposée par ses disciples était insipide et sans aucun effet sur les maux qu'elle devait censément guérir.

Il s'en trouva même, devant les cadavres déchiquetés des deux malheureux, pour dire que « marchand d'orviétan » et « charlatan » désignaient semblable chose.

Peu après le départ assez brusqué de Valencey d'Adana, et aussitôt qu'il eut reçu confirmation que le capitaine se trouvait en mer, le lieutenant de la police secrète Pierre-François Gréville s'en était retourné à Paris, laissant cependant sur place un sergent et un homme qui dérangeaient le monde en fouinant dans toutes choses, même les plus innocentes. Malgré cet inconvénient, ils étaient nombreux à se réjouir du départ de Gréville tant celui-ci, par sa seule présence, ses manières cassantes et sa suspicion faisait régner un lourd climat de tension sur la région.

Sur les terres des Valencey d'Adana comme sur celles des seigneuries voisines, on laissait à ceux des châteaux le soin d'entretenir par de longues conversations le souvenir tragique des événements d'octobre quand le peuple s'apprêtait à faire face aux périls et souffrances d'un terrible hiver succédant de manière inattendue au bel été de 1780.

Ce jour-là, tandis que le vent froid, sec et piquant arrachait des larmes aux rares cavaliers, Nicolas de Refroicourt, comte de Blacfort, s'en était venu, comme il le faisait si souvent, visiter la jolie demoiselle Victoire de La Chesnaie de Flers, qu'il trouva triste, en proie à une mélancolie croissante que la dureté de l'hiver ne risquait guère d'atténuer.

Victoire, faisant un gros effort sur elle-même, reçut le jeune comte dans le salon bleu, et fit servir deux tasses de chocolat.

Elle observait Blacfort par instants, à la dérobée, et s'en trouvait émue bien qu'elle ne sût s'il venait pour la réconforter ou par devoir envers son grand ami Joachim.

Quoi qu'il en fût, l'estime et l'amitié qu'elle portait à Blacfort s'en trouvaient renforcées. Elle appréciait qu'entre elle et lui, rien d'ambigu n'eût jamais existé. Pas un mot, pas un geste, pas une attitude, pas un regard : jamais !

En outre, elle appréciait particulièrement de constater avec quelle constance Blacfort parlait de celui qu'elle aimait, ne dissimulant pas son admiration qui armait et nourrissait sa fidèle amitié. Une amitié comme on en rencontre peu souvente fois.

Dehors, le vent s'était renforcé et, lorsque la conversation tombait, on entendait siffler certaines tuiles de l'écurie. Le silence régnait alors sans pour autant amener la gêne, mais l'on sursautait tout de même lorsqu'une bûche, demi-consumée, s'effondrait dans la cheminée. Enfin, sur ordre de la tante Aglaé, on ne parlait jamais de Pauline et nul n'osait demander la raison de cette interdiction. Par filiation de pensée, le jeune comte borgne demanda :

– Comment va tante Aglaé, après ce coup de froid qui lui est venu avant-hier ?

Blacfort vouvoyait la jeune marquise. Enfant, elle avait tutoyé Valencey d'Adana, pourtant son aîné de cinq ans, mais lui seul. Embarrassé, celui-ci finit par agir de même. Mais elle avait conservé le « vous » aussi bien avec Nicolas que Mahé. Plus tard, cette habitude étant prise, on n'en changea point.

Victoire répondit :

– Elle a de grandes fièvres, des frissons et ze n'arrive pas à lui faire prendre remède.

Si le cœur de Valencey d'Adana chavirait toujours devant ce qu'il appelait intérieurement « le divin zozotement », Blacfort n'y prêtait plus guère attention, du moins en apparence. Mais il est par ailleurs peu douteux qu'en sa magie parfois intelligible aux pauvres humains, l'amour ait tôt fait de transformer un léger défaut en un charme irrésistible.

On parla donc de la tante Aglaé dont l'état inquiétait si fort Victoire, et de ce côté déraisonnable qui lui donnait la certitude qu'elle pouvait traverser sans faillir toutes les épreuves imaginables, y compris sortir dans les herbages vêtue comme au printemps alors même que, dans les maisons, l'encre gelait au bout de la plume.

On évita, par tacite entente, de parler de la mère de Victoire car sa folie s'accentuait depuis la mort de Pauline dont elle semblait n'avoir conscience qu'en de très brefs et rares instants qui la plongeaient alors dans le plus profond désespoir.

N'y tenant plus, Victoire demanda :

– Avez-vous des nouvelles ?

Blacfort n'avait point besoin que la jeune femme lui précisa à qui elle songeait :

– Non. Mais je n'ai nulle inquiétude, ne pensant pas que l'Anglais qui le pourrait couler soit né, ni qu'il voie jamais le jour.

Victoire prenant conscience qu'elle se tordait les mains les posa alors bien à plat sur ses cuisses mais sa voix trahissait son émotion :

– Il n'y a pas que les Anglais qui sont zens cruels, la mer l'est tout autant.

Blacfort observa la jeune femme avec une curiosité qu'il ne chercha pas à dissimuler, puis :

– C'est donc cela, aimer ?

Elle le regarda, semblant au désespoir à l'idée de ne jamais pouvoir faire comprendre ce qu'elle ressentait. Puis elle se leva et alla de long en large.

– Nicolas, comment vous dirai-ze zamais ce qu'il en est d'aimer, de passer des sommets de la félicité aux abîmes du désespoir... Toute zolie zoze vue loin de lui est un coup de poignard au cœur car c'est avec lui que ze veux partazer les beautés du monde comme ze souhaite prendre sur moi seule ce qu'elle inflize de plus cruel. Ze souffre de ne le point voir et éprouverai moins de sagrin à le savoir avec une autre mais ici, en sécurité. Ma vie, à saque instant, consiste à me demander : a-t-il froid ?... A-t-il peur ?... Est-il trop seul en son commandement qui, Mahé me l'a avoué, l'isole des autres ?... Ze le vois dans son bel uniforme avec son tricorne et le sabre au côté et ze meurs de n'être pas le plus humble de ses marins car ze le pourrais au moins contempler et ze pourrais enfin éloigner cette tristesse qui l'accompagne de plus en plus souvent...

Blacfort réfléchit à ces paroles et répondit :

– Victoire, votre imagination amplifie les périls. Par exemple, il n'a pas peur, la peur est étrangère à Joachim.

Elle revint s'asseoir à son côté, lui sourit puis, lui prenant affectueusement les mains :

– Mon ami, mon très ser Nicolas, comme vous vous trompez !... Z'ai vu cette petite lumière dans ses yeux gris-vert : la peur y a fait son nid !... Oh, ne vous méprenez pas, il est assez fou pour ne pas s'inquiéter de lui-même mais ne voyez-vous pas comme il vit ?

– J'avoue que...

Elle ne le laissa pas achever.

– Il a peur pour ses marins, peur de ne pas donner l'ordre qui convient, peur d'en mener un seul à la mort par néglizence. Il vit dans cette terreur et c'est aussi pour cela que ze l'aime saque zour plus fort, même sans espoir.

Mal à l'aise, Blacfort chercha ses mots puis :

– Au nombre de ses peurs, mettez alors votre nom, Victoire.

Elle sursauta presque, Blacfort continua :

– Il faudra bien que ces choses soient dites un jour, alors pourquoi pas aujourd'hui avec ce temps désespérant et les malheurs qui accablent ce château ?... Il vous aime, Victoire, il vous aime depuis que vous étiez enfants et c'est bien là la seule grande terreur de sa vie. Votre sœur Pauline, votre tante Aglaé, votre mère, Mahé et moi le savons depuis toujours.

– Pauline ?... demanda Victoire en se raidissant.

Blacfort esquissa un léger haussement d'épaules.

– Pauline tenait la passion pour une chose diabolique et absolument étrangère à ce qu'elle entendait au mot « amour ». C'est pour vous protéger qu'elle décida d'aimer Joachim mais elle fut prise à ce jeu dangereux. À cela près, je le répète, que la passion lui fut toujours étrangère.

Il se leva en soupirant puis, voyant Victoire hésiter entre le bonheur et les larmes, il ajouta :

– J'ai été deux fois à la Cour en six mois et puis y demeurer grâce à mon lointain cousin Rohan. Là-bas, je saurai des choses qu'ici je n'apprendrai jamais. Je partirai donc à la fin de la semaine mais reviendrai régulièrement.

– Vous m'abandonnez !

– Ne désirez-vous pas en savoir davantage sur

Joachim quand ici je ne vous suis guère utile sur ce chapitre ?

Victoire se leva à son tour.

– Ze veux savoir, Nicolas. Même les plus menus détails de sa vie me seront les plus doux.

– C'est très bien : alors je partirai.

Ce soir là, l'homme à la tête de sanglier éprouva bien du mal à s'endormir. L'idée que Valencey d'Adana fût à sa merci sans ce départ soudain, cette idée le minait et ne le quittait point.

Il n'était pas sans connaître que ce brusque départ se révélait consécutif à la rencontre – fort brève – entre le bel officier décoré des mains du roi et Victoire de La Chesnaie de Flers.

– Hè-hè-hè !... grinça-t-il.

L'idée lui vint alors qu'en attendant le prochain retour de celui qui ne se savait pas même son ennemi, il pourrait peut-être lui nuire atrocement.

En défigurant complètement la trop jolie Victoire, livrant ce merveilleux visage aux morsures de l'acide de sorte que la simple vue de la marquise atrocement mutilée soulève les cœurs les plus solides.

– Après les rats, l'acide. Chacun ronge à sa manière...

22

Valencey d'Adana avait fermé le piège... en le laissant entrouvert. *La Terpsichore*, la *Betelgeuse* et *L'Argonaute* bouclaient trois côtés : par celui qui restait béant, l'Anglais pouvait donc fuir en abandonnant le massif navire de commerce qu'il escortait.

Envoyé, comme on se souvient peut-être, accomplir une mission spéciale, la *Betelgeuse* avait en fait démâté le gros navire marchand anglais qui se traînait à présent avec de pauvres mâts de fortune. En cette affaire, Valencey d'Adana avait magistralement joué ses cartes car la situation, par sa complexité, ne l'avantageait guère au départ.

Homme d'honneur et de cœur, il ne pouvait décemment se lancer à la poursuite de deux navires anglais en abandonnant les alliés espagnols qui se débattaient au milieu d'un drame. Il était donc bien dans sa nature de penser avant tout à tendre la main à ses camarades de combat espagnols, mais cette même nature ne le poussait certes pas à laisser fuir des Anglais. Dépêchant la *Betelgeuse*, véritable gazelle des mers, il ne l'envoyait pas combattre le deux-ponts de soixante-quatorze canons. En revanche, rapide et maniable, elle pouvait à son gré échapper au bâtiment de guerre, s'approcher du navire de transport et donner du canon. Cependant, là où un imbécile n'eût pas manqué de toucher à mort le navire civil, provoquant aussitôt le départ toutes voiles dehors du vaisseau de guerre libéré de sa mission de protection, les ordres de Valencey d'Adana consistaient à totalement démâter le civil pour immobiliser, par voie de conséquence, le bâtiment militaire.

Joseph de Taillebourg, commandant la corvette *Betelgeuse*, connaissait son affaire et ses excellents canonniers n'eurent besoin que de deux salves rapides pour accomplir leur besogne.

Situation idéale, donc, puisque *L'Argonaute*, bénéficiant de l'appui de *La Terpsichore*, pouvait prendre son temps pour secourir les Espagnols. Cela fait, les trois bâtiments français n'avaient plus qu'à se précipiter sur les Anglais dont l'un se traînait quand l'autre ne le pouvait point abandonner.

Valencey d'Adana baissa sa lunette et donna ses ordres d'une voix claire à de La Mellerie :

– Faites savoir que le deux-ponts a nom *Furious* et le bâtiment de transport *Sweet Princess.* Allez vous préparer au combat, marquis.

Il se tourna vers Mahé et, baissant la voix d'un air contrarié :

– As-tu vu le pont du *Sweet Princess* ?

– Hélas oui.

Valencey d'Adana hocha la tête.

– Je suis donc d'avis que nous ignorions ce bâtiment tel que s'il n'existait pas. Après le combat avec le *Furious*, nous enverrons *L'Argonaute* pour proposer notre assistance. Préviens Lamorville au sujet du *Furious* qui me paraît retors : je veux un tir sous la ligne de flottaison et qu'on prépare l'arme secrète.

Campagne-Ampillac répercuta aussitôt les ordres de branle-bas de combat tandis que, sur le pont, Jules Dumesnil, l'irremplaçable maître d'équipage, semblait partout à la fois.

On faisait donc route vers les Anglais en formant triangle, *La Terpsichore* représentant l'angle supérieur, le plus avancé.

Un marin vomit, comme il arrive souvent avant le combat – mais aussi parfois après, pour des raisons différentes. D'autres, silencieux, se muraient en eux-mêmes. Mais beaucoup plaisantaient, s'apostrophaient, et quelle élégance de défier ainsi la mort assise quelque part, invisible, sur le pont, la faux sur les genoux mais prête à bondir pour passer de l'un à l'autre !...

Valencey d'Adana, perplexe, observait le *Sweet Princess*. Un navire-hôpital faisant route vers l'Angleterre avec ses blessés, ses malades, ses femmes et enfants d'officiers que la tournure prise par la guerre d'Amérique incitait à regagner prudemment le royaume.

Du linge séchait sur le pont, des enfants excités échappant à leurs mères couraient au bastingage et, inconscients, faisaient des signes aux Français qui, après une brève hésitation, les leur rendirent tandis que les marins anglais, terrorisés par l'arrivée de « La Mort Rouge », tentaient de chasser cette marmaille.

Le triangle formé par les navires français s'ouvrit gracieusement, telle une jolie fleur exotique. *L'Argonaute* obliqua sur bâbord, la *Betelgeuse* à tribord tandis que *La Terpsichore*, implacable, allait tout droit à une vitesse qui stupéfia tous les Anglais.

Sauf un.

Le capitaine Dennis Milford était un homme vieillissant au visage mésavenant. L'aigreur gâchait sa fin de vie. Excellent marin mais sans naissance, la guerre, et le manque dramatique d'officiers dans chacun des deux camps, lui avaient permis d'échapper à l'anonymat en lequel il sombrait.

Rapide, intelligent, prévoyant avec beaucoup de bonheur les manœuvres et réactions de l'adversaire, ses victoires à répétition commençaient à le faire remarquer en haut lieu par ces amiraux lesquels, deux ou trois années plus tôt, ne l'eussent pas même regardé.

Il admira avec sincérité la manœuvre du Français, son exécution rapide et efficace, sa conception elle-même qui ne lui laissait que deux possibilités : combattre sur trois côtés ou fuir par le côté qu'on laissait obligeamment ouvert.

Même si la vue de la frégate rouge lui causa quelque appréhension, il sut cependant surmonter la chose. Il ne croyait pas à l'invincibilité de quelque navire que ce soit, et pas même celui-là. Certes, en toute sa vie de marin jamais ne lui fut offert le spectacle d'une frégate aussi rapide, ni d'ailleurs de sa corvette d'accompagnement qu'il devina de la même main. Mais quoi, les Français bénéficiaient des dons d'un exceptionnel architecte de marine ?... Soit !... Et alors ?...

Il sourit, déconcertant les officiers placés sous ses ordres et auxquels il ne daigna pas donner les raisons de cette joie inattendue.

Pourtant, quelque chose d'ineffable indiquait que le capitaine français, sans doute extrêmement brillant, possédait un talon d'Achille.

Il secoua la tête avec contentement et maugréa :

– Leurs maudits philosophes !... C'est bien cela qui les perdra.

Il savait que, derrière leurs sabords, ses artilleurs attendaient ses ordres.

Il respira à pleins poumons, savourant cet instant comme un chasseur participant à l'hallali d'une pièce de gibier exceptionnelle.

Le Français venait de commettre deux fautes. La première, en n'abandonnant pas ses alliés espagnols.

La seconde, en négligeant par humanité la *Sweet Princess* qu'il longeait sans trace d'esprit belliqueux.

– Feu !... ordonna-t-il.

Le second, affolé, le regarda avec incrédulité. Tirer en cet instant serait à coup sûr toucher *La Terpsichore* mais compte tenu de la position des navires, ce serait foudroyer le navire-hôpital *Sweet Princess*.

Un navire *anglais*, des femmes, des enfants, des blessés...

Le capitaine Milford gifla son second et répéta :

– Feu !...

L'ordre fut aussitôt répercuté jusqu'aux batteries et, après que Milford fut contraint d'aller l'y répéter, l'enfer se déchaîna.

– Défilement par bâbord !... Vite à la manœuvre !... Débarrassez le pont des débris !... Coupez les cordages à la hache !...

Valencey d'Adana donnait froidement ses ordres qui, pour la première fois, furent exécutés avec un léger temps de retard. La raison en était simple : jusqu'ici, aucun boulet anglais n'avait touché *La Terpsichore* et les marins français découvraient que la chose était possible.

Le regard glacé du capitaine nota les dommages mais, à part un mât malmené et surtout plusieurs marins étendus sur le pont rouge de sang, les choses demeuraient dans le domaine de ce qui se peut maîtriser.

– Dégagez l'arme secrète !

L'arme en question appelée « requin à poudre » par les Anglais se trouvait hissée depuis la cale seulement à mi-hauteur du pont, le système de chaînes et poulies se trouvant bloqué car le mécanisme avait souffert du tir du *Furious*.

Valencey d'Adana vit le maître d'équipage secondé par le vicomte de Passavent prendre les choses en main. Puis, par pavillons, il donna ordre à la *Betelgeuse* et à *L'Argonaute* de rétrécir le cercle afin de prendre l'Anglais dans une nasse.

Le capitaine Milford vit le piège mais se trouvait en pleine incertitude, les choses ne s'étant pas déroulées à son entière convenance.

En effet, le *Sweet Princess* avait essuyé l'essentiel du tir du *Furious*. Tout, pourtant, paraissait si bien calculé : *La Terpsichore* longeant parallèlement le *Sweet Princess* puis, l'ayant dépassé, se trouvant exposé au tir du *Furious*. Mais le diabolique Français semblait avoir au dernier instant deviné la manœuvre en virant une première fois sur bâbord. Si bien qu'il se trouva certes touché mais point mortellement quand son esquive exposait le navire-hôpital.

Milford vit les trois navires français qui se rapprochaient, devinant les officiers ivres de rage devant pareille conduite. À son propre bord, les choses semblaient tourner de l'indignation à la révolte, voire à la mutinerie.

Milford sentit sur lui le regard méprisant de ses officiers et celui, haineux, de ses marins. Aller au combat dans ces conditions revenait à prendre de grands risques.

La *Betelgeuse*, qui courait sur la mer, se trouvait la plus proche et, lorsque les trois navires français ouvrirent le feu, c'est elle qui cassa le plus de bois, seul deux ou trois boulets de *L'Argonaute* atteignant le deux-ponts anglais.

Plus préoccupant, *La Terpsichore*, quoique ayant

perdu en vitesse, arrivait droit sur le *Furious* et la tirer de face se révélait très aléatoire.

La rumeur venant de son propre équipage atteignit plus nettement Milford qui entendit les mots « assassin », « tueur de femmes et d'enfants »...

Non, décidément, combattre dans ces conditions ne paraissait guère envisageable. Et cependant...

Milford imagina avec amertume les honneurs qui lui eussent été réservés s'il était parvenu à couler « La Mort Rouge ».

La perte de la *Sweet Princess* lui sembla justifiée. Il songea même que, si on lui offrait semblable situation, il recommencerait sans hésiter.

Mais il donna l'ordre de rompre le combat et de fuir les Français, ajoutant la lâcheté à l'infamie.

Il n'eut pas un regard vers les quelques débris qui flottaient sur la mer glacée. Comme il n'avait point vu couler d'abord les enfants, puis les femmes et enfin les marins.

Ses officiers, eux, remarquèrent que *La Terpsichore*, se trouvant la plus proche des lieux du naufrage, renonçait à la poursuite et se déroutait pour porter – bien vainement – secours à ceux qui auraient survécu.

Ces officiers anglais, sans exception, comprirent qu'ils n'oublieraient pas le geste chevaleresque du commandant français.

Mais un autre sentiment dominait leurs pauvres âmes tourmentées : quelle que fût leur honte – et leur chagrin ! –, il leur sembla que le commandant de *La Terpsichore* venait de leur restituer leur honneur d'officiers.

Et de marins.

23

– Je vais mourir. Ce n'est pas si tragique, Victoire, et si j'éprouve quelque tristesse, c'est de partir en une si pénible période où tout, soudain, semble s'effondrer autour de nous.

À travers des larmes dont elle pensait ne plus disposer tant deuils et chagrins l'accablaient, Victoire refusait cette image de tante Aglaé si peu conforme à ce qu'elle avait toujours vu. Il ne restait rien de la femme énergique qui, de tout temps, et davantage encore ces dernières années, tenait d'une main de fer le château, ses dépendances et ses terres. Voire ses habitants...

Livide, le visage creusé, les yeux ternes, la tante Aglaé semblait attendre la mort avec cette résignation toute de noblesse qu'on voit aux vieux chiens. L'agonie durait depuis de longs jours.

Sa sœur, la mère de Victoire, lui avait volé jusqu'à sa mort. La jeune femme refusait cette idée, sachant cependant qu'on ne peut indéfiniment lutter contre la vérité. En effet, il n'était d'autres mots : après lui avoir volé son soupirant – le père de Victoire – qui lui donna deux enfants, Pauline et Victoire, qu'elle ne souhaitait pas et qui eussent tant comblé le cœur d'Aglaé, la sœur de celle-ci avait mis fin à ses jours quarante-huit heures plus tôt.

Suicide, accident, nul ne saurait jamais, la seule

certitude étant qu'on avait repêché son corps au matin, flottant sur la pièce d'eau qui jouxtait le château.

La vie de Victoire s'effondrait. Tout ce qui si longtemps paraissait immuable virait brusquement à la tempête et au plus grand cahot.

Ainsi, à l'assassinat du général et à celui de Pauline fallait-il ajouter la mort de sa mère, celle, imminente, de la tante Aglaé et l'absence de Nicolas toujours si réconfortant. Et, pesant plus lourdement que d'habitude eu égard aux circonstances, Joachim livré aux hasards et aux horreurs de la guerre.

La respiration de la vieille femme cessa un instant et reprit en un bruit de forge, rauque et sonore.

– Ze t'en supplie, tante Aglaé, ne me laisse pas toute seule !

La main de la mourante tâtonna dans le vide avant que celle de Victoire ne la saisît avec une violence qu'elle ne sut contrôler.

La tante Aglaé grimaça, puis regarda autour d'elle les murs tendus d'un tissu rose passé.

Elle murmura :

– Dire adieu à tout cela, aux aubes incertaines, aux nuits d'été parfumées...

Elle demeura un instant silencieuse puis reprit :

– La poitrine me brûle tel le cœur d'un volcan, chaque respiration m'est mille coups de poignard...

– Tanta Aglaé, ze t'en supplie, guéris parce que ze t'aime et que seule ici, ze n'y arriverai zamais. Ze ne veux pas être celle qui perdra notre sâteau !

La vieille femme tourna lentement la tête vers sa nièce, comme si elle la découvrait.

– Victoire !... Cette guerre achevée, ne laisse plus repartir Joachim, conserve-le près de toi. Il t'aime tout autant que tu l'aimes même si je doute qu'il ose un jour se déclarer... Mais prends garde : ton héros est aussi un enfant, son monde n'existe pas, ou n'existe plus, et ses dragons sont des chimères. Trouve sa faiblesse, débusque sa fragilité, ouvre grandes les fenêtres pour chasser les fantômes et vous serez les plus heureux du monde.

Elle chercha le regard de Victoire qui, malgré elle, se dérobait. Elle ne supportait pas cette taie qui voilait des yeux d'un bleu d'ordinaire si vif et soutenu. Elle y voyait comme un linceul précédant l'autre, celui qui bientôt envelopperait le corps de cette tante si dure et si tendre, si bougonnante et pourtant si aimante.

La tante Aglaé toussa puis :

– Pauline en a bien mal agi avec toi et te le dire n'est point salir sa mémoire mais tranquilliser ton âme car il est possible que ta douleur de la perdre ne soit pas si vive qu'il te semblerait décent en pareille circonstance. C'est étrange...

Elle toussa plus violemment et Victoire approcha des lèvres desséchées de la mourante un mouchoir de dentelle bientôt rougi de sang.

Aglaé poursuivit :

– Oui, c'est bien étrange. J'aimais un homme qui m'aimait et ma sœur, ta mère, me l'a volé, volant ainsi le sens même de ma vie en faisant deux enfants que, trop occupée d'elle-même, elle n'aima jamais... Et je vous vis deux sœurs, Pauline et toi, et la même chose recommençant : Pauline, plus audacieuse et que rien n'arrêtait, te volant l'homme que tu aimes, et qui t'aime... Je t'ai toujours de beaucoup préférée, Victoire. Je n'éprouve aucune honte mais bien du plaisir à te le dire enfin, même si tu t'en doutais sans doute. Quand je te vis petite fille de cinq ans choisissant seule ce grand garçon de dix ans, j'étais bien fort émue. Tu semblais si persuadée de ne te point tromper, d'une si tranquille assurance...

– Il était déza si beau, si fier, si zénéreux tel un sevalier des temps zadis... répondit Victoire d'une voix rêveuse.

– Ma chérie, il faut en finir avec ce zozotement.

– Ze te le promets, ma tante, z'y arriverai !

La main de la tante Aglaé serra plus fort celle de la jeune femme.

– Il était bien tout cela que tu dis, tu ne t'étais pas trompée. Même lorsqu'il eut treize ans, certaines femmes le regardaient avec une curiosité mêlée de trouble et de désir parce qu'il portait déjà en lui l'homme qu'il est devenu. Mais Pauline, elle, ne vit rien si ce n'est ta passion pour lui. Comme ta mère, Pauline ne supportait pas l'idée qu'elle puisse se trouver exclue de ce qui semblait destiné à sa sœur.

– Ma tante, vous vous trompez sur les motifs de Pauline. Nicolas, qui m'en parlait voici peu, m'assurait que Pauline ne souhaitait que me soustraire à une passion qu'elle zuzait destructrice. Pauline me voulait protézer !

Un léger sourire se dessina sur les lèvres de la mourante et Victoire remarqua le duvet fourni au-dessus de la bouche d'Aglaé. « Les moustaches », disait-elle avec Pauline. Elle en fut très émue, ce détail, souvenir des temps heureux, accentuant encore son chagrin.

Aglaé, le souffle court, répondit :

– Nicolas ne pouvait guère aller plus loin dans ses propos mais à sa manière, il tentait de t'expliquer ce que je te dis plus brutalement... car le temps m'est compté.

Elle toussa encore une fois et continua :

– Victoire, tu vas être toute seule ici. À vingt-trois ans, c'est grand tracas que ce château et ses domaines, tout cela t'occupera beaucoup. Il ne faut pas que s'ajoutent à cette charge mille regrets qui n'ont pas lieu d'être. Il n'est déjà point facile d'être femme, la mélancolie ne doit pas s'ajouter aux tourments de la vie... Vois-tu, j'aimais ma sœur et j'aimais Pauline mais je manquerais à tous mes devoirs envers toi si je te taisais la vérité. Ta mère et Pauline se ressemblaient beaucoup, surtout dans l'égoïsme. Tu as toujours agi selon ton cœur, j'en eus mille preuves, tandis qu'elles se servaient de leur tête. Ta mère a perdu la raison quand ton père est mort, c'est la vérité, mais sais-tu ce qu'elle me disait du matin au soir pendant les longs mois de l'agonie ?

Victoire hésita, puis :

– Non, ze l'ignore.

– Elle disait : « Il m'échappe ! »... En mourant, ton père a en effet échappé à ta mère, si l'on veut voir les choses comme elle, et c'est ce qui lui a fait perdre une raison déjà fragile comme il est de coutume chez ceux qui trop s'écoutent.

Elle reprit son souffle et poursuivit :

– Et j'ai tressailli lorsque Joachim se trouvant en mer, Pauline me dit un jour : « La mer me le vole, la mer me l'enlève et lui permet de s'échapper. Oui, il m'échappe ! »

Un long silence s'installa, puis Victoire, l'air grave, répondit :

– Ma tante, ze ne suis point certaine que Zoachim m'aime et si parfois z'ai la faiblesse de le penser, bien souvent z'en doute.

La tante Aglaé secoua la tête en souriant et expliqua :

– Ma petite fille... Je vais te faire ce cadeau, et ne l'oublie jamais. À l'instant de comparaître devant Dieu, je te jure bien qu'il t'aime, que tout ce qu'il cache le crie, que tout ce qu'il tente de dissimuler l'affirme. Il t'aime quand il prend un air lointain, il t'aime quand il s'empêche de te sourire ou de te regarder. Quand il s'en va si brusquement, c'est pour ne se pas jeter à tes pieds. Il est intelligent, il sait qu'il doit te fuir pour ne se point trahir. Il t'aime, Victoire, et à l'instant suprême, je joue mon âme sur cette certitude.

– Ma tante !...

– Je la joue, et que le diable m'emporte si je me trompe !...

– Ne dites point pareilles sozes, ze vous en prie, ma tante.

– Écoute-moi plutôt !... Attends-le, Victoire. Je t'en prie, attends-le car c'est lui et aucun autre homme, jamais. Attends-le un mois, un an, dix ans : je te jure qu'il viendra pour t'emporter car il ne pourra faire autrement. L'attendras-tu, ma petite fille ?

– Ze vous en fais le serment, tante Aglaé.

– Repousse tous les autres. Tu es une femme, c'est difficile, mais tu es libre. Aucun père, ou mère ou frère qui te veuille offrir à un horrible nobliau qui s'enquerrait de ta dot avant de te souiller dans sa couche. Ma petite fille, puisque ces deuils te laissent libre, aie la vie que je n'ai point eue, promets-le !

– Ze vous le promets, ma tante.

– Cherche et trouve avec Joachim ce bonheur que je n'ai aperçu que de loin. Jure !

– Ze le zure !

– N'aie honte ni de ta liberté, ni de ta passion : si peu de femmes ont ces trésors. Promets !

– Ze le promets !

La tante Aglaé, qui s'était fort agitée, se détendit et, les yeux mi-clos, son visage de vieux grenadier enfin apaisé, elle eut un léger sourire.

– Encore une fois, fais un effort pour ne plus zozoter. Je sais que pour Joachim, cela te confère un charme supplémentaire, tu le bouleverses avec cette petite chose, il n'est que de le regarder tout fondant de tendresse pour le comprendre mais tu es une grande fille, maintenant, qu'est-ce que je dis : une femme !

Victoire sourit à son tour.

– Ze ferai des efforts, tante Aglaé.

– Je suis heureuse de t'avoir parlé, je partirai apaisée. Ah, j'y pense : ne perds pas de temps à fleurir ma tombe, les fleurs ne sont d'aucun rapport : je préférerais que tu y plantes des carottes !

– Cela, ze ne le vous promettrai pas car ze n'y obéirai point.

Les yeux fermés, tante Aglaé sourit en murmurant :

– J'en étais bien assurée.

Deux heures plus tard, comme la neige commençait à tomber et que les oiseaux de nuit lançaient leurs cris sinistres, la tante Aglaé rendit à Dieu une âme dont beaucoup pourraient envier la pureté, la fermeté et la discrète grandeur.

24

Sur le pont, près de l'homme de barre, Valencey d'Adana, silencieux et le visage impénétrable, était entouré de Mahé, de l'enseigne Florimont de Kergoat, vicomte de Passavent et de l'amiral espagnol Juan de Montermoso, duc d'Avila et Linares. Celui-ci, soit qu'il fût par nature insensible à la douleur ou, beaucoup plus certainement, extrêmement courageux, ne se plaignait jamais de sa main amputée deux jours plus tôt.

L'excellent chirurgien de *La Terpsichore*, le baron de Saint-Frégant, changeait le bandage quatre fois par jour en surveillant la cicatrisation. L'amiral avait été effleuré par l'idée que tant de soins relevait d'une excessive prudence mais sa grande pratique des hommes le persuada bientôt que le chirurgien connaissait parfaitement son affaire. Et combien avait-il vu d'amputations trop approximatives qui s'achevaient par la gangrène et la mort ?... L'amiral préférait n'y point songer, concentrant son attention sur ces marins et officiers français qui le charmaient par l'élégance de leurs manières et l'impressionnaient par leur savoir-faire.

À son premier repas dans le carré des officiers, l'amiral espagnol avait un instant été saisi de panique en voyant dans son assiette un morceau de bœuf cuit qu'il n'imaginait pas pouvoir couper avec une seule main.

C'est alors que Valencey d'Adana s'était prestement emparé de l'assiette en disant d'une voix douce mais ferme :

– Me permettrez-vous, amiral ?

Et, sans attendre de réponse, le commandant de *La Terpsichore* de jouer de ses couverts d'argent pour découper la viande.

Au repas suivant, comme le duc d'Avila et Linares s'apprêtait à refuser cette aide de Valencey d'Adana, c'est le lieutenant Guillaume de Lamorville, commandant l'artillerie de bord, qui avait saisi l'assiette en disant :

– Laissez-moi cet honneur, amiral.

Et comme celui-ci comprenait que chaque officier allait agir ainsi à tour de rôle, il croisa le regard de Valencey d'Adana qui lui sourit.

– Entre camarades de combat, c'est là chose fort naturelle, amiral !

Ému par cette fraternité vêtue des beaux atours d'une suprême élégance, l'amiral fut un instant au bord des larmes.

Décidément, il aimait ces Français qu'il connaissait peu avant son tragique naufrage. Mais plus que tout le fascinaient Valencey d'Adana, l'isolement qu'il s'imposait et la manière presque toujours fort aimable dont il en sortait vivement dès lors qu'on lui adressait la parole.

« À quoi songe-t-il ainsi ? » se demanda le duc d'Avila et Linares, perplexe, lui prêtant cependant l'affinage de techniques d'assaut et de manœuvres compliquées.

Il eût donc été fort surpris de connaître les pensées que le jeune capitaine agitait sous son tricorne à discrets plumets rouges et blancs. Des pensées qui ne variaient guère quant à leur objet mais s'éparpillaient bientôt en mille souvenirs qu'il pensait oubliés depuis longtemps. Les objets ?... Son père et Victoire. Les souvenirs ?... Des choses fragiles et tendres comme des fleurs à peine écloses dans la rosée du matin.

Ah, ce père, ce général des dragons si souvent absent et qui revenait de ces longues guerres en pleine nuit, cuirassé, crotté et boueux de la tourbe des mauvais chemins, ferraillant et cliquetant de toutes ses armes, l'arrachant à son sommeil pour le prendre dans ses bras et le serrer très fort. Il n'était plus alors le héros de Fontenoy, de l'interminable guerre de succession d'Autriche, le soldat au corps couturé de cicatrices mais devenait un homme bon et simple au cœur d'aimable grisette.

– Pauvre Papa !... murmura Valencey d'Adana en souriant avec tendresse tandis que le vent emportait ses paroles vers le pays bleu des jolis mots perdus...

Mais il ne pouvait songer à son enfance sans que revienne l'image de Victoire. Ah la peste de petite fille !... À cinq ans, comme elle prenait d'autorité sa main. À lui, un « grand » de dix ans, et devant ses amis Mahé et Nicolas, qui plus est !

À la vérité, s'il feignait l'embarras devant ses compagnons, il aimait bien cette petite main dans la sienne tout écorchée des jeux de garçons. Amours d'enfants ? Peut-être en effet, mais en connut-il jamais d'autres ? Pas de mère ni de tantes. Un père qui, à l'exception des La Chesnaie de Flers, ne fréquentait pas la noblesse voisine. Des servantes rudes, qui n'incitaient guère aux épanchements. Où qu'il se tournât, il ne voyait que Victoire obstinée à le choisir et pourtant si discrète, brusquement effacée lorsque Pauline eut fait savoir à la ronde, et sans demander l'avis de l'intéressé, que Joachim lui était destiné. Au point que Valencey d'Adana s'était demandé si la longue passion de Victoire ne s'était point éteinte sans qu'il s'en fût aperçu. Jusqu'au jour des champignons magiques et de la Tour des Demoiselles...

La chose s'était déroulée voici peu, un an, peut-être, lors d'un retour pour un court séjour à terre et avant de retourner à la guerre. Ayant d'abord dû faire un détour par l'Amirauté, Valencey d'Adana, à peine arrivé en son château, fut saoulé des paroles de Pauline qui lui reprochait de « l'abandonner » pour « s'amuser » à la guerre. Livide, sans un mot, il s'était alors levé pour gagner le parc.

« S'amuser à la guerre » !... Rien qui ne fut plus injuste et montra combien la légère Pauline se trouvait étrangère à lui. « Amusé », quand la guerre le glaçait d'horreur. Et c'était par ailleurs ignorer ce que cette guerre représentait pour lui d'espoirs en un monde meilleur, en une république – fût-elle d'abord américaine – fondée sur le droit et la justice. Bref, en quelques mots, c'était avouer qu'elle ne connaissait rien à sa vie et ne cherchait point à savoir. Devant tant d'involontaire cruauté, et peut-être à la perspective de passer son existence avec une femme qui jamais ne s'intéresserait à son monde, les larmes lui vinrent aux yeux.

Un peu égaré en son chagrin, il se dirigea vers le vieux pin des champignons magiques. Un pin très ancien que le général lui-même ne pouvait dater et qui avait cette particularité : lorsqu'une pluie tombait durant les chaleurs d'été, dès le lendemain on pouvait voir un cercle absolument parfait de champignons qui, tels de petits soldats, semblaient monter la garde rapprochée autour de l'arbre vénérable. Un pin d'autant plus étrange qu'il se trouvait double, mais à partir d'un seul tronc.

C'est là qu'enfants, Victoire et Joachim se rendaient pour enterrer une coccinelle ou parler des mystères de la lune et des étoiles qui lui font un scintillant cortège. Là encore qu'à seize ans, Joachim lui lisait avec exaltation Voltaire et Rousseau.

Et c'est toujours là, ce jour où Pauline l'avait tant rebuté avec son incompréhension que découvrant Victoire en leur sanctuaire, le contraste fut éclatant.

Elle se leva et vit les larmes dans les yeux de son bel officier, son grand amour.

Elle était prête à bien des choses, à s'effacer, à sacrifier son propre bonheur à celui de Joachim mais le voir ainsi au désespoir, c'était bien davantage qu'elle n'en pouvait supporter. Elle lui dit :

– Ici, c'est notre royaume...

Puis se jeta dans ses bras. Il secoua la tête et gagna à pas lents la Tour des Demoiselles où elle le rejoignit après une brève hésitation.

Il semblait l'attendre tout là-haut. Il lui ouvrit les bras. Ils demeurèrent ainsi un long moment, l'un contre l'autre.

C'était un an plus tôt, un an seulement, un an déjà. Aujourd'hui encore, il croyait sentir l'odeur des cheveux qui le grisait, les bras qui l'entouraient tandis que lui-même la serrait si fort.

La tour des demoiselles où ils se tenaient enlacés dominait toute la région. Jamais encore il n'avait atteint pareille félicité, appelant à son secours la foudre pour mourir ainsi, avec Victoire, au faîte du bonheur et non sous les balles anglaises.

Bien que la Tour des Demoiselles n'eût jamais été prise au cours des siècles, c'est pourtant là que le dernier des princes d'Adana capitula en disant :

– Victoire, il ne faut pas...

– Ze sais. Tu appartiens à Pauline mais tu sauras au moins combien ze t'aime et pour touzours.

Alors, ôtant son tricorne, il l'avait embrassée. Un

seul baiser, tendre et passionné, qui dura bien longtemps même s'il leur parut trop bref.

C'était la seconde fois qu'il l'embrassait. La première, ils étaient fort jeunes et...

Il n'alla pas plus loin en ses souvenirs, tressaillant brusquement : loin, très loin sur l'arrière, on tirait au canon. *L'Argonaute* devait être attaqué.

Le visage de Valencey d'Adana changea en quelques secondes. Toute trace de tendresse s'envola pour révéler des traits durs, impitoyables.

– Appelez au branle-bas !... La route au sud !... Hissez les couleurs !... Oui, comme ça, la barre !...

On entendit tinter follement la cloche, des pas précipités, des cliquetis d'armes, des ordres rauques comme aboyés, des coups de sifflet...

Au loin, imitant *La Terpsichore*, la *Betelgeuse* virait à son tour avec grâce.

Par acquit de conscience, Valencey d'Adana jeta un regard au mât d'artimon de sa frégate. Les boulets du *Furious* l'avaient fendu sur un tiers mais le capitaine l'avait fait doubler, lui jumelant un second mât. Il savait pouvoir compter sur l'excellence du travail des maîtres charpentiers du bord.

Les tambours roulaient, ne couvrant point la voix aigrelette des fifres. Certains hommes, malgré eux, frissonnaient dans un mélange de peur et d'excitation.

Aux côtés de Valencey d'Adana, l'amiral duc d'Avila et Linares avait fait apporter une petite table sur laquelle étaient disposés trois pistolets qu'un mousse de treize ans chargeait avec dextérité.

Le duc croisa le regard de Valencey d'Adana.

– *Vaya con Dios !*

Le cri de l'équipage unanime couvrit la réponse du capitaine et l'on entendit comme un roulement, sortant de cent quatre-vingts poitrines :

– Trois fois merde au roi d'Angleterre !

Valencey d'Adana sourit comme un enfant, expliquant :

– C'est notre usage et c'est bien ce que je vous disais.

– Cela ?

– Cela même : merde au roi d'Angleterre !

Gagné par l'ambiance, le grand d'Espagne le dit dans sa langue et ne devait jamais plus lever son verre sans répéter ces mots étranges...

25

La proue de *La Terpsichore* fendait les flots. À l'avant, les poutres énormes recevaient l'assaut des lames fracassées par le taille-mer en un jaillissement d'écume et d'embruns. Au-dessus du taille-mer, sculptée dans le chêne, la figure de proue.

Celle-ci ne figurait pas les forces agressives qu'on voit habituellement sur les navires de guerre, tels Protée, Minerve, Neptune ou un cheval marin cabré. Tout au contraire, jouant du contraste que suscitait « La Mort Rouge », Valencey d'Adana avait choisi une gracieuse danseuse évoquant la déesse Terpsichore.

Les deux mains crispées sur la lisse, le capitaine observait la scène qui se déroulait sous ses yeux.

L'affaire se présentait fort mal.

Une frégate anglaise, la *Repulse*, était venue à l'abordage de *L'Argonaute*. En l'esprit du capitaine anglais, ce gros vaisseau marchand représentait sans doute un fort beau butin en perspective, quelle que fût sa cargaison. Aussi, au lieu de chercher à le couler, était-il venu au contact pour découvrir à ses dépens que *L'Argonaute* transportait... des équipages !... Ceux-là mêmes qui ramenaient les prises de *La Terpsichore* vers la France ou les États-Unis. Une véritable mine d'équipages.

Quoi qu'il en soit, grappins jetés, les navires se trouvaient bord contre bord et on se battait sur les ponts, les Français armés de haches d'arme, sabres d'abordage et pistolets à silex.

Mahé, qui s'était approché, suggéra :

– Tir à couler bas ?

Le « tir à couler bas » consistait à atteindre les vaisseaux sous la ligne de flottaison. Il y fallait une rare et grande maîtrise mais les canonniers de *La Terpsichore* y excellaient.

– Non, les vaisseaux sont trop mêlés. Donne les ordres, nous irons à l'abordage !... répondit Valencey d'Adana, toujours pensif.

Jamais encore *La Terpsichore* n'était venue à l'abordage et cela pour deux raisons : son armement secret l'en dispensait, elle devait préserver son mystère en demeurant lointaine et intouchable. Cependant, les événements commandaient et le capitaine se demanda comment allait réagir son équipage.

Au loin, la *Betelgeuse* marquait le terrain pour prévenir d'un éventuel assaillant.

Rassuré sur ce point, Valencey d'Adana se retourna et... fut impressionné.

L'équipage se tenait prêt. Le fil des sabres et des haches capturait les reflets du soleil. Les regards terribles ne traduisaient qu'une envie, ne commandaient qu'un devoir : tuer !

À gauche sur le pont, vêtu de l'uniforme de la marine royale, se tenaient impeccables les quinze esclaves noirs que Valencey d'Adana avait unilatéralement affranchis, au grand – mais silencieux – déplaisir de leur maître, un planteur de cannes à sucre qui les traitait comme on ne le fait point des chiens. Ils vouaient une fidélité à toute épreuve au capitaine de vaisseau lequel, à l'encontre de tous les préjugés, de tous les codes, règlements et traités de la marine royale française, leur avait restitué leur dignité d'hommes avant d'en faire des soldats de la plus belle marine du monde. Leur chef direct, le sergent Hyppolite, leva son coupe-coupe vers Valencey d'Adana, aussitôt imité par le reste de sa troupe. D'un geste lent mais grave, le capitaine salua les soldats noirs en portant une main gantée de gris perle à son tricorne noir à galon d'or et plumet rouge et blanc.

Puis il haussa le regard. D'habiles marins montaient par dizaines dans les haubans, le mousquet à la main : ils avaient ordre de tuer en tout premier les officiers. D'autres marins, principalement des gabiers, se hissant de la même façon, emmenaient des caisses de grenades tandis que les cinq Indiens du bord grimpaient plus vite encore, armés de leurs arcs et de leurs flèches empoisonnées qui ne rataient jamais leurs cibles.

En bas, impassibles, patientaient fusiliers et grenadiers.

Fifres et tambours amplifiaient leurs résonances tandis que les hommes attendaient, observant les adroits gabiers tenant leurs grappins légers à la main tandis que d'autres en lanceraient de plus lourds depuis les vergues.

Le capitaine d'armes avait achevé de distribuer coutelas, fusils et mousquets. Silencieux, depuis les hunes, des hommes déterminés s'apprêtaient à jeter des grenades.

Dans les batteries d'artillerie où régnait le baron Guillaume de Lamorville assisté du maître canonnier, on avait hâtivement tendu les filets pour parer aux meurtriers éclats de bois provoqués par les boulets. Pareillement, on tenait à disposition des piques pour repousser d'intrépides Anglais prêts à tenter leur chance en s'introduisant par les sabords. On ne s'inquiétait guère des canons sur *La Terpsichore* : ils étaient arrimés avec un grand luxe de précautions, on avait doublé les crocs et enfin, révisés et inspectés en permanence, ils ne risquaient pas d'exploser.

Tandis que les mousses répandaient sable et sciure sur le pont et dans les batteries afin qu'on ne glisse pas dans le sang, plus bas dans les profondeurs du navire les calfats préparaient étoupes, marteaux, burins et plaques de plomb pour aveugler d'éventuelles brèches causées par les boulets ennemis tandis qu'une autre équipe, menée par un élève ingénieur, vérifiait les pompes avec méticulosité.

Valencey d'Adana se livra alors à son petit rituel et, s'il ne l'eut point fait, son équipage s'en serait inquiété. Sa main gantée vérifia sur sa poitrine sa principale décoration, croix d'or scintillante sur le bleu marine de la veste. Puis, d'un geste grave, il ôta son tricorne et salua son équipage.

Une ovation lui répondit.

Il lança alors, comme il est d'usage :

– Messieurs, pour le roi...

Puis, ce qui était de son cru :

– ... Mais surtout : pour la liberté !

– Vive la liberté ! reprirent les cent quatre-vingts hommes, égarant le roi au passage – mais il est vrai que ces marins n'avaient pas été choisis au hasard.

Alors seulement, Valencey d'Adana sortit son sabre du fourreau et arma son autre main d'un pistolet : il serait le premier à sauter sur le pont du *Repulse*.

Le capitaine anglais du *Repulse* savait sa situation désespérée. *La Terpsichore* était arrivée si vite qu'elle paralysait jusqu'à l'idée d'une manœuvre telle que couper les cordages des grappins à la hache et tenter de fuir. À présent, le *Repulse* se trouvait coincé pont contre pont par *L'Argonaute* à bâbord et *La Terpsichore* à tribord.

En outre, si l'équipage du *Repulse* avait d'emblée pris pied sur le pont de *L'Argonaute*, les marins de celui-ci se trouvaient déjà en l'occupation de raccompagner les Anglais sur leur propre navire lorsque *La Terpsichore* arriva rudement. Dès lors, l'avenir paraissait sombre : il sortait des ponts de *L'Argonaute* une invraisemblable quantité de marins, « La Mort Rouge » paralysait les plus braves par sa seule réputation et, des hauteurs de la frégate française, s'abattaient balles, grenades... et flèches !

Le capitaine anglais, dénombrant approximativement une soixantaine de ses hommes encore en état de se battre, envisagea de se rendre, mais pas avant d'avoir tué son homologue français qui s'était le premier élancé sur le pont du *Repulse* en hurlant :

– Boutez-les hors leur vaisseau, que diantre !

Il leva son pistolet et visa l'élégant capitaine portant des gants gris perle et un tricorne marine à galon doré et plumet rouge et blanc.

Sur le pont de *La Terpsichore*, les balles sifflaient de tous côtés, encadrant dangereusement l'amiral de Montermoso, duc d'Avila et Linares, mais celui-ci n'y prêtait pas la moindre attention.

Il tirait sans discontinuer, faisant mouche à tout coup. Position avantageuse, un peu académique, légèrement de profil mais d'une folle élégance avec ce je-ne-sais-quoi qu'on ne vit jamais qu'aux grands d'Espagne. Le pansement de la main gauche amputée rougissait mais l'amiral n'en tint aucun compte, estimant depuis toujours que se plaindre est du dernier mauvais goût – opinion qu'il partageait avec Valencey d'Adana.

En revanche, il s'étonnait de la dextérité du mousse français à recharger les trois pistolets qu'il utilisait tour à tour. Mais il s'émerveillait plus encore du courage de ce petit bonhomme.

Abattant un officier anglais aux cheveux roux, il demanda :

– Quel âge as-tu ?

– Bientôt treize ans, Monseigneur. C'est assez jeune pour mourir pour la liberté.

– Et pour ton roi ?

Dans le fracas du combat, l'amiral n'entendit pas la réponse. À de brefs intervalles, il jetait des regards émerveillés à l'enfant lequel, les mains noires de poudre, rechargeait les pistolets avec la vitesse et l'habileté d'un vieux soldat.

Il songea à son fils unique, emporté par la maladie peu auparavant, et se persuada que le hasard qui lui offrait si jeune et émouvant compagnon d'armes n'était peut-être point le hasard mais signe divin.

L'amiral visa un officier anglais à la tête et le tua sur le coup, ignorant qu'il s'agissait du capitaine du *Repulse* et que, ce faisant, il sauvait Valencey d'Adana lui-même menacé par le tir de cet officier.

L'enfant, ébahi, lança :

– Ah ça, Monseigneur, quel tireur vous êtes !

Le duc d'Avila et Linares sourit.

– Et toi, quel courage est le tien !

Il prit sa décision brusquement.

– Veux-tu venir en Espagne ?... À vingt ans, tu seras officier.

– Je le voudrais bien, Monseigneur, mais ne le puis, n'étant pas espagnol.

– On est espagnol dès lors qu'on a de la bravoure : je te fais donc espagnol et disons... mon neveu.

Une salve d'artillerie lui fit lever les yeux.

– Si nous en sortons vivants, ce qui n'est point certain.

Assez loin sur tribord, la *Betelgeuse* venait de faire feu des deux bords.

Elle n'espérait certes pas toucher qui que ce fût mais avertissait de l'arrivée d'une frégate anglaise qui semblait très pressée.

L'amiral espagnol, fin tacticien, comprit le péril : *L'Argonaute*, le *Repulse* et *La Terpsichore* ne formaient plus qu'un amas de navires liés les uns aux autres par d'innombrables grappins. Arrivant à cet instant, la frégate anglaise *Duke of York* pouvait faire un carnage en coulant sans façon les trois bâtiments dans l'impossibilité de manœuvrer.

Sa tâche risquait d'être facilitée par le fait que des flammes commençaient à s'échapper du *Repulse*.

Bien qu'elle courût à l'abattoir, la fine et élégante corvette *Betelgeuse* du baron Joseph de Taillebourg s'élança pour couper la route au *Duke of York*.

– Très belle mort !... commenta avec admiration l'amiral espagnol.

26

Celui que le roi d'Angleterre George III, mais aussi Francis Dawson, chef des espions anglais et deux ou trois autres connaissaient sous le nom de « La Chouette » s'appelait Edward Bancrof*.

Le docteur Bancrof appartenait à la délégation américaine en France. Grand patriote très admiré, il était fort apprécié de Benjamin Franklin... mais davantage encore de ses entreprenants maîtres anglais.

Ce surnom, « La Chouette », lui venait du fait que pendant cinq ans, tous les mardis vers 21 heures, il déposait dans un arbre creux ses rapports contenus dans une bouteille scellée.

Celle-ci, presque aussitôt saisie par un agent anglais, était alors portée à Lord Stormont, ambassadeur d'Angleterre à Paris.

Dans la mesure où il les connaissait, le traître Bancrof communiquait à Londres les noms des vaisseaux français en partance pour l'Amérique, y ajoutant les identités des capitaines, la date et le lieu du départ, la nature de la cargaison.

---

* Après la guerre, le docteur Bancrof retournera sans honte aux États-Unis. Il y mourra riche, populaire et respecté. Sa perfidie ne sera reconnue que lors d'une ouverture d'archives par les Anglais à la fin du XIXe siècle, cent ans plus tard. Son descendant direct, déshonoré du jour au lendemain, sera poussé au bord du suicide.

Déjouant les pourtant très efficaces services secrets français, Bancrof, grand spécialiste des tremblements dans la voix dès lors qu'il parlait de « la cause sacrée des Insurgents », possédait du savoir-faire : on ne peut nier que ce traître fut d'une grande efficacité. Ainsi, il envoya à la mort des milliers d'officiers et de marins français qui rejoignirent au fond des mers des milliers de tonnes de fournitures françaises : canons, armes, uniformes, produits manufacturés et fournitures diverses destinés aux Américains qui en avaient un besoin vital.

Cette fois, la récolte était modeste mais non négligeable : la bouteille scellée contenait le nom du vaisseau de transport lourd *L'Ours* commandé par le capitaine Adrien Dalaudière, appareillant de Brest en emportant six canons, trois cents mousquets, deux cents fusils, quatre cents sabres et épées, huit cents pistolets, trente tonnes de poudre, trois cents uniformes, des pompes, de l'outillage, des pièces de rechange pour la marine américaine, quatre forges de campagne et une grande variété de petit matériel.

Dalaudière commandait à vingt-cinq officiers, deux cent quatre-vingts marins, soixante-quinze soldats de marine, quarante mousses et une trentaine d'employés du bord tels les bouchers, les boulangers et bien d'autres encore. Aucun de ces quatre cent cinquante marins ne devait revoir la France ni atteindre le pays où le général Washington se battait le dos au mur.

La chose était d'autant plus désolante que, doublant l'île d'Ouessant, le capitaine Dalaudière se réjouissait à l'avance de l'accueil toujours chaleureux que les Américains réservaient aux navires français casseurs de blocus. Ces navires, bravant les plus grands dangers, apportaient à une petite nation démunie de tout l'aide irremplaçable du très puissant allié français.

Ce soir-là, ayant accompli son œuvre de mort, le docteur Edward Bancrof brilla dans les salons par son bel esprit et ses déclarations enflammées en faveur des Insurgents. Il n'eut pas de mots assez durs pour stigmatiser les Anglais « cruels et vils ».

Cette duplicité ravissait sa nature perverse mais en toute cette affaire, qui lui permettait en outre de s'enrichir, un fond de sincérité animait Bancrof.

En effet, l'aimable docteur se trouvait en grande fascination de l'aristocratie. Celle d'Angleterre, bien entendu, car il s'agissait là de ses maîtres qu'il eut longtemps sous les yeux, mais il vénérait pareillement la noblesse française beaucoup plus raffinée et dont les manières, depuis des siècles, faisaient autorité dans toutes les Cours du monde.

Bancrof se sentait tout-puissant lorsqu'il faisait rire une jolie marquise française ou captait, par son discours, l'intérêt d'un duc ou d'un prince du sang. En revanche, dans le monde secret de son cœur et de son esprit, il méprisait profondément ses compatriotes américains.

Il y pensait le matin même, seul, en se rasant, et s'était coupé en un mouvement de colère provoqué par son propre discours d'une grande véhémence :

– Oser se dresser contre notre roi George III !... Oser cela !... Et qui sont-ils, ces Américains ?... Des paysans crottés, bornés, puants, ne sachant ni lire ni écrire, insensibles aux belles manières !... Des rustres, des lourdauds, des butors. Et cette vieille épave de Franklin rendu demi-fou par sa passion pour sa putain française !... Et ce Washington, ce poivrot jadis piètre officier subalterne dans l'armée anglaise, un raté qu'on saluait à peine et qui se proclamait « général », se croyant l'égal d'un Rochambeau !... Ah, il ne dépare certes pas sa piètre armée qui subit défaite sur défaite.

Mon Dieu, qu'ils crèvent tous comme des rats puants !...

Deux jours plus tard, le capitaine Adrien Dalaudière comprit brusquement que tout était perdu.

Son navire, *L'Ours*, se révélait lent à la manœuvre et de plus il ne pouvait aligner que vingt-huit canons face aux trois cent vingt canons des navires lourds *Hood*, *Hornet* et *Honey Bee*.

Dalaudière n'avait pas fait de carrière militaire tels les gardes-marine, ces cadets issus de familles nobles qui fournissaient jusqu'à un passé récent la totalité des officiers de la marine de guerre.

Roturier, il arrivait de la marine marchande et, s'il portait un uniforme, cela venait de la désastreuse pénurie d'officiers du « grand corps ». Pourtant, l'idée d'aller pourrir sur un ponton anglais lui soulevait le cœur : on savait avec quelle cruauté les geôliers aux ordres de George III traitaient les marins de la coalition, qu'ils fussent français, espagnols ou américains.

Pareillement, la perspective d'amener le pavillon à fleurs de lys lui faisait monter les larmes aux yeux : on lui avait fait confiance, à lui, un homme de très modeste naissance. Il se crut un instant sous le regard du peuple français et du peuple américain et sentit que trahir ces millions d'hommes et de femmes dépassait ses forces. De même, il n'envisageait pas de remettre son épée à un officier anglais méprisant et tout de morgue.

Il contempla les trois vaisseaux lourds anglais, placés de telle sorte qu'aucune échappée ne paraissait possible, puis son regard se reporta sur les quatre cent cinquante officiers et marins français qui attendaient sa décision.

Il saisit d'un geste vif « le braillard » de cuivre et, d'une voix forte, abolissant brusquement les grades :

– Camarades !... Nous avons cru à la liberté pour les Insurgents. Nous avons été fiers de la confiance qu'on nous a témoignée. Eux...

D'un geste volontairement désinvolte, il désigna les trois mastodontes anglais et reprit :

– Ils s'imaginent que nous allons nous coucher, renoncer à notre dignité, salir l'idée que nous servons : celle de la liberté pour les Insurgents aujourd'hui et pour tous les peuples demain... Quant à moi, je crois qu'ils ont tort car je ne me rendrai pas !

Un grand silence suivit ces paroles, puis un géant breton à l'épaisse chevelure blonde quitta l'assemblée en chantant :

Le trente et un du mois d'août
Nous vîmes venir sous l'vent vers nous,
Une frégate d'Angleterre
Qui fendait l'air et puis les eaux
Voguant pour aller à Bordeaux...

Quelques hommes reprirent la chanson :

Je l'abordions par son avant
à coups de hache d'abordage,
de pique, de sabre, de mousqueton
En trois cinq sec, je l'arrimions...

Tout l'équipage poursuivit :

Et Merde pour le roi d'Angleterre
qui nous a déclaré la guerre !

Pendant ce temps, le géant breton à l'épaisse chevelure blonde, maître canonnier de son état, avait pris position derrière sa pièce, aidé de trois camarades.

Il savait qu'il n'avait droit qu'à un seul tir et ne pouvait se permettre une erreur.

Il fit feu et le boulet, suprême humiliation, sectionna net le pavillon du vaisseau lourd *Hornet*.

Aussitôt, l'enfer se déchaîna. Les mâts s'effondraient, les ponts furent ravagés et *L'Ours* semblait danser sous les coups car jamais encore dans toute l'histoire de la marine un seul navire n'avait reçu en même temps un tel déluge de boulets.

Le malheureux *Ours* et sa cargaison que tant espéraient les Insurgents américains coulèrent en moins de cinq minutes.

Par privilège, pour « effacer l'humiliation » et exercer ses canonniers, le commandant du *Hornet* obtint de l'amiral commandant le *Hood* – assez réticent – le droit de tirer au canon sur la cinquantaine d'officiers et marins français lesquels, ayant survécu au naufrage, nageaient ou s'agrippaient à des épaves...

Ce soir-là, dans un hôtel particulier du Faubourg Saint-Germain, le bon docteur Bancrof donnait une conférence devant un parterre d'aristocrates français.

La conférence avait pour thème : « Vérité, Honneur et Fidélité : un triple cri pour la plus noble des causes ».

On ne saurait mieux dire...

27

Endormie dans un fauteuil, Victoire se réveilla brusquement, terrorisée.

Elle n'aurait su dire si elle venait de faire un cauchemar mais la peur lui serrait encore la poitrine, et cette peur concernait Joachim.

Un instant, elle considéra avec incrédulité le tissu rose passé de la chambre, puis se dressa d'un bond.

Tout lui revint en mémoire, l'enterrement discret de tante Aglaé, le retour du cimetière et cette idée de s'asseoir dans ce fauteuil, de contempler les meubles, les rideaux, le grand lit que la défunte ne partagea jamais avec un homme, pauvre vie volée comme il en est tant !

Les bougies mouraient, elles aussi, projetant sur les murs des lueurs tremblées. Dans la cheminée, il ne restait de la grosse bûche difficilement installée que quelques braises rougissantes. Victoire grelottait de froid mais demeurait immobile comme si un geste, un pas, risquait de déclencher un nouveau drame dans sa vie dévastée.

Elle observa encore de ses grands yeux tristes la chambre de la tante Aglaé et choisit de s'y installer dès ce soir.

Cette étrange décision lui venait après de subtils détours, telle une précaution de soi, une mesure de préservation. Au fond, elle partageait bien des choses avec sa défunte tante, à commencer par l'amour malheureux qu'on donne à un seul homme qui tarde tant en la réciprocité.

Elle murmura :

– Lui ! Lui ou personne !... Zamais !...

Toujours immobile, elle songea que sa vie allait sans doute ressembler à celle de sa tante et qu'elle finirait « vieille demoiselle » comme on dit, non sans quelque cruel euphémisme, pour désigner celles qui jamais ne trouvèrent époux.

Aussi, s'installant dans la chambre et le lit de la morte, se préparait-elle, en se protégeant, à cette vie-là, une vie pour rien : trop courte pour y trouver le bonheur, trop longue à y aligner des jours et des jours sans joie.

Elle se laissa retomber dans le fauteuil et ne songea plus qu'à Joachim, persuadée qu'il courait un grand danger.

D'un saut magnifique, Valencey d'Adana quitta parmi les derniers attaquants le pont du *Repulse* pour celui de *La Terpsichore*. Son équipage d'élite, sans attendre les ordres, coupait les grappins à la hache tandis que les marins de *L'Argonaute* faisaient semblable ouvrage sur l'autre bord.

Il ne restait plus d'Anglais vivants sur le pont du *Repulse* dont les cales brûlaient. La dernière équipe de *La Terpsichore* encore sur le pont du navire de la marine de George III, dite « section de destruction », s'activait pour déposer au pied des mâts des chemises soufrées qui achèveraient l'épave. Ces hommes, menés par l'enseigne Florimond de Kergoat, vicomte de Passavent, agissaient avec beaucoup de calme et de sang-froid.

Ils furent les tout derniers à sauter du *Repulse* à l'agonie.

Heureux de les voir sains et saufs, Valencey d'Adana reprit le commandement à Mahé qui n'avait pas perdu de temps, faisant mettre à la voile et activant les canonniers.

Lorsque *La Terpsichore* volta gracieusement, Valencey d'Adana comprit enfin les raisons de la lueur rieuse dans les yeux de Mahé.

Le théâtre d'opération venait de radicalement changer au point que le *Duke of York*, qui semblait n'avoir que la corvette *Betelgeuse* entre lui et un ensemble de navires mêlés et vulnérables – dont la légendaire *Terpsichore* –, le *Duke of York*, donc, de chasseur devenait chassé.

Valencey d'Adana imagina presque avec tristesse l'horrible déconvenue du capitaine anglais. Peu auparavant, par un extraordinaire hasard, la gloire lui frisait les moustaches quand, après avoir écarté la *Betelgeuse*, il allait offrir « La Mort Rouge » à son roi. Quelques minutes plus tard, il ne se faisait plus aucune illusion, sachant même qu'il allait mourir : l'arrivée de trois navires de guerre américains verrouillait l'horizon.

Ainsi se trouvait-il au centre d'un cercle fermé et sans issue. Au sud, *L'Argonaute*. Au nord, une frégate américaine. À l'est, la *Betelgeuse*. À l'ouest, deux corvettes américaines. Et, allant et venant tel un grand fauve, deux fois plus rapide que le *Duke of York* : *La Terpsichore*.

Contre toute attente, le commandant du *Duke of York* ne déclencha pas le branle-bas ni n'amena son pavillon mais dépêcha une chaloupe vers la frégate de Valencey d'Adana.

Celui-ci, quoique impatient d'en achever, occupa le

temps en envoyant par pavillons des signes d'amitié aux Américains.

En tout premier, à la frégate *Ask For The Moon*, dont le nom l'amusa, puis aux deux corvettes, la *Young Tiger* et la *Not Alone*.

Enfin, un capitaine anglais fort digne et d'un âge certain se présenta très sobrement :

– Capitaine Peter Nolan, commandant de la frégate *Duke of York*.

Réservé, son homologue français répondit :

– Capitaine de vaisseau Joachim de Niel, comte de Valencey, prince d'Adana, commandant *La Terpsichore*.

L'Anglais, un roturier, vacilla un peu à l'énoncé des titres de noblesse. Pourtant, tel était l'usage et Valencey d'Adana ne faisait que s'inscrire dans la tradition en n'omettant aucun de ses titres. Cependant, Nolan venait en solliciteur et le déséquilibre des naissances n'arrangeait point ses affaires.

Il reprit pourtant assez courageusement :

– Prince, je...

– Pas de prince ici, monsieur, nous sommes entre marins, deux capitaines commandant chacun une frégate et se faisant hélas la guerre.

– Vous me facilitez les choses, monsieur, et je vous en sais gré.

Il hésita et reprit :

– Mon équipage et moi-même ne nous faisons pas d'illusions, nous savons notre fin proche. Mais fin n'est point nécessairement massacre.

Valencey d'Adana adopta un ton plus vif :

– Il ne manque pas de vaisseaux français ainsi massacrés par les vôtres. Mais soit, je comprends, bien que pour ma part je m'attende à finir ainsi.

Le capitaine Nolan observa plus attentivement *La*

Terpsichore et songea qu'en effet, elle finirait fatalement ainsi, assommée de toutes parts, massacrée par une flotte anglaise qui tôt ou tard la prendrait au piège. Il envia le courage du Français mais poursuivit :

– C'est beaucoup demander de la part d'un homme déjà vaincu par sa position défavorable mais je sollicite de votre générosité la possibilité d'un duel.

Valencey d'Adana fut agréablement surpris mais intrigué :

– Sans le concours de mon arme secrète, je présume ?

– Précisément.

Valencey d'Adana sourit.

– Vous ne manquez certes pas d'audace, monsieur.

Peter Nolan ne répondit pas, laissant son interlocuteur réfléchir avant de se décider enfin :

– La chose est entendue pour ce qui me concerne mais je faillirais aux règles d'honneur de l'alliance si je ne demandais l'accord de mes amis espagnols et yankees.

– Ah, les Yankees !... lança Nolan, amusé.

Ainsi nommait-on depuis une vingtaine d'années les habitants des colonies appelées à former un jour les États-Unis. Le mot, amusant, faisait fureur en Europe.

La barque, toujours menée par des marins anglais mais transportant cette fois Campagne-Ampillac, se dirigea vers les Américains. Délaissant les corvettes *Not Alone* et *Young Tiger*, le second de *La Terpsichore* alla directement rencontrer le capitaine de frégate commandant l'*Ask For The Moon.* De son côté, l'amiral espagnol, enchanté, donna immédiatement son accord.

L'attente du retour de la barque dura un certain temps si bien que Nolan entreprit de faire la conversation avec Valencey d'Adana :

– Sachez, monsieur, que j'aime la France et les Français. Je fus même très épris d'une comédienne, Mademoiselle Bertho, qui joua à Londres toute une saison voici... vingt-cinq ans.

Valencey d'Adana sursauta :

– Mademoiselle Bertho ?... Mon père fut son amant voici... vingt-cinq ans.

– Fut-il heureux, moi qui ne l'ai aimée que de loin ?

– Elle le rendit bien sombre et cet amour nous coûta nos terres près de Rochefort.

– Une frémissante amazone !... commenta Nolan.

– Une courtisane lascive et dodue.

– Je fis à l'époque, très vainement, force singeries pour attirer son attention.

– Il a plu à Dieu, monsieur, et à votre bourse, qu'elle ne vous remarquât point. Mon père éprouva de grandes difficultés à s'en désinfatuer.

– Ne dites-vous pas, en France, de ce genre de créatures : « N'est point recommandable femme qui va toujours le cul levé » ?

Assez gêné par semblable expression, Valencey d'Adana composa :

– Je crois, en effet. On dit plus souvent qu'il est fort dangereux de faire confiance à ce genre de vestale.

Tous deux sourirent. Puis, brusquement, Valencey d'Adana prit conscience de l'étrangeté de la situation : quoi, il parlait de femmes avec cet homme qui aurait pu être son père et tout cela en sympathie quand dans quelques minutes et de part et d'autre, ils se massacreraient à coups de canon ?

La réponse arriva bientôt : John O'Shea, commandant de la frégate *Ask For The Moon* et officier de la marine des États-Unis, approuvait tout à fait l'idée d'un duel qui rééquilibrait les chances, félicitait le prince d'Adana et ajoutait : « Les guerres se gagnent aussi par la morale. »

Le capitaine anglais Nolan hésita, puis tendit la main à Valencey d'Adana.

Celui-ci ôta un de ses gants gris perle et serra la main de l'Anglais lequel, ému, lui dit :

– Telle que nous faisons cette guerre vous et moi, monsieur, il n'y aura ni vainqueur ni vaincu mais rien que des braves.

– Il faut cependant que l'Histoire s'écrive, monsieur. J'ai été honoré de vous connaître.

À peine Nolan eut-il quitté *La Terpsichore* que Valencey d'Adana ordonna d'un air sombre :

– Qu'on fasse fondre la vaisselle d'argent saisie sur les navires anglais. Et la mienne marquée aux armes des princes d'Adana.

Très surpris, les officiers de la frégate française se regardèrent. Mais Valencey d'Adana leur tournait déjà le dos.

28

Comme on sait, Pierre-François Gréville n'était point arrivé à occuper la plus haute fonction qui soit dans la police secrète du fait de sa naissance. Pareillement, semblable promotion ne devait rien à la chance ni au hasard.

Policier subtil, retors et obstiné, il fut avant tout remarqué par le nombre et la rapidité de ses succès.

Sa méthode consistait, sauf nécessité dictée par l'action de l'adversaire, à ne se point précipiter, surtout en ce qui concerne l'analyse et le raisonnement. Ainsi se plaisait-il à s'imaginer tour à tour dans la peau de la victime, qu'elle le fût déjà ou en passe de le devenir, comme en l'identité de celui qui lui cherchait un mauvais parti.

Concernant l'affaire qui l'occupait actuellement tout entier, sa façon de mener les choses s'inscrivait parfaitement dans ses principes. Qui cherchait-il ? Celui qui, dissimulant ses traits sous une tête de sanglier, avait pour ambition de tuer Valencey d'Adana après lui avoir fait subir coup sur coup deux deuils cruels afin de l'affliger profondément avant de le détruire.

Soit !

De qui se servait « l'homme-sanglier » pour parvenir à ses fins ? Réponse sans surprise : de tueurs, truands et spadassins, comme il est d'usage en pareils cas. Il en avait la preuve grâce à l'identité des vermines de toutes sortes perdues lors de leurs opérations. Et c'est là que le chef de la police secrète espérait marquer un point d'importance. Ainsi faisait-il le calcul suivant : Valencey d'Adana parti en mer pour combattre les Anglais, l'homme-sanglier pouvait certes demeurer sur place ou regagner la Cour si, tel qu'il en avait la conviction, il s'agissait d'un haut seigneur.

En revanche, il se trouvait en la profonde conviction qu'en l'absence de Valencey d'Adana le susdit homme-sanglier n'avait guère de raison de conserver ses tueurs sur place ou, tout au contraire, ils pourraient se faire remarquer tant ces gens ont pour habitude de se mal tenir, affichant une désolante exubérance et cherchant à tous de tapageuses querelles.

Échafaudant cette spéculation qui ne reposait sur aucun fait précis, le « lieutenant » de police avait mis sur pied un dispositif lourd et coûteux en cela qu'il était double telles des mâchoires ou des tenailles ainsi qu'il sied à un piège qui se veut efficace.

Ainsi, à chaque porte de Paris constituant un chemin naturel des routes du sud du royaume se trouvait en permanence un de ses hommes ayant une parfaite connaissance des figures de la truanderie.

Simultanément, en Charente, pendant que deux de ses policiers attiraient l'attention en se faisant remarquer de façon ostentatoire par la population, d'autres, bien plus discrets, se trouvaient embusqués dans les tavernes et relais de poste menant de Ruffec à Paris. Là encore, ces spécialistes étaient familiers de la physionomie des assassins de quelque envergure et ne risquaient pas d'être reconnus sous leur apparence de commis d'auberge, aide de maréchal-ferrant, portefaix ou mendiant.

Tout truand venant de Ruffec à Paris, ayant été identifié en ces deux endroits, devenait aussitôt une proie de choix pour Gréville qui ne doutait pas d'une chose : le plus patient, le plus méthodique finirait par l'emporter.

Et sur ce chapitre, le policier avait fait sien un vieux proverbe arabe : « "Je suis dur", dit l'os ; "je suis patient !" répond le chien. »

Les cinq navires franco-américains se tenaient à quelque distance des lieux du duel consenti avec élégance par Valencey d'Adana.

Les modalités arrêtées étaient les suivantes : un premier passage à une certaine distance mais à portée de canons, chacune des deux frégates venant en suivant des routes parallèles. Ce qui rendait le combat inévitable lors de la rencontre des deux navires.

Si nécessaire, un second passage était prévu, beaucoup plus rapproché, presque bord à bord.

Les deux frégates semblaient donc se ruer l'une vers l'autre mais leur style et leur vitesse n'étaient en rien comparables. Le *Duke of York*, qui était parti de l'endroit où venait de sombrer le *Repulse* – ce qui ne stimula guère le moral de l'équipage –, allait certes assez bien, mais peinait cependant sur une mer assez agitée.

La Terpsichore, elle, courait sur le flot, donnant l'impression de l'effleurer à peine, légère danseuse en tenue d'écume dans la lumière transparente qui la magnifiait.

Les deux mains sur la lisse, le tricorne posé impeccablement droit sur la tête sans paraître ému des boulets qui n'allaient pas tarder à atteindre son navire, Valencey d'Adana observait le *Duke of York* avec une sorte d'indifférence glacée : il savait ses canonniers à leurs postes, et les meilleurs du monde, le lieutenant Guillaume de Lamorville veillant à chaque détail.

Le tir de *La Terpsichore* précéda de quelques secondes celui du *Duke of York* dont les artilleurs, complètement déstabilisés par les nombreux impacts, ne purent ajuster leur tir lequel, dès lors, se révéla très approximatif, voire hasardeux.

Ne pouvant tout à fait dissimuler son inquiétude, Valencey d'Adana se retourna vers le pont de son navire. Trois marins gisaient, ensanglantés, parmi des débris de bois et de cordages mais levant les yeux vers les voiles, le capitaine français remarqua que rien d'essentiel ne semblait touché.

En revanche, le *Duke of York* donnait déjà de la gîte, tous les boulets français lors d'un splendide « tir à couler bas » ayant atteint la frégate sous la ligne de flottaison.

Chacun, dès lors, comprit : les Anglais en baissant la tête, les Américains en exultant, les Français sans réelle surprise.

Sur *La Terpsichore*, l'équipage attendait les ordres avec curiosité.

Un bateau incliné ne peut plus utiliser son artillerie, les canons d'un bord visant les poissons quand, sur l'autre bord, on pointe vers le soleil.

– Second passage !... ordonna Valencey d'Adana d'une voix soudain rageuse en voyant l'Anglais virer laborieusement de bord dans l'intention manifeste de poursuivre la lutte.

Il espérait voir le *Duke of York* dérober pour rompre le combat, ce qui n'eût point été déshonorant après ce sévère canonnage. D'un autre côté, il ne pouvait blâmer le capitaine anglais : dans les mêmes circonstances, il eût agi pareillement.

– Tu vas l'achever ?... demanda anxieusement Mahé.

– Certainement non !... répondit Valencey d'Adana.

– Mais que peux-tu faire ? Lui, il ne renoncera jamais.

Le visage indéchiffrable, Valencey d'Adana se retourna vers son ami.

– Tu l'estimes, n'est-ce pas ?

– Oui. Pas toi ?

Comme souvent lorsque lui venait un bref accès de bonne humeur, Valencey d'Adana adressa un clin d'œil à Mahé :

– J'aime assez ce dear old Nolan. Assez pour tenter de le sauver malgré lui, si toutefois les Yankees l'acceptent... Fais-moi venir Lamorville en grande hâte et envoie nos plus remarquables tireurs dans les haubans avec la consigne n° 4.

Mahé fut surpris, puis sourit avant de répercuter les ordres.

Peu après, le commandant de l'artillerie de bord arriva en courant. Valencey d'Adana lui donna ses ordres à voix basse et les presque deux cents hommes d'équipage, de plus en plus piqués en leur curiosité, virent Lamorville hocher la tête, sourire, et retourner en grande hâte vers les batteries.

Les équipages des navires *L'Argonaute, Betelgeuse*, *Not Alone*, *Young Tiger* et *Ask For The Moon* regardaient les préparatifs du second combat avec fascination et le plus souvent grande pitié.

Tels deux chevaliers du Moyen Âge enfonçant leurs éperons dans les flancs de leur monture, les capitaines Valencey d'Adana et Peter Nolan, secouant toutes les énergies, s'acheminaient l'un vers l'autre sur des trajectoires si voisines que bientôt les marins des deux frégates pourraient se regarder dans le blanc des yeux.

Mais les styles des deux navires n'étaient en rien comparables. Le *Duke of York* gîtait de vingt degrés, vitesse réduite des deux tiers et même les tireurs britanniques envoyés dans les haubans peinaient à trouver une position convenable. Le navire semblait malade, fiévreux, sans doute point à l'agonie, les brèches étant sommairement colmatées, mais cependant tout à fait inapte à affronter dans un duel à mort un bâtiment surarmé de la fraîcheur et de la vitesse de *La Terpsichore*.

Peter Nolan, entouré de ses officiers, observait avec admiration l'étrave de la frégate française qui venait grand train vers lui. Il se tenait bien droit, espérant mourir un des premiers, foudroyé avant d'avoir vu son navire disparaître dans les profondeurs obscures et glacées de l'Atlantique.

Mais ce qui arriva alors surprit tous ceux qui observaient ce combat.

Certes, les tireurs d'élite de *La Terpsichore* prirent immédiatement le dessus sur les soldats anglais qui dégringolèrent sur le pont ou, lorsqu'ils se trouvaient sur celui-ci, tournoyèrent sur eux-mêmes. Les tireurs noirs du sergent Hyppolite, les Mayas et les Indiens Bravos, les hommes durement formés à Rochefort, Brest ou Toulon, aucun de ceux-là ne connaissait le tir incertain.

Mais, première anomalie, aucun des Anglais ne reçut de blessures mortelles...

Seconde anomalie, les officiers furent exceptionnellement épargnés.

Troisième anomalie : l'artillerie de *La Terpsichore* n'utilisa que quatre pièces qui eurent raison du grand mât quand les autres s'acharnèrent méchamment sur le gouvernail qui fut littéralement pulvérisé. Ingouvernable, c'est bien malgré lui que le *Duke of York* décrocha, dérivant tel un insecte dont on eût arraché les antennes. Résultat de ce très curieux tir : le navire anglais quittait le combat contre son gré, contraint et forcé, mais l'honneur intact.

La quatrième anomalie échappa à certains, mais pas à Nolan qui en fut fort ému lorsque *La Terpsichore* repassa une dernière fois par tribord : équipage en tenue impeccable, garde-à-vous et alignement absolument parfaits et par là-dessus Valencey d'Adana ôtant son tricorne pour saluer l'adversaire avec une grâce, une élégance et une majesté qui conquirent tous les cœurs anglais.

La cinquième anomalie surgit peu après lorsque, à l'initiative du vaisseau *Ask For The Moon* du capitaine O'Shea, les Américains s'éloignèrent en rendant sobrement les honneurs au courageux vaincu.

La sixième et dernière anomalie survint seulement quelques heures plus tard lorsque le chirurgien du *Duke of York* renversa sur la table du capitaine un seau de balles et des pointes de flèches. Encore sanglantes, souvent déformées par leur contact avec les os, elles n'en brillaient pas moins très étrangement.

Peter Nolan leva un regard surpris sur le chirurgien.

– Qu'est-ce que cela signifie ?

– De l'argent, capitaine. De l'argent massif. Il y en a partout, dans les corps comme dans le bois des mâts.

– Vous voulez dire que...

– Absolument, capitaine. Ils ont tenté d'épargner nos vies et de plus tiré sur nous avec des balles d'argent. C'est...

– Continuez, monsieur, continuez donc !... ordonna Nolan d'une voix étouffée par l'émotion.

Le chirurgien, voyant son capitaine en ces sentiments, laissa aller les larmes sur ses joues creusées par la fatigue. Il dut faire effort pour formuler sa pensée :

– Capitaine, ces Français viennent d'avoir le geste le plus beau, le plus noble qu'on vit jamais en toute l'histoire de la marine de tous les temps. Cet homme est... Il est...

Le vieux capitaine anglais parvint à juguler l'émotion qui un instant paralysa sa gorge :

– Nous pensions affronter un grand prince, nous nous sommes battus contre une légende. Et on ne peut rien contre les légendes.

D'autres Anglais, beaucoup moins chevaleresques que Nolan, allaient bientôt prouver le contraire...

29

Le carrosse entra discrètement au Palais-Royal, demeure du duc d'Orléans, cousin du roi. Il s'agissait là du point de ralliement des opposants aux Insurgents américains. D'ailleurs, avec esprit de malice, certains nommaient l'endroit « l'ambassade d'Angleterre bis ».

Ayant opéré sa transformation habituelle selon les lieux et ses interlocuteurs, le puissant seigneur qui descendit du bel équipage ne portait pas son masque de sanglier mais un très bel habit en partie caché par un joli manteau beige doublé de soie couleur cerise.

Avant de refermer la porte du carrosse, il se tourna vers l'intérieur où son âme damnée, le curé Phébus Monteroux portant soutane noire, n'attendait qu'un mot pour le suivre, le cœur gonflé d'espoir.

Mais l'homme-sanglier, dissimulant mal son mépris, se contenta un instant de considérer avec dédain le gros visage rougeaud de l'ecclésiastique avant de lancer :

– Demeure à l'écurie, c'est à peine ta place si les chevaux t'acceptent.

Il claqua la porte et fit signe au cocher qui lança les chevaux avec force cris stridents et coups de fouet.

L'homme-sanglier fit quelques pas dans la cour, puis tira d'une de ses poches une tabatière d'or rehaussée de pierres précieuses et de perles fines. Il hésita, se ravisa, ôta son chapeau et vérifia d'une main prudente l'état de sa coiffure.

Celle-ci s'achevait par une petite queue retenue par une bague de diamants. Point de perruque, donc, car la mode à Paris en était passée depuis quelques années. Dans l'aristocratie en particulier et la bonne société en général, on préférait à présent les soins attentifs des coiffeurs dont on disait qu'ils étaient entre six mille et neuf mille dans la ville de Paris. Chaque matin, une petite armée masculine et clabaudeuse courait les rues, chacun avec sa boîte précieuse, tous gonflés de leur importance d'artistes du fer à friser. Aux clients d'une bien surprenante patience et docilité, on lavait la tête pour ôter pommade et poudre de la veille, puis on pommadait de nouveau, frisait et poudrait. À qui souhaitait lancer une rumeur dans la capitale, il n'était que de dire à son coiffeur qu'on s'en allait lui faire une révélation qui ne souffrait pas le moindre manquement à la discrétion : trois jours plus tard, toute la ville en parlait.

Des hommes plus rudes, tel l'homme-sanglier, imposaient un complet silence à leur coiffeur et s'énervaient intérieurement des petits gestes délicats de ces hommes dont l'haleine paraissait quelquefois fort désagréable.

Pour autant, on n'en subissait pas moins la mode et le ton nouveau. Ainsi, depuis peu, il était d'usage chez les gens bien nés de tenir une fois pour toutes que seules les blanchisseuses anglaises savaient laver le linge.

Par instants, l'homme-sanglier enviait l'objet de sa haine attentive, Valencey d'Adana, qui ignorait coiffeurs et blanchisseuses avec une souveraine indifférence.

L'homme-sanglier gravit les marches du Palais-Royal en se remémorant ce qu'il devait dire au duc d'Orléans afin de le satisfaire. Une tâche assez simple :

médire de tout « le parti américain », les Lauzun, Noailles, Custine, La Fayette, Ségur, Polignac, l'amiral d'Estaing, le général Rochambeau... Et d'y ajouter perfidement le nom de Valencey d'Adana en le présentant comme le plus redoutable d'entre tous.

Semer, semer toujours : viendra le temps de la récolte...

Le capitaine du bâtiment *Ask For The Moon* et celui du *Not Alone* s'émerveillaient de toutes choses.

Tandis que le *Young Tiger* faisait route vers Charleston, en Caroline du Sud, Valencey d'Adana avait invité les deux Américains à dîner sur *La Terpsichore*. Ce genre de geste faisait certes partie des manières courtoises du capitaine français, mais il relevait également des usages non écrits de la marine de guerre.

Au reste, le secret de *La Terpsichore* était à présent partiellement éventé. Entre l'amiral de Montermoso, duc d'Avila et Linares, l'officier de liaison du *Duke of York*, le capitaine Peter Nolan, il était à présent établi que *La Terpsichore* n'était pas un vaisseau fantôme. Alors ces deux Américains, quelle importance ?

La fin de ce secret n'affectait pas outre mesure Valencey d'Adana qui s'était bien gardé de montrer son arme secrète et ne comptait pas faire d'exceptions, fût-ce aux alliés américains, les capitaines John O'Shea pour l'*Ask For The Moon* et Austin Edward Lee pour le *Not Alone*.

Il ne regrettait que la partie théâtrale du feu « vaisseau fantôme ». Ses hommes, assez gamins en cette occurrence, adoraient simuler des morts-vivants vaquant sur le pont à des occupations sans importance avec une lenteur qu'on ne prête qu'aux cadavres sortis de la tombe, sachant bien qu'à la grande honte de leur amirauté, les Anglais, absolument épouvantés, poussaient alors des cris de vieilles femmes et couraient en tous sens sur les ponts de leurs bâtiments.

Un jour, sur le pont, tandis que par leur seul aspect ceux de *La Terpsichore* mettaient en fuite tout un convoi anglais comportant deux frégates, un brick, deux flûtes, une gabare, un brigantin à seize canons et dix-huit pierriers, une étrange prame de débarquement, un sloop, un cotre à hunier de dix-huit pièces de six et même un deux-ponts escortant dix transports lourds, Valencey d'Adana avait surpris la conversation de deux de ses marins affectés aux rôles de morts-vivants.

L'un ayant bousculé l'autre tandis qu'avec une lenteur effrayante, les deux « cadavres » lavaient le pont, le bousculé avait interpellé le bousculeur :

– Holà, sac d'os, respecte mon spectre ou c'est à coups de pied au cul que je te renvoie au sépulcre !

– Il ferait beau voir semblable affaire car des revenants dans ton genre, j'en chie un tous les matins !

– Pour une ombre, je te vois jeter tous tes feux : profites-en, vieux cadavre, car c'est tout de bon que tu vas mourir.

– En attendant, l'exhumé de la fosse commune, tu t'énerves alors que le capitaine a ordonné de balayer le pont avec « une désespérante lenteur ».

– Toi, au moins, tu n'as pas à faire semblant : mort ou vivant, tu balayes toujours comme un jean-foutre.

Et pendant ce dialogue de peu de conséquences, c'est toute une flotte anglaise qui virait de bord en grande hâte, et avec un bel ensemble, sous les hurlements de terreur et les prières aux morts.

S'ébrouant, Valencey d'Adana reprit ses explications :

– *La Terpsichore* fut construite aux chantiers de Paimbœuf qui se trouvent sur la rive gauche de la Loire, près de Saint-Nazaire. Sa coque est doublée de cuivre, le bois des mâts vient exceptionnellement de Riga et la voilure est une commande spéciale à la manufacture royale de Nantes.

O'Shea sembla très impressionné.

– Merveilleux matériaux. Mais qui l'a dessinée si fine, cette frégate ?

– C'est sans importance !... répondit Valencey d'Adana qui estimait avoir reçu une fort généreuse ration de compliments et n'en voulait point davantage.

Austin Lee, qui commandait une corvette mais ne rêvait que d'une frégate, prit la parole :

– Rien n'y manque !... Et vous lui faites changer d'espèce, comme un chat devenu tigre.

Devant l'air d'incompréhension des autres, Lee expliqua :

– Connue pour sa vitesse, la frégate est un bâtiment de liaison idéal entre escadres, une messagère répétitrice de signaux, un vaisseau d'éclairage aux avant-gardes, un chien de bergers pour les lents convois mais par la vitesse et l'armement que vous, vous lui donnez, vous en avez fait un redoutable navire de combat. Et avec sa mobilité, vous échapperez toujours aux vaisseaux de haut-bord si peu maniables et inaptes à remonter le vent.

Valencey d'Adana approuva :

– Je partage entièrement votre façon de voir les choses à ceci près : encerclée, la frégate reste une frégate.

O'Shea respira à pleins poumons.

– Combien j'aime l'odeur de goudron de vos cordages, vos voiles neuves en toile rêche qui claquent si fort au vent, tous ces cuivres astiqués et étincelants !

Valencey d'Adana ébaucha un geste d'embarras.

– Les manufactures royales, tenant compte du rôle

peu ordinaire de *La Terpsichore*, nous réserve la qualité la meilleure en quantité illimitée.

– Quel grand pays que la France !... lança O'Shea, enthousiaste.

Valencey d'Adana ne répondit pas, se contentant d'un bref sourire.

Les deux officiers américains ne le décevaient pas, tout au contraire. Détendus en toutes circonstances, à mille lieues de la raideur anglaise, les Américains bénéficiaient sur tous les autres peuples d'un avantage qui, s'ils le conservaient, ferait d'eux un jour le peuple le plus puissant du monde : ils s'adaptaient. Très vite.

Ils s'adaptaient aux gens, aux circonstances, aux catastrophes. Curieux de tout et de tous, ils apprenaient à une vitesse stupéfiante : Austin Edward Lee, cinq ans plus tôt, était fermier et John O'Shea répétiteur : ni l'un ni l'autre n'avait jamais posé le pied sur un navire et pas même une barque et pourtant... En quelques années, ils étaient devenus des officiers exceptionnels qu'envieraient la plupart des amirautés du monde. Si l'on ajoutait à toutes les qualités des Américains la bravoure, l'expérience et l'avance scientifique de la France : c'en était fait de la supériorité anglaise sur les mers, Valencey d'Adana aurait joué sa vie là-dessus.

D'un ton d'amicale camaraderie, il lança :

– Messieurs les Yankees, mes officiers ont faim et mon cuisinier doit être au désespoir.

Se souvenant brusquement qu'ils étaient eux aussi affamés, les Américains ne se le firent pas dire deux fois.

30

La police secrète de Pierre-François Gréville prenait son temps, tout son temps.

Aperçu à une porte de Paris, suivi avec un rare savoir-faire jusqu'à une petite chambre du faubourg Saint-Victor bruyant et populaire, Malvy, dit « Petit-Sans-Quartiers », retrouvait ses habitudes.

Il prenait ses repas à « La Petite Pologne » et fréquentait les bordels de la rue Saint-Éloi. En ce lieu que d'aucuns disaient de perdition, peut-être parce qu'ils venaient souvent s'y perdre, les maisons portaient de gros numéros, les vitres se trouvaient dépolies fort étrangement tandis que l'enseigne affichait des bouquets de roses rouges ou blanches. Nul ne s'y pouvait tromper, pas même un jeune puceau de bonne famille arrivant en catimini de son collège d'Oratoriens.

Le reste de son temps, Malvy l'occupait à jouer aux dés en d'improbables tripots, à rencontrer racaille pareille à lui, à boire, également, seul ou avec ses congénères, à se promener sur les boulevards en quête d'un bourgeois à délester de sa bourse davantage par habitude que par nécessité. Il affectionnait particulièrement ces lieux, l'embarras de voitures et de piétons, le spectacle de ceux qui posant leur chaise sur le trottoir regardaient passer les autres, les cafés joliment décorés où jouaient de petits orchestres, les boutiques de pâtisseries et de traiteurs, les restaurants et leurs alléchantes odeurs.

En ces lieux où c'était toujours soir de fête propice à vous tourner la tête, le peuple et les bourgeois, ainsi que quelques aristocrates en quête de cuisses légères et populaires, se bousculaient au spectacle de voltigeurs ou de marionnettes, comme ils se pressaient aux cabanes où l'on annonçait des monstres, des nains, des figures de cire, des automates, des ventriloques ou des conteuses de bonne aventure.

À Paris, Malvy dit « Petit-Sans-Quartiers » pouvait dépenser l'argent de l'homme-sanglier, persuadé qu'il n'y serait pas repéré tel qu'il l'eût été à Ruffec ou Angoulême.

Au reste, Paris était sa ville natale où, enfant trouvé, il grandit tant bien que mal mais sans que cette naissance obscure lui portât préjudice car la chose était courante et ne gênait pas ses noirs desseins. Ces quatre dernières années, on avait enregistré à Paris trente-deux mille enfants trouvés. En seize ans, cent un mille, dont quinze mille seulement parvinrent à survivre. Ainsi étaient les mœurs : les filles des campagnes venaient accoucher à Paris et repartaient en abandonnant le nouveau-né, souvent sous un porche d'église.

Cette nuit-là, Malvy avait ramené en sa chambre malodorante une fille peu farouche appelée Sylvie Belaire mais dite « Sylvie-pour-tout-le-monde ».

Le froid mordant poussait-il à la chose ?... Quoi qu'il en soit, ils firent plusieurs fois l'amour si bien qu'à l'aube, abruti de fatigue, Malvy n'eut pas le temps de saisir son pistolet lorsque la porte fut enfoncée par cinq hommes tout de noir vêtus dont le chef, un géant au regard insoutenable de froide cruauté, lui lança :

– Police secrète !... Habille-toi !

– Ah ça, où m'emmenez-vous ?

Les cinq hommes ricanèrent sans chaleur, puis celui qui semblait le chef répondit :

– Tu vas rencontrer le lieutenant Gréville. À ta place, je me jetterais par la fenêtre.

Malvy n'en fit rien, bien qu'il fût terrorisé.

Mais envers et contre tout, il croyait à sa bonne étoile...

– Soixante canons sur *La Terpsichore*, je les ai comptés !... La chose est remarquable mais une autre frégate, *Le Solitaire*, commandée par le duc de Chartres, en comptait soixante-quatre !... lança Austin Lee, sûr de son affaire.

– Vous êtes parfaitement renseigné !... répondit Josselin de Keringan, commandant de *L'Argonaute* invité au dîner ainsi que Joseph de Taillebourg qui régnait sur la corvette *Betelgeuse*.

Pendant ce temps, les enseignes Bernardin des Essarts, marquis de La Mellerie, et Florimont de Kergoat, vicomte de Passavent, se querellaient sur le point de savoir si c'était bien au large de Batavia que le deux-ponts anglais *Fast and Cruel* avait été coulé par la marine française.

Fidèle à son habitude, Valencey d'Adana participait fort peu à la conversation, se contentant d'écouter.

Non qu'il marquât le moindre dédain vis-à-vis de ses subalternes ou de ses invités américains mais ainsi était-il que, hors les relations de commandement, et à la seule exception de Mahé, il ne savait trop comment s'adresser à ses officiers. D'où sa discrétion aujourd'hui fort bien admise et comprise de tous.

De tous, sauf des Américains.

John O'Shea, son voisin de table, lui dit à mi-voix :

– Vous semblez bien songeur, prince.

– Oh non, je vous en prie, ni prince ni comte. Nous sommes deux capitaines qui faisons la guerre côte à côte contre un même ennemi. Et quel ennemi !

– Dois-je alors vous appeler Joachim ?

Valencey d'Adana vacilla presque de surprise. Jamais encore, nul, si rapidement... Et au reste, ils n'étaient pas plus de trois au monde à l'appeler par son prénom.

Il regarda l'Américain blond qui ne semblait s'apercevoir de rien puis, cette relation tout à fait nouvelle ne lui déplaisant pas, il s'enhardit jusqu'à ce qui lui sembla l'extrême limite de l'audace :

– Comme tu voudras, John.

L'Américain fut à son tour tout à fait stupéfait puis, souriant :

– Mon Dieu, parviendrai-je jamais à tutoyer un prince français ?

– Je crois la chose possible. Je n'oublierai pas, John, ce mouvement naturel de venir vers moi alors que ma position était des plus délicates : j'étais aux prises avec le *Repulse* et le *Duke of York* m'arrivait dans les reins.

– Tu l'as fait cent fois pour des navires américains et en outre, tu t'en es très bien tiré tout seul. Et puis... Ah, je diffère l'instant de te le dire tant la chose est plaisante mais vois-tu, mon navire, *Ask For the Moon* : il ne te rappelle rien ?

Valencey d'Adana réfléchit.

– Je trouve personnellement que vous donnez à vos navires des noms si singuliers... mais si charmants. C'est une belle frégate, mais je n'ai aucun souvenir de ton *Ask For The Moon*. L'aurais-je jamais croisé ?

– Et le *Warwick*, cela ne te rappelle rien ?

Valencey d'Adana réfléchit avec beaucoup de sérieux puis soudain :

– Mais certainement !... J'ai capturé l'année dernière

une frégate anglaise de ce nom. J'en ai d'ailleurs fait don aux autorités de ton pays. Voudrais-tu dire... ?

– Certainement !... Mon *Ask For The Moon* s'appelait le *Warwick* lorsqu'il avait de mauvaises fréquentations, c'est-à-dire un équipage anglais.

L'Américain sourit et saisit son verre vide. Aussitôt, Valencey d'Adana adressa un signe au serveur, ce qui n'échappa guère à John O'Shea :

– Comment appelles-tu ce vin délicieux ?

– Ah !... C'est du vin de Champagne, mon favori.

– Vous tenez là un fameux breuvage, dommage qu'il soit totalement inconnu hors de France.

Les deux capitaines parlèrent ainsi plus d'une heure avant de poursuivre la conversation sur le pont de *La Terpsichore*.

O'Shea posait mille questions auxquelles l'aristocrate français répondait avec lenteur et application.

Mais curieusement, plus il apprenait, plus l'Américain semblait au désespoir, livrant enfin les raisons de son désarroi :

– Combien de temps ?... Combien de dizaines et de dizaines d'années avant de faire enfin jeu égal avec la France et l'Angleterre ? Nous sommes partout débordés et bousculés par les Anglais, guettant le pavillon français comme un cadet son grand frère. Nous nous déplaçons en groupes pour donner une fausse impression de puissance mais la marine de guerre américaine est très faible.

Valencey d'Adana, prenant la mesure de la tristesse d'O'Shea, lui adressa une amicale bourrade, ce qui étonna beaucoup l'équipage français : le capitaine, si réservé, avait très rarement ce genre de geste. Les Américains possédaient vraiment la manière...

Cependant, Valencey d'Adana ne souhaitait pas en rester là :

– Ton point de vue est tout à fait erroné. La bravoure, vous l'avez. La technique, vous la maîtrisez rapidement. Il ne vous manque que l'expérience et l'habitude.

– Ce qui me manque, c'est de servir quelque temps sur ton navire.

– Tu ne parles pas sérieusement ?

– Joachim, quelle objection peux-tu m'opposer ?

– Une bonne centaine.

– Mais encore ?

– Eh bien... *La Terpsichore* est une arme secrète. Je ne peux pas prendre une telle décision, elle relève de la couronne. Je la commande, j'en ai dessiné les plans mais cette frégate...

– J'en étais persuadé ! coupa l'Américain.

– Quelle importance ?

– Tu ne verrais pas d'objections à ce que mon gouvernement adresse une demande officielle au gouvernement royal ?

Valencey d'Adana réfléchit.

– Parlons franchement, John. La marine de guerre américaine ne peut pas se passer de toi, tu es un de leurs meilleurs officiers quand ici, tu ne seras qu'un excellent officier de plus. En revanche...

– En revanche ?

– Je crois que nous allons gagner, John. L'armée française a les meilleurs fusils, les meilleurs canons et les régiments que nous envoyons dans ton pays appartiennent à l'élite de l'armée française. À leur grande surprise, les Anglais sont également battus sur mer par notre marine. Je pense qu'après la guerre, votre pays devra créer des académies militaires et navales, qu'il aura besoin d'hommes tels que toi. Mais avant que tu ne transmettes ton savoir, tu pourras servir sur *La Terpsichore* et, n'étant plus tenu par le secret militaire, je te révélerai tout, absolument tout.

O'Shea accepta l'offre avec empressement.

Puis vint l'instant de se séparer. Austin Lee avait les larmes aux yeux tant les officiers français l'avaient traité avec affection. O'Shea, pour sa part, donna l'accolade à Valencey d'Adana, ce qui pétrifia le prince un instant avant qu'il n'en prenne son parti sourire aux lèvres en songeant : « Ils sont comme ça, ces Américains... »

– Dis-moi, les princes français sont-il tous semblables à toi ?... demanda O'Shea.

– Que veux-tu dire ?

– Aussi simples et fraternels.

– Peu de princes sont marins... Je crois même être le seul.

– Ah !... Et le prince de retourner en sa base secrète, sans doute quelque part sur les côtes en face de mon pays, plus au sud...

– Qu'est-ce qui te fait penser cela ?

L'Américain lui adressa un clin d'œil.

– Tes Indiens. Ils ne viennent pas d'Italie ou de Suède, n'est-ce pas ?

Ils avaient atteint l'échelle de coupée. Valencey d'Adana, amusé, secoua la tête :

– Tu penses trop et trop bien. Le diable t'emporte, Yankee !

– Et Dieu te garde, Mylord !

31

Face à ses juges, Milford n'en menait pas large, ne cessant de minimiser sa responsabilité dans le drame de la *Sweet Princess*. Les faits l'accablaient, et pareillement les témoignages des membres de son équipage, officiers compris, trop profondément écœurés pour que fonctionne l'habituel esprit de corps. Il n'était jusqu'à l'amiral présidant la Cour martiale, ainsi que ses assesseurs, qui ne ressentaient un profond mépris pour ce petit homme se défendant pied à pied mais fort maladroitement.

Les charges avaient été clairement établies et l'axe de la défense tournait autour du principe de l'importance de l'adversaire, du caractère exceptionnel de l'occasion qui s'était tout soudainement présentée et autres raisons équipollentes.

Mais les juges refusaient d'entrer dans cette logique. Des arguments nombreux mais discutables, une présentation des faits dans le reflet d'un miroir diffracté par la passion : la justice n'y trouvait point son compte.

Au reste, agacé, l'amiral avait rappelé que quand bien même *La Terpsichore* lui fût apparue sous un jour plus favorable encore, rien ne justifiait que Milford ait pris en toute conscience le risque de couler un navire-hôpital anglais en outre chargé de femmes et d'enfants rapatriés d'Amérique.

Les choses en étaient là, dans cette évolution très

défavorable au capitaine du *Furious* lorsque le procureur, joint par un greffier, fit passer un message à l'amiral présidant la Cour.

L'homme pâlit, regarda Milford avec suspicion puis suspendit les débats sans fournir d'explications.

Deux officiers de la Maison du roi s'assurèrent aussitôt de la personne de Milford. Pourtant, premier signe favorable, ils traitèrent le capitaine avec un curieux mélange d'indifférence polie et de respect minimaliste.

Ne comprenant rien au développement de la situation, mais devinant d'instinct qu'elle ne lui était plus si désastreuse, Milford, flanqué des deux officiers, monta dans une voiture fermée dont le cocher lança vivement les chevaux.

Les deux jeunes officiers ne lui prêtèrent pas attention en cet espace pourtant clos et assez obscur, tandis que la voiture accusait les cahots et les nids-de-poule de la route.

Le plus jeune, mettant le sujet sur les femmes, lança :

– Il faudrait les avoir toutes pour n'en aimer aucune.

Son aîné sourit.

– Certainement, baron, les choses sont tout au contraire dans un ordre inverse mais peut-être complémentaire : il faudrait n'en avoir aucune pour les aimer toutes.

Milford renonça à comprendre, s'accrochant avec espoir à cette certitude : deux jeunes lieutenants menant un vieux capitaine au bourreau, voire en prison, manifesteraient un quelconque sentiment, qu'il fût hostile ou de compassion.

Quelque chose était donc arrivé.

Il décida de n'y plus penser et de ne se point affoler

quand, peu avant l'arrêt du carrosse, on lui banda les yeux.

Il marcha ainsi un certain temps, les deux officiers ayant confié leur prisonnier à un homme plus âgé lequel, juste avant de frapper à une porte, lui lança :

– Faites en sorte de vous bien tenir. Ne parlez que si l'on vous y invite.

– À vos ordres, Votre Seigneurie ! répondit Milford, jamais en reste lorsqu'il s'agissait de faire montre de veulerie et d'obséquiosité.

Le bandeau ôté, la porte ouverte par un domestique qui s'esquive, le colonel de cavalerie qui l'avait escorté le poussa légèrement dans la pièce sans y pénétrer lui-même et là...

Il vit d'abord, sans s'y attarder, un petit homme rondouillard d'une cinquantaine d'années en redingote grise, auquel il ne prêta pas grande attention.

Puis il reconnut le roi...

Il se perdait en douloureuses courbatures lorsque George III, d'une voix enjouée quoiqu'un peu fausse, lui dit :

– Voici donc le capitaine Milford, courageux adversaire de *La Terpsichore* qu'il toucha en sa voilure !... Et témoin horrifié de la barbarie française.

Abasourdi, Milford se tourna vers Dawson, puisque c'était lui, mais n'en recevant aucun secours, son regard glissa sur cette silhouette terne et ce regard inexpressif.

Du ton de la compassion, George III reprit :

– Capitaine, j'imagine assez combien il vous en coûte d'évoquer la fin tragique de la *Sweet Princess*, aussi le ferai-je moi-même et n'hésitez pas à me le signaler si l'on m'a rapporté les faits de manière erronée. Me suis-je bien fait comprendre ?

– Tout à fait, Majesté.

– La mer était démontée, ce qui rendait votre intervention très délicate, presque impossible.

Milford savait la mer peu agitée ce jour-là. Il répondit :

– Une véritable tempête, Majesté.

Le roi, satisfait, hocha la tête et poursuivit :

– Avec cette vitesse que je n'aurais pas la mauvaise foi de nier, *La Terpsichore* s'est habilement glissée entre la *Sweet Princess* et votre *Furious*.

– Très habilement, Majesté.

– Fidèle aux traditions de courage de notre marine, vous avez cependant déclenché le branle-bas de combat.

– Sans la moindre hésitation, Majesté.

– Et c'est alors qu'à votre grande surprise *La Terpsichore* qui avait votre navire de guerre sur un bord et ce navire-hôpital sur l'autre s'est lâchement acharné sur le plus faible où l'on voyait pourtant courir des enfants.

– Comment peut-on être si lâche, Majesté ?

– Néanmoins, vous avez courageusement engagé le combat et, devant votre détermination, la frégate française, profitant de sa vitesse, a pris la fuite après que vous l'eûtes touchée... Voilà bien la réalité de cette triste histoire, capitaine Milford ?

– Ah, que n'ai-je réussi à rattraper ces chiens de Français pour les châtier durement, Sire !

George III jeta un regard triomphant à Dawson puis tira un cordon. Aussitôt, un officier se présenta auquel le roi lança :

– Prenez soin du capitaine Milford, qu'il reste à disposition.

Lorsqu'ils furent seuls, le roi observa Dawson d'un air soucieux et demanda un peu sèchement :

– Eh bien ?

– Sire, je ne peux que manifester respectueusement mon désaccord.

Masquant mal son irritation, George III répondit :

– Parlez, Dawson, parlez !

– Sire, avant ce récit bien inattendu et aux allures de fable, ce qu'on nous a rapporté de Valencey d'Adana dressait la silhouette d'un homme brave, intelligent et qui n'avait jamais failli à l'honneur.

– Poursuivez !

– Sire, qu'il nous le faille tuer, certes, la guerre le justifie car il est dangereux. Qu'il faille pour cela recourir à tous les moyens, l'affaire est de mon entendement. Mais le déshonorer ?... Vraiment ?...

– Tel est pourtant mon désir, Dawson. Et dans l'intérêt du trône, je ne vois rien que vous puissiez m'opposer là contre.

– Une chose cependant, Majesté. La calomnie est une arme dangereuse. On croit la posséder, la domestiquer, et elle se retourne parfois contre nous avec une vitesse à laquelle on ne peut rien opposer. L'innocent qu'on voulait déshonorer en sort toujours grandi, le calomniateur est atteint d'infamie. C'est prendre un bien grand risque, Majesté.

Le roi se planta devant Dawson et le regarda avec intérêt :

– Ce que vous dites est intelligent et flatte le bon sens. Mais lorsque les racines de la calomnie sont si profondément enfouies qu'on n'en connaît pas l'origine, qu'advient-il, Dawson ?

– J'avoue ne pas comprendre, Sire.

Le roi contourna la table et ébaucha un vague sourire.

– Si vous-même ne voyez pas, qui donc le verra ?

Dawson demeurant en une évidente perplexité, le roi ajouta :

– Bientôt, vous admirerez la qualité de la manœuvre. Valencey d'Adana n'existe déjà plus.

32

Les trois vaisseaux lourds de haute mer, les trois-ponts *Hood*, *Hornet* et *Honey Bee* croisaient dans l'Atlantique. Fleurons de la Royal Navy, hissant avec arrogance le pavillon de l'Angleterre, ils affichaient l'insolence des puissants.

De fait, même une escadre française eût hésité à engager le combat avec semblables forces : quatre mille hommes, trois cent vingt canons lourds, des bâtiments neufs n'ayant jamais eu à souffrir des vicissitudes de la mer tels l'usure, les dommages au combat, les réparations plus ou moins heureuses. S'inspirant de la méthode de Valencey d'Adana, les commandants des trois mastodontes s'étaient adjoint les services d'une corvette extrêmement rapide, la *Morning Star*. Celle-ci, avant tout bâtiment d'éclairage, avait pour mission de repérer les proies mais également d'informer de la présence de bâtiments de guerre ennemis, fournissant dès lors un état descriptif très détaillé de leur armement et de leur vitesse.

Les Français, soupçonneux, n'avaient pas tardé à comprendre la fonction de la *Morning Star* dont la présence annonçait la proximité des trois navires lourds anglais. On avait donc tenté à plusieurs reprises de la couler mais sa vitesse lui permettait de distancer sans efforts ses poursuivants. Changeait-on alors de cap, la *Morning Star*, demeurée sur la ligne d'horizon, en prenait aussitôt bonne note pour courir informer ceux que les marins français appelaient « les ogres ».

À l'Amirauté française, on avait donc diligenté aux habituels points de rendez-vous des frégates rapides afin d'informer Valencey d'Adana de la situation, lui faisant rebrousser chemin tandis qu'il cinglait vers sa base secrète.

Valencey d'Adana détestait qu'on lui dictât depuis Paris la conduite de la guerre sur mer, tant la situation y était évolutive. D'autre part, il fut surpris d'apprendre qu'on engagea sans différer davantage les vaisseaux lourds anglais et cela, si près de l'Amérique. Enfin, il se trouvait en grande insatisfaction d'affronter les Anglais alors même que *La Terpsichore* et *L'Argonaute* ayant souffert au combat n'avaient pas reconstitué la totalité de leurs capacités offensives.

Cependant, les termes de la dépêche se révélaient très alarmants. On évoquait des « carnages », on appelait les vaisseaux lourds anglais « les ogres » et Valencey d'Adana, qui connaissait l'effet dévastateur des légendes, craignait une panique générale.

Il n'hésita donc pas, ordonnant à ses bâtiments de faire demi-tour. Quant aux chances de victoire face à de tels adversaires, il préférait n'y point songer.

Sauf à trouver une idée éblouissante. S'enfermant dans sa cabine, il y travailla aussitôt.

L'amiral Neville Stillwood, embarqué sur le navire amiral *Hood*, commandait en chef la flotte « fantôme » anglaise, soit les trois-ponts et la corvette *Morning Star* rebaptisée pour l'occasion quand on la donnait officiellement pour perdue en mer des Indes, cela sous son nom d'origine afin de brouiller les pistes.

Neville Stillwood était un homme de soixante ans, habile et tenace marin demeuré jusqu'ici invaincu.

L'Amirauté anglaise, pariant sur l'expérience, avait su convaincre George III lequel, au départ, songeait plutôt à un homme de Cour qui lui fût proche.

Parfaitement renseigné sur le dispositif de son adversaire, Stillwood comptait pour négligeables la *Betelgeuse* et *L'Argonaute*, sachant que ces navires n'approcheraient pas même ses trois-ponts et le feraient-ils, ils seraient tout aussitôt disloqués.

Quant à *La Terpsichore*, il n'était qu'une méthode envisageable pour la couler. Certainement, elle approcherait. Très vite, bien entendu. Mais l'amiral Stillwood, ayant fait travailler ses capitaines, ne doutait pas que les choses se passeraient ainsi : dès que *La Terpsichore* afficherait ses intentions hostiles, le *Hood*, le *Hornet* et le *Honey Bee* s'ouvriraient en trois directions différentes tels des pétales de fleurs écloses... pour refermer ce cercle sur Valencey d'Adana.

Alors, mètre par mètre, on resserrerait l'étreinte. Captive, *La Terpsichore* serait massacrée sans pitié.

L'amiral Stillwwod savait qu'il avait raison et, après des heures de réflexion et de calculs sur les cartes, Valencey d'Adana retenant une grimace de dépit repoussa le compas : il pensait exactement la même chose que son adversaire anglais.

Deux jours plus tard, Stillwood reçut une très agréable nouvelle : la *Morning Star* signalait un interminable convoi français à une demi-journée de navigation...

« Un lâche ! »

C'est sous ce titre que plusieurs libraires-éditeurs d'Angleterre imprimèrent à tour de bras un libelle signé « *Capitaine Dennis Milford, témoin de l'horreur sans nom* ».

Après un fastidieux rappel de la prétendue barbarie française à travers les âges, l'auteur, un obscur gratte-papier de l'amirauté se faisant passer pour Milford, donnait de la tragédie du *Sweet Princess* une version ne correspondant en rien à la réalité. À lire ce texte, la fable soufflée par George III avait encore été améliorée et Valencey d'Adana y apparaissait comme l'ange de la mort affranchi de toutes les lois humaines, incarnant tout ce qui sépare le fauve de l'homme.

Les éditeurs peu curieux, largement payés et agissant avec la bienveillance de la censure ne posèrent pas de questions même si la plupart d'entre eux n'éprouvaient aucun doute : il s'agissait là d'une commande d'État.

Enfin, détail d'importance : le petit livre s'arrachait. En effet, à la francophobie traditionnelle et maladive des Anglais s'ajoutait la guerre avec la France.

Quand l'imposture nourrit la haine, les affaires y gagnent ce que la vérité y perd...

– Dispersion !... Donnez l'ordre de dispersion !...

Le capitaine du Monthet-Salbris, par pavillons, ordonna donc la dispersion sur 360 degrés. Il savait que c'était là l'unique possibilité de sauver certains des bâtiments qu'il devait protéger.

L'homme, venu de la marine de commerce, ne nourrissait aucune illusion quant à ses propres chances d'en sortir vivant. Dès à peine qu'il eut quitté Brest lui vint le pressentiment de sa mort prochaine.

Son cœur se serra en voyant les navires s'éparpiller en tous sens dans le fol espoir d'échapper aux « ogres ».

Jean du Monthet-Salbris commandait à vingt-six navires de commerce et de troupes françaises escortés par deux frégates et une corvette. Comme toujours avec les convois, il fallait régler l'allure sur les plus lents, ce qui retardait considérablement les autres.

Le capitaine français était un bon marin. Versé dans la flotte royale, il entendait lui faire honneur et, toujours par pavillons, appela l'autre frégate et la corvette à se joindre à lui pour aller au combat.

Son second, un officier assez jeune, s'était approché, silencieux, regardant avec résignation les trois monstres anglais. D'une voix morne, il demanda :

– Comment allons-nous mourir, capitaine ?

– Avec panache, du moins je l'espère.

Il baissa sa lunette et observa son jeune second :

– Nous allons concentrer tous nos efforts sur le navire de droite, le *Honey Bee*. C'est le seul moyen de faire montre de quelque efficacité.

– *Honey Bee*... C'est un joli nom !... remarqua le jeune officier favorablement impressionné par le calme de son capitaine.

Il s'enhardit en poursuivant :

– Qu'arrivera-t-il ?

– Nos trois vaisseaux aidés par ce vent favorable vireront ensemble et au dernier instant pour s'approcher assez près et tirer une bordée, une seule.

– Sur leurs batteries ?

– Non, dans la voilure. Retardé par d'inévitables réparations, le *Honey Bee* ne participera pas à la chasse et au massacre de nos navires marchands. Ainsi, nous en sauverons quelques-uns.

– Et... Après, capitaine ?

– Nos trois navires seront foudroyés. Il n'y aura aucun survivant, aucun prisonnier. Vous le savez, les

Anglais s'exercent au canon sur les têtes des malheureux qui surnagent ou s'accrochent aux épaves.

– Nous nous sacrifions, capitaine ?

– Pour l'honneur.

– Et... Les navires du convoi ?

Le capitaine Jean du Monthet-Salbris songea à une scène qu'il avait vue jadis en Afrique : un couple de lions se jetant au milieu d'un troupeau de zèbres. La chance favorisait les uns, la vitesse sauvait les autres, le hasard présidait bien souvent à ces tragédies.

– Après... C'est à la grâce de Dieu. Les traînards, les plus lents, les plus vieux, j'allais dire les malades, seront massacrés sans pitié par la canaille en uniforme du roi d'Angleterre. C'est ainsi.

– C'est dommage, l'Amérique était si proche. Je ne la verrai donc jamais...

Du Monthet-Salbris regarda son jeune second avec curiosité :

– Le lieu de votre mort vous intéresse-t-il à ce point ?

Le jeune homme réfléchit.

– Je suppose qu'il ne m'est pas indifférent de mourir à quelques jours de navigation de l'Amérique puisque nous combattons pour les Insurgents.

La réponse plut au capitaine qui posa un instant sa main sur l'avant-bras du second :

– Restez bien à mes côtés, c'est sur nous qu'ils tireront avant tout. La mort sera rapide.

Dix minutes plus tard, ayant adopté une formation en triangle, les trois vaisseaux partaient courageusement livrer leur dernier combat...

33

Il se sentait comme cloué au mur. Des bracelets de métal reliés à des chaînes, elles-mêmes scellées au mur, le retenaient aux poignets et aux chevilles sans qu'il touchât le sol. Le poids de son corps entièrement nu, attiré par le vide, avait pour conséquence de faire pénétrer profondément les bracelets de métal dans les chairs.

L'homme qui lui faisait face, le « lieutenant » de police secrète Pierre-François Gréville, le gifla à quatre reprises, répétant sa question :

– Le prince d'Adana, qui d'autre ?

Malvy, dit « Petit-Sans-Quartiers », secoua négativement la tête.

Gréville s'impatientait, même s'il n'en laissait rien paraître. En temps ordinaire, les hommes résistant à ce genre de traitement l'intéressaient prodigieusement mais pas cette fois car le temps pressait.

Gréville jouait son avenir, et tous ses efforts passés d'élévation sociale, sur cette étrange affaire.

Il se résolut donc, sans joie, à franchir un degré supérieur et, pour ce faire, il adressa un signe de tête à un homme massif, d'origine turque, le crâne entièrement rasé et le bas du visage mangé par une barbe noire très fournie.

Le Turc s'approcha et regarda Malvy dans les yeux. Celui-ci, mal à l'aise, eut le sentiment que le Turc l'observait tel un maquignon un cheval mais il ne s'y trompa pas : ce que le bourreau estimait n'était rien d'autre que sa volonté et sa capacité de résistance.

D'un geste lent, il passa un rasoir sous le nez de Malvy en maugréant quelque chose dans une langue étrangère.

Un vague sourire aux lèvres, Gréville traduisit :

– Il te dit qu'il va te trancher le nez. Puis viendront tes oreilles. Après quoi, il te sortira un à un tes yeux de leurs cavités puis te coupera les lèvres. En le moment suivant, il te découpera les joues avec finesse en suivant le parcours des os qu'il grattera au passage car la souffrance des prisonniers est pour lui une source de joie sans mélange tant cet homme est pourri : bien davantage que tu ne le fus toi-même ni le seras jamais en ton très bref avenir. Mais tout cela ne représente que le début.

– Je ne sais rien !... répondit farouchement Malvy, tentant cependant de refréner son inquiétude sous le double regard de ses tourmenteurs : les yeux glacés du chef de la police secrète, le regard gourmand et demi-fou de la brute turque.

Gréville ne parut point s'offusquer de cette réponse, expliquant :

– Ton métier misérable ne t'a sans doute point favorablement disposé à la rêverie et aux imaginations. Aussi, avant que de te faire découper en fines tranches, vais-je te montrer un homme passé entre les mains de notre sympathique ami venu de Turquie. Il te sera dès lors loisible de tirer tes propres conclusions sachant toutefois que l'épave qui va faire ici une entrée que tu n'oublieras jamais, eh bien cette épave humaine en a achevé en parlant tout de même si bien que cet imbécile perdit pour rien son visage.

Il adressa un petit signe à un homme en noir placé près de la porte qui fut aussitôt ouverte.

Une silhouette apparut, chaînes aux pieds, le visage dissimulé par un capuchon. Poussé par un garde, l'homme au visage masqué s'arrêta juste en face de Malvy qui voyait la soie noire gonflée par la respiration courte et sifflante du captif.

Gréville joignit les mains en un geste onctueux d'abbé de cour et, sur un ton où se devinait l'ironie :

– Doux Jésus, que de temps perdu !

Vivement, il ôta la cagoule et Malvy, les yeux exorbités par la terreur, vomit aussitôt de la bile tandis que « la chose » lui faisait face.

On ne lui avait donc point menti, tout avait disparu : yeux, oreilles, joues, nez... Et pour ce qui demeurait, ce n'était que cicatrices et boursouflures hideuses depuis le menton jusqu'au sommet du crâne où des touffes de cheveux manquaient.

Malvy, fou de terreur, ne put guère empêcher ses organes subalternes de se libérer, urine et excréments ruisselant sur ses cuisses.

Il chercha sa propre voix, paniqué à l'idée d'en être privé par la terreur qui saisissait entièrement son être. Enfin :

– Je jure sur le Christ que je n'ai jamais vu les traits de l'homme-sanglier mais deviné à ses manières un grand seigneur. C'est sur son ordre que je suis à Paris et devais d'ici peu retourner en Charente. L'homme que je sers ne me parle jamais hors les choses qu'il entreprend contre le prince d'Adana.

Gréville poussa un bruyant soupir.

– Tu ne m'aides guère, « Petit-Sans-Quartiers », et la chose serait des plus désolantes si je n'y voyais cependant un avantage.

Mains derrière le dos, songeur, le policier de la

Secrète fit le tour de la cellule puis bousculant rudement« la chose », pauvre créature qui émit un râle de gorge, il se planta devant Malvy :

– Oui, tu vas me servir tout de même. Oh, bien malgré toi, je sais, je sais... Ainsi, lorsque le fauve turc en aura achevé avec toi, vous serez deux d'aussi horrible aspect et à vous voir cette fois par paire, qui sait si d'autres prisonniers se trouvant dans ta position actuelle ne seront pas tentés d'écouter leur raison, évitant ainsi de se trouver l'ultime membre de ce que j'envisage dès lors comme un effroyable trio...

– Une chose !... Je sais une chose !...

Le « lieutenant » de la police secrète eut un petit geste agacé, comme si, ayant déjà des projets, il n'entendait plus y revenir. Il ébaucha un geste las en expliquant :

– Je crains, « Petit-Sans-Quartiers », qu'il ne soit bien tard pour passer à confesse car vois-tu, quoi que tu m'apprennes à présent, et fût-ce le secret de la mort d'Henri IV, cela m'importe moins que cette idée nouvelle qui vibre en mon esprit : présenter aux prisonniers récalcitrants un duo de monstres ouvragés par les mains expertes, quoique turques, de notre virtuose ici présent.

Le Turc rit de bon cœur, passant une langue violacée sur le plat de son rasoir tout en observant Malvy avec appétit.

– Écoutez-moi tout de même car ma révélation vous apprendra une faiblesse, la seule, de l'homme au masque de sanglier.

Gréville hésita toute une minute, donnant l'impression de peser fort longuement – bien trop longuement pour Malvy – le pour et le contre puis, assez vivement :

– J'ai la réputation d'être dur mais de tenir ma parole alors soit : surprends-moi et tu échappes au rasoir.

Malvy, pauvre araignée dont le mur serait la toile, s'agita sans ressentir pleinement ce que ce mouvement occasionnait de douleurs à ses chevilles et poignets.

– La jeune et belle marquise Victoire de La Chesnaie de Flers, la voilà sa faiblesse !

– Crois-tu ?... questionna Gréville d'une voix traînante.

– Un jour il me dit de lui couper la tête et de la lui ramener puis il me rattrape au grand galop, m'insulte, me frappe et me dit que, si je touche un cheveu de la tête de la marquise, il me tue... Une autre fois, réfléchissant à voix haute mais sans me regarder... il ne m'a d'ailleurs jamais regardé dans les yeux... il dit à peu près : « Victoire, en lui prenant la vie, je réduirai à néant celle de Valencey. » Mais lorsqu'il donna ses ordres, aucun ne concernait la marquise. Je dirais...

Il hésita.

– Tu dirais ?... reprit Gréville, masquant à dessein un grand intérêt afin que Malvy sente qu'il pouvait en disant la vérité tout entière échapper au terrible Turc.

Malvy s'empressa :

– Je dirais que l'homme-sanglier aime la marquise comme doit l'aimer, si j'ai bien tout compris, le prince d'Adana. C'est cela, sa faiblesse et pourtant, c'est un homme sans pitié.

Gréville réfléchit un court instant puis, jetant un regard froid à Malvy :

– Tu as sauvé ton visage mais tu n'échapperas pas à un autre châtiment. Qu'on le mette au secret.

Lorsqu'on eut emporté Malvy, le chef de la police secrète se tourna vers « la chose » en disant :

– Merci. Et excusez-moi pour la bousculade mais elle apportait du crédit à la scène. On va vous raccompagner.

Puis, à l'épaisse brute turque :

– Mehmed, tu fus meilleur que jamais !

Gréville quitta les lieux de bonne humeur et très satisfait de lui-même. Sa méthode se révélait excellente. Au fond, hormis ses rares hommes de confiance, qui savaient que « la chose » – assez bien payée – n'était qu'un pauvre colporteur défiguré par les loups et qu'il avait découvert à l'hôpital général, entrevoyant immédiatement le parti qu'il en pourrait tirer ? Pareillement, qui savait que Mehmed, la « brute », n'était qu'un hercule de foire turc rencontré par hasard au Palais-Royal ?

Gréville venait de marquer un point d'importance contre l'homme-sanglier.

Pour fêter cela, il décida d'aller dîner à « L'Auberge du Vivarais » et composa par avance son menu : jambon cru au beurre de Rennes, mouton au jus et à l'ail de Roscoff, tarte aux pommes et vin de Touraine.

Ignorant les policiers qui le saluaient avec déférence en balbutiant « Mon Général », passant sans penser à saluer, il s'amusa de ce qu'il fallait d'intelligence, de ruse et de comédie pour faire plier des hommes endurcis par une vie de crime.

Il aimait profondément son métier et n'en eût changé pour rien au monde.

34

Les événements se précipitaient car, tandis que Valencey d'Adana faisait route sans hésiter vers les trois vaisseaux lourds anglais, que Victoire de La Chesnaie de Flers tentait courageusement de faire face, seule, à l'entretien du château et que le policier Gréville marquait un point dans sa lutte à mort contre l'homme-sanglier, celui-ci ne restait pas inactif.

En effet, assis sur des rames de papier vierge en une imprimerie du faubourg Saint-Jacques, le haut seigneur lisait dans sa traduction française la dernière page d'un brûlot intitulé : *« Valencey d'Adana, criminel contre l'honneur ».* Pour sous-titre : *« Histoire véridique de la mise à mort du navire-hôpital* Sweet Princess, *récit d'un témoin horrifié ».* L'auteur livrait en couverture son nom et sa qualité : « capitaine de frégate Dennis Milford, Royal Navy ».

Enfin, en une préface de quelques lignes d'une perfidie inouïe, l'Amirauté anglaise prétendait s'adresser aux Français « par-delà la guerre » et au nom de « la morale universelle » afin que quelle que soit la situation militaire des protagonistes on ne tolère plus, dorénavant, des « actes de barbarie » de cette nature.

Rêveur, l'homme-sanglier, qui cette fois ne portait pas de masque, regarda les ouvriers au travail. En cet instant précis, cinq imprimeries parisiennes fabriquaient le même livre, travaillant nuit et jour pour le compte, *via* quelques intermédiaires, du duc d'Orléans et du petit parti antiaméricain.

Le grand seigneur se leva et ébaucha un sourire puis, s'adressant à Phébus Monteroux qui brossait sa soutane empoussiérée en ces lieux de labeur, il lança :

– Il ne s'en relèvera jamais !

– C'est une autre façon de tuer, Monseigneur !... répondit le curé au visage congestionné.

Tel se trouvait en effet être l'avis du puissant seigneur qui jugea cependant plus prudent de ne se point montrer à Versailles de quelque temps car il excellait à brouiller les pistes.

Il saisit trois exemplaires du pamphlet et dit d'une voix rêveuse :

– Comme j'eusse aimé voir la mine défaite de ceux-là mêmes qui portaient Valencey d'Adana aux nues et tous ceux du parti américain !

Le curé s'approcha et lui souffla à mi-voix :

– Lui qui ne citait que Voltaire, Rousseau, d'Alembert... Lui qui exaltait la liberté et la fraternité entre les hommes... Lui qui défendait la vertu contre le cynisme... Et le voilà bientôt symbole du crime en tenue d'officier, de l'assassin militaire, du soudard sans principes, du reître couvert de sang de femmes et d'enfants !... Ah, Monseigneur, quel beau crime que le vôtre !...

L'homme-sanglier reçut l'hommage tel qu'il venait car connaissant mieux que personne l'homme de Dieu dévoyé, il savait parfaitement reconnaître la sincérité les rares fois où celle-ci se manifestait.

Cependant, comme souvent, le prêtre en fit trop :

– Ce chien de Valencey d'Adana, cette glorieuse pourriture...

Soudain ivre de rage, l'homme-sanglier gifla le prêtre à toute volée et, d'une voix suraiguë :

– Je t'interdis de l'insulter !... À côté de lui, tu n'es rien qu'un vil insecte rampant dans la merde !... Il est noble, courageux, intègre... Moi, moi j'ai le droit de le haïr. Moi seul au monde.

Retenant mal un sanglot, il quitta l'imprimerie en courant.

« Il est totalement fou : voilà qu'en plus, il l'aime !... Fou, mille fois fou ! » songea le mauvais prêtre.

Valencey d'Adana remontait la piste avec un instinct très sûr qui le mena rapidement aux rescapés de l'attaque des « ogres ».

Sous l'énergique direction d'un capitaine de Saint-Malo, Paul Clément, le convoi, ou tout du moins ce qu'il en restait, s'était reconstitué. Sur les vingt-six navires de commerce partis de Brest, sept avaient été coulés. Seule bonne nouvelle : dans leur hâte à décimer le convoi français en passant très vite d'une proie à l'autre, les Anglais, cette fois, ne s'étaient pas amusés à tirer sur les rescapés si bien qu'on repêcha un grand nombre de marins et de soldats.

Concernant les trois navires d'escorte, deux frégates et une corvette, on savait peu de chose sinon qu'elles s'étaient lancées au combat dans le but de faire écran entre les « ogres » et les navires français en fuite. D'après le capitaine Paul Clément, l'affrontement avait eu lieu plus au nord sur une route dont le Malouin donna les coordonnées.

Valencey d'Adana s'y rendit sans tarder mais, malgré un quadrillage minutieux des lieux où flottaient épaves et cadavres, les marins de *La Terpsichore*, de *L'Argonaute* et de la *Betelgeuse* ne repêchèrent que six hommes, dont un officier.

Valencey d'Adana le fit donc immédiatement transférer de la *Betelgeuse*, qui l'avait récupéré tandis qu'il s'accrochait à un fragment de mât, à *La Terpsichore* où on lui donna des vêtements secs et un bol de chocolat.

Puis, entouré de ses principaux officiers, il reçut le rescapé dans la salle du conseil.

L'homme, âgé d'une quarantaine d'années, était second sur la corvette *Bleu de France* coulée quelques heures plus tôt. Témoin privilégié, il allait droit au fait, sobre et précis dans son récit :

– Nous savions que nous n'avions aucune chance de vaincre mais espérions permettre aux autres de gagner du temps avec leurs lents navires de transport alors en pleine dispersion. Le capitaine du Monthet-Salbris fit un choix judicieux. Au lieu de gâcher nos maigres forces en attaquant chacun un des trois « ogres », il donna l'ordre de suivre une audacieuse manœuvre et de concentrer tous nos tirs sur le trois-ponts *Honey Bee*. Très vite, nous comprîmes la brève supériorité que nous donnait notre vitesse et notre agilité. Nous avions prévu un tir, nous eûmes le temps d'en effectuer deux chacun. Inespéré !

Il demeura un instant rêveur car sans doute revivait-il les péripéties du combat. Puis il prit conscience des regards des officiers posés sur lui, notant avec reconnaissance leur patience. Il continua :

– Les ordres spécifiaient d'ignorer les redoutables batteries du *Honey Bee* que, de toute façon, nous n'étions pas en mesure de réduire au silence. Nous devions également ne pas balayer les ponts avec nos tirs, chose pourtant fort tentante car on y voyait bien du monde. Toutes nos pièces sans exception dirigèrent leurs tirs contre les mâts et la voilure. Après la première salve, tandis que nos canonniers rechargeaient fiévreusement leurs pièces, nous fûmes très surpris de constater combien la voilure du *Honey Bee* avait souffert : nous étions loin d'avoir infligé aux Anglais une simple piqûre de moustique sur le dos d'un éléphant. Il fallait faire vite car se déroutant, le *Hornet* et le *Hood* infléchissaient leur route pour venir vers nous. La seconde bordée confirma la première, les repères étant bien notés, du moins j'en eus la fugitive impression car toutes les pièces tribord du *Honey Bee* firent feu à cet instant et ce fut notre fin.

– Quels furent les résultats du tir du *Honey Bee* ?

– La plus touchée, la frégate du capitaine du Monthet-Salbris, coula en quelques instants. L'autre frégate, la *Connétable du Guesclin*, fut entièrement démâtée, le pont ravagé, un feu important sortant des cales. Quant à la corvette sur laquelle je me trouvais, durement touchée, elle donna très rapidement de la bande, celle-ci s'accentuant vers 40 à 45 degrés. À ce niveau d'inclinaison, l'eau entrait à gros bouillons par les sabords ouverts.

– Et vous ?

– Je m'accrochais à la lisse, enfin, ce qu'il en restait, en compagnie du capitaine de notre corvette *Bleu de France*, le baron de Merville, lorsque celui-ci, voyant certains de nos hommes qui basculaient, donna l'ordre d'abandon et me fit signe de me jeter à la mer. Je m'exécutai mais une fois dans l'eau, je constatai que le capitaine demeurait sur le pont, ébauchant un petit geste d'adieu : c'était un officier d'un grand courage. La corvette *Bleu de France* était son premier commandement, il ne voulait point lui survivre.

Valencey d'Adana ne fit aucun commentaire, poursuivant ses questions :

– Le *Honey Bee* procéda-t-il à une seconde bordée ?

L'officier réfléchit un instant, puis répondit :

– Oui... et non.

– Que voulez-vous dire ?

– Eh bien... Je vous ai dit que la frégate *Connétable Du Guesclin* était en feu et j'ai la certitude que celui-ci finit par atteindre la soute à poudre car la frégate explosa. Elle s'ouvrit littéralement en deux, comme une coquille de noix. Je pense que la chose se produisit à l'instant du tir anglais. Le spectacle effarant de l'explosion dut surprendre les canonniers du *Honey Bee* car la bordée fut faible. Certains, en état de fascination, n'ont pas tiré.

– Vous en avez la certitude ?

– Absolue.

– Quelle était votre situation personnelle ?

– Je nageais rapidement, sachant que notre corvette *Bleu de France* allait couler et, comme tous, je redoutais l'effet d'aspiration que produit un navire s'enfonçant dans les eaux mais, malgré moi, je me retournais sans cesse.

Valencey d'Adana conservait un visage inexpressif mais ses officiers, qui le connaissaient, le devinèrent très intéressé. C'est néanmoins d'une voix très neutre qu'il demanda :

– Ceux des canonniers anglais qui « fascinés par l'explosion » selon vos propres termes n'avaient pas fait feu, comment réagirent-ils ?

L'officier en second du *Bleu de France* n'hésita pas :

– Cela, capitaine, fut notre chance. Les officiers du *Honey Bee*, j'en suis certain, ont fait recharger les pièces de ceux qui avaient tiré car la troisième bordée fut massive, la corvette étant disloquée en quelques secondes.

– Avez-vous eu la possibilité d'estimer les dommages subis par la mâture du *Honey Bee* ?

– Importants. Tous les mâts principaux furent touchés et nombre de petits, des voiles déchirées... Il m'est difficile d'être très précis en ce grand désordre de voiles et de haubans, me trouvant moi-même en une situation de grand péril.

– Il y eut trois tirs, lieutenant, dont le second, nous le savons, fut partiel. Quelle fut, et réfléchissez bien, la cadence entre chaque tir ?

– C'est tout réfléchi, capitaine : le temps entre chaque tir fut le même. Des canonniers entraînés à faire feu ensemble car ils rechargent les pièces à la même cadence.

– C'est bien, lieutenant : qu'advint-il ensuite ?

L'officier baissa la tête.

– Nous étions une cinquantaine de survivants, tous de la corvette *Bleu de France*, les frégates ayant connu des morts rapides. Les canonniers anglais se sont exercés sur nous, sur les têtes qui dépassaient des flots... C'est une très grande honte, capitaine, on ne tire pas sur des rescapés, et surtout pas au canon.

Valencey d'Adana voulut ignorer cette dernière phrase. Non qu'il fût insensible à semblable horreur mais il ne voulait à aucun prix laisser l'émotion altérer l'opinion qu'il se faisait de l'adversaire d'un strict point de vue technique.

D'une voix plus froide qu'il n'eût souhaité, il demanda :

– Cela dura longtemps ?

Le second de la corvette *Bleu de France* fut surpris par la question mais il eut l'intelligence de penser que celle-ci, venant du capitaine de la légendaire frégate *Terpsichore*, avait peut-être un sens qui lui échappait.

Il répondit en hésitant :

– C'est-à-dire... Pour nous qui subissions ce tir d'assassins, ce fut bien trop long... D'un point de vue militaire, oui : ce fut un peu long.

– Oubliez le caractère froid de mes questions, lieutenant, je m'oblige à ne voir que ce que vous appelez

« le point de vue militaire ». Justement : diriez-vous de ces tirs qu'ils manquaient de précision ?

– Je le dirais, capitaine, mais autrement : certains sont très adroits, d'autres pas du tout. Ils se cherchent, ils n'ont pas du tout encore acquis cette expérience et cette habitude du groupe qui unissent les canonniers d'une batterie habitués de longue main à combattre côte à côte. Je dois à la vérité d'ajouter que les conditions étaient difficiles pour bien juger de tout cela : il fallait plonger sous l'eau, se dissimuler, faire le mort... Lorsqu'ils repartirent, nous étions dix mais quatre des nôtres ont disparu. Heureusement que les côtes américaines sont assez proches, en plein Atlantique Nord, nous serions morts de froid.

Valencey d'Adana en ayant achevé avec l'aspect technique demanda d'une voix plus douce :

– Souhaitez-vous vous reposer chez les Insurgents ou préférez-vous être renvoyé en France au plus tôt ?

– Je veux revoir la France, capitaine : je l'ai crue à jamais perdue pour moi.

– C'est bien. Nous ferons une prise que nous renverrons au pays avec vous. À moins que nous ne croisions une frégate française, ce qui serait plus rapide encore.

Il se leva, quitta la pièce et gagna le pont. Aussitôt il donna ses ordres pour une route au sud, sud-est.

Campagne-Ampillac, qui l'avait rejoint, demanda :

– Tu te lances à leur poursuite, n'est-ce pas ?

Valencey d'Adana hocha la tête. Son ami comprit qu'il n'était pas encore disposé à parler de cela. La chose viendrait plus tard, lorsqu'il aurait analysé chaque parole de l'officier du *Bleu de France*.

Changeant délibérément de sujet, Valencey d'Adana demanda à Mahé :

– Que dirais-tu d'une tasse de chocolat à l'orgeat avec du lait de chèvre, monsieur mon frère ?

– Notre chèvre a le mal de mer...

– Amène-la sur le pont. En outre, elle verra du pays !

35

L'immense joie de Victoire céda brusquement la place à une vive inquiétude. Elle qui s'était sentie soulevée de bonheur en voyant arriver son ami Nicolas de Refroicourt, comte de Blacfort, pâlit tout soudainement lorsque celui-ci, lui prenant les mains, dit avec gravité :

– Je n'ai pas de bonnes nouvelles, Victoire.

C'est à peine si elle parvint à articuler :

– Il... Il...

Blacfort la tranquillisa aussitôt :

– Non, rassurez-vous. Il est vivant, et pas même blessé, du moins à ma connaissance. Mais une... rumeur... calomnieuse à n'en pas douter...

Blacfort faisait peine à voir, cherchant ses mots, ceux qui blesseraient le moins la jeune femme.

Victoire, qui s'était ressaisie, demanda d'une voix assez froide :

– De quoi s'azit-il, Nicolas ?

Il lui tendit un livre de petit format, fort mince, mais se ravisa immédiatement.

– Victoire, je suis venu de Paris à bride abattue afin d'être le premier à vous parler de l'affaire et à vous remettre ce livre que des mains moins attentives, et peut-être haineuses, vous eussent donné de tout autre manière.

– Ne différez pas davantaze, Nicolas : de quoi s'azit-il ?

– D'une calomnie. Signée, venue d'Angleterre, et ne cachant pas même ce fait qui pourtant la disqualifie. Rien, dans ce livre, n'a le moindre rapport avec Joachim, j'en jurerais. Cependant, à Versailles et Paris, on se l'arrache. Les amis de l'Angleterre exultent, le parti américain feint brusquement de peu connaître Joachim. Quant à ceux qui, comme toujours, n'ont rien fait en cette longue guerre et meurent de jalousie, ils voient là fort belle occasion, par la chute d'un héros, de se relever de cet abaissement qui est leur état naturel.

– Donnez-moi ce livre, Nicolas.

Le comte de Blacfort hésita encore un instant puis le lui tendit, l'incitant une nouvelle fois de ne rien croire de tout cela. Mais déjà, Victoire ne l'écoutait plus. S'approchant d'une fenêtre, elle lut le court livre d'une traite, debout, sans un mot, sans interrompre un seul instant sa lecture.

Puis, en ayant achevé, elle rendit le livre à Blacfort avec un léger sourire.

– Rien de cela n'est vrai. Lui, couler un navire-hôpital transportant en outre des femmes et des enfants ?... pareille soze ne se peut pas même imaziner.

Blacfort admira la tranquille assurance de Victoire et songea que la foi qui soutient l'amour est comparable par sa force et sa ferveur à celle qui mène à Dieu.

Renversant la situation, ce fut Victoire qui tranquillisa Blacfort :

– Nicolas, vous et moi le savons.

– Mais les autres ?... s'enquit le comte dont la voix trahissait quelque angoisse.

– Les autres ?... Mais ne sommes-nous pas dans le royaume de France ?... la mauvaise foi des Anglais éclate à saque ligne, le désir de déshonorer un courazeux adversaire est manifeste. Un pièze aussi grossier ne prendra que ceux qui le voudront bien.

– Dieu vous entende !... répondit Blacfort qui, lui, semblait en douter.

C'était une nuit sans lune ni étoiles.

Portée par un vent endiablé, la frégate *Terpsichore* naviguait tous feux éteints. On n'y voyait pas même, comme il est d'usage la nuit, quelques fanaux sourds dans les batteries où dormaient les hommes. Sur le pont, officiers et marins avaient reçu l'interdiction formelle de fumer.

Seule source de lumière, et encore était-elle très soigneusement dissimulée par des rideaux noirs, une lueur rouge, celle d'une mèche surveillée par un canonnier qui soufflait dessus à intervalles réguliers afin, en cas d'urgence, de s'en servir pour allumer les boutefeux.

Ayant exceptionnellement quitté sa place à l'arrière du navire, près de l'homme de barre, Valencey d'Adana se tenait à proximité de la proue tandis que le baron Guillaume de Lamorville était de quart. À l'extrémité de la proue, indifférent aux embruns qui lui fouettaient le visage, « Diego », l'Indien maya, scrutait la nuit, ses étranges yeux d'un noir charbonneux grands ouverts.

Mahé, qui n'avait pas prononcé une parole depuis dix minutes, respectant le silence de son ami, se décida brusquement à poser la question qui lui brûlait les lèvres :

– Est-ce enfin le moment ?

– De quel moment me parlez-vous donc, monsieur mon frère ?... répondit Joachim d'un ton où perçait l'amusement.

Mahé en fut rassuré. Il savait. À présent, son ami avait dû peser tous les risques et mesurer toutes les informations obtenues auprès du second de la corvette *Bleu de France*.

Néanmoins, ménageant l'avenir et respectant un cérémonial établi entre eux depuis longtemps, il feignit l'innocence afin d'obtenir des certitudes :

– La présence à la proue de Diego, les meilleurs yeux du monde... *La Terpsichore* prenant le risque fou de naviguer tous feux éteints... Les hommes envoyés dormir après un repas très léger... L'équipe de quart réduite au minimum... Tu vas attaquer cette nuit !

– Diable !... Et qui donc vais-je ainsi attaquer de nuit ?... Poséidon ou quelque autre dieu ?

– Un dieu, peut-être pas Joachim, mais un demi-dieu, certainement : le *Honey Bee*.

– Un trois-ponts de cette importance, de cette promotion de trois qui sont les meilleurs du monde ?... Par une nuit noire ?... Sous ce vent qui se déchaîne avec une violence inouïe ?

– Justement, il y a en cela tout ce qui est nécessaire pour te séduire.

– Si c'est là ton idée, va pour une attaque de nuit ! Ne dois-je pas de temps en temps faire plaisir à mon frère ? Mais, entre nous, Mahé, tu prends de bien gros risques !

Un instant le souffle coupé, Campagne-Ampillac s'amusa de cette réponse.

– Voilà bien du toupet !... mais enfin admettons et dis-moi pourquoi tu... nous attaquons.

Valencey d'Adana ébaucha un geste vague.

– Cette nuit sans lune ni étoiles. La violence du vent. Les faiblesses du *Honey Bee* très certainement à la traîne des autres.

– À quelles faiblesses penses-tu : sa mâture abîmée ?

– Pas exclusivement. Il y a plusieurs choses. Par exemple, lors de l'explosion d'une des frégates, la moitié des canonniers, surprise, n'a pas fait feu. Pour la salve suivante, l'officier responsable de l'artillerie a fait recharger les pièces de ceux qui avaient fait feu. En semblables circonstances, nous, nous aurions fait tirer la demi-batterie restante. Ils sont très disciplinés, ou très stupides, ou les deux à la fois, incapables de faire face aux situations imprévues... Ce n'est pas tout : la régularité du tir, le temps laissé au moins rapide de s'aligner sur les autres. Ajoute à cela l'ajustement de ce tir jugé « lent » par le second du *Bleu de France*... Et cette cruauté consistant à tirer au canon sur des marins surnageant, que révèle-t-elle ?... Des canonniers peu doués, laborieux, peu homogènes pour un tir flou, incertain. Note aussi qu'ils sont incapables de maîtriser leur émotion, preuve en est que la moitié des canonniers anglais n'a pas tiré en voyant exploser la frégate. Enfin, ils sont follement imprudents : laisser le *Honey Bee* seul, en partie démâté, c'est pure aberration car leur force ne vaut à son maximum que lorsqu'ils sont unis comme les doigts de la main.

Il regarda Campagne-Ampillac et ajouta :

– Ils ne se connaissent pas entre eux !... M'entends-tu : ils sont des étrangers les uns pour les autres.

– Mais...

Valencey d'Adana l'interrompit aussitôt :

– Ils sortent de prestigieuses écoles navales, de l'élite des ports de guerre. On a assemblé la fine fleur des meilleurs équipages anglais mais ils ne se connaissent pas, ils ne peuvent compter les uns sur les autres et se contredisent en plein combat, allant en sens inverse. Si nous avons une chance, Mahé, c'est bien celle-là.

Il se tut en observant Diego, l'Indien maya.

C'en était fini de l'immobilité de statue, l'homme

passait d'un pied à l'autre comme pour une danse de plus en plus rapide.

– Il sent quelque chose... murmura Mahé.

Prodigieusement intéressé par le spectacle qu'offrait l'Indien, Valencey d'Adana ne répondit pas.

Il avait beau les bien connaître, les Mayas le passionnaient. Le teint cuivré, les cheveux longs et noirs, les pommettes saillantes, ils étaient d'une grande propreté, se lavant matin et soir – ce qui était loin d'être le cas de tous les marins français.

Ils ne craignaient pas la mort, ce qui en faisait de redoutables guerriers parés d'étranges bijoux tels des perles de jade gravées, des colliers de graines de turquoise ou de corail. Diego et ses compagnons portaient des bagues représentant un jaguar.

C'est un capitaine espagnol, allié loyal, qui avait signalé à Valencey d'Adana l'existence d'un fleuve dont l'embouchure était dissimulée depuis la mer par la configuration en profil d'une trouée naturelle dans de hautes parois rocheuses.

Il s'était étonné de l'accueil des Mayas et n'en comprit la raison que plus tard. En effet, de la ligne de flottaison au sommet du grand mât, *La Terpsichore* était rouge. Rouge, c'était pour les Indiens la couleur du « dieu de l'est » nommé aussi « porteur du ciel », également dieu de la pluie et des abeilles.

Il désira connaître ce peuple qui conservait ses grands prêtres, astronomes, mathématiciens extraordinaires mais utilisait des couteaux de silex. Saint-Fregant, le chirurgien du bord, apprit d'eux l'usage d'un narcotique à base de chaux et de plantes qui endormait la douleur : il l'utilisa avec succès lors de certaines amputations.

Entre eux, les Indiens parlaient yacathèque mais ils apprirent très rapidement l'espagnol et le français.

On ignorait le nom indien de Diego appelé aussi Quetzalcóatl, où l'on retrouve le mot mexicain Quetzal qui désigne un oiseau aux plumes superbes. Il apprit rapidement la physique et la chimie mais conservait une hachette de pierre dont le manche de bois s'achevait par une tête de serpent. Et tout était ainsi chez eux, mélange de science et de magie, de raison et de superstition.

Ils étaient les plus extraordinaires éclaireurs du monde. En patrouille, ils observaient le ciel et le vol des oiseaux, s'arrêtaient à chaque carrefour pour y surveiller le comportement des animaux, suivaient la course des poissons de rivière dont les mouvements du corps leur indiquaient quelque chose et en effet : des centaines d'Anglais y avaient laissé leurs peaux. Les Français, même les plus frustes, ne riaient pas lorsqu'un Indien parlait à un cerf, un quetzal à longues plumes caudales, un tapir, un jaguar, un sanglier ou un dindon à plumes vertes. Chez eux, le verbe était magie. Ils différaient en cela du groupe d'Indiens bravos arrivés à la base à la suite d'une erreur de navigation mais qui y demeurèrent. Ils n'avaient point le raffinement des Mayas mais leur folle audace et, faut-il l'avouer, leur implacable cruauté en faisaient des guerriers exceptionnels.

La voix de Diego fit sursauter Valencey d'Adana :

– Le navire anglais est là. Trois-ponts, un mât cassé.

– Où ?

Le Maya désigna l'ouest, un geste précis que le capitaine français traduisit aussitôt en mesures maritimes.

Mahé pouvait se vanter d'une excellente vue, celle de Valencey d'Adana était légendaire mais aucun des deux ne perçait la nuit noire.

Agacé, Mahé demanda à Diego :

– Tu le vois ou tu le devines ?

L'Indien haussa les épaules.

– Je le vois. Il est à la peine. Un trois-ponts. Avec ce vent, les réparations cèdent. Le grand mât est cassé à la hauteur du perroquet. Et... Voilà, le mât d'artimon se brise à son tour. Les marins courent en tous sens. Devant, loin, des navires. Deux trois-ponts et une corvette, celle-ci revient vers le blessé.

Valencey d'Adana s'efforça au calme.

– Son nom !... Diego, vois-tu le nom du trois-ponts qui vient de démâter ?

– *Honey Bee.*

– Et les deux autres n'ont rien vu ?

– Les équipages peinent trop à réduire la voilure. Mais la corvette s'approche du blessé.

Malgré les circonstances, Valencey d'Adana admira l'Indien qui y voyait par nuit noire comme en plein jour mais c'est vers Mahé qu'il se tourna.

– Appelle aux postes de combat par bouche à oreille. Pas de cloches, ni fifres, ni tambours. Les hommes pieds nus. Pas un mot. Fais hisser un requin à poudre et qu'on en prépare un second. Tous les canonniers aux batteries derrière leurs pièces. Exécution !

Mahé hésita.

– C'est un trois-ponts réputé pour ne pas couler, Joachim.

– Mahé, transmets mes ordres, veux-tu ?

Puis, à pas lents, le capitaine regagna l'arrière du vaisseau en songeant que son destin l'y attendait.

36

Les ports de guerre d'Angleterre, et plus spécialement leurs tavernes, étaient depuis quelque temps le théâtre de violentes bagarres entre marins.

Car il n'est point faux de prétendre que, quel que soit leur pays, les marins ont en commun certaines valeurs qui ne se discutent pas, sauf à se trouver mal informés.

Aussi bien, si nombre de marins de la Royal Navy s'indignaient bruyamment, entre deux bières, du comportement de Valencey d'Adana, dont ils connaissaient le détail par le livre du capitaine du *Furious*, Dennis Milford, d'autres ne laissaient point dire ces choses.

À commencer par les matelots et soldats du *Furious*, témoins directs, dont l'honnêteté se cabrait à voir ainsi paré des vices de Milford un capitaine français qui, tout au contraire, s'était comporté dignement, épargnant le navire-hôpital *Sweet Princess* et ne dérogeant pas à l'honneur.

Un capitaine connu de milliers de marins dont il avait certes coulé les vaisseaux mais toujours fait recueillir les survivants par son navire auxiliaire *L'Argonaute*.

Et cela faisait beaucoup de monde...

Au reste, en des lieux plus huppés, les officiers du *Furious*, en grand dégoût de leur chef, ne manquaient pas de rétablir la vérité.

Peu après le début de ces tumultueux événements, ceux du *Furious* reçurent un renfort vigoureux quoique très inattendu. En effet, après de longues réparations improvisées en mer, le *Duke of York* du capitaine Peter Nolan venait de rallier l'Angleterre où son équipage racontait une tout autre histoire. Et à l'entendre, si l'on s'étonnait que *La Terpsichore* appuyée par les navires franco-américains *L'Argonaute*, *Betelgeuse*, *Not Alone*, *Young Tiger* et *Ask For The Moon* ait accepté un combat singulier avec le *Duke of York* quand rien ne l'y obligeait et que tant d'autres eussent refusé, on s'émerveillait que le capitaine français, eu égard au courage de Nolan, ne l'eût point mis à mort après l'avoir vaincu mais provisoirement paralysé en mettant son gouvernail hors de fonctionnement.

Bientôt, à l'étonnement succédait une forte émotion et souvent des larmes lorsqu'on apprit que, par élégance, Valencey d'Adana avait fait fondre sa précieuse vaisselle marquée à ses armoiries quand ses tireurs d'élite ne tiraient que pour blesser avec des balles... d'argent !

Pareil esprit chevaleresque bouleversait ces hommes pourtant rudes, jusqu'ici étrangers à semblables égards et tous, sans aucune exception, de croire très fermement qu'un capitaine capable de pareille délicatesse avec le *Duke of York* ne pouvait pas être l'assassin de la *Sweet Princess*.

Pendant ce temps, les officiers du *Duke of York* racontaient dans des milieux de petite noblesse leur singulière aventure avec les Français de *La Terpsichore*.

Des ports, ces nouvelles gagnaient les villes, transportées par les voyageurs comme les abeilles le font du pollen, essaimant au passage dans les campagnes.

Les Anglais, s'ils sont souvente fois durs avec les

continentaux, ont aussi d'exceptionnelles qualités dont celle-là, fort rare : savoir reconnaître le talent chez l'adversaire. Et l'admirer.

Aux aguets, les espions de l'Amirauté prévinrent les autorités supérieures et leur connaissance de l'affaire précéda de peu celle qu'en eurent les milieux libéraux, la Cour elle-même et enfin le roi.

Celui-ci réagit avec une violence extrême et, ne tenant aucun compte des incitations à la prudence de son maître espion Dawson, il ordonna aussitôt plusieurs mesures radicales.

En tout premier lieu, les trois journaux qui s'étaient fait l'écho de cette affaire furent saisis. On ne pouvait mieux faire pour donner crédit à ces nouvelles...

En outre, le rapport du capitaine Peter Nolan fut détruit et celui-ci enfermé sans jugement dans une citadelle du nord de Londres...

Enfin, les équipages des vaisseaux *Furious* et *Duke of York* furent dissous, officiers et marins séparés, dispersés sur des navires différents... Mais c'était multiplier d'autant les foyers d'infection car, sur les dizaines de navires où échouèrent officiers et marins des deux équipages éparpillés, la vérité eut tôt fait de se répandre.

Toutes ces actions entreprises dans l'urgence n'eurent qu'un effet : accréditer l'idée d'un complot.

De feu de paille dégageant davantage de fumée que de flammes, l'affaire devint incendie de forêt et c'est bientôt toute la marine qui gronda d'une seule voix, comme si la Royal Navy se trouvait au bord de la mutinerie.

Résigné, Francis William Dawson se dit qu'arrivait le moment où il se devait d'intervenir pour sauver ce qui pouvait l'être encore.

Et par exemple la couronne d'Angleterre...

En France, on était loin d'en être là. Le roi lui-même ayant lu le livre scandaleux fut pris d'une rage folle.

Était-elle tout à fait sincère, cette grande colère ?

Rien n'est moins sûr. Comme on sait, Louis XVI n'aimait pas Valencey d'Adana, ni sa lignée prestigieuse, ni sa désinvolture par rapport au pouvoir royal, ni son désintéressement qui le rendait – trois fois hélas ! – incorruptible. Sa témérité, son insolence à défier la chance, le fait qu'après toutes ces batailles il demeura absolument invaincu, son équipage de Nègres, francs-maçons et autres Indiens, sa manière de s'affranchir des ordres et des règlements, tout cela mécontentait profondément le roi qui y voyait par un curieux détour de pensée un défi à son autorité et une attaque personnelle contre sa personne.

Enfin, s'il eut consenti un sincère effort de vérité, Louis XVI eût ajouté à cette longue liste des raisons plus personnelles. Mais moins avouables.

Par exemple la silhouette du prince, ce corps fin, souple et un peu félin, ce visage éclairé par un si touchant sourire et surtout ces fascinants yeux gris-vert. L'allure et l'élégance sont choses qui ne s'achètent pas – on en trouve dans le peuple –, et le monarque le déplorait, honteux de son gros corps sans grâce qu'il utilisait au plus mal en se déplaçant pesamment. Il s'imagina un instant semblable à Valencey d'Adana dans son bel uniforme, sabre au côté, épaulettes d'or, tricorne noir ou marine, il ne savait plus...

Il soupira. Ainsi chéri par la nature, ne se serait-il pas attaché plus certainement la reine, et assuré sa fidélité ?

On fit alors entrer le duc de Castries, ministre de la Marine, que le roi avait fait mander.

Castries salua puis sourit mais bientôt, l'attitude glacée du souverain l'inquiéta. Au reste, il fut très étonné de ce qu'il entendit :

– Avez-vous lu, monsieur ?... Et savez-vous lire, au moins ?... demanda le roi en jetant aux pieds du duc la traduction française du livre de Milford.

Surpris par la violence du geste et des paroles, le duc ramassa le brûlot et répondit :

– Certes oui, Majesté. Et je n'y accorde pas le moindre crédit.

Le roi souffla de colère par les narines, ce qui, pensa le duc de Castries, lui donnait l'aspect d'un bœuf énervé.

– Monsieur, je crois que tout cela est vrai car bien dans la manière de Valencey d'Adana qui, s'affranchissant des règles de la bienséance et du respect dû à son roi, peut également prendre ses distances avec l'humanité qu'il faut manifester même en guerre.

Le souverain marqua un temps, puis reprit :

– Où doit-il rejoindre la France ?... En quel port ?...

– Comment le savoir, Majesté ?... C'est souvent Brest mais d'autres fois, il surprend en étant vu en baie de Quiberon où il attend le vent pour remonter à Nantes à bord de la *Betelgeuse*. Quand on ne le signale pas vers l'île d'Aix qu'il affectionne.

– Quel hypocrite !... cria le roi.

Castries s'insurgea :

– Majesté, s'il agit ainsi, c'est dans le but d'égarer les Anglais qui sont prêts à envoyer toute une escadre pour le couler.

Louis XVI hocha négativement la tête, affichant ainsi que son ministre de la Marine ne le convainquait point. Puis, d'une voix qu'il tentait de rendre assez neutre :

– En d'autres temps, et pour une affaire moins grave,

je vous aurais dit : « Castries, qu'on le pende ou qu'on le fasse amiral ! »

Le duc sourit, persuadé que les choses s'arrangeaient, que tombait la colère du roi et que seule la seconde solution paraissait envisageable : on ne pend pas un prince d'Adana pour quelques basses calomnies.

Mais le ministre déchanta rapidement car le roi reprit d'une voix sifflante, dont le débit s'enflait et le rythme s'accélérait sous l'effet d'une haine presque palpable :

– Je ferai un exemple. Tous ces La Fayette, Noailles, Lauzun et leurs amis y trouveront matière à réfléchir sur le fait que le royaume de France n'a rien de commun avec leur Amérique, ce « nouveau monde » où l'on ne respecte rien.

Le duc de Castries, effaré, lutta cependant mais avec les armes de la diplomatie :

– Majesté, les Américains ne comprendraient pas. Les Insurgents, ceux qui savent que Valencey d'Adana commande *La Terpsichore*, et aujourd'hui presque tous en sont informés, tous ceux-là, Sire, vénèrent Valencey d'Adana. Il en est de même chez nos alliés espagnols, leur marine lui est acquise à jamais : combien de navires espagnols sur le point d'être coulés ne durent leur salut qu'à l'apparition de la frégate rouge où flottent les fleurs de lys ?... Majesté, ce brûlot est une manœuvre de l'Angleterre pour abattre par la calomnie un homme qu'elle ne sait vaincre sur mer. Enfin, Majesté, eu égard au dévouement du prince, aux dizaines de victoires déposées à vos pieds, on ne peut condamner Valencey d'Adana sans l'entendre. C'est un homme chevaleresque...

Le roi le coupa :

– Chevaleresque !... Seriez-vous un imbécile ?... Moi pas, quoi qu'on en dise !... Sa façon de faire la guerre est très exactement la description du monde qu'il voudrait voir demain. Comme il traite l'Anglais il voudrait que le seigneur traite le paysan, le négociant son employé et l'homme sa femme. C'est évident, c'est comme un langage, un langage des plus clairs !... Valencey d'Adana porte en lui la révolution comme l'orage porte la foudre. Oh, il ne le sait peut-être pas lui-même mais dans son monde, je n'ai plus ma place. Mais ouvrez donc les yeux : ses combats et comme il les mène, c'est le miroir du monde auquel il aspire. C'est la philosophie dangereuse de l'*Encyclopédie* au service de l'art militaire. Oui, il est dangereux, très dangereux. Et puis il gêne, il me gêne, il gêne nos ennemis, il gêne... il gêne en général !

La colère retombant, Louis XVI haussa les épaules.

– J'ordonne : à son arrivée en France, Valencey d'Adana sera mis aux arrêts et conduit à la Bastille où il demeurera au secret absolu. J'ordonne, que partent des courriers pour que ce capitaine indigne rejoigne au plus tôt la France. J'exige, que soit entièrement ôtée et grattée la peinture rouge de *La Terpsichore* et cela, immédiatement, où qu'elle se trouve. Enfin, qu'on dise une messe à Notre-Dame pour les victimes de cette *Sweet Princess*, toutes ces femmes, enfants, blessés et malades. J'ai dit !...

37

Le vent fondait sur les vaisseaux en de longs hurlements et ceux-ci, sous un ciel aussi noir que la suie, luttaient pour leur survie.

Ainsi en était-il du *Hood* et du *Hornet*, à présent séparés l'un de l'autre et trop malmenés pour se prêter assistance. A fortiori, comme bien on l'imagine, les deux vaisseaux lourds avaient perdu tout contact avec le *Honey Bee*, en proie aux plus grandes difficultés depuis la charge désespérée des deux frégates et de la corvette française qui, y laissant la vie, n'en avaient pas moins causé de graves avaries dans la mâture de « l'ogre ».

Seule la corvette *Morning Star*, et pareille action n'était pas sans grand mérite, tentait par des aller-retour de plus en plus périlleux de conserver une liaison entre les trois mastodontes.

Mais si ces quatre vaisseaux anglais ignoraient tout d'une présence française, au reste inimaginable en raison du temps détestable, la réciproque n'était point. Cependant, la chance ne souriait point aux Français et, bien que les distances entre eux ne fussent point considérables, un premier pigeon avait été perdu, plaqué à la mer de laquelle le malheureux animal n'avait pu s'arracher.

Valencey d'Adana en fit préparer un second, lui aussi spécialisé dans les liaisons courtes car, si certains pigeons avaient été dressés à retrouver la terre de France, d'autres, n'ayant point la robustesse des premiers, se contentaient de porter des messages depuis *La Terpsichore* vers la *Betelgeuse* ou *L'Argonaute*.

Cette fois, la mission réussit et Valencey d'Adana entama l'exécution de son plan. C'était là chose bien ambitieuse car le vent redoublait de violence, le ciel semblait un trou noir et la mer, de grosse, passait à cet état qui précède le déchaînement le plus furieux.

Tout se jouait sur la surprise... et la première victime en fut la corvette anglaise *Morning Star*. À la stupéfaction de son capitaine, elle se vit talonner bientôt par une corvette française, la *Betelgeuse*, dont le mordant mit d'emblée en état d'infériorité les officiers et marins anglais.

Le capitaine de *Morning Star*, sagement, misa sur la vitesse bien connue de son navire car s'échappant, pensait-il, il trouverait le temps de la réflexion sur la conduite à tenir. Mais à sa grande surprise, et bien qu'il jouât habilement de sa voilure, la *Betelgeuse* se révélait infiniment plus rapide, approchant si près qu'elle lui dictait pratiquement sa route, la seule qui puisse éviter la collision.

Puis, brusquement, au risque de rompre ses mâts, la *Betelgeuse* vira de manière très serrée tandis qu'effaré, le capitaine anglais découvrait devant sa proue un véritable mur, rien moins qu'une frégate et un gros navire auxiliaire.

Il tint alors la seule conduite qui parût possible, mais qui signa son arrêt de mort : craignant de s'écraser, il vira de bord. Se faisant, alors qu'il se présentait jusqu'ici par la proue, il offrit ses flancs. Les dizaines de canons de *La Terpsichore* et de *L'Argonaute* firent feu en même temps et le tir fut si précis que la corvette anglaise sembla tituber pendant une trentaine de secondes avant de s'enfoncer par l'arrière et de disparaître à jamais.

Les trois « ogres », qui l'ignoraient, venaient de perdre leur guide, leurs yeux, leur poisson-pilote.

Sans un mot pour *Morning Star*, sans qu'un trait de son visage exprimât sa profonde émotion, Valencey d'Adana ordonna un nouveau cap.

Mahé, qui se trouvait à ses côtés, et Guillaume de Lamorville, qui venait de commander le tir victorieux des canonniers, échangèrent un regard puis l'ami de toujours s'enhardit :

– C'était donc cela ?

– Rien que cela, Mahé.

Lamorville, plus long à comprendre, réalisa enfin :

– Vous avez raison, capitaine, c'est la *Morning Star* qu'il fallait abattre en premier.

– Précisément, lieutenant. Et je suppose que vous savez pourquoi ?

– La *Morning Star* était le maillon reliant le *Hood* et le *Hornet* au *Honey Bee* en difficulté. À présent, le *Honey Bee* est seul. Et nous allons l'attaquer.

– Vous êtes un excellent officier, Lamorville. Mais le *Honey Bee* demeure un trois-ponts de cent dix canons et mille deux cents hommes d'équipage. Regagnez vos batteries, lieutenant, et que Dieu nous garde. Dieu ou le diable.

Bien qu'il fût franc-maçon, Lamorville se signa avant de regagner les profondeurs de *La Terpsichore*.

Le commandant du *Honey Bee*, en longue chemise de nuit, regardait avec mépris l'officier de quart trempé qui venait d'oser le réveiller. Très infatué de lui-même, il avait sur les gens et les choses des idées définitivement arrêtées.

– Vous divaguez, mon pauvre ami !... Répétez-moi cela ?

– Lueurs d'artillerie, Votre Seigneurie. Lointaines, mais aperçues par plusieurs hommes de quart.

– Dont vous-même ?

– Pas moi, Votre Seigneurie. L'attaque aurait été brève, une seule salve. Plusieurs hommes l'ont juré.

– Juré !... Juré !... Ils jurent bien trop !... Et ce tir aurait été dirigé contre nous ?

– Non, Votre Seigneurie.

Surpris, le commandant du *Honey Bee* regarda l'officier de la tête aux pieds.

– Les Français, avec ce vent déchaîné et la tempête qui arrive, tireraient donc sur les poissons ?

– On l'ignore, Votre Seigneurie. Mais la *Morning Star* n'a pas réapparu.

L'aristocrate anglais réfléchit un court instant. Il était assez bon marin et dans sa longue – peut-être trop longue... – carrière, il avait vu bien des choses étranges. Mais là, tout de même !... Il hésita. Le commandement du *Honey Bee*, un des trois fleurons de la Royal Navy, constituait un grand honneur et si l'existence de ces trois vaisseaux était tenue secrète, elle ne le serait plus après la victoire sur les Franco-Hispano-Américains. Viendrait alors une pluie d'honneurs et de récompenses.

« Non, se dit-il, la chose est impossible. »

Les Français venaient de se faire étriller, perdant deux frégates et une corvette ainsi que plusieurs navires de commerce ou de transport, aussi devaient-ils plutôt lécher leurs plaies.

Il secoua négativement la tête et, d'un ton cassant :

– Faites mettre ces hommes aux fers : ils ont bu. Qu'on les remplace. Vérifiez que l'équipe de quart est en état d'assurer son service correctement. Et laissez-moi dormir. C'est tout.

Il alla se recoucher de méchante humeur. Déjà, ces graves problèmes avec les mâts le contrariaient, il n'était point besoin d'évoquer des vaisseaux fantômes.

Seul, il répéta :

– Un vaisseau fantôme...

Un instant, il songea à *La Terpsichore*... puis haussa les épaules.

Escorté d'hommes armés, l'officier de quart fit aligner devant lui les six marins qui affirmaient avoir vu les lueurs d'un tir d'artillerie.

Par malchance, il les connaissait tous et savait donc leur sérieux. L'un d'eux, originaire de Sunderland, était connu tel un buveur d'eau invétéré, même à terre.

Patiemment, il leur demanda de répéter leur récit, ce qu'ils firent bien volontiers. Seul variait, selon les versions, le nombre de canons estimé, allant de trente à soixante. Mais pour le reste, l'accord était parfait.

L'officier demanda alors à chacun de lui souffler son haleine au visage mais il n'y décela pas la moindre trace d'alcool.

Assez gêné, il ordonna qu'ils fussent sur-le-champ mis aux fers mais les protestations de bonne foi des marins pesèrent lourdement sur son cœur en proie au doute.

Son instinct l'assurait que ces hommes disaient la vérité, son sens de la hiérarchie et l'estime qu'il portait malgré tout au commandant l'incitaient à n'en rien croire.

Déchirée, sa pauvre âme hésitait.

Quelle conduite tenir ?... Prendre tous les risques en faisant réveiller les canonniers et doubler les hommes de quart ?... C'était briser sa carrière car le commandant, l'apprenant dès le lendemain matin, interpréterait cette attitude comme un désaveu.

Il soupira. Et prit son parti : le *Honey Bee*, quoi qu'il arrive, était de taille à se défendre. Quant à lui, on ne pourrait rien lui reprocher.

Et puis qui sait si cette fugitive lueur n'était pas un éclair isolé ?... Avec ce vent qui hurlait...

38

Elle demeurait seule, une fois encore.

Son ami Nicolas de Refroicourt, comte de Blacfort, s'en était retourné à Paris où elle lui avait donné pour impérieuse mission de contrer en tous lieux les effets délétères du brûlot anglais. Au reste, Nicolas semblait ne demander que cela, l'ayant assurée qu'il ne songeait pas un instant que Valencey d'Adana eût failli à l'honneur mais qu'il chancelait devant la monstruosité de la diffamation tant parfois la seule vérité paraît une arme dérisoire en sa simplicité.

Lui ayant fait jurer, bien qu'il résistât, qu'il ne se battrait pas en duel pour l'honneur de Joachim, elle le regarda partir et agita la main lorsqu'il se retourna à demi sur sa selle, puis elle regagna son château si désespérément vide.

Une forme de joie lui venait de se battre ainsi pour un homme qui ne pouvait accepter son amour comme si son désintéressement donnait à sa passion un caractère plus profond encore.

Elle caressa machinalement la tête blanchie du vieux chien de tante Aglaé venu se frotter contre ses jambes.

Puis, certaine de ses sentiments, elle réaffirma son espérance qui si souvente fois lui paraissait pure folie en se persuadant que l'amour est une chose magique qui se nourrit de flux secrets dont l'un, au moins, est ce que l'on entreprend de généreux pour l'autre... sans espoir de retour.

Mais l'effet dura peu et s'estompa quand vint la chute du jour, cet instant angoissant où la nuit prend possession des campagnes et qu'en l'orée des forêts, les loups commencent à hurler.

Insensiblement, elle glissa vers la mélancolie, souhaitant que passent vite les années, emportant sa jeunesse. Et, que vieillie et plus seule que jamais, elle fût enfin guérie de ce mal qui lui rongeait l'âme et le cœur : l'espoir.

Le *Honey Bee*, sans méfiance, sûr de son invincibilité, brillait dans la nuit et sur les flots sombres.

À force de travail et d'ingéniosité mais au prix de quelques chutes mortelles, les Anglais étaient parvenus à consolider une partie de la mâture brisée. En outre, avec sagesse, ils avaient grandement diminué la voilure. Ainsi, si la vitesse s'en trouvait considérablement réduite, au moins les Anglais avaient-ils l'assurance de ne point « casser du bois » une fois encore sous les rafales d'un vent dément.

Après tous les efforts fournis, l'heure était à la détente et les marins, sans inquiétude, n'économisaient pas les lanternes si bien qu'en la noirceur du ciel et de la mer le *Honey Bee* semblait un lustre de cristal allumé lors d'une grande soirée à Versailles.

L'attaque éclair des Français avait été très soigneusement préparée par Valencey d'Adana et son brillant état-major, consulté, avait approuvé ce plan audacieux en proposant des suggestions de détails.

Une fois encore, le commandant de *La Terpsichore* insistait sur l'essence de l'opération : il fallait tout miser sur la vitesse et la surprise conjuguées à la violence d'une attaque combinée des trois vaisseaux du royaume des lys.

La nuit était fort avancée. À ce point, même, que Valencey d'Adana fut un instant tenté de reporter l'attaque de vingt-quatre heures, craignant d'être surpris par l'aube. Cependant, chaque homme affichait une telle détermination qu'il lui apparut bientôt qu'il eût été désastreux pour le moral des siens de différer le combat avec « l'Ogre ».

La Terpsichore attaqua la première. Prenant de grands risques, la frégate longea le bâbord du trois-ponts, progressant si vite et si près, quand le *Honey Bee* se traînait, que les Anglais de quart sursautèrent : ils pouvaient voir les Français dans les yeux.

Incrédules, certains entendirent clairement les ordres criés sur la « frégate fantôme » :

– Paré à lancer !...

– Lancez !...

Terrorisés, paralysés, mais pour la plupart clairvoyants, ils virent venir vers eux un « requin à poudre », terrible silhouette grise à aileron dorsal nageant entre deux eaux...

Un quartier-maître allait sonner la cloche d'alarme lorsque le vaisseau lourd eut comme un hoquet, semblant un instant se cabrer sous un coup de boutoir. Une puissante explosion secoua longuement le navire frémissant mais son équipage n'eut pas le temps de réagir : *La Terpsichore* faisait feu de tous ses canons tribord visant les batteries anglaises, la barre, les chambres d'officiers, bref, tous les organes vitaux de « l'Ogre ».

Moins d'une minute plus tard, un second navire français qui paraissait un navire de guerre auxiliaire venu du transport fit feu à son tour avec trente canons sur les mêmes cibles.

Enfin, presque en la même foulée, une corvette française déclencha elle aussi un tir d'une dizaine de pièces, s'acharnant sur l'artillerie du *Honey Bee*.

Des canonniers anglais, mal réveillés, prirent leurs postes pour constater que les trois navires français avaient disparu, évaporés dans la nuit noire.

Des cales montaient des hurlements de douleur et des vociférations, ordres et contrordres s'annihilaient. Le bateau, alourdi par l'énorme voie d'eau, répondait mal à la barre mais la formidable machine de guerre anglaise semblait en mesure de supporter le coup.

Le commandant, demi-habillé, était monté sur le pont tandis que ses officiers le rejoignaient en courant dans un certain affolement, sautant par-dessus les débris et les morts.

Énervé, celui qui présidait aux destinées de près de mille deux cents hommes lança sèchement ses ordres :

– Rapport immédiat et précis sur... l'avarie. Qu'on remette les batteries bâbord en état, faites passer des canons d'un bord à l'autre si nécessaire !... Éteignez les lanternes inutiles, masquez les autres !... Doublez les équipes aux pompes !... Qu'on ne perde pas de temps avec les blessés !... Tous les tireurs sur le pont, que des équipes jettent les débris à la mer et qu'on prépare l'artillerie légère !... Je veux un rapport toutes les dix minutes !... Allons, messieurs, reprenez-vous : les puces ne peuvent rien contre les éléphants.

– L'imbécile !... maugréa un officier dans le désordre de la dispersion.

Le pari était risqué, la cible étroite : jamais encore la machine infernale de *La Terpsichore* n'avait eu à viser surface si petite. En effet, perpendiculaire à la route de la frégate française, la poupe quoique dodue du *Honey Bee* n'apparaîtrait que quelques secondes aux pointeurs du « requin à poudre » : la frégate passerait vite, on aurait un instant pour tirer dans l'arrière de « l'Ogre ».

– Lancez !... hurla Valencey d'Adana alors que l'équipage, presque unanime, eût attendu encore quelques secondes.

C'était un tir très personnel, seul le responsable d'une telle opération pouvait apprécier les risques, comme il semblait évident qu'il devrait assumer seul la responsabilité du résultat.

Aux connaissances scientifiques de Valencey d'Adana s'ajoutaient l'instinct et bien entendu l'expérience des tirs précédents. En ces circonstances, ce qui était vérité un instant ne l'était plus la seconde d'après, et cela engendrait une certaine tension : l'ordre du capitaine devant être immédiatement exécuté.

Dans sa solitude, Valencey d'Adana tenait une conviction profonde forgée à partir de l'état de la mer, la vitesse du « requin à poudre », celle des vents et enfin le cap et la vitesse du *Honey Bee*.

L'arrière de l'énorme trois-ponts parut se soulever quelques instants puis les canonniers de *La Terpsichore* firent feu. Bientôt il en fut de même des deux autres vaisseaux français. Les excellents canonniers de *L'Argonaute* et la *Betelgeuse* s'acharnèrent sur cette poupe richement décorée de dorures mais très vulnérable.

Une telle concentration de boulets sur une si petite surface, s'agissant en outre d'une canonnade presque à bout portant, eut un résultat dévastateur : l'arrière du *Honey Bee*, déchiqueté, n'était plus qu'un amas de bois éclatés et de chairs humaines éparpillées.

En outre, comme bien on l'imagine pour le centre du vaisseau gravement touché, là encore « le requin à poudre » venait de créer sous la ligne de flottaison un trou béant de presque un mètre cinquante de diamètre.

Le gouvernail, visé en premier lieu, n'existait plus. Pareillement, le commandant du *Honey Bee* avait été tué avec la plus grande partie de son état-major.

Ignorant les acclamations et les cris de victoire de ses quelque deux cents officiers, marins et soldats, Valencey d'Adana, visage impénétrable, lança d'une voix neutre :

– Route à l'est. Nous nous éloignons mais nous restons à vue. *L'Argonaute* se tiendra davantage en retrait.

L'enseigne Bernardin des Essarts, marquis de La Mellerie, s'empressa d'aller porter les ordres tandis que Campagne-Ampillac s'approchait de son ami, ce que voyant, les autres officiers s'éloignèrent discrètement.

– Tu crois que le *Honey Bee* peut supporter des chocs pareils ?

– C'est un trois-ponts magnifique, très résistant.

Mahé se fit plus précis :

– Joachim, c'est ton sentiment que je te demande.

– Comment saurais-je ?

Mahé sourit.

– Parce que tu es notre meilleur capitaine, en outre ingénieur et architecte naval. Toi, tu sais si « l'Ogre » peut survivre à deux « requins à poudre », comme disent les Anglais.

– Dis-moi d'abord ce que tu penses, que je juge où tu en es.

– Joachim, il va survivre. Les trois-ponts coulent rarement. Ai-je raison ?

– Non, tu as tort. Il va couler. J'ai conçu le « requin à poudre », au reste amélioré par M. Ly et Gunnar Nordgren, de sorte qu'une blessure soit fatale : le

Honey Bee en compte une par le milieu, l'autre à la poupe. Il est déjà mort.

– Ce... Ce que nous avons fait suffira ?

– Les impacts, pense aux impacts. Nul ne peut boucher pareils trous sous la ligne de flottaison. Imagines-tu le débit d'eau à la minute, l'as-tu calculé ?... C'est vertigineux !... Et toute cette eau noie les cales, monte de plus en plus, envahira le pont le plus inférieur et celui-ci inondé, ce sera au tour des autres... jusqu'à la fin.

Il réfléchit et ajouta :

– Compte tenu de la taille de ce navire, de son volume et de sa résistance, ce sera plus long que d'habitude. Une interminable agonie à laquelle je préférerais ne pas assister.

– Mais Joachim, nous devons savoir, il faut rendre compte...

Un pli de contrariété contracta la bouche du commandant de *La Terpsichore*.

– Rendre compte ?... À qui ?... Le roi ?... Cette reine frivole ?... La Cour où l'on en parlera une demi-journée avant de passer à autre chose et oublier ?

À l'amertume succéda une certaine véhémence :

– Mahé, ils n'ont aucune imagination, ils ne savent rien de la souffrance des hommes, de ceux qui finissent dans les cales noyés comme des rats, des blessés qui hurlent et dont on n'a pas le temps de s'occuper. Leur dire, à eux ?

Mahé cherchait que répondre lorsque, suivant le regard de son ami, il vit une lueur qui blanchissait l'horizon : l'aube se levait...

39

Le duc de Castries comprit que cette fois, Valencey d'Adana ne s'en tirerait pas.

Il n'était pas question d'un de ces caprices royaux que les souverains oublient dès lors que se présente une affaire plus sérieuse. Il s'agissait là d'une réelle obsession et Louis XVI entendait que les choses fussent conclues au plus vite soit, en un tout autre langage, que le capitaine de *La Terpsichore* devienne rapidement pensionnaire de la cellule qu'on tenait prête pour lui à la Bastille. Mode de détention : au secret. Traitement : régime dur, c'est-à-dire chaînes aux poignets et aux chevilles.

Louis XVI s'était d'abord emporté sur le temps qu'on mettait à joindre *La Terpsichore*. Il connaissait tous les relais sur l'Atlantique entre frégates rapides et pigeons allant de l'une à l'autre : tenter de l'abuser sur ce point eût été aussi vain que dangereux.

Puis il avertit :

– Qu'il n'existe aucun malentendu, Castries : si Valencey d'Adana tarde à se présenter, le verdict sera plus dur. S'il fuit, c'est la confiscation de tous ses biens tandis que la peine de mort sera prononcée.

C'est à peu près à cet instant que le ministre de la Marine comprit réellement que la colère du roi avait d'autres motifs que l'affaire de la *Sweet Princess* d'autant que, concernant celle-ci, on ne disposait jusqu'à présent que de la version anglaise, c'est-à-dire celle de l'ennemi. Le roi ne parlait pas même de faire entendre à leur retour les officiers de *La Terpsichore*, la *Betelgeuse* et *L'Argonaute*.

Pensif, le duc de Castries songea qu'il s'agissait alors de punir un grand aristocrate assez désinvolte dans sa manière mais les Valencey d'Adana n'avaient-ils pas toujours agi de la sorte ?... Et dès avant les Bourbons, avec les Valois eux-mêmes ?... Et jusqu'ici les rois de France n'étaient-ils pas passés sur ce petit désagrément eu égard au fait que les princes d'Adana étaient toujours des officiers exemplaires ?... À quoi s'ajoutait que, s'ils se montraient ombrageux, cela avait pour contrepartie et avantage qu'ils n'encombraient jamais la Cour où se trouvait déjà trop de monde, ni n'assiégeaient leur roi de demandes d'avantages et d'incessantes suppliques pour augmenter leurs profits.

Pourquoi ne pas accepter Valencey d'Adana avec ses menus défauts et ses immenses qualités ?... Eh bien, il ne ressemblait à personne, insolent avec les puissants, attentif avec les faibles : était-ce donc si grave ?

Le duc de Castries revit en ses souvenirs la dernière visite de Valencey d'Adana à Versailles... Cette façon qui fut la sienne de traverser la grande galerie dans son bel uniforme en ne regardant que la nuque de l'officier de la Maison du roi qui le menait !... Quel rare comportement que cette indifférence aux regards admiratifs des hommes et à ceux, troublés, des femmes !

Le ministre eut une soudaine révélation : « Oublions que tu es roi et moi duc et d'homme à homme, Louis, tu es tout simplement jaloux !... Oh, combien c'est indigne d'un souverain ! »

En revanche, cela étant acquis, le roi l'avait ébranlé sur la « guerre révolutionnaire » du prince, vitrine d'un nouveau monde.

Tout à ses pensées, Castries n'avait point remarqué comme le roi l'observait avec intensité, tel que s'il venait d'entendre ces pensées intérieures.

Louis XVI ajouta sèchement :

– Il nous faut faire un exemple avec le parti des Insurgents. Ce sera Valencey d'Adana. C'est tout, Castries.

Bien loin de là, entre Amérique et Antilles, trop occupé avec la fin du *Honey Bee*, Valencey d'Adana ignorait qu'on le voulait jeter en prison.

C'était l'instant ultime.

La proue surélevée, le vaisseau lourd s'enfonçait lentement par l'arrière. Par pavillons, on avait signalé à *L'Argonaute* qu'il eût à se rapprocher au plus près de *La Terpsichore* et de la *Betelgeuse*. À présent, les équipages des trois navires français s'apprêtaient à recueillir les survivants.

Valencey d'Adana observa les marins anglais lesquels, par centaines, sautaient à la mer et nageaient avec frénésie pour ne pas être aspirés par l'énorme navire s'enfonçant vers le fond.

Le capitaine français se trouvait confronté à un double problème.

Tout d'abord, entre ceux, assez rares, qui avaient trouvé place dans quelques chaloupes et ceux qui nageaient, il estimait à près d'un millier le nombre de survivants : où allait-il les mettre ?... Et au prix de quels dangers : c'était bien davantage de prisonniers que les équipages réunis des trois vaisseaux français qui les capturaient !

Autre sujet d'inquiétude, la soudaine présence d'un navire de guerre français, le *Phénicien*. Il s'agissait d'une belle frégate d'un modèle très récent.

Par signaux, Valencey d'Adana lui avait demandé d'approcher mais, très curieusement, l'avance du *Phénicien* fut légère, comme si le capitaine de ce navire entendait simplement assister aux opérations de sauvetage sans y participer lui-même.

Déçu, et tentant de réprimer la colère qui lui venait devant un comportement si peu compatible avec les traditions chevaleresques de la marine française, Valencey d'Adana décida d'ignorer l'étrange frégate laquelle, bien inutilement, avait déclenché le branle-bas de combat alors que ses canonniers n'avaient aucun vaisseau sur lequel ouvrir le feu puisque le *Honey Bee* agonisait.

Mahé saisit le bras de Joachim.

– Cette fois, c'est la bonne !... dit-il d'une voix angoissée.

– Ce n'est pas ce dont je suis le plus fier lors d'un combat !... répondit Valencey d'Adana si bas que son ami ne l'entendit pas même.

Comme s'il cherchait à se rassurer, Campagne-Ampillac ajouta :

– Dans ces mers chaudes, les Anglais peuvent survivre plus longtemps et nous...

La proue du lourd trois-ponts se dressa tout soudainement, révélant une partie de sa coque, puis il s'enfonça rapidement, entraînant une centaine d'hommes avec lui, littéralement aspirés.

Mais les officiers et marins de *La Terpsichore* n'eurent point le temps de contempler plus avant le fascinant spectacle des terribles remous car Valencey d'Adana hurla :

– Aux armes !... Les fusiliers de marine sur le pont, armez les fusils !... Mettez les chaloupes à la mer !... Communiquez ces ordres à la *Betelgeuse* et à *L'Argonaute* !... Exécution, plus vite !

Campagne-Ampillac, stupéfait et, ne sachant où voulait en venir son ami, murmura :

– Mais Joachim, je ne comprends...

– Là !... Tu comprends, maintenant ?... coupa Valencey d'Adana.

D'un doigt impérieux, il désigna deux ailerons de requins. On en vit bientôt cinq, dix, cinquante...

Le *Phénicien* lui-même s'était approché pour participer à cette lutte inattendue où chaque seconde valait une vie. De tous les ponts des navires français, c'était un feu roulant sur les requins dans l'espoir de sauver des vies anglaises. On tirait depuis les haubans, Mayas et Bravos envoyaient flèche sur flèche, la mer était rouge. On lançait des dizaines de filins, des cordes et des échelles aux Anglais, on vidait les chaloupes pleines de rescapés pour les renvoyer au plus vite sans penser à jeter les « prisonniers » anglais à la cale. Plus grave, impensable, contraire à toutes les lois de la guerre, Valencey d'Adana faisait armer les Anglais trempés afin qu'ils participent par leurs tirs, côte à côte avec leurs « ennemis » et « geôliers » français, au grand sauvetage des hommes de la Royal Navy...

Les requins arrivaient toujours plus nombreux, par centaines en ces mers chaudes mais, par chance, les Français tiraient bien et déjà trois cents Anglais les épaulaient. Les requins, peu regardants, dévoraient également ceux des leurs qui se trouvaient morts ou blessés, pourvu qu'ils saignent.

La situation se retournait. Ayant gagné les haubans supérieurs, les tireurs d'élite et les soldats noirs du sergent Hyppolite faisaient mouche à tous les coups. Sur les quatre navires, des centaines de bras français et anglais hissaient les rescapés : à certains, il manquait un pied, un bras, une jambe coupés par les extraordinaires mâchoires des squales.

À la surprise générale, on entendit alors deux salves formidables : le *Hood* et le *Hornet* arrivaient toutes voiles dehors, bien décidés à envoyer par le fond un tel rassemblement de navires français.

Pour tous, il fallait fuir, abandonner les malheureux qui imploraient...

Officiers, marins et Anglais s'immobilisèrent bientôt en regardant Valencey d'Adana qui hissait sur le pont, en le tirant par le col de sa vareuse, un tout jeune lieutenant britannique.

Le jeune homme s'effondra à quatre pattes sur le pont, ruisselant d'eau puis, à genoux, il leva les yeux vers le commandant de *La Terpsichore* et dit dans un mauvais français :

– Dieu vous garde, Sir !

Inquiet du brusque silence, Valencey d'Adana remarqua tous ces hommes immobiles et comprit leur muette question.

Son regard balaya le *Hood* et le *Hornet*, mais il n'hésita pas :

– Tant pis, nous continuons !

Bien qu'ils fussent encore hors de portée, le *Hood* et le *Hornet* envoyèrent deux nouvelles bordées triomphantes.

Un officier supérieur anglais souffla à Lamorville :

– Mais c'est impossible, le *Hood* et le *Hornet* ne peuvent pas faire ça...

Guillaume de Lamorville qui, une main sur la

hanche, tirait au pistolet avec adresse et élégance sur les requins, répondit :

– Le pensez-vous vraiment, *dear old friend* ?

L'Anglais baissa la tête.

40

Janvier 1781...

L'abbé de Bérégère, pensif, regardait les braises dans la cheminée. Il se leva en soupirant, jeta dans l'âtre une brassée de petit bois sec et, plus grosse, une bûche odorante de bois de pommier.

Cinquième fils d'un baron des Charentes, il avait choisi les ordres avec une foi mitigée mais, au long des années, exerçant son ministère dans un village très pauvre circonvoisin de Ruffec, sa croyance en Dieu s'était affermie.

Aujourd'hui, il éprouvait le sentiment que toutes ces années écoulées avaient passé en un souffle, à peine le temps d'un soupir : messes, naissances, enterrements...

Il se sentait abandonné, surtout depuis la mort du général Valencey d'Adana, le seul ami qu'il eût jamais.

– Ce n'était pourtant pas un chrétien exemplaire, il s'en fallait de beaucoup !... dit-il pour lui seul dans un demi-sourire.

Il n'empêche, comme l'amour, l'amitié emprunte parfois de bien tortueux chemins.

Certes, ses paroissiens l'aimaient et le respectaient mais aucun d'eux, malheureux paysans sans éducation, n'était capable de soutenir une conversation comme le feu général.

– Avec quelle mauvaise foi, bien souvent !...

ajouta-t-il d'une voix où perçaient une grande indulgence et un petit rien de nostalgie.

L'abbé frissonna. La nuit était froide et humide. Il ne se sentait pas bien, en proie à un sentiment indéfinissable où se mêlaient l'ennui, l'appréhension et la lassitude.

Il avait pourtant avalé bien peu de choses et ne souffrait pas de mauvaise digestion. Un souper très simple, pareil à celui des paysans dans leurs chaumières : une soupe de patates et de poireaux dans laquelle surnageaient de rares morceaux de lard, du pain de seigle et quelques châtaignes. Repas arrosé de l'eau du puits.

Il frissonna.

– Ah, ce temps désagréable !

Le mois de janvier 1781 offrait de bien peu réjouissants contrastes car on passait d'un froid sec et glacé à d'interminables jours de pluie qui détrempaient les chemins.

L'abbé de Bérégère voulut reprendre le fil de ses pensées mais le cœur n'y était plus et le souvenir du général s'estompait. Restait le fils, Joachim...

– Quel merveilleux garçon... Mais d'un compliqué !

Lors de sa récente et trop brève visite, le capitaine de vaisseau Valencey d'Adana – qu'il baptisa à sa naissance – n'avait pas eu le temps de le venir embrasser mais cependant il lui avait fait tenir par son serviteur douze bouteilles de vin de Champagne et d'étranges souliers d'Indien en une matière très souple qui n'était pas de cuir habituel mais s'adaptaient remarquablement aux pieds qu'ils reposaient confortablement.

Outre que l'abbé raffolait du vin de Champagne, très au-dessus de ses moyens, l'intention le touchait.

– Pourtant, il croit encore moins en Dieu que feu son père et plus que lui ne jure que par ces d'Alembert et autres Rousseau ou Voltaire. C'est en pensant ainsi qu'on se retrouve à faire cette folle guerre d'Amérique !

Il eût aimé mettre quelque conviction dans ses paroles mais le cœur n'y était pas. Au fond, il était fier de Joachim en cela qu'il n'avait jamais rien trahi. Enfant, déjà, et bien davantage que ses inséparables amis Mahé et Nicolas, il portait en ses yeux gris-vert l'aventure et les lointains voyages.

Une vie, enfin une, qui avait un sens !... Mais lequel ?... Plus de Dieu, plus de roi, c'était beaucoup à la fois pour un Valencey d'Adana et le garçon s'en était trouvé totalement ébranlé sans qu'il puisse l'aider.

À quoi s'ajoutait...

Le vieil homme secoua la tête. Il songea à Victoire si seule dans son château, et pourtant... Quoique promis, ou engagé, avec Pauline, c'est auprès de Victoire, les trois ou quatre fois qu'il les vit côte à côte, que le jeune homme semblait épanoui comme elle l'était elle aussi. Aveugle ou fol, qui ne voyait pas combien s'aimaient ces deux-là !

Dehors, le vent redoublait de violence. Les arbres craquaient. Ce temps pluvieux durait depuis trois jours, exactement depuis l'Épiphanie. La vieille chouette qui logeait en une cavité d'un chêne tout proche lança un cri qui marquait sa mauvaise humeur devant ce temps maussade.

La tête de l'abbé inclinait par instants vers le sol et il se résolvait enfin à s'en aller coucher lorsque la porte d'entrée du presbytère claqua avec violence.

Stupéfait, le vieil ecclésiastique se leva en se retournant et faillit s'évanouir tant de surprise que de terreur.

Un homme richement vêtu lui faisait face. Mais plusieurs choses paraissaient assez extraordinaires dans son aspect.

Ainsi, ce visiteur du soir avait une tête de sanglier.

En outre, il tenait solidement une hache des deux mains, comme s'il voulait en découdre.

Enroulé autour du poignet, un chapelet dont les grains d'ivoire sculptés étaient formés de têtes de mort. Au côté, une épée noire dont la poignée évoquait un entremêlement d'os et dont l'extrémité du manche s'achevait par un crâne aux orbites vides.

Même sa voix semblait irréelle :

– Et voilà, la farce tragique de l'existence s'achève et ton Dieu t'attend sur l'instant. Tu étais au mieux avec les princes d'Adana, le père comme le fils. Tu apprendras donc, quoiqu'un peu tard, ce qu'il en coûte d'entretenir de si dangereuses amitiés.

Il leva la hache à l'instant où la chouette poussa un nouveau cri, plus long que d'habitude, comme si elle disait adieu à son très ancien voisin...

Bien que fût évident le sens de la présence française en un lieu où des centaines d'hommes, à la mer, se faisaient dévorer par des requins, il sembla à beaucoup que l'amiral Neville Stillwood choisissait délibérément de n'en point tenir compte.

En effet, le *Hood* et le *Hornet* allaient droit sur les lieux du naufrage et, pour bien afficher leurs intentions belliqueuses, leurs canonniers faisaient feu à intervalles réguliers.

Cependant, ce qui au début semblait de simples tirs d'intimidation devenait un réel danger. À preuve, les gerbes d'écume soulevées par les boulets étaient de plus en plus proches.

Déjà, le navire *Phénicien*, sur lequel flottaient les fleurs de lys, s'apprêtait à fuir...

Prenant la mesure de la situation, et souhaitant en conserver la maîtrise, Valencey d'Adana donnait ses ordres par porte-voix et pavillons. Ces consignes s'adressaient au *Phénicien* et à *L'Argonaute* lequel, moins rapide, ne pouvait prendre le risque de s'attarder davantage :

– Repliez-vous !... Abandonnez tous les canots vides aux naufragés !... Jetez par-dessus bord les planches et tous objets flottants où l'on puisse se hisser !...

Ainsi fut-il fait et bientôt, seules la frégate *Terpsichore* et la fine corvette *Betelgeuse* demeuraient sur les lieux du carnage.

Anticipant l'instant inévitable où les deux vaisseaux français devraient à leur tour décrocher, on jetait, depuis ces bâtiments, tout ce qui pourrait constituer un frêle esquif, les spécialistes des cordages et leurs aides allant jusqu'à lier ensemble les planches de sorte que les survivants puissent se hisser sur ces radeaux de fortune afin d'échapper aux squales. Pendant ce temps, des marins et soldats anglais, trempés, alourdis et épuisés continuaient de monter sur les navires français. Indépendamment de tout cela, les tireurs d'élite poursuivaient leurs tirs diaboliquement précis sur les prédateurs dont ils faisaient un carnage mais ceux-ci, grisés par le sang des hommes et des bêtes, paraissaient fous. Les tireurs d'élite anglais, qui s'étaient fait connaître, s'étaient joints aux Français sans que la chose souffrît un quelconque débat : d'un regard, Valencey d'Adana avait approuvé.

Puis arriva l'instant où les premiers boulets anglais, rares il est vrai, atteignirent *La Terpsichore* sans que celle-ci, occupée par sa mission de sauvetage, fût en mesure de riposter. Voiles et haubans dégringolèrent sur le pont ainsi que les corps sans vie de plusieurs fusiliers et tireurs d'élite.

Les centaines de marins et soldats anglais sauvés par les Français et qui se trouvaient sur leurs vaisseaux poussèrent alors spontanément un hurlement si indigné qu'il parut rouler sur la mer. Et ces centaines de tuniques rouges qui levaient un poing haineux vers les leurs constituaient un spectacle bouleversant.

Alors, brusquement, le tir des vaisseaux lourds de George III cessa complètement.

Depuis la passerelle du *Hood*, l'ordre de cesser le feu fut communiqué au *Hornet* : l'amiral Stillwood venait de comprendre la situation dans toute sa complexité.

Le visage défait, livide, il baissa sa lunette d'approche en disant à ses officiers :

– Mon Dieu, qu'ai-je fait ?

Mais il se ressaisit aussitôt, fit mettre toutes les chaloupes à la mer et ordonna :

– Communiquez aux Français : *« Nous cessons le feu. Prenons votre relève. Vous pouvez quitter les lieux en sécurité. Amiral Stillwood à commandant de* La Terpsichore : *commandant, je n'oublierai jamais cela ! »*

Bientôt, on vit ce spectacle que ni le roi d'Angleterre ni le roi de France n'auraient supporté mais qui sembla naturel à tous les marins : *La Terpsichore* et la *Betelgeuse* se retirèrent quelques instants avant que les vaisseaux lourds *Hood* et *Hornet* n'occupent exactement leur place.

Stillwood regarda longtemps les deux navires français qui prenaient le vent puis, se tournant vers ses officiers :

– Messieurs, il est des fois, à la guerre, où c'est l'adversaire qui vous grandit.

41

Plusieurs heures s'étaient écoulées depuis le naufrage du *Honey Bee* et sans jamais venir au contact, ni répondre aux signaux, le *Phénicien*, ostensiblement sur le qui-vive, demeurait à proximité des vaisseaux de Valencey d'Adana.

Celui-ci, finissant par se lasser, réussit une brillante manœuvre au terme de laquelle le *Phénicien* se trouva pris entre *La Terpsichore* et la *Betelgeuse*, infanterie d'assaut déployée sur les ponts.

Sur l'étrange frégate française, le commandant du *Phénicien* choisit de négocier...

Ayant sollicité la plus grande confidentialité, le capitaine du *Phénicien* se trouvait dans la cabine de Valencey d'Adana.

Âgé d'une cinquantaine d'années, le teint rouge brique, l'homme s'appelait Ravanel et, comme un nombre croissant de capitaines de la marine de guerre, il venait de la flotte de commerce.

Tête basse, évitant soigneusement de croiser les yeux gris-vert de son interlocuteur, il exposa les raisons de sa présence ici et c'est peu dire qu'il inspirait grande pitié tant il semblait malheureux d'effectuer pareille mission.

Valencey d'Adana l'écouta sans l'interrompre puis, à la grande surprise de Ravanel, il sourit en disant :

– Si je vous comprends bien, monsieur, je devrais me constituer prisonnier à votre bord, faire immédiatement gratter la peinture et tout abandonner derrière moi ?

– C'est un peu cela, en effet, prince.

Pour une fois, Valencey d'Adana ne crut pas devoir dispenser Ravanel de lui servir ainsi du « prince ».

Il laissa s'installer un pesant silence, s'amusant intérieurement de voir le capitaine Ravanel s'agiter sur son siège comme s'il se trouvait assis sur un lit de braises.

Choisissant soigneusement ses mots, Valencey d'Adana répondit :

– Il ne saurait en être ainsi que vous le dites, monsieur.

– Mais, prince...

Celui-ci l'interrompit d'un geste :

– Ce serait défier toute raison. Je puis cependant vous proposer autre chose étant entendu qu'à l'Amirauté, vous argumenterez que je ne vous l'ai point proposé mais imposé.

Satisfait d'entrevoir une issue à une situation qu'il trouvait atrocement délicate et gênante, Ravanel répondit :

– Vous me trouverez toujours disposé à accepter quelque accommodement, prince, pourvu qu'il ne lèse pas mes intérêts à l'Amirauté.

– Vos paroles ont le mérite d'être claires !... Eh bien voici ce que nous allons faire. À deux jours de mer d'ici se trouve un convoi anglais assez modeste, quatre vaisseaux de commerce escortés d'un navire auxiliaire hâtivement armé. Nous enlèverons le convoi sans coup férir et, après avoir prélevé une partie des vivres et de l'eau nous transborderons les centaines de prisonniers anglais sur ces navires que vous ramènerez à Rochefort. Vous ferez un triomphe, monsieur.

– Mais... Je dois m'assurer de votre personne, prince.

– Je ne crois pas que cela soit possible !... dit Valencey d'Adana en se levant, la main sur la garde de son redoutable sabre.

Ravanel ne crut pas nécessaire d'insister dans cette voie :

– Cela paraît en effet exclu, prince.

Valencey d'Adana se rassit et expliqua très calmement :

– Mes hommes et mes navires sont fatigués. Ce détail ne vous aura peut-être pas échappé qu'après une campagne très éprouvante, nous venons de couler le *Honey Bee* et que c'est la première fois dans l'histoire de la marine qu'une frégate coule un trois-ponts ?

– C'est un exploit magnifique, prince...

Valencey d'Adana l'interrompit de nouveau :

– Là n'est point la question car il se trouve que je suis tout proche de l'endroit que les Anglais nomment mon « repaire ». Je vais donc m'y rendre, remettre mes navires en état, satisfaire une partie de votre mission en faisant gratter jusqu'à la dernière trace de rouge sur *La Terpsichore* et, dans trois semaines, j'arriverai à Brest où les gens du roi pourront s'assurer de ma personne.

Ravanel, qui pensait s'en tirer assez bien, répondit :

– Je transmettrai à l'Amirauté, prince.

– Alors transmettez aussi ceci : l'arme qui fait le succès de *La Terpsichore* aura été démontée et laissée dans ma base du nouveau monde. Ajoutez que je me présenterai après avoir brisé mon sabre : nul, jamais, ne prit l'épée d'un Valencey d'Adana.

Impressionné, Ravanel baissa la tête.

Le commandant de *La Terpsichore* sentait son interlocuteur hésitant. Celui-ci se décida pourtant, posant un livre sur la table en précisant :

– N'en faites pas état, prince, mais... Voyez-vous, vous comptez beaucoup d'amis à l'Amirauté et, afin que vous soyez mieux préparé à ce dont on vous accuse, ils m'ont chargé de vous remettre ce livre qui vous diffame.

– Je vous en remercie, monsieur !... répondit Valencey d'Adana en tentant de mettre quelque chaleur dans sa voix.

Faute de faits accablants, on avait bien dû relâcher, avec une extrême discrétion, Peter Nolan, l'ancien capitaine du *Duke of York*. Cependant, on l'avait honteusement chassé de la Royal Navy, lui interdisant d'approcher tout port militaire et civil et même le littoral. En outre, placé en résidence surveillée, on avait consigné l'officier dans une fermette assez délabrée des Highlands où il s'ennuyait ferme, tandis que la police royale exerçait sur lui une surveillance de tous les instants.

Nolan n'était pas stupide et, ayant agité son problème dans tous les sens, il acquit bientôt une certitude : Valencey d'Adana était à ce point jalousé et haï qu'il ne saurait être question de le gratifier d'une action, fût-elle réelle, qui pouvait rehausser son prestige.

En outre, et bien que Nolan fût étroitement surveillé, un mystérieux officier de marine, qui semblait plutôt un policier ou un espion déguisé, était parvenu à l'entretenir de l'affaire du *Sweet Princess* et du mauvais procédé dont on usait, une fois encore, pour discréditer Valencey d'Adana.

Nolan, bien qu'il acquît rapidement la certitude que son étrange interlocuteur n'avait jamais servi dans la marine, fût-ce une heure, avait cependant dressé l'oreille...

Il se trouva qu'il connaissait l'existence du navire-hôpital *Sweet Princess*, l'ayant croisé dans l'Atlantique Nord. En outre, il connaissait également, bien qu'il l'estimât fort peu, le capitaine Dennis Milford, et savait qu'il commandait le *Furious*.

L'étrange « officier de marine » parti en lui laissant un livre, il se jeta sur la lecture du texte accusateur de Milford.

Dès la première page, il douta. À la seconde, il haussa les épaules. À la troisième, il se trouvait en la certitude qu'il s'agissait d'un faux, d'un monstrueux mensonge relevant de la plus basse propagande de guerre.

Il médita ainsi une journée entière et toute une nuit où il ne put trouver le sommeil, son esprit subissant une étrange dérive.

Ainsi, s'il avait une très grande estime pour Valencey d'Adana, il pensait de lui-même qu'il était bon marin, généreux avec l'adversaire et homme d'honneur. Mais la curiosité qui lui venait, précisément, concernait la similitude de destin les concernant, le prince français et lui. Comme si quelque part, et ce « quelque part » ne pouvait être que l'Amirauté, de petits hommes mesquins et malveillants intriguaient pour déshonorer ou priver de commandement à la mer ceux qui précisément faisaient honneur à la marine.

Dans l'aube grise et pluvieuse, le capitaine Peter Nolan, demi-endormi, se fit un thé en grignotant un biscuit de marine.

Il buvait debout, derrière la fenêtre de la cuisine, lorsque :

– Nom de Dieu !...

Le policier qui se tenait depuis des jours sous le hangar avait disparu. Il posa sa tasse, saisit son tricorne et sortit : tous les policiers s'étaient éclipsés !

Troublé, ne sachant trop que penser, il regagna la cuisine et fut stupéfait d'y découvrir un homme assis posant une tasse de thé en disant :

– Votre thé est absolument exécrable, capitaine Nolan. Si c'est là le seul dont dispose la Royal Navy, il est probable que nous allons perdre cette guerre.

Méfiant, Nolan ne répondit pas, détaillant l'intrus. C'était un homme dans la cinquantaine, de petite taille, assez rond, vêtu d'une redingote grise et d'aspect inoffensif. Du moins le croyait-on jusqu'à l'instant où l'on croisait son regard : quelque chose qui ressemblait à la banquise.

Francis Dawson, puisque c'était lui, ne jugea pas utile de décliner sa qualité de chef des services de renseignements de George III, préférant demeurer assez évasif :

– Peu importe qui je suis, capitaine, ce que j'espère étant de loin plus fondamental.

Intrigué, Nolan tira une chaise et s'assit en face de Dawson en répondant :

– Nous espérons tous bien des choses, monsieur l'inconnu, et sommes la plupart du temps pareillement déçus. Pour votre compte, qu'espérez-vous ?

– Pour moi, absolument rien. Pour la justice, deux choses. La première est qu'on vous restitue votre *Duke of York* et son équipage, vous affectant aux Indes où vous croiserez le fer avec le redoutable M. de Suffren, ce qui vous changera du non moins redoutable prince d'Adana... La seconde, précisément, concerne ce prince, et qu'on lui rende son honneur avant de le tuer... loyalement.

Nolan éprouva quelque peine à masquer son enthousiasme :

– Ah ça, monsieur le mystérieux, on croirait de la pure magie : ces deux choses sont justement celles que je souhaite le plus au monde... Mais comment faire ?

– Avez-vous un ami en Hollande, capitaine ?

– Ma foi non...

– Eh bien vous en avez un !... Aimez-vous adresser de longues lettres à vos amis ?

– Ma foi non...

– Eh bien vous venez de changer brusquement vos goûts.

– Mais enfin, monsieur l'étrange visiteur, où diable voulez-vous en venir ?

Dawson acheva sa tasse de thé en grimaçant et répondit :

– Vous ne pouvez défier ouvertement la censure... mais rien ne vous empêche d'écrire votre histoire à un ami hollandais. Et rien n'empêche cet ami hollandais de trahir votre amitié en publiant à Amsterdam votre récit en langue anglaise. Rien non plus n'empêche que ce récit inonde bientôt l'Angleterre. Ainsi aurez-vous dit la vérité malgré vous.

– C'est fort habile, monsieur mais qui financerait pareil projet ?

– Cela n'est pas de votre ressort. Il s'agit d'éclairer le roi, de montrer qu'on cherche à le tromper.

Fervent monarchiste, Peter Nolan hocha la tête.

– Tout cela est bel et juste mais quel est mon rôle ?

Dawson sourit, ouvrit un sac de cuir et en sortit une liasse de papiers en précisant :

– Ceci est votre histoire, vos officiers y ont travaillé. La vérité y gagnerait si vous pouviez ajouter quelques détails ou anecdotes, les réflexions d'un capitaine, bref, ces petits riens qui donnent un air de vérité à ce genre de récit.

Nolan tendit la main vers les feuillets en disant :

– Si c'est pour le roi...

– Il sera absolument enchanté !... Enchanté, voilà le mot !... assura Dawson en esquissant l'ombre d'un sourire.

42

Valencey d'Adana n'avait pas cru bon d'avertir ses officiers, ni même son ami Mahé, de la teneur de sa conversation avec le représentant de l'Amirauté lequel, bien qu'il y mît les formes et fît montre de souplesse, lui avait tout de même signifié qu'il était aux arrêts.

Interrogé par Mahé, il s'était contenté d'un très laconique et très étrange :

– C'est à mourir de rire !

Puis, il avait ordonné une large distribution de rhum pour ses marins et offert du champagne à ses officiers mais tous le ressentirent : leur commandant, soucieux, n'avait pas le cœur à la fête.

Au reste, nul ne l'avait et, s'il était de tradition, sur *La Terpsichore* et ses navires d'accompagnement, de fêter dignement les hauts faits d'armes, la mort affreuse de nombre de marins du *Honey Bee* donnait à tout cela un triste goût d'amertume.

Pendant deux jours, on avait navigué sud, sud-est, le *Phénicien* suivant à distance respectueuse puis, tel que l'avait annoncé Valencey d'Adana, on était tombé sur le convoi anglais.

Considérant les buts qu'il poursuivait, le commandant de *La Terpsichore* ne souhaitait pas endommager les quatre navires marchands anglais ni le navire auxiliaire armé qui les escortait. Aussi renonça-t-il à employer sa redoutable artillerie.

Par des manœuvres entêtées et agressives, il parvint à isoler le navire auxiliaire des bâtiments de commerce sur lesquels se jetèrent *L'Argonaute*, la *Betelgeuse* et même le *Phénicien* sans rencontrer la moindre résistance.

Puis, rompant sèchement une manœuvre de contournement qui semblait pourtant bien amorcée, *La Terpsichore*, avec une habileté diabolique, longea bord contre bord le navire anglais sur lequel tomba une pluie de grappins.

Bien que leurs forces fussent totalement disproportionnées, les sujets de George III firent preuve d'un certain tempérament avant de mettre bas les armes. Sur la frégate française, on releva deux tués et quatre blessés.

Puis vint la lente opération de transbordement des « prisonniers-rescapés » du *Honey Bee* répartis sur les cinq navires anglais qui, sous la conduite menaçante du *Phénicien* canons pointés, firent route vers la France sans qu'il fût besoin de les doter d'équipages de prise.

L'air las, Valencey d'Adana ordonna alors de faire route vers son repaire.

Les funérailles de l'abbé Bérégère furent d'une grande simplicité. L'ecclésiastique était aimé et estimé de ses paysans et nettement moins des aristocrates de la province car, parmi eux, seuls se déplacèrent la marquise Victoire de La Chesnaie de Flers et, arrivé à bride abattue de Paris dès réception du message, Nicolas de Refroicourt, comte de Blacfort.

Le prêtre fut porté en terre par quatre jeunes du village tandis que les autres ôtaient leurs méchants chapeaux de feutre.

Victoire avait commandé une croix de fer et de

bronze à laquelle avait travaillé deux jours et deux nuits durant une équipe de forgerons, artisans de Ruffec.

Même s'il ne lui en fut dit mot, la chose étant peu envisageable, il n'est pas douteux que la population de ce pauvre village apprécia au plus haut point le geste désintéressé de la jeune marquise. Qu'avait-elle en effet à gagner à jeter ainsi ses pièces d'or pour l'enjolivement de la tombe d'un pauvre curé dont les prêches, sévères avec les puissants et les nantis, avaient braqué contre lui tout ce qui comptait dans la région ? Au contraire, la jeune femme risquait fort d'être mise à l'index en son propre milieu.

Bien qu'ils fussent démunis, les paysans du lieu n'étaient pas les bêtes de somme que se plaisaient à imaginer aristocrates et bourgeois enfermés dans leurs préjugés. Il est d'ailleurs possible que le bon curé lui-même ait parfois sous-estimé ses paroissiens.

En effet, pour les plus anciens, cela faisait trente ans qu'ils écoutaient leur curé lequel, bien souvent, pensant parler dans le vide, livrait le fond de sa pensée à des femmes et des hommes certes silencieux mais qui pesaient chacune de ses paroles.

À quoi il faut ajouter que, sous l'influence de son ami feu le général Valencey d'Adana, le prêtre s'était livré à une lecture critique de l'*Encyclopédie*. Et s'il en rejetait l'esprit, il n'est guère douteux qu'il fut touché par nombre d'articles sans en avoir pleinement conscience. Si bien qu'il fut souvente fois, à son insu, le propagandiste de M. Diderot et de ses amis...

À la veillée, il n'était pas rare qu'on commente les paroles du prêtre et, si les jeunes participaient peu à la conversation, ils n'en prêtaient pas moins une oreille attentive.

Au fond, il eût été extrêmement difficile, voire impossible, et cela même pour un policier de l'habileté et de la classe de Pierre-François Gréville, de connaître les pensées des paysans du village et de ceux circonvoisins gagnés aux idées nouvelles par le cousinage et les liens familiaux, fussent-ils plus distants encore.

La colère montait.

L'inégalité de la naissance apparaissait de moins en moins comme naturelle et confusément, la soumission qui des siècles durant avait permis la domination des seigneurs et des hauts prélats s'effondrait tandis que se faisait jour l'aspiration à un nouvel ordre social.

On n'en était point encore à la révolte mais la colère entamait les prestiges usurpés et les suprématies héréditaires.

En outre, l'exemple du général Valencey d'Adana renonçant à la quasi-totalité de ses privilèges, décision confirmée par son fils et unique héritier, cet exemple donnait à réfléchir. Et bien au-delà de Ruffec car la main-d'œuvre saisonnière et itinérante s'éparpillant aux quatre coins du royaume des lys ne manquait pas de colporter cette nouvelle qui en faisait rêver plus d'un.

Par la proximité ayant de longue main existé entre les Valencey d'Adana et les La Chesnaie de Flers, le geste de Victoire ne surprenait donc pas réellement. Mais on y était d'autant plus sensible qu'on savait les La Chesnaie de Flers sinon gênés, au moins très justes. Il n'était que de se souvenir de la tante Aglaé qu'on vit toujours aux champs mais jamais dans les boudoirs des châtelains des environs ou dans ceux des bourgeois qui les singeaient avec assez peu de bonheur.

« La petite », car c'est ainsi que les anciens nommaient Victoire, marchait sur les traces de sa tante. Tous, hommes et femmes, mais les femmes surtout, avaient remarqué ses jolies mains abîmées par les travaux, son teint trop pâle, son corps et son visage amaigris, ses cheveux coupés plus court...

À son geste généreux s'ajoutait donc une sympathie populaire d'autant plus vive qu'on s'attendait à voir la jeune femme rejetée par les puissants et n'étaient Valencey d'Adana et Blacfort, qui l'aiderait ?... Au reste, ces impressionnants soutiens n'en étaient pas vraiment : le premier, parti en la folle campagne des guerres d'Amérique, risquait à chaque instant d'être tué. Le second, pour plaider la cause du premier et lui rallier des sympathies, passait le plus clair de son temps à Versailles et Paris.

Le peuple en était conscient : qui se souciait de son opinion ? Et quelle importance pouvait-elle revêtir ?

Aujourd'hui, aucune.

Mais si les temps changeaient demain, alors...

43

Il n'avait pas douze ans, s'appelait Jean Aufrédy et effectuait son premier voyage sur *La Terpsichore* en qualité de mousse.

Le soir, il lui arrivait de se demander si les événements hors du commun qu'il vivait constituaient l'ordinaire des marins ou si toutes ces merveilleuses aventures tenaient à *La Terpsichore* et à son extraordinaire commandant, le capitaine de vaisseau Valencey d'Adana.

Quoi qu'il en soit, avec cette croyance en sa bonne étoile qui est souvente fois l'apanage de l'âge le plus tendre et le plus fol, il ne doutait pas d'en revenir vivant et savourait par avance l'étonnement de ses amis lorsqu'il raconterait ses aventures dès son retour en sa ville natale de La Rochelle.

En cet instant, il ressentait une grande fatigue. Avec une centaine de soldats et marins, il avait gratté pendant près de six heures la peinture rouge de *La Terpsichore*. Et à peine soufflait-il qu'une autre équipe de cent hommes prenait la relève.

Les interrogations avaient aussitôt jailli de toutes parts mais les officiers, sans se dérober, ne fournissaient pas de détails :

– Ordre du roi !

Les officiers appliquaient une logique des plus

simples : ainsi l'avait voulu Louis XVI, qu'il en assume l'impopularité.

Une de plus !

Brusquement, Aufrédy ouvrit tout grands ses yeux d'enfants : *La Terpsichore* allait droit contre une paroi rocheuse haute d'une trentaine de mètres.

Effaré, le mousse regarda autour de lui mais marins et soldats ne manifestaient pas la moindre émotion.

Songeant à se jeter à l'eau dès avant l'inévitable choc de la frégate se fracassant contre le roc, Aufrédy regarda à bâbord : à une dizaine de mètres, un banc de sable était visible à petite profondeur, celle d'un homme de taille moyenne. Aussitôt, le mousse se rua sur tribord et constata semblable chose.

Ainsi, il existait un étroit chenal entre ces hauts-fonds et *La Terpsichore*, ou plutôt Valencey d'Adana qui guidait l'homme de barre, en connaissait le tracé exact.

L'enfant eût été ébloui n'était cette falaise qui... que...

Il fut stupéfait.

En cet impénétrable mur rocheux se tenait une ouverture étroite : l'embouchure d'un fleuve. Mais cela ne pouvait être aperçu depuis la mer, sauf à s'approcher en risquant de s'échouer sur les bancs de sable si l'on n'en connaissait point le tracé exact.

Le jeune mousse comprit immédiatement la raison pour laquelle Valencey d'Adana avait fait ajouter de la voile car le fleuve avait un puissant débit qui mettait les trois vaisseaux royaux à la peine.

Il aperçut, sur bâbord, ce qui ressemblait à un port naturel consolidé par un quai d'accostage en bois, et quelques hangars visiblement désaffectés... mais son regard d'enfant émerveillé ne s'y attarda pas tant la nature, par ses couleurs, sa variété et son aspect nouveau l'impressionnait.

Il ne sut que murmurer dans un sourire béat :

– Le commandant nous a menés au paradis...

Une centaine d'hommes étaient demeurés sur *La Terpsichore* afin de faire disparaître toute trace de peinture rouge sur la frégate.

La *Betelgeuse* et *L'Argonaute*, également amarrés dans le port naturel, ne conservaient pour leur part que les habituels équipages de garde.

Les autres membres des équipages, la plupart chargés des marchandises provenant de France ou des navires anglais arraisonnés, s'enfonçaient telle une chenille géante dans une nature épaisse sous la conduite de Diego Quetzalcóatl et une avant-garde d'Indiens bravos.

Valencey d'Adana marchait juste derrière Diego : il admirait toujours davantage sa manière de progresser, d'observer un vol d'oiseaux ou la direction du vent dont le murmure semblait lui parler.

Bientôt, la piste forma comme un tunnel à travers la jungle et, lorsqu'une branche gênait, un des Bravos réglait le problème d'un coup de machette dont la puissance et la précision impressionnaient.

Bien que la forêt fût très épaisse, lorsqu'on ne quittait pas ce sentier lumineux, on pouvait voir en levant la tête des pans de ciel bleu et des rayons de soleil dorés au-dessus d'arbres gigantesques tels qu'on n'en voit dans aucune province de France.

Ceux dont c'était le premier voyage au « repaire » se trouvaient par instants si étonnés qu'ils s'immobilisaient, provoquant l'arrêt de la colonne et s'attirant un flot de jurons qui donnaient à certains la nostalgie des bas quartiers des ports de Brest, Rochefort ou Toulon.

Valencey d'Adana jetait sur tout cela des regards distraits. Il connaissait la piste depuis longtemps et d'autres encore, plus secrètes, explorées en compagnie de Diego et Mahé. Loin, plus au sud, il existait des forêts pluvieuses et humides où s'attardait la brume tandis que des marécages clapotaient au pied d'arbres pouvant atteindre 45 mètres de haut.

Trois ans plus tôt, lorsque les alliés espagnols avaient indiqué l'endroit à Valencey d'Adana, ils n'avaient pas manqué de signaler que les Indiens mayas, sans être franchement hostiles, manifestaient une grande froideur à leur égard.

Mais Valencey d'Adana savait déjà qu'ici serait sa base arrière. Ici ou nulle part. Entre la courte béance qui permettait le passage entre les falaises, les hauts-fonds aimablement signalés par les Espagnols, l'embouchure du fleuve avec son port naturel, jamais d'éventuels poursuivants anglais ne surmonteraient ces difficultés.

Valencey d'Adana était tombé presque par hasard sur Diego et les siens, hommes, femmes et enfants. Tous, voyant ce beau et fier vaisseau rouge de la couleur du « dieu de l'est » nommé aussi « porteur du ciel » et réputé dieu de la pluie et des abeilles, avaient considéré que Valencey d'Adana ne pouvait venir que sur un commandement divin. On lui fit donc bon accueil.

L'officier français, constatant que Diego parlait espagnol, l'avait remercié avec chaleur puis, le prenant à part :

– Je m'en voudrais de troubler votre paix. Nous sommes des marins et soldats du roi de France. Autrefois, nous avons même vaincu ce très grand et très noble pays qu'est l'Espagne.

– Je sais cette histoire, je sais la France !... avait répondu Diego.

Valencey d'Adana, qui pensait qu'il fallait absolument respecter les naturels de ce pays, poursuivit :

– Nous vous serions très obligés de nous permettre de nous installer à proximité, dans un endroit que vous nous désigneriez afin de ne pas vous importuner. Nous sommes un équipage militaire, la discipline est stricte, vous n'avez aucun débordement à craindre... En signe d'amitié, je vous serais gré d'accepter quelques modestes cadeaux...

L'Indien, un instant raidi et déjà presque méprisant, demanda :

– Quel genre de cadeaux ?

Diego Quetzalcóatl tombait mal s'il pensait que ce Français aux manières pourtant fort agréables et au regard étonnant de sincérité tenterait, comme certains Espagnols avant lui, de l'acheter avec quelques bimbeloteries. C'était ne pas connaître Valencey d'Adana partisan du progrès, de la fraternité entre les peuples et fervent propagateur des lumières de l'*Encyclopédie*.

Le capitaine français ne répondit pas sur l'instant, renvoyant quelques hommes sur la frégate, puis :

– Ces cadeaux ne brillent pas ou, s'ils brillent, c'est de ce dont ils sont porteurs. Le progrès n'est point une mauvaise chose, ni nécessairement une bonne : il est ce que les hommes en font.

Ces paroles séduisirent Diego. Héritier d'une riche et noble famille maya, il avait étudié dans les collèges espagnols avant de décider un retour définitif à la terre de ses ancêtres.

Il regarda attentivement ce que les marins et soldats déposaient à ses pieds, puis :

– Des outils ?

– Je sais que vous n'ignorez pas les outils mais

ceux-ci sont les plus modernes du monde car c'est un des domaines où nous excellons.

L'Indien ébaucha un bref sourire.

– Vos cadeaux n'insultent pas l'intelligence ; au contraire, ils lui rendent hommage.

Puis, regardant autour de lui :

– Ce n'est pas ici qu'il faut vous installer, la première crue du fleuve vous emporterait. En outre, je parierais que vous ne tenez pas à être remarqué des Anglais, n'est-ce pas ?

– Voilà un pari que vous avez gagné.

– Alors suivez-moi...

44

Malvy, dit « Petit-Sans-Quartiers », trouvait le temps long. On ne le jugeait pas, n'en parlait pas même, et ne le sortait jamais de cette sinistre cellule ruisselante d'humidité.

Un espace près du plafond laissait entrer un peu de lumière mais, clos de barreaux, il se trouvait si haut qu'on ne pouvait pas même s'y hisser.

La soupe était claire, à base de choux et de poireaux où stagnaient quelques morceaux d'une viande dure comme une semelle de botte.

La paille n'était pas fraîche et la vermine s'y ébattait. Cela, au reste, occupait Malvy qui chaque jour s'épouillait consciencieusement. En cette prison, les poux étaient moins gros que les poux militaires mais plus méchants. Ils siégeaient généralement à la base du cou et à la ceinture mais comme Malvy, par ordre spécial, bénéficiait de trois couvertures – on tenait visiblement à ce qu'il vive – il en arrivait à suer, ce qui mettait les poux de fort méchante humeur.

Tous les trois jours, le « lieutenant » de police secrète le faisait descendre et l'interrogeait longuement avec une inhumaine patience. Il s'agissait, semblait-il, toujours des mêmes questions mais Gréville, diabolique, n'avait pas son pareil pour en glisser une nouvelle et gare, alors, pour celui qui ne se tenait pas sur ses gardes.

Pierre-François Gréville impressionnait beaucoup Malvy. Pas seulement par son regard de tueur froid mais en raison de cet esprit de méthode qui paraissait sans failles. Le truand n'osait imaginer ce que semblable cerveau, mis au service du crime, eût rapporté de richesses mais il avait assez de subtilité pour comprendre que seule la vertu soutenait cet être implacable.

Assis sur la paille, Malvy sursauta en entendant une clé dans la serrure de sa cellule.

L'heure était inhabituelle et donc inquiétante, tant la prison est ordinairement un lieu sans surprises, un lieu d'habitudes.

Un gardien massif, aperçu une ou deux fois, entra en refermant la porte derrière lui.

Malvy, qui s'était dressé d'un bond, anticipa le danger. Il recula mais bientôt, son dos heurta un mur froid et humide. Il allait hurler lorsqu'un formidable coup de poing en plein visage le fit taire.

Puis il sentit deux mains énormes qui se refermaient sur son cou. Il eut l'impression que des vagues rouges envahissaient son cerveau.

Enfin, il sombra dans un sommeil que ne viendrait plus troubler aucun cauchemar. Jamais.

Une mort assez douce après une vie si dangereuse...

La colonne française s'étirait sur plus de trois cents mètres, sa tête semblant buter sur un très grand lac.

À l'arrière, les nouveaux crurent défaillir en voyant Valencey d'Adana et ses Indiens ne pas même ralentir la cadence et, chose incroyable, littéralement marcher sur les eaux.

Un marin breton tomba à genoux et se signa d'abondance en répétant :

– Miracle !... Oh, Jésus, miracle !...

Un marin de Dieppe le releva d'un léger coup de pied dans les côtes en disant rudement :

– Notre commandant n'est point Jésus-Christ qui marcha sur les eaux !... Sois moins con, avance, et tu comprendras !...

Le Breton, en effet, devait saisir la situation quelques minutes plus tard en marchant à son tour sur une chaussée construite sous l'eau du lac, et qui demeurait invisible même lors de la saison sèche.

Le malheureux marin breton, qui ne croyait plus, cette fois, à une manifestation surnaturelle n'en fut pas moins effaré de l'ingéniosité de ce peuple maya dont nul ne soupçonnait l'existence en son village de Lannilis, proche de Brest.

L'homme ne savait plus où donner de la tête, perdu par ces odeurs et ces couleurs inconnues.

C'était un festival qui ressemblait à une conjuration : lauriers-roses, bégonias blancs, fleurs corallines, acajous, vanilliers, hibiscus, cedrelles parfumées, sapotilliers dont l'homme de Dieppe, pour se faire pardonner le coup de pied, expliqua :

– À la machette, on en tire la gomme liquide.

Le Breton hocha la tête d'un air entendu mais songea : « Soit, et cependant : qu'est-ce donc que la gomme liquide ? »

Déjà, son attention était ailleurs requise par les lianes où s'accrochaient avec adresse des singes hurleurs et des singes-araignées.

Au sortir de la forêt, près du lac, jouxtant des bougainvillées, on voyait trois maisons à toits d'herbes, apparemment inoccupées.

En tête de colonne, Diego sortit d'un sac en cuir une

conque à pointe coupée et, s'en servant comme d'un cor, il lança un long appel. Aussitôt, des hommes et des femmes sortirent des maisons bordant l'autre rive du lac.

Parmi eux, quelques soldats de la marine française, ce qui rassura ceux qui découvraient ces lieux étranges, enchanteurs et maléfiques tout à la fois.

Mais, plus que tout, le regard était attiré par une pyramide.

Au tout début de leur amicale relation, Diego l'avait montrée à Valencey d'Adana lequel, montant les degrés, ressentit un certain malaise. Architecte de marine, le capitaine de vaisseau français s'intéressait également aux bâtiments, goûts partagés avec l'étrange M. Ly venu de Chine dans les malles, ou peut s'en faut, de Valencey d'Adana.

Sous le regard amusé de Diego, les deux hommes avaient longuement conféré, monté et descendu des dizaines de fois les degrés de la pyramide, dessiné des plans et croquis, puis Valencey d'Adana avait demandé au Maya :

– Ah ça, Diego, il y a là quelque piège !... Cependant, pour m'en persuader, je devrais accomplir un acte sacrilège si bien que vous me mettez dans une situation impossible.

Dans un espagnol incertain, qu'un fort accent chinois rendait des plus étranges, M. Ly, spécialiste des poudres, ajouta :

– Monsieur Diego, le sage est toujours honnête homme et, s'il soumet une énigme, il donne les moyens d'en venir à bout.

Diego, dissimulant mal un sourire, répondit :

– Faites exactement comme il vous plaira.

Valencey d'Adana, Ly, Mahé et quelques marins, tous armés de masses, s'étaient attaqués avec prudence à la muraille de la pyramide qui céda sans résistance. Saisissant un fragment, Valencey d'Adana l'avait observé avec soin avant de le montrer à ses compagnons en disant :

– J'en étais certain : du stuc !

Tous en convinrent et on tapa plus résolument, faisant peu à peu apparaître un mur d'une blancheur absolue.

Valencey d'Adana et M. Ly échangèrent un regard, puis le premier suggéra :

– Si les choses sont telles que je le crois, il faut attaquer par le haut.

– C'est aussi mon avis. Mais en y mettant cinquante hommes.

Ainsi fut-il fait et, deux jours plus tard, il n'était plus question de la pyramide grise mangée de mousse. Débarrassée de son habillage de stuc qui la protégea durant des siècles, une nouvelle pyramide apparut, jusqu'ici encastrée dans la première. Sa blancheur était telle, si éclatante au soleil, si éblouissante, qu'on ne la pouvait contempler longtemps sans baisser les yeux.

Émergeant aux regards des hommes après des siècles et des siècles d'enfermement, il s'agissait d'une pure merveille. Diego, flatté par tous les compliments des Français, par leur émotion, ressentit une réelle fierté et une grande estime pour ces hommes qui, perçant le secret des pyramides mayas, manifestaient cependant un tel respect.

L'admiration des soldats, marins et officiers de Louis XVI, alors le plus puissant roi du monde, c'est à ses ancêtres qu'elle allait et le cœur de l'Indien s'en trouva gonflé de fierté.

C'est donc lui qui fit visiter l'endroit, répondant avec

beaucoup de plaisir aux questions qui fusaient de toutes parts.

Oui, les linteaux de bois sculptés au-dessus des portes du temple étaient une tradition maya. Et pareillement, à l'extérieur, les stèles avec des dieux sculptés eux aussi et les cartouches qui servaient jadis de calendriers à son peuple.

Les grands vases de marbre venaient d'assez loin, une terre que les Espagnols appelaient Honduras. Mais la terre des Mayas ne connaissait pas les frontières qui se dessinaient aujourd'hui. Elles allaient, ces terres, du Mexique, et plus spécialement du Yucatan, au Guatemala et au Salvador.

Il expliqua patiemment le pourquoi de la muraille de cinq mètres d'épaisseur qui ceinturait la pyramide. Une seule ouverture y était ménagée, haute d'un mètre. L'envahisseur qui s'y engageait se trouvait dans l'obligation de baisser la tête et, après ces cinq mètres obscurs, lorsqu'il se redressait, c'était pour recevoir la cruelle lumière du soleil qui l'obligeait à cligner des yeux : c'est toujours en cet instant qu'il se faisait tuer.

Diego, alias Quetzalcóatl, désireux que les Français avides de connaissances appréhendent son peuple dans sa vérité de jadis, fit vider un large puits lequel, aux temps reculés, servait aux sacrifices.

On en ramena des crânes, des ossements, mais également des disques d'or, des bagues et des bijoux précieux.

Le Maya fit même ouvrir – avec respect – une tombe, celle d'un chef. Incrusté dans le crâne, les orbites et les joues sans doute écorchées après la mort, on voyait avec émerveillement d'harmonieux dessins constitués d'or et de jade, métaux et pierres précieuses que les Mayas cherchaient encore dans les ruisseaux si longtemps après.

Sans que ce fût là son but, Diego, par la confiance qu'il leur témoignait, s'était attaché à jamais les hommes de cette fraction secrète du Corps expéditionnaire français en Amérique.

45

Une fois encore, dès le curé de Bérégère enterré, Nicolas de Refroicourt, comte de Blacfort, annonça à Victoire qu'il devait repartir pour Versailles. Sa mauvaise conscience à abandonner Victoire amusait presque celle-ci, tant le malheureux tournait autour d'elle, ne sachant comment présenter puis adoucir les choses afin de ne la point blesser en semblant égoïste.

Ce fut elle, par amitié, qui prit les devants tandis qu'ils se promenaient dans le parc glacé du château de La Chesnaie de Flers battu de tous côtés par des vents polaires.

– Nicolas, avez-vous consolidé votre position à la Cour ?

Blacfort avait haussé presque imperceptiblement les épaules.

– C'est qu'on ne m'a point attendu pour occuper les meilleures places mais, depuis que j'ai été présenté au roi par mon cousin Rohan, j'ai noué quelques relations qui ne sont point encore des amitiés. Mais j'ai vu bien d'autres choses encore...

Victoire lui prit affectueusement le bras tout en marchant.

– Et dites-moi, comment donc ces soses se font-elles ?... Êtes-vous par exemple oblizé d'inviter quelque vieille dussesse à danser, devez-vous faire le bel esprit devant de vieux courtisans sourds comme des pots qui n'entendent point vos subtilités ou bien à la sasse, plutôt que de traquer un malheureux cerf, devez-vous faire montre de vos belles qualités de cavalier ?

Le comte rit franchement.

– Ah Victoire, Victoire, chère petite Victoire : comme vous devinez bien toute cette sinistre comédie ! Que vous dire ?... Il y a de tout cela un peu, il faut paraître ce qu'on n'est pas, s'avantager sans la moindre gêne et ce n'est guère facile. Il faut surtout se trouver là où il faut au moment où il faut, c'est la seule façon de se faire remarquer et malheureusement, cela relève davantage du hasard que de vos qualités. Et puis il y a les coteries.

– Les coteries ?

– Oui, les groupes d'influence. Si vous vous liez à l'un, vous devenez l'ennemi de l'autre.

– Mais vous même, Nicolas, vous avez rezoint le parti américain, n'est-ce pas ?

– Je le ferai, bien entendu, car c'est là qu'inclinent à jamais mon cœur, mes idées et mes amitiés : Joachim et Mahé se battent contre les Anglais. Cependant...

– Cependant ?...

– Ah, Victoire, comme j'ai besoin de vos conseils !...

Victoire s'immobilisa. La détresse de Nicolas la touchait, de même que sa confiance.

– Nicolas, ze ne connais rien aux affaires de la Cour mais si ze puis vous aider, n'hésitez pas un instant.

Il hésita cependant avant de se décider tout soudainement :

– Voici mon dilemme et parfois je m'y noie. Je devrais, j'aurais dû, je souhaite depuis le premier instant rejoindre ceux qu'on appelle « les Américains », tous ces grands seigneurs amis de La Fayette, Benjamin Franklin et le général Washington. En raison de mon amitié avec Joachim, que j'ai jusque-là tenue secrète, j'y serais accueilli à bras ouverts...

– Mais que ne le faites-vous puisque tout vous y pousse ?

– Il y a Joachim et cette horrible accusation, ce *Sweet Princess*, navire-hôpital qu'il aurait coulé avec cynisme et cruauté.

Victoire sursauta presque :

– Mais zustement !... Nicolas, il faut vite aller grossir le camp des partisans de Zoachim !

– Je sais. Et devenir un parmi tant d'autres, car il ne manque surtout pas de partisans. L'affaire a au moins révélé que le capitaine de la terrible *Terpsichore*, c'est lui : cela a augmenté considérablement sa gloire, du plus humble pêcheur aux plus grands seigneurs.

– Mais vous êtes vous-même de haute noblesse, Nicolas, et votre appoint ne serait pas de trop.

Ils avaient repris leur marche. Leurs pas les menaient vers la pièce d'eau et Nicolas, se souvenant que c'était à la surface de celle-ci qu'on avait retrouvé le corps sans vie de la mère de Victoire, donna une autre orientation à leur promenade.

Cependant, la jeune femme n'en fut point dupe et, très touchée, sa voix se fit plus douce et amicale encore :

– Allons, Nicolas, parlez-moi. Vos deux amis sont en mer, à qui d'autre que moi pouvez-vous ouvrir votre cœur ?

– Eh bien voilà... Avec mon œil... abîmé, je ne puis faire cette guerre puisqu'ils ne m'ont point accepté à l'École des gardes-marine. J'éprouvais au début quelque gêne à rejoindre le parti américain quand ma seule action serait celle d'un homme de cour. D'où mon hésitation. Mais celle-ci fut mal comprise et le duc d'Orléans fit mon siège. Intrigué, je ne dis ni oui ni non. Aussitôt, on me donna des gages.

Il s'immobilisa et prit les mains de Victoire dans les siennes.

– Je sais ce que tout le monde soupçonne : c'est d'Orléans qui a payé l'impression de cet horrible livre du capitaine Milford. Il est secondé par deux ou trois grands seigneurs efficaces et sans pitié. Je sais, enfin, j'ai la quasi-certitude que Joachim n'est pour eux qu'un pion, un moyen de ternir le parti et la cause des Insurgents américains. J'apprends des choses sur M. Necker, qui sape la volonté du roi à poursuivre cette guerre en arguant qu'elle est fort coûteuse... Comprenez-moi, Victoire : je ne salirai pas mon nom en ralliant ces gens abjects mais je me demande... Non, je vous demande s'il ne serait point utile et de bonne politique de poursuivre cette comédie de l'hésitation quelque temps encore. Qui sait ce que je pourrais apprendre ?... Chose sue et connue se peut combattre quand la surprise, elle, assomme parfois la plus juste des causes. Que me dirait Joachim, lui qui réfléchit tant avant que d'entreprendre la moindre action ?... Et vous, que dites-vous ?

La jeune femme réfléchit un court instant mais à voir son agitation, Blacfort devina que sa décision était prise et devenait inébranlable :

– Ze vous dis, Nicolas, que le hasard a merveilleusement servi notre cause.

– Mais...

– Ze suis stupide, z'aurais dû y penser moi-même !... Vous rendez-vous compte, Nicolas, que vous vous trouvez presque au cœur du nœud de vipères ?

– Je crains les morsures de vipères !... plaisanta Blacfort sans trop de conviction, car il n'avait pas le cœur à rire.

La jeune femme se fit pressante :

– Nicolas, c'est notre sanse, une sanse comme il en

est rarement. Engasez-vous complètement auprès d'eux.

– Mais ce serait salir mon nom et cela : jamais.

– Absolument pas. La vérité éclatera fatalement. Ze sais le fond de votre cœur : tout, tout pour Zoachim. Mais comment mieux l'aider qu'en se trouvant ces ses ennemis pour y écouter tout ce qui s'y dit ?... Pour y dézouer ce qui s'ourdit ?... Pour y désarmer ce qui s'y complote ?

– Mais ce rôle me pèse, Victoire. Et le parti du duc d'Orléans s'impatiente d'une réponse. Or, je les vois venir : avant longtemps, ils exigeront mon ralliement public et absolu, à quoi j'ai tant de mal à me résoudre. Jouer quelque temps l'indécis, passe encore. M'engager davantage dans la voie de l'infamie, c'est beaucoup me demander, Victoire, beaucoup trop !

– Il le faut.

– Je voudrais tant vous faire plaisir, j'y étais prêt tout à l'heure encore mais sommé de le faire, sans espoir de recul, je ne le puis.

– Faites-le, Nicolas, et ze deviendrai votre femme.

Un silence absolu sembla tomber sur le parc puis Nicolas balbutia :

– Mais vous aimez Joachim... Il vous aime... Je ne le puis ainsi trahir...

– Vous m'aimez, Nicolas, et depuis longtemps. Les femmes savent ce zenre de soses. Sauvez-le, rendez-lui son honneur et ze deviendrai votre épouse devant Dieu.

– Vous ne m'aimez point d'amour !... Et Joachim ?... Non, c'est impossible. Certes, je vous aime passionnément et depuis toujours mais... Oh, comme c'est cruel de me proposer pareille chose !... Mon Dieu, comme c'est cruel !

Elle lui jeta un regard dur.

– Ze hais les hypocrites, Nicolas. En termes habiles,

c'est ce que vous suggériez, c'est bien ce que vous me proposez, c'est bien à cela que vous souhaitiez m'amener. Soit, nous y voilà !

Il ne répondit pas. Elle poursuivit :

– Z'aime Zoachim depuis touzours et pour touzours. Ze vous refuse mon corps, mais vous offre l'apparence. Un mariaze n'est souvent qu'un accommodement : vous l'avez. Mais vous devez rétablir Zoachim dans son honneur.

Il lui embrassa fiévreusement les mains, elle se dégagea. Il se fit suppliant :

– Je vous aime assez pour encourir votre mépris et accepter ce mariage qui n'en est pas un. Mais une fois, rien qu'une fois, offrez-moi votre bouche.

Il la prit dans ses bras et l'embrassa. Elle ressentit d'abord un profond dégoût et se sentit glacée, comme morte. Puis elle songea que morte, elle l'était déjà et depuis longtemps.

46

Il y avait de jolies petites maisons mais, pour faire face à l'afflux d'équipages, il existait également des baraquements peints de couleurs claires et des tentes spacieuses.

Joyeux, marins, soldats et, pour certains, leurs épouses faisaient honneur à un grand repas. Les cuisiniers des trois navires s'étaient mis au service des femmes d'officiers et de marins afin de préparer ce grand repas.

Celui-ci ne relevait d'aucune origine spécifique mais il n'eût pas été abusif d'y distinguer une dominante hispano-maya.

On y mangeait certes un brouet de maïs et des tortillas chauffées sur un gril de céramique, devinant là l'origine espagnole de ceux-là même qui avaient également apporté dans ce pays la canne à sucre, le blé, les pommes de terre, les piments et les bananes. Côté indien, le maïs dominait mais aussi les patates douces, haricots, courges et cacao.

Cependant, ces choses-là acquises à chaque parti, on trouvait également des mets indiquant parmi ces dames des Canadiennes et même des Américaines...

Les hommes, eux, n'entraient pas en ces subtilités et marquaient un goût prononcé pour les viandes : gibiers, dindons, et quelques cerfs.

Les cerfs !...

Un jour que Valencey d'Adana accompagnait Diego à la chasse, et peu après que celui-ci lui eut montré une de ces étranges momies assises jambes et bras croisés, le Maya avait tué un cerf.

Puis, devant un Valencey d'Adana stupéfait et émerveillé par un tel comportement, Diego avait demandé « pardon » au cerf de l'avoir tué, expliquant au cadavre qu'il y était obligé pour manger car il avait faim. Peu après, il apprit au Français qu'il n'éliminait qu'un cerf à la fois car si l'on gâchait, si l'on massacrait par plaisir, le dieu de la chasse n'envoyait plus de gibier. Puis il avait conclu en affirmant que les animaux, eux aussi, avaient des droits.

L'évocation de ces temps lointains et heureux fit tomber sur le cœur de Valencey d'Adana une grande nostalgie mais il s'efforça de faire bonne figure, ne voulant point que ses officiers pâtissent de ses nombreux problèmes.

Bien qu'il sût la chose impossible, il se prit à rêver d'une autre vie. Pourquoi pas officier commandant un arsenal ?... Il y mourrait d'ennui. Peut-être, alors, capitaine de vaisseau dans une escadre classique ?... Difficile, tant il tenait à son indépendance et détestait recevoir des ordres.

Non, décidément non : si c'était à refaire, il recommencerait à voguer avec ses trois unités secrètes... au reste, si peu secrètes aujourd'hui. Au moins, le livre de ce scélérat de Milford avait-il servi à cela : le monde entier savait que *La Terpsichore*, la fameuse « frégate fantôme » et la terrible « Mort Rouge » ne faisaient qu'un.

Quoique rouge, elle ne l'était plus du tout. Toute trace de rouge avait disparu tandis que les équipes de marins s'étaient sans cesse relayées. Cependant, la frégate se singularisait encore par deux choses.

La première, sa forme effilée, mince, fine, d'une incomparable élégance.

La seconde, par une longue bannière rouge qui flottait à côté des fleurs de lys.

À Mahé, qui lui demandait si c'était là une évocation de l'époque où la frégate était peinte, Valencey d'Adana avait répondu :

– Si tu le vois ainsi, monsieur mon frère... Mais l'on peut penser aussi que ce rouge, c'est pour rappeler le sang de nos frères tombés au combat.

Il s'ébroua, se rendant compte que M. Ly, le spécialiste des poudres explosives, lui parlait.

Il répondit courtoisement tout en observant le Suédois Gunnar Nordgren, spécialiste des métaux et des alliages. Tous deux avaient participé, chacun dans sa partie, à la mise au point finale de ce que les Anglais appelaient « requins à poudre ». Tous deux avaient admiré les plans de Valencey d'Adana, seul concepteur de l'invention. Mais, seuls en ce lieu de cette espèce, tous deux étaient des mercenaires et ils firent comprendre à l'officier français une triste évidence. En effet, l'aventure de Valencey d'Adana devant obligatoirement s'achever en prison, ils préféraient reprendre leur liberté, même si la machine appelait encore certains perfectionnements.

Assez froidement, le capitaine de vaisseau leur signifia qu'il ne les retenait pas.

Voyant que le repas touchait à sa fin, Valencey d'Adana se leva. Aussitôt, chez les centaines de marins et soldats des trois navires, le silence se fit.

– Messieurs, profitez de cette journée, reposez-vous. Demain, *La Terpsichore* appareille, seule, pour une mission secrète. Que les autres, cependant, ne se réjouissent pas : un travail de titan vous attend ici même.

Sur ces paroles, il se retira, suivi comme son ombre par Mahé de Campagne-Ampillac.

Ils étaient alignés, dix-sept, raides et morts de peur. C'était peut-être la vingtième fois que, mains derrière le dos, il passait devant eux, regardant chacun dans les yeux. Ce regard-là faisait flageoler les plus braves qui pensaient sentir d'un instant à l'autre leurs jambes se dérober sous eux.

Soldats, geôliers, officiers et même le vieux concierge de la prison, collés au mur, tenus en joue par une trentaine d'hommes en noir de la police secrète et ce Gréville qui allait et venait : c'était là un spectacle que les quelques détenus qui s'étaient hissés sur les épaules de leurs camarades n'auraient manqué pour rien au monde.

Puis soudain, avec une violence inouïe, le tirant aux épaules en le faisant trébucher, le « lieutenant » de police secrète Pierre-François Gréville sortit un homme du rang.

Il ne s'agissait pas d'un soldat mais d'un gardien massif, connu pour sa brutalité, sa dépravation et qu'on savait très corruptible : pour quelques pièces venues de l'extérieur, un détenu voyait ses conditions de détention s'améliorer du tout au tout.

– À genoux !... ordonna Gréville.

Puis, sans hâte, il sortit un pistolet et en appuya l'extrémité du canon contre la tempe du gardien.

– C'est toi !... C'est évidemment toi !...

La voix ne contenait pas l'ombre d'un doute et le gardien songea : *« Cet homme est le diable ! »*

Le « lieutenant » Gréville n'était certes pas le diable – sans doute un vague cousin... – mais lui eût-on proposé d'occuper ces lucifériennes fonctions, sans doute aurait-il accepté par esthétisme et goût des situations extrêmes.

Rien de diabolique, donc, mais deux qualités indispensables pour l'exercice de son métier : intelligence et instinct.

À y bien réfléchir, le gardien ne s'était pas grossièrement trahi. Son regard n'avait pas cillé, il ne passait pas d'un pied sur l'autre ni ne tournait la tête mais... il transpirait. Par ce froid glacé, il transpirait. Un détail qui face à Gréville ne lui laissait pas une chance.

Le chef de la police secrète fit renvoyer tous les autres puis, à l'homme toujours à genoux :

– Tu n'as pas l'air de craindre que je tire, gros porc ?

L'autre gloussa :

– Hé, c'est que vous avez trop besoin de moi !

– Or, tu sais des choses qui m'intéressent, n'est-ce pas ?

– C'est bien possible.

Un policier se présenta à Gréville.

– Monsieur le général, dois-je prendre les mesures de cet homme pour le cercueil ?

– Pas de cercueil, il pourrira en pleine terre.

Le gardien pâlit mais décida de tenir bon. Gréville reprit :

– Par exemple, tu sais qui t'a payé pour étrangler Malvy dit « Petit-Sans-Quartiers » ?

– Malvy a été étranglé, monsieur le général ?

D'un coup de botte à la mâchoire, Gréville lui fit sauter plusieurs dents puis, d'un ton courtois :

– Que tu ne parles pas... pas pour l'instant... soit. Mais ne t'avise jamais de te moquer de moi car au-delà de ma personne, c'est la fonction que tu ridiculises.

Il réfléchit et sourit.

– Moi aussi je peux te ridiculiser...

Et, s'adressant à ses lieutenants :

– Qu'on mette cet homme entièrement nu. Puis qu'on lui passe un jupon de femme. Qu'on lui attache solidement les mains, mais sur le devant afin de ne point gêner certaines entreprises, certains assauts qu'il pourrait subir... Qu'on le maquille avec soin : poudre, rouge, mouche. Je veux de la dentelle, noire la dentelle : c'est une couleur qui pique les sens. Préparez une cellule et qu'on y mette cinq ou six prisonniers connus pour leurs mœurs anti-sociales. Jetez cette crapule efféminée au milieu de ces brutes et qu'on n'ouvre pas la cellule avant demain matin. Mais attention, que vos invertis le sachent : tant pis s'il ne se peut asseoir de huit jours mais je veux cet homme vivant.

On mit rudement l'ex-gardien debout. Il était livide à l'idée du châtiment original qui l'attendait. Gréville le toisa avec mépris :

– N'y vois pas un hasard, surtout pas !... Je ne fais rien au hasard, jamais !... On m'a averti que tu aimes jouer à ce jeu de l'homme dont on fait une femme mais que tu choisissais des prisonniers très jeunes, faibles, sans caractère. Il est donc assez naturel, sinon moral, que tu subisses à ton tour ce que tu as fait à des dizaines de malheureux.

Il tourna les talons, se ravisa, revint sur ses pas et, très courtoisement :

– Mes hommages, chère madame !

47

D'un geste las, l'homme-sanglier congédia la fillette de treize ans venue partager sa couche et subir ses étreintes.

Il portait son masque. Davantage par nostalgie, sans doute, que par réelle nécessité.

Il songea au roi Louis quinzième lequel, en son trop fameux Parc-aux-Cerfs, réservait ses amours et ses capacités de plus en plus déclinantes aux petites filles.

Avait-il connu les mêmes désillusions ?

Phebus Monteroux, qui pourvoyait à ses plaisirs, s'était encore fait posséder. Ah le maudit curé !... La gamine devait faire l'amour depuis des années. Jamais ou presque une enfant préservée, vierge en un mot, n'aurait fait preuve d'un tel « métier ». À preuve encore, elle ne s'était point effarouchée du masque de sanglier. Combien de nobles ou de bourgeois l'avaient-ils ainsi possédée en préservant leur anonymat par des masques ?

Ce qu'il aimait, lui, c'était forcer la bête, entendre des cris et des pleurs d'enfants !... Voilà, cela au moins aiguisait ses appétits.

Déçu, il s'habilla avec une extrême lenteur puis frappa des mains en un geste énergique.

Presque aussitôt, Monteroux entra dans la pièce avec un air engageant.

– Monseigneur est-il satisfait ?

– Absolument pas !... Tu t'es encore fait rouler, cette petite doit faire ce métier depuis des années. Enfin, dieu merci, j'ai d'autres motifs de satisfaction.

Le curé s'approcha, se frottant onctueusement les mains en affichant un sourire obséquieux.

– Et quels sont-ils, Monseigneur ?

L'homme-sanglier partit d'un petit rire aigu.

– Tout arrive !... Le temps est parfois le plus grand dispensateur de plaisirs.

Il ôta son masque qu'il jeta dans un coin de la pièce.

– Je crois qu'à présent, je n'en aurai plus besoin. Plus jamais. Et certains vont défaillir lorsqu'ils sauront enfin.

– Ah ça, Monseigneur, vous êtes fort mystérieux.

– Tu vas tout savoir, mauvais prêtre. Tout. Mais commençons par le début.

Il vida un verre de vin et observa Phebus Monteroux.

– Ainsi, qui suis-je, l'abbé ?

L'ecclésiastique chercha où était le piège, ne sachant trop comment interpréter la lueur étrange qui animait l'œil unique de son maître. Il joua l'imbécile.

– Vous êtes, Monseigneur, Nicolas de Refroicourt, comte de Blacfort.

– Sot !... Cela, nous le savons. Je suis... Ah, comme la chose est plaisante !... Imagine-toi que je suis en mission secrète pour m'introduire chez le duc d'Orléans... ce qui est fait depuis longtemps. On attend de moi des révélations : elles viendront, certes, mais pour le plus grand bénéfice des Anglais. N'est-ce pas magnifique ?

– Je dirais « suave », Monseigneur.

Blacfort réfléchit un instant, puis :

– Suave, tu as raison. Mais ce n'est pas tout. Ah, tu vas en choir de surprise : Victoire de La Chesnaie de

Flers, l'exquise marquise, le grand amour de ce chien de Valencey... Elle m'accepte pour époux !

L'abbé dut se retenir à un meuble, et l'incident n'était pas feint. Mais il se reprit aussitôt, craignant que son maître n'interprète de manière blessante pareille attitude :

– Surprenant, Monseigneur, mais point tant que cela. Vous êtes en tout supérieur à Valencey d'Adana, elle s'en sera très certainement rendu compte.

Blacfort jeta son verre sur le sol d'un geste violent :

– « Très certainement »... Idiot !... Bien sûr que non. Elle l'aime toujours et ne s'en cache pas même.

– Mais alors, Monseigneur ?

– Comment le saurais-je ?... Elle se croit sublime en m'épousant si je sauve Joachim. Seule au fond de sa province, sans personne à qui parler, elle doit devenir aussi folle que sa mère. Je la soupçonne également de faire un pari fou, de penser... Que sais-je ?... Peut-être espère-t-elle que Joachim, affolé, se jettera à ses pieds pour empêcher cela.

– Le fera-t-il, Monseigneur ?

Saisissant la bouteille, Blacfort se servit dans un autre verre et, souriant :

– Certainement pas, je le connais trop bien et depuis trop longtemps. Il est tellement ridicule, cet imbécile !... Un choix de sa belle dame, de son grand amour, un choix quel qu'il soit est chose sacrée et s'y opposer serait contraire à ses conceptions grotesques de l'amour et de l'honneur.

Il réfléchit un instant puis, plus bas :

– C'est un excellent militaire, un esprit savant, un ingénieur hors pair, un architecte de marine exceptionnel mais en tant qu'homme, finalement, il est quelquefois assez prévisible.

– Cependant, Monseigneur, je m'étonne : vous ne

dites pas un mot de votre bonheur, vous qui depuis l'enfance convoitez la marquise ?

Blacfort leva son verre à hauteur de son œil unique. Le cristal servait de miroir aux flammes de la cheminée.

– L'abbé, tu mets le doigt sur une plaie et c'est bien ce que j'apprécie chez toi. Victoire, je l'ai désirée tel un forcené, nuit et jour, mille fois plus que les autres femmes. Et à l'instant où elle s'offre à devenir comtesse de Blacfort, c'est comme si elle tombait en poussière. En plus, réfléchis : oui, elle est très belle, son zozotement m'excite comme tu ne peux imaginer mais voyons les choses en face : à vingt-trois ans, peut-elle lutter contre les grâces et la fraîcheur d'une enfant de douze ans ?

– Vous... Vous renonceriez, Monseigneur ?

– Ne dis pas de sottises. Ce coup de poignard à Valencey, je le donnerais plutôt dix fois qu'une. Mais il y a la manière...

– Et quelle sera-t-elle, cette manière, Monseigneur ?

– Victoire, sa Victoire... sera sa défaite. Elle veut un mariage qui n'en est pas un, trop tard. Je vais l'humilier. Je vais la traiter comme une putain, non, on hésiterait à agir de la sorte avec une putain. Je vais la souiller à jamais sinon par la ruse, alors par la force. Et elle sera si anéantie que je la mènerai quand même jusqu'aux noces, pour ne plus jamais la toucher.

– L'instant vous est doux, Monseigneur ?

Blacfort observa l'abbé. Il y voyait son double. C'est d'un ton presque amical, chose rarissime, qu'il répondit :

– Sers-toi donc à boire, l'abbé, nous avons tant de choses à fêter !

Au même instant, mais à l'autre bout du monde, l'amiral Neville Stillwood, commandant le *Hood*, crut avoir une hallucination.

Mais les officiers accourus en grande hâte et tous au même instant confirmèrent cette impression : ce qu'il voyait était réel.

Le second dit d'une voix très excitée qui lui était inhabituelle :

– C'est elle, *La Terpsichore* !

D'autres officiers ne purent retenir leurs commentaires :

– Oui. Les Français ont gratté la peinture rouge mais c'est bien elle.

– Comme elle est belle...

– Une silhouette telle que celle-là est unique au monde, la peinture n'y change rien.

– Elle semble mal en point...

– Elle sort probablement d'un combat difficile.

– Oh, mais il y a plus grave encore... Regardez : la mer est calme, l'horizon dégagé et pourtant, je ne vois nulle trace de la *Betelgeuse* et de *L'Argonaute*.

– Les nôtres les ont sans doute coulés...

L'amiral, excédé par ces bavardages, leva sa main gantée de blanc.

– Silence, messieurs, vous m'empêchez de penser avec vos pépiements de volière !

Le silence se fit sur l'instant.

L'amiral anglais observa longuement *La Terpsichore*. Aucun doute, elle sortait d'un très rude combat. Un des trois mâts, l'artimon, était brisé à hauteur d'homme. On avait effectivement gratté la peinture rouge, sans aucun doute pour cesser de parader et tenter de ne se point faire remarquer. En outre, aussi loin que portait le regard, on ne voyait nulle trace de ses deux escorteurs habituels.

L'amiral Neville Stillwood fut pris d'un vertige en réalisant que tout le désignait pour être le vainqueur de la « frégate fantôme » qui semait la terreur sur l'Atlantique depuis des années.

Il entrevit un instant les honneurs à venir mais ne s'attarda pas à ces images de félicité.

Curieusement, avant que ne soit dit le tout dernier mot, il lui venait déjà des regrets. Il eût aimé, au moins une fois, se trouver à bord de *La Terpsichore* mais il savait qu'elle ne se laisserait jamais prendre, préférant se saborder.

Il songea que tous ces hommes qui allaient mourir avaient vécu une bien grande aventure. Au fond, la France, sur mer, avait presque toujours été dominée par l'Angleterre et lorsque ce ne fut pas le cas, tel que pendant cette guerre, c'est surtout à des techniques nouvelles qu'on devait ce renversement.

Et si la France avait généralisé la construction de vaisseaux tels que *La Terpsichore*, la Royal Navy eût disparu complètement, livrant le pays à l'invasion, or sur terre, la France était aujourd'hui invincible.

Neville Stillwood prit sa décision avec un grand calme. Endommagée, *La Terpsichore*, cette fois, ne pourrait résister aux attaques conjointes des vaisseaux lourds *Hood* et *Hornet*.

Il se souvint du geste chevaleresque du prince d'Adana lors du naufrage du *Honey Bee* mais il ne se faisait guère d'illusions sur la possibilité d'un geste de réciprocité : vaincue, *La Terpsichore* se ferait sauter pour ne point livrer le secret du « requin à poudre » et on ne compterait sans doute aucun survivant.

Cependant, même avec deux mâts seulement, la frégate allait tenter le défilement et la chasse ne serait pas si simple, pouvant même prendre un certain temps.

La chasse !

Il observa la vingtaine de jeunes officiers qui l'observaient en retenant leur souffle. Ils étaient l'élite et l'avenir de la Royal Navy.

Il n'eut qu'un mot :

– Taïaut !

48

Bien entendu, le chef de la police secrète Pierre-François Gréville avait doublé ses ordres. Officiellement, et devant le gardien assassin, on devait laisser celui-ci enfermé en la même cellule qu'une demi-douzaine de redoutables brutes, ceux-ci ayant leurs sens aiguisés par l'homme maquillé et vêtu d'affolants dessous féminins de soie et de dentelles. Un homme qu'on leur offrait comme une friandise. En outre, ces gibiers de potence venaient de connaître une bien longue abstinence qui fouettait leur envie.

Mais le gardien déchu parti vers ce qu'il croyait un funeste et douloureux destin, les ordres furent tout autres.

Ainsi, dès les premiers cris, un officier de police colla son œil au judas. Le jupon relevé sur la tête, la culotte aux chevilles, le corps tenu immobile par une douzaine de bras vigoureux, le gardien assassin allait subir de très masculins assauts lorsqu'une dizaine de policiers s'étaient rués dans la cellule, crosses en avant.

Tiré de ce mauvais pas, le gardien fut mis à l'isolement mais les policiers l'avertirent :

– Demain matin, tu as intérêt à parler car tu n'auras pas de seconde chance.

À l'aube, Pierre-François Gréville reçut dans la salle des interrogatoires l'ancien gardien toujours vêtu de son jupon et de ses bas de soie. Il lui épargna les plaisanteries faciles pour attaquer directement :

– Assieds-toi. Tu t'appelles bien Scipion ?

Le ton, étonnamment calme et modéré, surprit agréablement l'assassin qui répondit :

– Oui, monsieur le lieutenant.

– Abandonne le lieutenant. D'abord, je ne suis pas lieutenant mais général. En outre, j'aimerais que tu considères que nous sommes simplement deux hommes dans cette pièce qui poursuivons des buts qui ne sont pas contradictoires. Ainsi, toi, tu souhaites ne pas être pendu et tu rêves, chose impossible, de ressortir d'ici libre et blanchi disons... disons dans une heure.

Prodigieusement intéressé, trop stupéfait pour répondre, Scipion écoutait, attendant avidement la suite qui ne tarda pas – juste ce qu'il faut :

– Moi, je poursuis un autre but, et un autre homme. Malvy n'a à mes yeux aucune importance et se trouvait promis au gibet si bien que tu as simplement anticipé sur une décision de justice. Disons... Nous pourrions convenir qu'il t'a attaqué dans sa cellule et que tu l'as tué en te défendant : ces choses-là arrivent... Ne trouves-tu pas que ce serait une bien belle histoire et qu'il n'y manque que les elfes et les fées pour devenir un merveilleux conte ?

– On se passera des elfes et des fées, monsieur le général.

– Soit. J'ignore ce que tu as entendu sur mon compte mais un bruit court, persistant, et que nul, même au fin fond de la truanderie, n'a jamais remis en question : je suis un homme de parole et, quand je passe un marché, je le respecte toujours.

– La chose est fort connue, monsieur le général.

Vous êtes très dur, parfois sans pitié, mais vous respectez votre parole.

– Heureux que tu en conviennes. Alors écoute : ton commanditaire me défie. Cette affaire est à présent, pour moi, une question de réputation. Cet homme, il me le faut. Si tu m'aides sans calculs, sans rien cacher, tu es sur-le-champ innocenté du meurtre de Malvy. Et libre. Si tu refuses, tu es jugé dans deux jours et pendu dans trois. Cette offre n'est valable qu'en cet instant.

Scipion avait choisi. Il réfléchit avidement, ne voulant rien oublier. Puis il se décida :

– Il me reçut chez une putain, la Champlevé, en un discret bordel de la rue Thibault-au-Dé. Il l'avait congédiée pour l'occasion.

– Souviens-toi de tout, de chaque détail. On m'a informé de ton excellente mémoire, donne-m'en la preuve.

D'un geste rapide, Gréville renversa sur la table le contenu d'une bourse. Les pièces d'or, qui provenaient des fonds secrets, roulèrent un instant.

– Si tu m'aides, Scipion, la liberté que tu retrouveras n'aura point un goût de misère...

Pour Scipion, le cauchemar tournait au rêve fou : l'assassinat de Malvy pouvait se révéler une merveilleuse affaire. Il y avait là de quoi construire une nouvelle vie, retourner en son pays d'Aubagne où l'homme-sanglier ne le retrouverait jamais, y prendre femme et y ouvrir une petite auberge.

Il décida de se montrer très précis :

– Il porte un masque de sanglier. Vous savez cela ?

– Je le sais.

– À ses manières, c'est très certainement un grand seigneur. Vous l'a-t-on dit ?

– Depuis fort longtemps.

– Il évite toujours de vous regarder en face, le saviez-vous ?

– Malvy me l'avait dit.

– Malvy n'avait rien ajouté ?

– Rien de particulier.

Scipion eut un petit sourire.

– Dans mon métier, je ne vois que des hommes qui pour enfreindre l'interdiction de dire un mot parlent la bouche de travers.

– Et alors ?

– Alors pour ne point se faire prendre, ils ont le regard fuyant.

– Encore une fois : et alors ?

– Alors je n'aime pas les regards fuyants. Mais pour punir, il faut les saisir et pour les saisir, il faut être bon observateur. Je suis bon observateur des regards fuyants.

– Me diras-tu enfin ?

– Votre homme est borgne, il a un œil crevé.

Pierre-François Gréville éprouva quelque peine à réprimer un tremblement de ses mains qu'il dissimula sous la table.

Mais Scipion, de fait, se trouvait être bon observateur :

– Tiens, vos mains que vous cachez sous la table m'y font songer : à mon entrée, il tenait un chapelet qu'il dissimula. Un chapelet particulier : chaque grain est constitué d'une tête de mort en ivoire... Autre chose encore : son épée est noire, entièrement noire, du fourreau à la garde. C'est tout, absolument tout.

Scipion jugea du trouble de Gréville et ajouta d'une voix qu'il voulut ferme :

– Je crois, monsieur le général de police, avoir rempli ma part du contrat.

Gréville s'ébroua.

– Ramasse ton or, on va venir te chercher pour te mettre dehors. Un conseil, cependant : ne croise plus jamais ma route.

Puis il se leva et alla voir le gouverneur de la prison.

Son discours fut bref :

– Bertrand Scipion, attaqué par l'assassin Malvy dit « Petit-Sans-Quartiers », a tué celui-ci en défendant sa vie. Scipion est libre dès cette seconde. L'action de la justice est éteinte.

Le gouverneur, qui n'en croyait rien, ne put cacher son regard désapprobateur. Du plat de la main, Gréville tapa sur le bureau en disant d'une voix forte :

– C'est comme ça !

Puis il sortit sans ajouter un mot.

La poursuite durait depuis quatre jours.

Cependant, même dématée de l'artimon et ayant perdu quelques voiles secondaires, *La Terpsichore* donnait bien du fil à retordre à ses poursuivants.

Ceux-ci, sous la conduite de l'amiral Neville Stillwood, s'étaient parfaitement organisés. Ainsi, c'est à tour de rôle, toutes les quatre heures, que le *Hood* et le *Hornet* prenaient la tête, permettant à l'équipage du vaisseau suiveur de se reposer.

Cette remarquable organisation avait pour autre avantage d'user l'équipage de *La Terpsichore* qui ne pouvait, quant à lui, compter sur aucune relève et était sur la brèche vingt-quatre heures sur vingt-quatre.

Stillwood s'en rendait parfaitement compte, et pareillement son état-major, tous se trouvant persuadés que le temps travaillait pour eux. Au reste, à ce rythme, il paraissait évident que l'épuisement gagnait les Français et allait provoquer leur effondrement.

Enfin, par un surcroît de chance qui galvanisait les

milliers d'Anglais, les nuits étaient merveilleusement claires, constellées d'étoiles, illuminées par une lune scintillante : *La Terpsichore* ne pouvait espérer se défiler à la faveur des ténèbres.

C'est assez dire que le moral des officiers et marins anglais était au zénith. On en oubliait l'attitude généreuse du capitaine Valencey d'Adana lors du naufrage du *Honey Bee*. La chasse, et peut-être le goût du sang qui parfois lui fait escorte, prenait le dessus.

Au matin du cinquième jour, on exulta. Cette fois, c'en était fait de *La Terpsichore*.

Acculée, toute retraite coupée par les mastodontes, elle allait droit vers une haute paroi rocheuse sur laquelle, à l'évidence, elle s'écraserait à moins qu'elle ne s'échoue sur la très étroite plage qui précédait la muraille, une plage d'une dizaine de mètres de large.

Tentant ce qui semblait la manœuvre de la dernière chance, la jolie frégate blessée vira vers tribord.

L'amiral Stillwood hésita un instant. Ayant viré ainsi, *La Terpsichore* allait à présent perpendiculairement à ses poursuivants. Si elle virait encore tribord, elle aurait effectué un parfait demi-tour et, pointant sa proue vers le large, avait une très mince chance de s'échapper. Tout serait alors à recommencer...

Pourtant, elle venait de réduire sa vitesse... À la lunette d'approche, l'amiral vit une dizaine d'hommes se jeter à l'eau et gagner à la nage l'étroit rivage tout proche. Une trentaine d'autres s'étaient assis sur le pont, l'air buté, et ne répondaient pas aux exhortations de leurs officiers.

« Quelle tristesse ! »... songea Stillwood.

Pourtant, en vieux loup de mer avisé, l'amiral hésitait encore, ne connaissant rien aux fonds marins en cette région... quoique *La Terpsichore* fût rendue sans dommages tout près de la petite plage.

Son second devina sa pensée :

– Amiral, pas l'ombre d'un rocher émergeant. Cette côte n'est pas rocheuse. En outre, *La Terpsichore* va librement, sans la moindre précaution, ce qui donne l'assurance qu'il n'est point de hauts-fonds.

L'amiral, contrarié, secoua la tête.

– Cependant, des sondages...

– Nous la perdrons, amiral. Il y a mutinerie sur *La Terpsichore*. Le prince d'Adana aura le dessous et, plutôt que de se laisser prendre, il fera sauter son navire. S'il se saborde ainsi, nous n'en tirerons aucune gloire, jamais.

Stillwood leva les yeux vers les dizaines d'officiers et les centaines de marins qui attendaient sa décision, tous tendus vers le même but, tous animés d'un semblable espoir.

Une fois encore, il observa le pont de *La Terpsichore*. Des hommes se battaient à coups de poing, d'autres venaient à leur tour de plonger vers le rivage, des grenadiers mettaient baïonnette au canon pour tenter de mater les mutins.

– Cette fois, c'est bien la fin !... dit-il.

– C'est maintenant ou jamais !... lui souffla le second.

L'amiral hocha la tête en disant :

– Communiquez au *Hornet* : « Continuez la poursuite. Suivez exactement la même route que *La Terpsichore*. »

C'était frôler la côte mais là où passait si aisément une frégate, sans prendre garde le moins du monde, un trois-ponts devait pouvoir suivre.

Une minute plus tard, dans une terrible secousse, le *Hornet* heurta durement un haut-fond et s'y encastra.

L'amiral hurla :

– Virez tribord !

C'était précisément la chose à ne point faire : le *Hood* s'échoua à son tour, aussi brutalement que le *Hornet*.

Puis ce fut l'enfer tandis que *La Terpsichore*, virant bâbord avec grâce, semblait s'évanouir à travers la muraille rocheuse...

49

Blacfort était arrivé de Paris avec un sentiment de bien-être absolu. Tous ses pièges fonctionnaient, toutes ses machinations se déroulaient au mieux et c'est l'ensemble de ses entreprises que la réussite couronnait.

Pragmatique, il savait parfaitement s'adapter. Ainsi, composant avec sa propre impatience, s'était-il persuadé que le mariage avec Victoire constituait une erreur. Une pensée dominait son esprit : la prendre, la déshonorer, puis partir.

Les autres nouvelles, celles qu'il se garderait bien de communiquer à Victoire, l'emplissaient d'une joie sans mélange. Il n'y avait point lieu de s'attarder au meurtre de Malvy mais la chose, faite et bien faite, le rassurait cependant.

En outre, le duc d'Orléans s'était très officiellement plaint au roi de l'épisode de la *Sweet Princess*, précisant que « l'assassin Valencey d'Adana » avait déshonoré le royaume et exigeant un châtiment exemplaire.

Fâcheusement impressionné, Louis XVI avait durci ses ordres. Blacfort savait déjà que l'accueil à Rochefort serait « glacial » et sans doute « non exempt de violence ». D'autre part, le gouverneur de la Bastille avait pour consigne de mettre Valencey d'Adana au « régime très sévère ».

Lorsqu'il fut arrivé à une demi-lieue du château des La Chesnaie de Flers, Blacfort avait lancé son cheval au galop.

Jouant la comédie avec un certain talent, il avait sauté de cheval, feint de tomber de fatigue puis titubé vers le petit salon où il but coup sur coup deux grands verres d'eau.

Enfin, affichant un bon sourire.

– Ah, Victoire, quel bonheur d'être porteur de merveilleuses nouvelles !

Se tordant les mains, au comble de l'excitation, Victoire avait demandé :

– Quelles sont-elles ?... Ze vous en prie, Nicolas, ne me faites point languir !

Il lui sourit avec indulgence :

– Je ne vous ai point écoutée, et bien m'en a pris.

Elle leva sur lui un regard où la crainte le disputait à l'incompréhension mais il eut un geste apaisant.

– J'ai abandonné l'idée de jouer un jeu compliqué auprès de Monseigneur le duc d'Orléans. Mettant mon nom en avant, pris d'une folle inspiration, j'ai demandé audience au roi.

– Au roi ? répéta Victoire, incrédule.

– Au roi. Et, l'ayant obtenue, je me suis jeté à ses pieds.

Il ménagea un silence et reprit :

– Ah, Victoire, quel bon souverain que notre roi !... Il m'a relevé avec une infinie bonté et sommé sur un ton faussement courroucé de m'expliquer.

– Vous... Vous avez parlé de Zoachim ?

Il lui prit les mains et les porta à sa bouche, les couvrant de baisers.

– De qui d'autre ?

Le désir lui revenait par bouffées violentes. Certes, il préférait de loin les petites filles mais Victoire s'assortissait trop bien avec Valencey d'Adana, ils étaient trop visiblement faits l'un pour l'autre. Et lui prendre sa femme, n'était-ce point un peu le prendre lui ?

Cette idée le troubla, il la chassa et poursuivit :

– Le roi, c'est à peine croyable, m'a laissé parler près d'une heure. Mes paroles le contrarièrent, mais en le meilleur sens qui soit car il lança pour lui-même, non sans quelque colère : « Mais enfin, pourquoi m'informe-t-on si mal ? »

Comme saisi d'un élan d'enthousiasme, il prit Victoire dans ses bras et la serra contre lui. Il sentait la poitrine de la jeune femme contre son torse, ses cheveux parfumés effleuraient son visage : en avait-il rêvé, de cet instant ?

À titre d'essai, il déposa un rapide baiser sur les lèvres de Victoire qui se cabra légèrement, une expression de contrariété sur le visage. Il en prit note avec dépit, recula d'un pas sans lui lâcher les mains puis, toujours sur le registre de la joie la plus exubérante et la plus sincère qui soit :

– Tout est arrangé au mieux.

– Simplement à entendre votre discours là où tant d'autres ont essoué ?

Blacfort crut opportun de n'en point trop faire.

– J'ai obtenu ce que nous pouvions espérer de meilleur.

– Que voulez-vous dire, Nicolas ?

– Joachim est sauvé. Le roi exige qu'un conseil de guerre se tienne dès son retour. Cependant, la cour martiale recevra Joachim non en qualité d'accusé mais de témoin. Vous savez comme il est unanimement admiré dans la marine, tous ces officiers vont le blanchir. N'est-ce pas merveilleux ?

Il s'approcha avec prudence.

– N'ai-je pas enfin mérité votre reconnaissance ?

Il la prit dans ses bras, chercha sa bouche, tenta d'y introduire sa langue mais fut repoussé avec violence.

– Êtes-vous fou, Nicolas ?... Ze ne suis pas une fille !

Une colère irrépressible s'empara de lui. Qu'avait-il à perdre ?... Valencey était promis à la Bastille, il y mourrait, quel que fût le prix à payer. Victoire saurait bientôt la vérité. Alors ?... Les plaintes d'une petite marquise de province ? Que pèseraient-elles face à la parole d'un gentilhomme qui soupait chez le duc d'Orléans ?

Elle sembla deviner, reculant jusqu'au mur.

– Non, Nicolas, pas cela !

Elle le regardait, terrorisée, éprouvant la plus grande frayeur de sa vie.

Il alla vers elle, la paupière battant follement sur son œil mort.

– Je vous en supplie. Ne faites pas cela. Pensez à Joachim, à votre amitié...

Elle ne remarqua pas même que, sous l'effet de la terreur, elle avait perdu le défaut d'élocution qui, pour certains, constituait une partie de son charme.

Cela faisait trois jours.

Trois jours, pour une agonie, c'est interminable.

Au pied de la falaise, bien abrité dans la cavité haute de deux mètres et profonde d'autant que la vague avait creusée tout au long de sa base, c'est cent quarante pièces d'artillerie, soit toutes les réserves en canons de la base secrète, qui tiraient sur le *Hood* après avoir massacré le *Hornet*.

Celui-ci, beaucoup plus proche du rivage, avait essuyé en tout premier l'essentiel des tirs français. Mais aux cent quarante pièces alignées au pied de la falaise, il fallait ajouter les soixante pièces tribord de *La Terpsichore* et de *L'Argonaute* sortis du fleuve et bien installés, ancres mouillées, dans une position de tir idéale.

De leur côté, le *Hornet* et le *Hood* étaient dans la quasi-impossibilité de riposter. En effet, ils s'étaient l'un et l'autre échoués avec violence sur les bancs de sable si bien que les deux navires lourds ne se trouvaient plus en cette position horizontale absolument indispensable pour un tir d'artillerie : les canons du *Hornet* pointaient trop haut, ceux du *Hood* vers la mer.

Certes, courageusement, les Anglais avaient installé des cales mais chaque tir nécessitait de soulever de nouveau un canon de 1 838 livres*, de le reposer sur les cales qui l'équilibraient à l'horizontale, de tirer, ce qui provoquait la chute des cales, de recommencer...

Dès le second jour, les canonniers anglais, épuisés, renonçaient.

Au reste, c'est dans la nuit du second jour que l'équipage du *Hornet* avait abandonné le vaisseau troué de toutes parts, démâté au ras des ponts, irrécupérable. Deux cents marins avaient nagé jusqu'au rivage pour se rendre aux Français. Les autres avaient trouvé refuge sur le *Hood*.

Quant au commandant du *Hornet*, demeuré sur l'épave avec trois officiers, il avait choisi de sauter avec la soute à poudre si bien qu'au matin ne demeurait qu'une carcasse fumante dont la forme indiquait qu'il s'agissait des restes noircis d'un trois-ponts de grande classe.

Dans l'après-midi du troisième jour, et bien que la chose ne l'enthousiasmât pas, Valencey d'Adana, pour

---

* 900 kilos.

en finir enfin, fit sortir des dépôts deux mortiers lourds, de ceux qui équipent ordinairement les galiotes*.

C'était l'arme la plus terrifiante qui soit car, connue pour s'attaquer à des murailles de pierres épaisses d'un mètre, on imagine comme elle se jouait des parois de bois, fût-ce celles d'un trois-ponts.

Les mortiers lourds français tiraient jusqu'à 3 000 mètres si nécessaire des bombes de 158 livres** appelées « gros ventru » dans la marine ; bombes dont on voyait dans les airs brûler la mèche et qui explosaient au contact de la cible.

Cependant, au vu des ravages que causaient les mortiers lourds, Valencey d'Adana en avait limité le tir à un toutes les deux heures.

Au fond, il ne souhaitait pas provoquer une boucherie, tout au contraire. Ainsi avait-il fait suspendre le tir de ses canons lorsque les marins du *Hornet* avaient gagné le *Hood* à la nage.

Valencey d'Adana n'aspirait qu'à une reddition anglaise, même si le nombre de prisonniers l'effrayait. En effet, avant de tomber dans le piège qu'il leur avait si habilement tendu, c'est près de deux mille huit cents officiers, marins et soldats qui se trouvaient embarqués sur les deux navires lourds.

C'est la raison pour laquelle, dès le premier jour, Valencey d'Adana avait envoyé la *Betelgeuse* rameuter tout ce qui pouvait se trouver de navires français, américains et espagnols.

La nuit du troisième jour n'avait point apporté de décision bien que l'amiral Neville Stillwood se fût suicidé dans sa cabine.

---

* Bâtiments de siège qui s'attaquaient aux murailles. Ils servirent lors du siège d'Alger.

** 78 kilos.

En outre, profitant de l'obscurité, les Mayas s'étaient approchés à la nage de la carcasse du *Hood* et y avaient jeté des « bombes à frelons ». Il s'agissait d'une arme exclusivement maya, absolument inconnue des Anglais, dont le principe consistait en ceci qu'on pouvait transporter des nids de frelons en toute sécurité grâce aux effluves d'une plante locale. Cependant, dès lors que le nid, la « bombe à frelons », s'écrasait sur le pont d'un navire, les insectes, furieux, se déchaînaient contre les hommes.

C'est donc le quatrième jour, comme le soleil se levait, que la *Betelgeuse* apparut, escortée d'une quinzaine de navires de la coalition pro-américaine. Parmi eux, trois vaisseaux de guerre.

Valencey d'Adana jugea le moment opportun pour s'approcher avec prudence du *Hood* et, du pont de *La Terpsichore*, utilisant son porte-voix, il lança sèchement :

– Officiers, marins et soldats anglais, vous êtes vaincus. Vous vous êtes battus avec courage, et dans l'honneur. Ce combat n'a plus de sens. Rendez-vous, vous serez traités avec humanité.

Démoralisés, anéantis, les Anglais capitulèrent. On compta mille huit cents prisonniers qu'on évacua avant de faire sauter les restes du *Hood*.

Ce soir-là, Valencey d'Adana avait décidé de s'enfermer dans sa cabine. Sur le pas de la porte, d'une voix lasse, il souffla à Mahé :

– Nous appareillerons dès demain pour la France.

– Tu... Tu leur obéis ?

Le commandant de *La Terpsichore* évita le regard de Mahé :

– Un homme ne peut se dérober à son destin.

Mahé poussa assez brutalement le prince à l'intérieur et referma vivement la porte sur eux. C'était là des manières telles que Mahé n'en avait jamais usé et qui stupéfièrent Valencey d'Adana. Moins, cependant, que les paroles qui suivirent :

– Joachim, non !... Pas cette fois.

– Que veux-tu dire ?

– Tu ne joueras pas ce nouveau rôle sublime et magnifique du héros innocent persécuté par des nains jaloux et malfaisants. Tu n'es pas la statue de la vertu, tu n'es pas Roland à Roncevaux. Nous n'avons qu'une vie, Joachim, et les années passent. Voilà plus de dix ans que tu t'égares en croyant bien faire. C'est un peu comme... J'ai l'impression que tu chevauches à côté de ta vie. C'est cela. Toi sur un cheval, ta vie sur un autre et voilà que les deux montures s'éloignent de plus en plus l'une de l'autre.

Valencey d'Adana prit étonnamment bien les choses, allant jusqu'à sourire.

– Le plus étrange, c'est que tu as en partie raison. Mais je crois que je suis ainsi, de ceux qui n'ont pas le droit de penser à eux-mêmes.

– Mais qui dit cela, Joachim ?... Qui, à la fin ?...

– Je ne sais pas. Je le crois, voilà tout. Cela vient de loin, de si loin... Notre nom est trop vieux et trop glorieux, cela est certain. Je n'aurai pas d'enfant, Mahé, jamais !... Je n'imposerai à personne de porter un nom si lourd, un nom aussi insupportable qui écrase mes épaules. Je devais être trop fragile pour un nom pareil, aussi vois-tu, je crois que je dois être le dernier. C'est pour cette raison que je voudrais finir la lignée en beauté.

– C'est impossible !... Il fut un temps où tu aimais tant la vie.

– C'est elle qui ne m'aime pas.

– Et Victoire ?

– Ah non, pas ça : c'est déloyal, Mahé, tu sais

comme je l'aime. Mais lui offrir... cela, ce que je suis, elle ne le mérite pas.

– Et ce que nous faisons dans cette guerre, les lumières de tes philosophes, la république en France, la justice pour tous ?

Valencey d'Adana eut un geste las.

– Même cela, oui, même cela, hélas !... Toi, tu ne connais pas ce déchirement, et c'est tant mieux. Certainement que j'aspire au changement, à la république, au renversement du trône et aux idées nouvelles. Mais tout en moi reste attaché à l'ancien monde, pas celui de la noblesse actuelle qui est déjà dans le nouveau siècle mais celui de la chevalerie, des belles manières et des vieux châteaux. Ah, comprends-moi, je suis écartelé. Je suis au milieu d'un fleuve laissant sur une berge tout ce que j'aimais et nageant vers l'autre rive parce que c'est là que sont la justice, la liberté et l'avenir. Mais vois-tu, Mahé, une chose est implacable : de toute façon, moi, j'ai déjà perdu, j'ai perdu quel que soit le vainqueur...

Il y eut un long silence.

Puis Mahé parla plus doucement :

– Ce que tu me dis est terrible. Pourquoi ne m'en as-tu jamais parlé ?

– Pour te voir inquiet comme en cet instant ?... Ah, j'aurais mieux fait de me taire.

– Joachim, toutes ces années, comme tu étais seul avec tout cela... Mais je suis ton frère, j'avais le droit de t'aider, je peux t'aider. Rien n'est joué si nous le voulons.

– Mais je ne veux rien, Mahé. Plus rien. Je suis fatigué, je voudrais que cela finisse enfin, qu'on dise : « Ah, le dernier prince d'Adana fut à la hauteur », et que je ne sois surtout plus là pour l'entendre.

– Je ne te laisserai pas faire. Et Victoire non plus. Et pas davantage Nicolas. Nous l'empêcherons.

– Restez en dehors de cela vous trois plus que tout autre. Le courrier de France est arrivé par la frégate de midi : l'homme-sanglier a tué l'abbé Brégère, ce pauvre vieux curé. J'ai peur pour Victoire, à présent. Si je me livre, les Anglais qui arment le bras de l'homme-sanglier suspendront la vengeance et je la sauverai. Tu vois, c'est fort simple : je n'ai aucun choix !

– Les Anglais et leur « homme-sanglier » ignorent tout pour Victoire et toi, ne crains pas cela. Pour notre vieil abbé, ce n'est pas ta faute.

– Allons donc !... Ah, le pauvre cher vieillard si brave, si gentil et dont le seul tort fut de s'attacher à notre nom. Tu vois, Mahé, ce que je vais te dire est un terrible aveu : je ne porte pas bonheur à ceux que j'aime...

Mahé fut bouleversé en voyant des larmes dans les yeux du prince. Il se précipita et prit son frère dans ses bras afin qu'ils pleurent ainsi en se serrant très fort comme lorsqu'ils étaient enfants. À l'époque où Joachim symbolisait le bonheur et la joie de vivre.

50

Une douzaine de jours s'étaient écoulés depuis la fin du *Hornet* et du *Hood*. Des succès auxquels il fallait lier la mise à mort du *Honey Bee*. À la parole des Français s'ajoutait celle des Américains et des Espagnols, battant en brèche le scepticisme général. La confirmation officielle vint des marins anglais eux-mêmes. En effet, et en premier lieu une goélette française chargée d'officiers anglais avait été capturée par la Royal Navy. Des officiers supérieurs de la marine de George III, tête basse, avaient confessé aux leurs la perte des trois vaisseaux lourds. Puis, en Amérique, des échanges d'officiers prisonniers ayant eu lieu à l'initiative du général Washington, la nouvelle de l'existence et de la fin des trois « ogres » fut également confirmée par les Anglais devant des conseils de guerre et différentes commissions. Aucun doute n'était permis : la frégate *Terpsichore* avait bel et bien détruit les trois-ponts *Hood*, *Hornet* et *Honey Bee* armés de trois cent vingt canons et transportant quatre mille hommes d'équipage. Et si l'on frissonnait à l'évocation de l'arme secrète fatale au *Honey Bee*, tout homme de mer restait muet d'admiration en entendant les détails du piège tendu par Valencey d'Adana aux deux autres vaisseaux lourds car, pour un marin, l'alliance du courage et de l'intelligence fut de tout temps chose vénérée.

Transportée par les équipages des vaisseaux de

guerre, relayés par ceux des navires de transport et de commerce, la nouvelle courait tous les ports du monde en ce mois de mars 1781 tandis que *La Terpsichore* approchait des côtes de France.

Une corvette rapide de l'Amirauté s'était portée à la rencontre de l'ancienne « frégate fantôme ». Il n'était plus question d'aborder à Rochefort mais à Brest, par surprise. Le messager, un officier au visage chafouin, s'était bien gardé d'expliquer à Valencey d'Adana les raisons d'un tel changement. À commencer par le fait qu'informée de sa venue, la population de Rochefort s'apprêtait à recevoir le commandant de *La Terpsichore* en héros... et qu'il est bien difficile d'arrêter un héros devant des milliers de gens venus le fêter et l'acclamer. Tandis qu'à Brest, on avait pris soin de ne pas avertir la population...

L'air sombre, Valencey d'Adana parlait peu. Même son ami Mahé, celui qu'il appelait avec une grande affection « Monsieur mon frère », ne savait trop comment l'aborder.

Méthodique, comme à son habitude, Pierre-François Gréville avait bouclé la partie « Mœurs » du dossier Blacfort. Il avait rencontré la Champlevé, prostituée dirigeant un bordel de la rue Thibault-au-Dè, qui avait fourni des petites filles au borgne. De là, tirant ce fil, remontant pistes et filières, le « lieutenant » de police secrète avait préparé un acte d'accusation accablant allant jusqu'au meurtre puisqu'une fillette de onze ans avait été jetée d'un premier étage par un Blacfort mécontent de sa terreur et de sa résistance.

Satisfait du tour que prenait son enquête, Gréville s'était alors consacré à l'aspect « homme-sanglier » tueur de Nicolas de Refroicourt. Déjà, il tenait par-devers lui, dûment enregistré, le témoignage du gardien assassin soudoyé par Blacfort pour éliminer Malvy. Complicité de crime, un modeste début. Et juste une présomption, hélas, rien de formel. Mais tout de même...

Disposant de faits nouveaux, c'est en Charente qu'il espérait charpenter son dossier. Accompagné de six policiers d'élite, il s'y rendit et à peine y fut-il qu'il adressa un bref message à la population du village qui vit voici quelques temps passer la horde se rendant chez le général pour le tuer ainsi que ses gens : tout renseignement serait payé en or, l'anonymat garanti.

Il précisa qu'il attendrait quatre heures dans le presbytère d'éventuels visiteurs.

Il craignait de n'y voir personne, les villageois s'y bousculèrent.

Rien, il ne ressortait rien de toutes ces rencontres. Certes, ces gens ne mentaient pas, tous avaient vu passer la bande de cavaliers, l'homme au masque de sanglier, la formidable attaque, près du calvaire, du chien « Tue-Sans-Peur » qui égorgea deux des assaillants mais quoi, rien que le chef de la police secrète ne sut déjà.

Parmi les derniers, un homme se présenta accompagné d'un garçon d'une dizaine d'années et le policier, comme Blacfort bien avant lui, fut frappé par le regard singulier et pénétrant de l'enfant.

Une excitation professionnelle lui vint où le grand chasseur d'assassins éprouve comme un bouillonnement du sang et aime plus que jamais son métier.

Il affecta cependant une voix nonchalante :

– Lequel de vous deux a vu quelque chose ?

– Mon fils !... répondit un homme intimidé et inquiet : n'avait-il pas, à l'époque, battu l'enfant pour qu'il se taise ?... Mais ces temps étaient révolus, l'homme-sanglier n'était point revenu et l'or promis tournait la tête de ce paysan qui en venait à échafauder des rêves de fortune.

Le père et le fils se tenaient debout devant Gréville assis à une petite table. D'un ton sec, il s'adressa au père :

– Vous, sortez !

Un instant interloqué, l'homme quitta la pièce en toute hâte afin de ne pas déplaire.

Le chef de la police secrète regarda longuement l'enfant qui ne baissa pas les yeux. Ce regard lui plut pour ce qu'il révélait de caractère, de fermeté et de tranquille assurance. Voilà le genre de témoin, malgré son jeune âge, qu'on ne pouvait pas impressionner.

– Assieds-toi.

Le garçon obéit.

– Où étais-tu, toi ?

– Près du calvaire.

– C'est impossible. Tu es un sale petit menteur car nul ne se trouvait là. Où était-tu ?

– Près du calvaire, caché derrière les hautes broussailles.

– Admettons que ce mensonge soit la vérité et...

Le garçon le coupa :

– Je ne mens jamais.

Le chef de la police secrète savoura l'instant. Primo, ce ton-là ne trompait pas, c'était celui de la vérité. Secundo, rien ne ferait taire ce garçon.

Il reprit :

– Admettons, ai-je dit. Tu te trouvais près du calvaire. Soit. Derrière le calvaire ?

– Derrière.

– Dans les broussailles, hein ?

– Dans les broussailles, monsieur l'officier.

– Admettons. Et alors, qu'arriva-t-il ?

– L'homme au masque de sanglier a tué le chien du village, notre « Tue-Sans-Peur », d'un coup de pistolet. C'est un très bon tireur.

– Pourquoi crois-tu que c'est un bon tireur ?

– C'est un bon tireur. Il était à cheval, gêné par Mlle Pauline couchée en travers de sa selle et qui se débattait. Il n'a tiré qu'une fois dans cette très mauvaise position. C'est donc un bon tireur.

Cette fois, Gréville savait qu'il tenait là l'unique témoin des événements. Il sut, comme presque toujours, dissimuler son excitation et, d'une voix un peu traînante :

– Soit. Et après ?

– Il m'a vu.

Un court silence, puis Gréville demanda, sans changer de ton :

– Bien. Il t'a vu. Et alors ?

– C'est que moi aussi je l'ai vu : il n'a qu'un œil, l'autre a été crevé.

« Miséricorde ! » songea Gréville qui poursuivit :

– Autre chose ?

– Sa voix. Il a parlé à ses amis.

– Qu'a-t-il dit ?

– Il a dit : *»Si ces lâches possédaient même une infime partie du courage de ce chien, nous ne serions jamais passés. »*

– Tu la reconnaîtrais, cette voix ?

– Entre toutes.

– Alors je vais te récompenser. Rien d'autre, rien de particulier ?

– Son épée.

– Eh bien ?

– Elle est noire, entièrement noire. Je n'en ai jamais vu de semblable.

« Quel moment magnifique !... songea Gréville :

C'est là, lorsque s'accumulent les présomptions que gît le véritable plaisir.... Comme la conquête amoureuse, comme un repas de fêtes qu'on s'apprête à vous servir, c'est tout un. Le grand bonheur est avant, toujours avant ! »

Il sourit à l'enfant, fouilla dans une sacoche de cuir, en sortit une bourse et étala sur la table les pièces d'or des fonds secrets en disant :

– Va chercher ton père.

L'homme entra, intimidé, tenant son chapeau de feutre à deux mains. Puis il vit les pièces d'or. La voix glacée de Gréville le fit sursauter :

– Toi, tu peux être fier de ton fils. Consacre une partie de cet or à le faire étudier ou gare, car je te surveillerai de loin, mais toujours.

L'homme devait d'ailleurs tenir parole et l'enfant finir général et baron d'empire, mais c'est là une autre histoire.

Tandis que sur un signe de tête le paysan ramassait son or, Gréville songea qu'il avait encore largement le temps de passer chez la ravissante marquise de La Chesnaie de Flers. Il rêvait de son zozotement.

Il allait, sur ce plan, être déçu.

Le navire approchait de Brest lorsqu'il dut céder le passage à une formidable escadre. En ce 23 mars 1781, c'est toute une armada qui prenait la mer pour tenter d'en finir avec la flotte anglaise.

– Des dizaines et des dizaines... Je n'ai jamais vu tant de vaisseaux de guerre à la fois !... constata Mahé, auquel manquait l'enthousiasme. En effet, il n'avait su convaincre son ami de se soustraire à la « justice » du roi et pour cause : Joachim pensait qu'en se livrant il sauvait Victoire de la vengeance anglaise.

– Nous ne serons pas de cette expédition !... répondit Valencey d'Adana avec un sourire triste.

Sur le navire-amiral, le comte de Grasse, commandant les forces navales françaises, se tourna vers son second :

– Mais dites-moi, cette élégante frégate qui rentre à Brest, ne serait-ce pas la fameuse *Terpsichore* ?

– Elle-même, monsieur l'amiral.

De navire à navire, on se fit signe par pavillon.

Puis des centaines de canons tirèrent une salve d'honneur pour fêter le retour au pays de la plus glorieuse frégate du royaume des lys.

Cette fête n'était point de trop... lorsqu'on sait ce qui devait suivre !

51

– Mais... Vous a-t-il violée, madame la marquise ?

La jeune femme eut un haut-le-corps :

– Ah non !... Mais j'ai senti ses mains sur ma poitrine, sous ma robe, et c'est bien assez ignoble !...

– Ah, il se sera donc repris avant d'aller plus loin en ses odieuses entreprises ?

Bien que son visage fût triste, un bref sourire éclaira l'émouvant et joli minois de la jeune femme.

– Vous êtes déjà venu ici, dans cette pièce, monsieur Gréville. Nous la nommons le petit salon, ou salon bleu. Bien entendu, vous ne remarquez rien ?

Le chef de la police secrète devina le défi qu'on lui lançait là mais c'était mal le connaître que d'imaginer qu'il ne le relèverait point. Il revit la pièce telle qu'en son souvenir, mètre par mètre puis, amusé :

– Ah ça, auriez-vous changé de place ce vase sans doute chinois où l'on voyait une chose étrange, mi-navire, mi-dragon vert, qui affrontait toute une armada de galions ?

Elle le regarda, le souffle coupé d'admiration, puis, se reprenant :

– Changé de place, en effet : il a fini brisé sur le crâne du comte de Blacfort et s'il se « reprit », comme vous dites plaisamment, c'est sous le choc et parce que j'eus le temps d'aller quérir le pistolet de feu mon père.

« Quelle femme ! » songea Gréville, à son tour admiratif.

Il poursuivit néanmoins :

– S'est-il excusé ?

– Oh certes !... Mais je l'ai chassé. Il a trahi mon amitié, mais aussi celle de Joachim et cela, je ne le pardonnerai pas.

Gréville la regarda d'un air soucieux puis :

– Ah ça, madame, n'avez-vous donc point d'amis qui vous parlent ?... N'avez-vous pas, vous-même, des yeux pour voir ?... Blacfort ne voit en le prince d'Adana qu'un rival car vous l'aimez autant qu'il vous aime.

– Qui vous a dit qu'il m'aimait ?... demanda-t-elle un peu trop vivement.

– C'est l'évidence. Il vous aime aussi fort que vous l'aimez. Ah, comme il vous regarde ! Je vous observais discrètement lorsqu'il vous rencontra si brièvement. C'est mon métier de remarquer ces choses.

Rougissante mais enchantée, elle répondit :

– Voulez-vous du thé ?

– C'est trop de gentillesse, Marquise, et je ne dis pas non car il fait dehors un froid de gueux. Mais avant, cependant, une question encore : avez-vous jamais vu au comte de Blacfort des tenues entièrement noires ?

– Non.

Quoique déçu, le policier demanda sans conviction :

– Et un chapelet ?

– Mais certainement, son horrible chapelet d'ivoire.

Le cœur battant, Gréville reprit :

– Horrible ?

– Les perles sont certes en ivoire, mais sur chacune furent très habilement sculptés des crânes. Je me souviens qu'il me confia que ce chapelet très ancien venait des lointaines terres de Sicile et particulièrement d'une ville, Syracuse.

Gréville ne jugea pas utile de faire des commentaires pour le moment, poursuivant son avantage :

– Avez-vous jamais prêté une quelconque attention à son épée ?

– Laquelle ?

Le chef de la police secrète parut surpris :

– La coutume, pour un gentilhomme, est de n'avoir qu'une seule épée qu'il a bien en main une fois pour toutes. Il fut même un temps où ils dormaient avec...

Victoire ébaucha un bref haussement d'épaules.

– Son épée me paraît assez belle, mais je ne saurais la décrire. Il en avait jadis une autre, celle, malheureusement, qu'il tenait à la main lorsqu'il perdit son œil. Or, récemment, et j'en fus surprise, je le rencontrai juste après le meurtre de notre curé et je remarquais qu'il portait à nouveau cette maudite épée que je croyais brisée.

Masquant son impatience, Gréville demanda :

– A-t-elle quelque chose de remarquable ou, comme son autre épée, ne se singularise-t-elle en rien ?

Elle le regarda avec une légère suspicion mais expliqua :

– Celle-ci est au contraire tout à fait remarquable au point que je n'ai jamais rien vu de semblable bien que, du temps de mon père, beaucoup d'officiers aient passé au château. Elle est noire, monsieur Gréville, entièrement noire. La garde, le manche, le fourreau et même la lame : tout est noir. Et elle est... sinistre !...

– Mais encore ?

– La poignée est un entremêlement d'os et l'extrémité du manche se termine par un crâne aux orbites vides. Tout cela est forgé très artistiquement. Mahé disait que cette épée appelait la mort. Mais pourquoi toutes ces questions ?

Gréville sut qu'il ne pouvait plus reculer et d'ailleurs, il ne le souhaitait pas :

– Ah, madame !... L'homme qui portait une tête de sanglier tenait votre sœur en travers de sa selle avant de l'emmurer vive et se rendit chez le général Valencey d'Adana pour le tuer ainsi que ses gens, celui-là portait une épée entièrement noire telle que vous la décrivez. Et il n'avait qu'un œil.

Il marqua un temps et reprit :

– L'homme au masque de sanglier qui soudoya un gardien pour tuer un témoin, précisément un homme impliqué dans la mort du général, celui-là, le même, était borgne. Et ce gardien remarqua le chapelet unique que vous m'avez décrit avec ses grains d'ivoire en forme de crânes. Nous parlons chaque fois du même assassin...

Victoire, chancelant sous la surprise, regardait Gréville avec fixité lequel, à tort, crut qu'elle ne l'avait pas compris :

– L'homme-sanglier a tué votre sœur, le général et tous ses gens. Il a probablement tué l'abbé Bérégère : lorsque vous l'avez croisé portant cette épée, et venant vous visiter pour prétexte, il sortait de ce crime. En outre, il a fait tuer au moins un de ses complices, sans parler d'autres crimes sur des fillettes. L'homme-sanglier, comme le comte de Blacfort, est borgne, a une épée noire et un chapelet sans doute unique au monde. Tout cela est établi et j'ai des témoins mais c'est vous qui m'avez permis d'établir le lien qui me manquait. Comprenez-vous, madame ? Blacfort est l'homme-sanglier !

Elle demeura un instant songeuse avant de répondre avec un calme étonnant :

– Je comprends trop bien, monsieur, et trop de choses fort anciennes. Mon Dieu, j'espère qu'il sera pendu.

Gréville sourit.

– On pend les gens du peuple, madame. Les aristocrates ont droit à la décollation par la hache ou l'épée. C'est un privilège de la noblesse...

Il songea aux idées nouvelles qui le séduisaient fort et ajouta :

– Pour le moment...

Il s'ébroua.

– J'ai réfléchi à tout cela et y vois une injustice : en cet instant même, le malheureux prince doit encore se reprocher d'avoir éborgné l'ignoble assassin Blacfort.

Victoire tressaillit.

– En effet.

– C'est finalement le prince qui a payé le plus cher, en cette affaire.

– Que voulez-vous dire, monsieur Gréville ?

– Eh bien... Avant « l'accident », était-il aussi versé dans l'étude ?

– Oui.

– Ah !... Mais était-il aussi sérieux ?

– Ah non !... Il plaisantait, il riait, il était très gai, il amusait tout le monde, on le trouvait irrésistible.

– Il a donc changé... Brusquement ?

– Au début, il s'accablait. Nous pensions que cela passerait. Mais nous l'avions sous les yeux, nous nous sommes insensiblement habitués à son nouveau comportement. Mais en y pensant, oui, il a changé, définitivement.

– Alors c'est un peu comme ces enfants qui font une chute et dont la croissance cesse brusquement.

– Que voulez-vous dire ?

– À ses propres yeux, le prince était en faute. Ah, l'idée de faute : il n'a pas retenu son coup, il s'est montré maladroit. Tout est là. Il n'en a pas eu conscience mais son avenir était tracé. Tant pour le grand nom qu'il porte que pour racheter sa « maladresse » ou sa « faute », il devait être parfait, exemplaire. C'est pourquoi je vous dis qu'il a perdu bien davantage que Blacfort en cette affaire.

– Voulez-vous dire que sans cela...

– Il serait un autre, la continuité de l'enfant gai que vous avez connu. Vous imaginez ce qu'il a enduré comme souffrances ?... Cacher ses sentiments, sa sensibilité, sa fragilité, se dissimuler derrière l'apparence d'un glorieux automate !... Quelle punition il s'est infligée. J'ai déjà vu quelques cas de ce genre mais à ce point, c'est assez stupéfiant.

Victoire fondit en larmes en murmurant :

– Mais je n'ai rien vu de tout cela...

Gréville, fort embêté, se demanda un instant s'il n'avait pas trop parlé quoiqu'il inclinât plutôt à penser qu'il était grand temps de bousculer un peu le destin en rapprochant le prince et la marquise.

Un carrosse fermé et six cavaliers du régiment de Flandres, très acquis au roi, et qui avait sa confiance, attendaient sur le quai.

Valencey d'Adana descendit la passerelle de *La Terpsichore* en grand uniforme, portant toutes ses décorations, et s'arrêta devant chacun de ses officiers pour prendre congé.

Cependant, un capitaine du régiment de Flandres, impatient, fit presser le mouvement avec une grande impolitesse et une telle grossièreté que les officiers de marine portèrent la main à la poignée de leurs sabres.

Valencey d'Adana dut intervenir pour les calmer.

Enfin, en tout dernier, il s'arrêta devant Mahé :

– Adieu donc, monsieur mon frère chéri !

Les larmes aux yeux, Mahé répondit :

– Ne parle pas d'adieu, Joachim, surtout pas ! Nous nous reverrons sous peu.

– Je n'en suis pas persuadé... Quoi qu'il en soit, je te confie les hommes et *La Terpsichore*. Je tenterai de savoir ce qu'il en est de tout cela afin de te faire prévenir mais si je ne le puis, vois nos amis. Si par malheur notre flottille est dispersée et dissoute, place les hommes devant ce choix : regagner la France et la marine royale ou rester avec toi pour vivre autre chose.

– Compte sur moi, Joachim. Et... pas d'autres messages, personne à prévenir ?

Valencey d'Adana jeta un regard hautain aux officiers du régiment de Flandres qui piaffaient d'impatience puis, d'un ton assez froid :

– Personne.

Puis, sortant son sabre de son fourreau, il le brisa sur sa cuisse, jeta les deux morceaux sur les pavés et, sans qu'on l'en priât, monta dans le carrosse aux rideaux baissés, laissant certains de ses hommes, officiers, soldats et marins en larmes.

Il s'était muré dans le silence et ne manifesta point d'étonnement lorsque, à quelques lieues de Brest, le carrosse s'arrêta devant une forge isolée.

Le capitaine du régiment de Flandres, d'une voix qu'il tentait vainement de rendre agréable, expliqua :

– J'ai des ordres, je dois vous faire enchaîner.

Valencey d'Adana le regarda avec une dédaigneuse surprise. Il le toisait en portant tête haute, légèrement inclinée à gauche : la posture même du mépris dans l'ancienne noblesse. Il jeta :

– Je vous ai suivi de mon plein gré, monsieur, ce n'est certes pas pour aussitôt m'évader.

– J'ai des ordres.

On enchaîna le commandant de *La Terpsichore* aux poignets et aux chevilles.

Et, dès que la chose fut conclue, le ton changea car le capitaine d'infanterie se tourna vers ses six hommes en riant.

– Messieurs, voici un prince. Descendant de Charlemagne. Et un héros. Le monde entier nous l'envie. Les Américains le vénèrent et par Américains j'entends ces paysans puants et mal dégrossis qui se sont révoltés contre leur roi légitime. Ils ne jurent que par ce d'Adana, ce renégat complice des La Fayette, Custine, Noailles, Lauzun et autres traîtres de haute noblesse.

Valencey d'Adana devina ce qui l'attendait, il n'en sourit pas moins.

– Je vois, messieurs, qu'on vous a choisis tout spécialement !

– Plus que tu ne l'imagines !... répondit l'officier en le frappant au visage.

– Sage précaution que de m'avoir enchaîné et belle preuve de bravoure !... dit Valencey d'Adana, qui saignait abondamment.

C'est alors qu'on le poussa pour qu'il tombe et, lorsqu'il fut à terre, les coups de botte arrivèrent de tous côtés. Le commandant de *La Terpsichore*, qui avait connu quelques rudes assauts, protégea ses dents avec ses mains enchaînées.

Lorsqu'on le releva, ruisselant de sang, il était méconnaissable : épaule cassée, cuir chevelu ouvert, une arcade sourcilière éclatée ainsi qu'une pommette, le nez cassé, quatre côtes brisées.

On allait lui voler ses décorations, on hésita tout de même. Mais on se vengea de cette frustration en le jetant sur le plancher du carrosse où il fut assommé à coups de crosse.

52

Le gouverneur de la Bastille, administrateur prudent, avait laissé son adjoint s'occuper du comité de réception « d'un genre particulier » qui attendait le prisonnier.

Mais lorsque, derrière une vitre, il aperçut ce dernier qu'on allait chercher au fond d'un carrosse, et que deux gardiens au vu de son état étaient obligés de soutenir aux épaules – le traînant davantage qu'ils ne le portaient –, il décida sans en référer que mieux valait en rester là. C'est parce qu'il savait s'adapter aux circonstances que le gouverneur restait en charge de la Bastille, cette citadelle prison aux huit grosses tours si redoutée des Parisiens.

L'homme ensanglanté était tout de même vêtu d'un uniforme de la marine royale d'un grade élevé et arborait sur la poitrine la plus haute et la plus rare décoration du royaume. Il était prince et, plus important peut-être, l'opinion publique lui était farouchement favorable : ne le disait-on pas héros de la guerre d'Indépendance américaine ?

Le gouverneur pressentit les ennuis à venir. Changeant ses plans, il attribua à Valencey d'Adana une cellule point trop humide, mais guère confortable non plus. Un juste milieu qui le mettrait, escomptait-il, à l'abri des reproches des ennemis aussi bien que des amis de ce prince.

Satisfait, louant sa propre sagesse, il s'en alla souper puis coucher, pensant le problème réglé.

Quelle ne fut donc pas sa surprise lorsque, en pleine nuit, il fut réveillé par le gardien-chef et à peine réalisait-il ce qui se passait sous ses yeux que les choses s'accéléraient encore. À la lueur des torches, une dizaine d'hommes en uniforme noir qui lui étaient inconnus entrèrent dans la pièce en frappant le gardien-chef puis, épaulant leurs fusils, le tinrent en joue.

Enfin, un homme d'environ trente-cinq ans, visage dur, entra à son tour. Un regard de tueur et, au chapeau, la cocarde rouge et violette que peu d'hommes connaissaient sauf en la haute administration : la cocarde de la police secrète en campagne.

Était-on en guerre ?... Assurément, ces hommes l'étaient. Et contre lui.

– Je veux voir immédiatement Valencey d'Adana !

Le gouverneur, en chemise, sauta du lit.

– On vous y mène, monsieur.

Le chef de la police secrète, puisque c'était lui, enfonça son index dans la poitrine de son interlocuteur.

– Avant toute chose, sachez ceci : vous répondez de sa vie sur votre tête.

– Mais... les ordres...

– Des ordres ?... Mais pour qui est-ce que je parle ?... Un ordre, vous venez d'en recevoir un, directement de moi à vous.

– Je dois vous dire, monsieur, que le prince a été un peu... maltraité, mais bien avant d'arriver ici. Le voyage a duré deux jours, sans doute très pénibles pour le prisonnier, ce qui...

Gréville le gifla en disant :

– Je gage, monsieur, que pareille chose n'arrivera pas dans votre prison. Mais c'est assez parler, menez-moi au prince.

Mahé de Campagne-Ampillac enrageait de son impuissance. À peine Valencey d'Adana emmené, les troupes royales, en grand nombre, avaient pris position sur les quais au plus près de *La Terpsichore*.

Presque aussitôt, un officier de marine, gêné, s'était approché et, à mi-voix :

– Lieutenant, vous allez recevoir vivres, eau, et munitions. En quatre heures, l'affaire sera réglée. Vous reprendrez la mer aussitôt.

– Il n'en est absolument pas question.

L'officier baissa encore la voix :

– Nul ne vous est hostile, lieutenant, et surtout pas la marine. Si vous combattez ces fantassins, vous aurez le dessous. Et qu'adviendra-t-il alors ?

– L'honneur... commença Mahé qui fut aussitôt interrompu.

– Quel honneur, lieutenant ?... Un autre prendra votre place et ce glorieux équipage sera désorienté. Croyez-moi, monsieur, partez vite, affichez bien cette intention. Et ma foi si dans quelques jours, suite à une avarie, vous devez revenir à Brest quand les choses seront calmées, qui vous pourra blâmer ?

Mahé songea que la marine était décidément un grand corps. Il eut un bref sourire et répondit :

– Nous appareillerons quand vous en donnerez le signal, capitaine.

Désœuvré, attendant que passent les jours, Mahé avait donné cet ordre : droit devant puis des cercles concentriques pour couper aux Anglais la route des Amériques.

L'aube s'était levée, morne et grise, lorsque la vigie hurla :

– Frégate à tribord !

Mahé la prit aussitôt en chasse avec l'intention de s'en approcher, n'étant point certain, dans les conditions actuelles, de souhaiter combattre pour les couleurs du roi de France que l'équipage appelait « le gros cochon » sans que les officiers aient le cœur de les punir.

Il ajusta sa lunette d'approche... et resta bouche bée.

Puis, les événements le dépassèrent. C'est qu'à bord de *La Terpsichore*, il ne manquait pas d'officiers et de marins dotés d'une vue exceptionnelle. Sans même qu'il en eût donné l'ordre, la cloche du gaillard d'avant, à laquelle celle du gaillard d'arrière fit écho, appelait aux postes de combat.

Les hommes montaient des cales déjà armés. Grenadiers, fusiliers, tireurs d'élite, sections noires du sergent Hyppolite, Mayas et Bravos, tous le regard farouche, les lèvres contrariées par un rictus de haine, tous s'apprêtaient à se battre pour livrer ce qu'ils considéraient comme LEUR combat.

Car c'est le *Furious* du capitaine Dennis Milford qu'on apercevait sur tribord, tentant désespérément de se dérober...

Debout, bras ballants, stupéfait, le chef de la police secrète Pierre-François Gréville observait Valencey d'Adana effondré sur le sol glacé, demi-inconscient, enchaîné aux poignets et aux chevilles.

Tout policier qu'il fût, c'est-à-dire homme d'ordre, mais par ailleurs franc-maçon acquis aux idées nouvelles, il considérait cet aristocrate de haute volée comme un des sommets des vertus humaines lorsqu'elles se réunissent, si rarement, en un seul homme.

Il s'assit sur les talons, saisit une des mains abîmées

et, d'une voix douce qui fit pourtant sursauter Valencey d'Adana :

– Vous voir ainsi, vous, Monseigneur, trahi, battu, humilié, enchaîné quand la canaille et les assassins paradent à la Cour, cette basse-cour !... Ah, c'est trop d'injustice, il faut culbuter tout cela cul par-dessus tête !...

Un homme âgé, porteur d'une mallette de cuir, entra dans la pièce d'un air important.

– C'est lui ?... Un officier de marine ?...

Gréville hocha la tête puis, voyant le gardien-chef, il aboya d'une voix haineuse :

– Qu'attends-tu, imbécile ?... Ôte-lui ses chaînes !

On libéra Valencey d'Adana de ses entraves tandis que l'homme à l'air important ouvrait sa mallette de cuir en maugréant d'un ton de colère rentrée :

– Qui a fait ce joli travail, votre police ?

– Non, le régiment de Flandres. Ils ne perdent rien pour attendre, ceux-là !... Eh bien, monsieur le chirurgien, vivra-t-il ?

Le chirurgien, agenouillé, ne répondit pas, inspectant soigneusement les blessures et d'autres parties du corps qui ne semblaient pas lésées. Il devait exceller dans son métier car ses gestes étaient sûrs et précis.

Enfin, se redressant :

– Il vivra. Il a la peau dure car c'est sans doute à coups de botte qu'on l'a traité ainsi... Qui est-ce, exactement ?

– Joachim de Niel, comte de Valencey, prince d'Adana, capitaine de vaisseau et commandant de *La Terpsichore*.

Le chirurgien regarda avec incrédulité son patient évanoui puis :

– Quoi, ce capitaine couvert de gloire ?... Et le roi laisse faire ?

– Il l'a ordonné.

– Alors il faut changer de roi. Ou peut-être s'en passer, ce qui serait mieux encore...

Gréville avait beau connaître le chirurgien Dumet depuis longtemps, il ne pouvait s'empêcher d'admirer sa franchise ni de s'effarer de pareille imprudence.

– Qu'on fasse monter mon aide !...

Puis, à Gréville :

– L'épaule gauche est cassée. C'est franc et net. Le visage... Il conservera une cicatrice, là, du sourcil à la pommette. Le nez n'est pas vraiment cassé, l'os doit être fêlé... Il faudra que je vienne tous les jours si vous le voulez présentable pour le défilé de la victoire.

– Quelle victoire ?... demanda Gréville, l'air ahuri.

Le chirurgien envoya une amicale bourrade dans la poitrine du policier :

– Mais l'Amérique, mon cher, les Insurgents, nos frères !... Qu'imaginez-vous donc : ils ne font que nous précéder.

Gréville baissa la voix :

– Oui, quand la raison l'emportera sur les tyrans.

Les troupes d'assaut armées jusqu'aux dents, les canonniers à leurs postes prêts à faire feu et cependant nul, sur *La Terpsichore*, ne comprenait la situation.

La frégate française fondait sur le *Furious* qui semblait comme abandonné. Officiers et soldats anglais demeuraient immobiles, bras croisés.

Pas le moindre geste hostile sur ce navire, rien qui justifie un tir des canonniers ou le feu roulant des fusils.

Seul un homme, un officier, allait de l'un à l'autre en hurlant, secouant des hommes rigidifiés...

On lança les grappins.

Le premier Français qui mit le pied sur le pont du

Furious, un grenadier, reçut une balle au centre de son « bonnet d'ours » et s'effondra, tué sur le coup par l'officier agité.

Un gabier français, second à sauter sur le pont, fut tué d'un coup de sabre au travers du corps mais l'homme, un colosse, brisa la lame en tombant.

Armé d'un pistolet vide et d'un sabre cassé, secondé par un équipage aussi rigide que des statues de sel, le capitaine Dennis Milford vit les Français envahir son bateau et l'entourer par dizaines.

Ce qu'il ne perçut point, en son grand affolement, fut la gravité des regards qui s'échangeaient entre Anglais et Français.

Puis le second du *Furious* se présenta à Mahé.

– Il est à vous.

– Nous allons le juger. Demeurez, je vous prie.

L'Anglais hocha la tête.

53

Bien que ce rôle fût pour lui des plus nouveaux, et qu'il ne s'y sentît point à l'aise, Pierre-François Gréville avait envoyé un de ses hommes, vieux sous-officier de « la Secrète », avertir la marquise de La Chesnaie de Flers de la situation faite à Valencey d'Adana.

Le messager avait toute sa confiance. En revanche, il n'était pas persuadé que le prince apprécierait pareille démarche.

Gréville se demanda pour quelle raison l'amour était chose encore plus compliquée que la guerre, la politique ou la police secrète.

Il leva un regard interrogateur vers le chirurgien Dumet qu'il avait invité à dîner à l'auberge « Le Veau qui tète », un lieu très réputé, puis demanda :

– Ah ça, Dumet, que pensez-vous de l'amour ?

L'autre réfléchit un instant, puis fit l'appel des plats qu'il venait d'engloutir :

– Soupe à la bière, huîtres, poisson de la Baltique, faisans et perdrix rôtis, compote de pommes du Val de Loire, pâtisseries, café et cognac...

Il réprima un petit hoquet et ajouta :

– Êtes-vous certain de vouloir parler d'amour, cher général ?

Pierre-François Gréville sourit.

– Alors une autre fois, peut-être.

Le conseil de guerre siégea deux heures. Les Anglais, invités, avaient refusé d'y participer, acceptant cependant d'y venir pour révéler la vérité.

Outre le témoignage du second, celui de l'officier commandant l'artillerie du *Furious* se révéla capital. Blond, très grand, âgé d'une quarantaine d'années et originaire de Folkestone, il avait expliqué avoir refusé devant ses hommes le tir commandé par Milford. Celui-ci, fou de rage, était alors descendu dans la batterie pour réitérer son ordre. Calmement, l'officier avait expliqué qu'un tel tir endommagerait certainement *La Terpsichore* mais qu'à coup sûr, vu la position des bâtiments, il serait fatal au navire-hôpital *Sweet Princess.*

Se contenant avec difficulté, Milford avait alors lancé devant une dizaine de témoins :

– Au diable la *Sweet Princess*. Pour la troisième et dernière fois, tirez ou c'est la cour martiale !

La mort dans l'âme, l'officier commanda le feu.

La culpabilité de Milford dans le drame de la *Sweet Princess* étant formellement établie, le commandant du conseil de guerre, le baron Florent de Saint-Frégant, chirurgien de *La Terpsichore* et doyen des officiers du bord, poursuivit :

– Nous ne pouvons en rester là. Nos marines ont leurs codes, règles et traditions mais la marine, celle de tous les pays voguant sur toutes les mers, au-delà des drapeaux, cette marine ne connaît qu'une forme d'honneur.

Tous approuvèrent, les Anglais les premiers.

Saint-Frégant reprit, posant sur la table le livre de Milford :

– Je ne connais rien de plus répugnant que de vouloir

faire endosser à un innocent ses propres crimes. Capitaine Milford, en signant ce... cette chose, vous vous êtes placé hors la communauté des marins du monde entier.

Milford haussa les épaules.

– Votre honneur !... Vos traditions !... Votre cour martiale !... Cochons de Français, sachez que je suis entré dans la marine pour y faire carrière et si possible fortune. À n'importe quel prix !... Et j'y parviens. Le roi George III m'a parlé, à moi. Bande de nains.

– Emmenez-le !... coupa Saint-Frégant qui annonça que le conseil de guerre se retirait pour délibérer.

Le conseil de guerre siégea à huis clos une dizaine de minutes puis, devant les équipages franco-anglais, le baron de Saint-Frégant donna lecture de la sentence :

– Pour avoir délibérément coulé un navire-hôpital dont il savait en tant qu'escorteur qu'il transportait, outre les blessés et les malades, des femmes et des enfants d'officiers britanniques. Considérant en outre que le capitaine Milford a lâchement fui ses accablantes responsabilités en cette affaire, considérant par ailleurs que par perfidie et bas calcul il a accusé de son crime un capitaine connu dans toute la Royal Navy pour son humanité, le conseil de guerre réuni ce jour condamne Milford Dennis à la peine de mort par pendaison. La sentence est immédiatement exécutoire.

Moins de cinq minutes plus tard, le cadavre du capitaine Milford se balançait à la grand vergue du grand mât de *La Terpsichore*.

Le second du *Furious* s'approcha de Mahé et Lamorville.

– Je crains que tout cela ne suffise pas à blanchir votre capitaine.

– En effet. Seul votre témoignage et celui de votre officier d'artillerie devant les autorités françaises seraient irréfutables et achéveraient de persuader l'opinion de l'innocence du prince.

L'Anglais eut un geste fataliste :

– Pour cela, il faudrait que nous soyons vos prisonniers... Eh bien soit.

Le baron Guillaume de Lamorville intervint :

– Messieurs, messieurs, qui parle de prisonniers ?... Imaginons tout au contraire que, après avoir témoigné, nos deux amis anglais, j'en jurerais, parviennent à s'échapper. À Rochefort, par exemple, il n'est pas un officier ou marin qui n'accepterait de regarder ailleurs pendant que les deux hommes qui auraient rendu son honneur au prince d'Adana pousseraient la porte de leur cellule maladroitement laissée ouverte. Habillés en pêcheurs, ils seraient au large deux heures plus tard.

– Vous feriez cela ?... demanda l'Anglais.

– La marine française est tout à fait capable de ce genre d'opérations puisque, de l'amiral au dernier des mousses, vous auriez plusieurs milliers de complices.

Ainsi fut-il décidé et réalisé.

Cependant, le premier coup vint d'ailleurs, sous forme de rumeur. Elle courait en même temps en Espagne, en Angleterre, en France, en Amérique et en Italie.

Puis, avec les rapports des officiers à leurs amirautés respectives, la rumeur devint vérité officielle et l'on n'y put rien changer : la frégate *Terpsichore* avait coulé coup sur coup les vaisseaux lourds à trois-ponts *Honey Bee*, *Hornet* et *Hood*.

Dans les ports français, ce fut une explosion de joie.

Louis XVI, très contrarié, fit venir son ministre de la Marine, le duc de Castries. Le ministre pouvait à peine dissimuler sa grande colère, aussi le roi tomba-t-il mal en lui disant :

– Je ne vous félicite point, monsieur.

– Qu'y puis-je, Majesté, nous avons le meilleur capitaine du monde. Voulez-vous, Sire, que j'aille le réprimander pour ses victoires : on me dit que cette gloire de la France croupit à la Bastille.

– Sortez, monsieur !

Le second coup, le lendemain, vint d'un livre imprimé en Hollande et qui inonda Paris. Il avait pour auteur un capitaine anglais, un certain Peter Nolan commandant le *Duke of York*. Le titre, étrange, fascina le public du temps : « Les Balles d'Argent ».

Il y était conté comment un capitaine français, alors qu'il dominait l'adversaire en un rapport de cinq contre un, avait accepté un combat singulier. On y expliquait également que ce capitaine, suprême élégance, avait fait fondre sa vaisselle d'argent armoriée pour fabriquer des balles dans ce métal précieux en signe de respect et d'estime pour son adversaire. Le livre s'achevait sur un épisode où le capitaine français, tenant son adversaire à merci sous le feu de ses canons, s'était contenté de détruire le gouvernail du *Duke of York*.

L'édition anglaise, parue simultanément, connut elle aussi un très vif succès car tous les cœurs romantiques et chevaleresques, ceux des hommes comme ceux – surtout ceux-là ! – des femmes, oui, assurément, tous chavirèrent devant cette manifestation de noblesse d'un autre temps.

Dans le livre, ce capitaine français avait un nom : Joachim de Niel, comte de Valencey et prince d'Adana. Son navire s'appelait *La Terpsichore*.

Louis XVI, très mécontent, fit venir son ministre de la Police :

– Je ne vous félicite point, monsieur : n'importe quel livre peut entrer dans mon royaume.

– Hélas, Majesté.

– Que pouvons-nous faire ?

– Libérer le prince d'Adana, Sire.

– Sortez, monsieur !

Le troisième coup vint de Rochefort avec une stupéfiante nouvelle : *La Terpsichore* y avait fait une entrée très remarquée puisqu'un cadavre qui commençait à pourrir était pendu à la grand vergue.

On ordonna assez mollement à Mahé de Campagne-Ampillac de faire décrocher ce pendu. Pour toute réponse, le bord de la frégate se peupla de fusiliers, grenadiers et marins, le fusil armé.

On demanda alors à Campagne-Ampillac, avec une grande courtoisie, quelles étaient ses conditions. Il exigea que fussent entendus par le tribunal militaire de Rochefort deux prisonniers anglais.

Ce qui fut diligenté.

Le second du *Furious* et le commandant de l'artillerie de ce navire jurèrent que c'était bien leur capitaine, actuellement pendu à la grand-vergue de *La Terpsichore*, qui avait donné l'ordre de couler le navire-hôpital *Sweet Princess*.

Un amiral présidait la cour, deux autres assistaient aux débats en qualité de témoins. La marine de guerre avait tapissé la salle de ses meilleurs juristes si bien que cette audition, un modèle du genre, fut inattaquable en droit.

La cour déclara non sans audace Valencey d'Adana innocent en l'affaire de la *Sweet Princess*, lui décernant ses compliments pour s'être au contraire exposé afin de ne pas mettre en péril la vie de femmes, d'enfants et de blessés qui se trouvaient sur le malheureux navire-hôpital.

On dut enterrer Milford de nuit, dans une tombe anonyme. Il était temps, la population, furieuse, venant jeter des pierres au pendu.

Dans l'euphorie de cette heureuse issue qui, au-delà de Valencey d'Adana, lavait l'honneur de la marine française, on dut déplorer un petit incident : les deux officiers anglais parvinrent à s'échapper et gagnèrent l'Angleterre où ils furent reçus en héros.

Louis XVI, très en colère, convoqua l'amiral commandant la place de Rochefort :

– Je ne vous félicite pas, Amiral.

– Que pouvais-je faire, Sire ?... Le cadavre de ce scélérat de Milford risquait de flanquer la peste à toute la ville.

– Sortez, monsieur !

Le quatrième coup fut très sévère.

Ayant demandé audience publique, l'ambassadeur d'Espagne fut reçu avec mille grâces. Il s'était fait accompagner d'un très grand seigneur espagnol, l'amiral Juan de Montermoso, duc d'Avila et Linares. Dès que le roi lui eut accordé la parole, l'Espagnol ne mâcha pas ses mots :

– Sire, j'étais sur *La Terpsichore* au moment de l'affaire de la *Sweet Princess*. C'est sur cette frégate française qu'un excellent chirurgien m'a amputé. J'ai tout vu, et comment cette ignoble crapule de Milford fit feu sans hésiter sur le navire-hôpital *Sweet Princess* dans l'espoir d'atteindre *La Terpsichore*. Que celui qui dit le contraire et donc me traite de menteur, moi, Juan de Montermoso, duc d'Avila et Linares, amiral de la flotte de sa Majesté très catholique, que celui-là, quel qu'il soit, ait assez de... *cojones**... pour venir croiser le fer avec moi.

Le roi rit assez veulement.

Dix minutes plus tard, ivre de rage, il recevait en privé son ministre des Affaires étrangères.

– Je ne vous félicite pas, monsieur.

– Sire, pouvais-je deviner ?

– Voilà que l'innocence de Valencey éclate de tous côtés, et par mille preuves.

– C'est une excellente nouvelle, Sire.

– Sortez, monsieur !

---

* Testicules, couilles.

54

Trois longs jours s'étaient encore écoulés dans une atmosphère assez lourde. Les gazettes s'étonnaient et parfois, en termes mesurés, s'indignaient du maintien à la Bastille de Valencey d'Adana. La presse étrangère, et notamment genevoise, s'exprimant plus librement, n'y allait pas par quatre chemins. Les Anglais, toujours diaboliques, officialisaient la perte de leurs trois vaisseaux lourds, « oubliaient » quel rude adversaire était Valencey d'Adana pour louer son génie et concluait le point en dénonçant une France qui « volait au secours des Insurgents au nom de la liberté mais jetait en prison le meilleur de ses fils ».

Beau travail !

Ce matin-là, le chef de la police secrète, Pierre-François Gréville, avait dû rendre trois visites.

La première fut franchement désagréable bien que le ministre fît de louables efforts pour ne point blesser son général. Mais ce fut lui, au contraire, qui se montra agressif.

En effet, ayant longuement démontré la culpabilité dans plusieurs meurtres de Nicolas de Refroicourt, comte de Blacfort, il acheva sa péroraison d'un cinglant :

– Aucune mesure n'ayant été prise malgré mon pré-rapport, je présume, monsieur le ministre, que s'agissant de cet assassin, cette ignoble crapule, ce fou dangereux, vous allez me dire : « Bas les pattes devant Blacfort. »

Le ministre, l'air désolé, regarda Gréville avec sympathie puis répondit d'une voix lasse :

– Gréville, vous êtes le meilleur policier du royaume, un officier d'une intelligence supérieure. Vous êtes général de police à trente-cinq ans, nous avons créé la charge pour vous seul, vous avez une totale liberté dans vos opérations, nous ne vérifions jamais l'utilisation des fonds secrets et l'avenir est à vous. Voulez-vous briser une carrière si prometteuse ?

– Je cherche simplement à faire mon métier, monsieur le ministre.

Le ministre eut un vague sourire.

– Général, j'ai en cet instant la pénible impression de n'exister que pour passer vos nerfs.

Gréville, surpris, questionna :

– Mais encore, monsieur le ministre ?

– Bien, Gréville. Répondez : qui protège Blacfort ?

– Le duc d'Orléans.

– Quelle est l'attitude du roi vis-à-vis du duc d'Orléans ?

– Dans un souci d'équilibre entre les factions, souci permanent des monarchies, le roi se doit de lâcher du lest du côté du « parti anglais ».

– Ce qui rend Blacfort intouchable ?

– En effet, monsieur le ministre.

– Et, bien entendu, vous saviez tout cela que nous venons de dire avant même le début de cette conversation ?

– Bien entendu, monsieur le ministre.

– La chose vous fut-elle agréable, Gréville ?

– Des plus agréables, monsieur le ministre.

Le ministre se leva dans l'intention de raccompagner le chef de « la Secrète », privilège assez rare.

– Je suis heureux de vous avoir fait passer un bon moment de détente, général... Au fait, ne vous énervez pas sur Blacfort : il s'est prudemment fait nommer à l'ambassade de France en Suède et se trouve déjà loin.

– Le scélérat !... La canaille !...

– Bonne journée, Gréville.

Le général de police, au fond, ne se faisait guère d'illusion en visitant son ministre mais ne l'eût-il point fait qu'il en eût assurément souffert.

La seconde visite lui fut plus agréable, quoique fort brève.

En effet, le roi s'apprêtait à le recevoir entre deux portes, dans son petit cabinet. Rien là qui fût surprenant : tout Paris savait que Louis XVI, ulcéré, en faisait une affaire personnelle et rencontrait toutes sortes d'experts lui permettant de maintenir Valencey d'Adana à la Bastille.

Le souverain fut laconique, presque impoli.

– Ah, vous voilà, vous !... Eh bien, avez-vous dans vos dossiers matière contre le prince d'Adana ?

– Non, Majesté, vous m'en voyez désolé... Mais, en tant que chef de la police secrète, je connais bien l'état de l'opinion sur cette affaire.

Louis XVI, surpris, demanda :

– Quelle est-elle ?

– On ne vous comprend plus, Majesté. La triple victoire du prince sur les vaisseaux lourds anglais, son innocence éclatant dans l'affaire de la *Sweet Princess*, on s'étonne du maintien en prison et les faubourgs grondent contre vous.

– On gronde, dites-vous ?

– C'est d'autant plus désolant, Sire, que cette guerre vous rend populaire. Vous aliéner le peuple sur une question, la guerre d'Amérique, où il vous admire, constitue un paradoxe qui énerve vos plus fidèles sujets.

Le roi observa Gréville d'un regard pénétrant :

– Rappelez-moi votre nom ?

– Pierre-François Gréville, Majesté.

– Vous êtes trop intelligent. Les gens de votre condition, sans naissance, ne devraient pas être trop intelligents, c'est dangereux et contre nature.

L'air approbateur, Gréville hocha la tête.

– La nature qui distribue les rôles est parfois mal faite, Sire. C'est là une navrante évidence que je constate à tout instant.

Très content de lui et de cette insolence passée en douceur, il se rendit à la Bastille pour son seul plaisir. En effet, il ne s'inquiétait plus pour Valencey d'Adana qui se remettait étonnamment vite. En outre, un de ses policiers de la « Secrète », géant de deux mètres, dormait chaque nuit devant la porte de la cellule du prince. Enfin, en professionnel prudent, Gréville faisait venir les repas du prince de l'extérieur, de chez l'un de ses amis traiteur.

Il fut très étonné, arrivant à la Bastille, de trouver la marquise de La Chesnaie de Flers devant la porte :

– Quoi, on ne vous laisse point entrer ?... J'avais pourtant donné des ordres en ce sens !

Pris d'une rage inattendue, il tambourina à la porte qui s'ouvrit aussitôt.

C'est alors, alors seulement, qu'il réalisa que la marquise lui parlait.

– Pardon ?... Que disiez-vous ?...

– J'ai réfléchi, je ne le veux point voir en prison.

– Entrez toujours. Il m'inquiète, me faisant confidence que la Tour des Demoiselles fut le lieu de son plus grand malheur, la mort de son père, et de son plus grand bonheur : vous serrer dans ses bras. Oh, ce qu'il m'inquiète !

Il la mena à l'étage en expliquant :

– J'admets que le lieu n'est pas très heureux mais l'essentiel n'est-il point de le voir ?

– Pas captif. Pas les chaînes aux pieds.

Gréville s'immobilisa.

– Les chaînes aux pieds !... Mais je n'étais pas dans cet infect endroit depuis cinq minutes qu'on les lui ôta, ces chaînes. Enfin, tout de même !...

– Vous ne comprenez pas, monsieur Gréville. Joachim, c'est la liberté même, il n'est pas un de ses mouvements qui ne soit l'expression de la liberté...

Gréville parut tout à la fois touché et ennuyé.

– C'est que... Je sais par certaines sources que sa liberté sera assortie d'un ordre royal de départ immédiat. Il m'a confié que libre, à part une petite affaire à régler qui ne lui prendra pas plus d'une heure, il comptait se rendre à Rochefort à bride abattue. Toute la flotte française est en route pour l'Amérique sous les ordres de l'amiral de Grasse. Cette bataille navale décidera de l'issue de la guerre et il ne voudrait pas manquer cela. Mais surtout, il veut fuir Paris.

– Peut-être pourrais-je le voir durant cette heure dont vous parlez ?

S'étant approché d'un carreau, le policier regarda machinalement dans la cour et s'exclama :

– C'est lui !... Il est fou !...

Ne portant que ses culottes blanches d'officier et ses bottes, Valencey d'Adana, une épaule bandée, se lavait le torse, les aisselles et le visage. Très inattendu de sa part, il chantait à tue-tête, au reste assez faux.

Gréville commenta :

– Nous avons de la chance, il commence toujours par le bas, remet ses culottes et ses bottes puis s'affaire sur la partie supérieure. Le corps nu, par ce froid : il est fou !

Victoire regarda l'homme qu'elle aimait avec un sourire tout d'indulgence et de tendresse.

– Tout petit garçon, déjà, il ne se lavait qu'ainsi, même sous la neige, même lorsqu'il devait casser la glace à la hache.

– Donc, il est fou depuis toujours !

Sans même regarder le policier, fascinée par le spectacle de Joachim qui s'aspergeait généreusement d'eau glacée avec sa main valide, elle répondit :

– Il n'est pas fou, il est différent des autres. C'est bien pour cela que nous l'aimons, n'est-ce pas monsieur Gréville ?

Le général de la « Secrète » bougonna :

– Il y a sans doute un peu des raisons que vous dites, madame. Sans doute, sans doute !...

Un étage plus bas, un géant tendit avec respect une serviette au capitaine de *La Terpsichore* qui s'essuya méticuleusement.

Furieuse, Victoire lança :

– Regardez les brutes qui le gardent !... Et celui-là au front bas, l'air stupide, des yeux de veau, des...

Gréville l'interrompit :

– Heu... C'est un de mes meilleurs hommes, madame. Il répond sur sa tête de la sécurité du prince.

Victoire pouffa, puis :

– Il me paraît soudainement beaucoup plus intelligent.

Valencey d'Adana enfila sa vareuse bleue à parements rouge et or puis coiffa son tricorne.

Victoire s'éloigna vivement de la fenêtre afin de n'être point vue de Valencey d'Adana s'il venait à lever la tête, puis :

– Monsieur Gréville, je suis descendue à « L'Écureuil doré ». Faites-moi prévenir, je vous en prie...

Gréville réfléchit un instant, puis :

– Le roi ne peut plus le garder à la Bastille mais, pour éviter la liesse populaire, il le fera libérer à l'aube. Demain, à tout hasard, levez-vous de bien bonne heure.

La jeune femme à peine partie, Gréville se rendit dans la cellule du capitaine de *La Terpsichore* lequel, allongé, abaissa un livre de mathématiques.

– C'est pour demain, à l'aube. L'ordre de libération arrivera avec un autre, de la main du roi : vous devrez rejoindre immédiatement votre vaisseau, sous peine de graves sanctions.

Valencey d'Adana posa le livre et se leva.

– Et notre affaire ?

– Le ministre de la Guerre a grincé des dents mais la demande est justifiée. Ils attendent tous les sept dans une caserne de l'est de Paris.

– Mes hommes ?

– Les six hommes que vous avez désignés sont arrivés.

– Merci, monsieur Gréville. Ainsi, les choses sont régulières.

– D'autant que vous les auriez faites de toute façon, n'est-ce pas ?

– C'eût été inévitable, monsieur Gréville. Ah, et merci aussi pour la lettre de Suède : ce pauvre Nicolas commet toujours autant de fautes d'orthographe...

– Y a-t-il une réponse ?

– Oui. Mais orale car je deviens méfiant avec ce régime pourri. Faites dire à Blacfort par un de vos hommes en Suède que nous nous retrouverons. Et qu'il n'y survivra pas, je le jure.

– C'est bien court.

– C'est suffisant.

– Pourquoi souriez-vous ?

– C'est votre faute, enfin, celle de cette lettre. Blacfort est si vaniteux à se vanter de sa vengeance qu'il vient de changer ma vie : la vie est belle, monsieur Gréville. Lisez...

Il tendit à Gréville, qui mourait d'envie d'en prendre connaissance, la lettre de Blacfort.

Bien Cher Joachim,

Tu es la plus curieuse rencontre de ma vie. Étonnante. Troublante, si troublante !... Bien entendu, je te tuerai un jour, sans doute après cette guerre mais il n'empêche, comme tout cela est étrange. Je t'ai aimé dès que je t'ai vu, et c'est bien la seule chose que je partage avec Victoire. Aimé et haï de n'être pas comme toi si drôle, si brillant, si simple. Haï surtout de ne te point avoir à moi seul.

À quatorze ans, un jour étouffant d'août, tandis que nous jouions avec Mahé, tu m'as jeté dans la pièce d'eau du château. Il faisait si chaud que ce fut très agréable et vous m'avez rejoint.

Mais pour me jeter à l'eau, tu m'as pris dans tes bras. Fatale erreur !... Oh, comme je m'en souviens, bien que ce meilleur instant de ma vie fût si bref !... Dès que tu me soulevas de terre, que je fus tenu fermement, mes bras autour de ton cou et tes mains serrées sur mes cuisses, mes forces m'abandonnèrent complètement, je me laissai totalement aller en un abandon délicieux, suave et frissonnant que je n'ai jamais retrouvé depuis ni avec les femmes, ni avec les hommes, et pas davantage avec ces petites filles que j'affectionne tant aujourd'hui. Bien entendu, tu ne t'aperçus de rien mais, ce jour-là, tu m'as soumis et je ne désirais qu'être ton esclave.

Comme je t'ai aimé. Ta façon de mettre le pied à l'étrier, de reposer un verre, j'aimais tant tes gestes, tous tes gestes, à la fois violents et gracieux. J'aimais tout de toi. Ton sourire irrésistible, la sueur que j'aurais voulu lécher sur ton front, tes inoubliables yeux gris-vert, parfois plus gris que vert quand tu es ému : allons, je suis certainement le seul à l'avoir remarqué car moi seul ai su t'aimer.

Mais tu m'as trahi, odieusement trahi. Tu n'as pas vu ma passion. Tu t'es mis à aimer Victoire et, en amitié, à me préférer ce rustaud de Mahé qui est sans naissance.

Alors, voilà treize ans, sentant que je perdais pied auprès de toi, j'ai consenti un grand sacrifice – une véritable preuve d'amour – afin de t'attacher durablement à moi. Cette fameuse séance à l'épée... Tu n'as jamais été responsable. Ce pas de trop, ce pas qui m'a coûté un œil, je l'ai fait à dessein, en toute conscience. Nous croisions le fer depuis si longtemps, je savais qu'en avançant, en faisant ce pas de trop, tu me toucherais à l'œil.

Et je savais qu'en agissant ainsi, je t'attachais à moi pour toujours... Ou presque.

Voilà, j'ai allumé cette mèche il y a treize ans et voilà treize ans qu'elle te consume. Je t'ai vu changer, nous priver de ton beau sourire, t'enfermer dans le devoir, l'honneur, tous ces mots stupides. Quel bonheur !... Moi, moi seul, je t'imprimais une empreinte durable que tu ne pouvais effacer. Orientant ta vie, j'en prenais possession.

Notre belle histoire s'achèvera lorsque je te la prendrai enfin, et définitivement, cette vie. Ainsi, la boucle sera bouclée et tu seras à moi pour toujours car n'en doute pas, Joachim : je te tuerai.

Nicolas

Gréville, soudain très pâle, reposa la lettre, l'air stupéfait :

– Il est fou, totalement fou. Et... Il est pervers, répugnant !

– Vaniteux, je vous l'ai dit. Quant à moi, c'est comme si je sortais de prison. Oh, pas celle-ci, pas la Bastille avec ses barreaux et ses murs épais : celle-ci est presque reposante. Je parle d'une autre prison, bien plus redoutable. Mais c'est assez pour aujourd'hui, je crois.

Gréville s'approcha de la porte puis se retourna vivement.

– La marquise ne rêve que de vous voir demain, avant votre départ.

Valencey d'Adana, un instant désemparé, se reprit et sourit mais sa voix tremblait légèrement :

– Mais certainement. Arrangez cela, voulez-vous ?

Puis, de manière très inattendue, il se pencha vers l'oreille du général de police.

– Mais n'en soufflez mot aux espions de Nicolas, il nous ferait encore une crise de jalousie...

Ils éclatèrent de rire.

55

On se retrouva à l'aube, dans une clairière, à proximité d'un petit bois. À l'est, on voyait des prés et des saussaies, à l'ouest, des vaines pâtures tandis qu'au sud des baliveaux occupaient l'espace.

Vingt hommes de troupe de la police secrète en campagne, armés jusqu'aux dents et la cocarde rouge et violet au chapeau attendaient, dissimulés dans le bois, prêts à intervenir en cas d'irrégularité. À leur tête, Pierre-François Gréville accompagné de Victoire de La Chesnaie de Flers.

Sur le pré, sept officiers et sous-officiers du régiment de Flandres et, face à eux, sept hommes vêtus de l'uniforme de la marine royale.

Entre les deux factions, quelques hommes de régiments neutres et un amiral veillaient au bon fonctionnement des duels.

Le capitaine du régiment de Flandres qui avait frappé un Valencey d'Adana enchaîné lui était opposé, chose jugée par tous comme fort naturelle. Pour les autres, le tirage au sort devait décider.

Ce qui changea peut-être le cours des événements tint à un détail que nul n'avait envisagé, et que bien peu remarquèrent.

Libéré de la Bastille aux premières lueurs de l'aube, Valencey d'Adana avait été mené directement au lieu où devaient se dérouler les duels si bien que c'est là qu'il retrouva ses officiers.

Et ces retrouvailles furent si émouvantes, si sincères et manifestaient tant d'amitié et d'estime que les officiers « neutres » en furent émus, et certains aux larmes.

De leur côté, les sept hommes du régiment de Flandres ne pouvaient rien opposer à cela. Point d'amitié entre eux, mais des convergences accidentelles d'intérêts, quelques souvenirs de beuverie ou de visite au bordel.

C'est ainsi que d'emblée, sans le savoir, les marins prirent un ascendant sur leurs adversaires.

À cela s'ajoutait une étrangeté, le spectacle de tous ces uniformes de marine, ici, si loin de toute mer, si inhabituel, si rare, qu'on était tenté de prendre le parti de la nouveauté qu'ils représentaient.

Valencey d'Adana et le capitaine du régiment de Flandres se faisaient face, sabre contre épée, et aucune partie ne s'en plaignait, chaque arme ayant ses avantages.

Valencey d'Adana nota le regard fuyant de son adversaire et sut que de duel, il ne serait pas vraiment.

Il lança cependant :

– C'est l'épaule droite que tu aurais dû me fracasser, imbécile !

– Tu vas crever, chien.

Au signal, un mouchoir blanc lancé et qui touchait terre, le fantassin se rua sur le marin qui avança sur l'attaque. Le sabre de Valencey d'Adana traversa l'œil gauche de son adversaire et ressortit par l'arrière du crâne.

Dans le petit bois, Gréville lança à Victoire :

– J'espère, madame, que vous n'avez pas même eu le temps d'avoir peur.

– Il ne se battra plus, c'est l'essentiel. Mais il y a Mahé, et tous les autres...

– Cela, madame, c'est autre chose.

Guillaume de Lamorville, baron commandant l'artillerie de *La Terpsichore*, ne quittait pas des yeux celui que le hasard lui avait opposé. Il le regardait sans cesse, comme s'il l'allait manger. Vieille technique des combats de marins dont son adversaire, tout à sa terreur, ne savait rien.

À la seconde passe, le bras du fantassin fut si profondément entaillé qu'on le dut amputer. Au moins celui-là sauvait sa vie.

Dès le troisième combat, avant même qu'il ne commence, le moral des marins se trouvait au zénith quand celui des fantassins du régiment de Flandres tombait au plus bas.

Mahé faisait face à un officier d'une trentaine d'années lequel, peu auparavant, l'avait vu effectuer quelques passes d'arme avec Lamorville afin de s'échauffer.

L'homme savait n'avoir aucune chance ; aussi, dès que le mouchoir toucha terre, planta-t-il son épée dans le sol en croisant les bras.

Cet homme, aussitôt chassé de son régiment pour lâcheté, sauvait lui aussi sa vie.

Pour le quatrième combat, Jacques Dumesnil, maître d'équipage, était opposé à un colosse qui parvint à le blesser à l'épaule mais Dumesnil, feintant, le blessa à son tour au côté.

Ici, le problème était nouveau car les deux adversaires faisaient jeu égal. Un embarras supplémentaire venait du fait que l'une et l'autre partie étaient tombées d'accord pour qu'on n'arrêtât pas de modalités précises, ni combat à mort, ni arrêt au premier sang. Mais les choses s'éternisant, l'amiral et le colonel commandant le régiment de Flandres se consultèrent, constatèrent l'état d'épuisement des deux adversaires et décidèrent d'arrêter le combat sur le constat d'un jeu égal.

Le cinquième combat opposait un sous-lieutenant poudré, parfumé et perruqué du régiment de Flandres au sergent Hyppolite, ancien esclave libéré et affranchi par Valencey d'Adana.

L'officier d'infanterie fit des difficultés, s'exclamant :

– Je ne me bats point contre cette sorte de singe !

On tenta de le raisonner, il s'entêta :

– Non mais regardez-moi ce moricaud noir comme le cul du diable !... Me battre contre ce nègre est indigne de mon rang.

Le colonel commandant le régiment, assez gêné, le vint trouver :

– Lieutenant, le prince d'Adana a choisi parmi les hommes de son équipage et celui-ci en fait partie. Si vous refusez de combattre, vous serez déclaré forfait, donc accusé de lâcheté. Dès cet instant, je serai contraint de vous chasser du régiment. Je ne vous cache pas qu'un lâche suffit à ma honte pour ce matin, et vous somme donc de combattre.

– Soit !... Je me rends à vos raisons mais je vais vous le couper en plusieurs morceaux pour nourrir mes chiens.

Le sergent Hyppolite, qui n'avait rien perdu de cette conversation, lança :

– Allons, assez parlé, cul-blanc.

Le sous-lieutenant, outré, se tourna vers son colonel :

– Le moricaud m'a traité de « cul-blanc » !

Le colonel s'énerva un peu, d'autant que l'amiral affichait un sourire sarcastique.

– Lieutenant, cet homme a énoncé une incontestable vérité, à savoir que votre cul est blanc et non rouge, violet ou bayadère. Si vous considérez cela comme une insulte, nourrissez-en votre ardeur. Mais en combattant, nom de Dieu !

Le sous-lieutenant soupira, puis se mit en garde de façon très académique, voire affectée.

À peine le mouchoir blanc avait-il touché le sol que le jeune homme sentit quelque chose de chaud sur le côté gauche de son crâne, puis à droite mais, n'éprouvant aucune douleur, il continua à se battre contre un sergent Hippolyte devenu assez indifférent, comme si ce combat ne l'intéressait plus.

« Ce nègre fait vraiment n'importe quoi !... » songea le jeune sous-lieutenant.

Puis, presque par hasard, il distingua quelque chose sur le sol et pensa : « Tiens, une oreille !... Et là, une seconde !... C'est étrange toutes ces oreilles dans l'herbe, on devrait les mettre ailleurs, tout de même !... »

Pris d'un doute, il porta une main incertaine à son oreille gauche, poussa un hurlement, jeta son épée et hurla :

– Mes oreilles !... Mes oreilles !...

Et, bras levés vers le ciel, il s'enfuit ainsi vers les saussaies.

Le colonel du régiment de Flandres, assez gêné, s'approcha d'Hyppolite et désigna les oreilles blanches dans l'herbe verte :

– Les voulez-vous conserver, sergent ?

– C'est que je n'en ai point l'usage, monsieur.

– À votre convenance, sergent.

Et, d'un geste discret, le colonel fit signe à son ordonnance de ramasser les deux oreilles.

Le sixième combat opposait Diego Quetzalcóatl à

un caporal d'aspect sournois mais qu'on avait vu, peu auparavant, s'échauffer à l'épée avec brio.

On redoutait le pire chez les marins, on eut tort.

En effet, ce combat fut le plus bref.

D'un coup de sabre si rapide qu'on se demanda s'il avait été donné, Diego Quetzalcóatl brisa l'épée de son adversaire. Puis, dans un geste d'une extraordinaire vitesse, il plongea son couteau de silex dans le cœur du fantassin qui mourut sans rien comprendre, percevant cependant le bruit de ses côtes brisées par la pierre.

On aligna son cadavre à côté de celui de son capitaine.

Le dernier combat opposait un lieutenant massif au frêle Bernardin des Essarts, marquis de La Mellerie, jeune enseigne sur *La Terpsichore*.

Valencey d'Adana n'était point certain de son choix. Il tenait le beau jeune homme en haute estime mais celui-ci croyait beaucoup moins en lui-même que son chef.

Atteint du « Haut-Mal », La Mellerie vivait dans la terreur permanente qu'une crise ne se déclenche précisément lors d'un combat. Cette terreur lui avait fait perdre confiance en lui, et c'est justement pour cette raison que Valencey d'Adana l'avait désigné.

La Mellerie, intérieurement terriblement flatté d'avoir été choisi par le prince qu'il vénérait, savait en outre que son adversaire était un de ceux qui s'était montré le plus prodigue en coups de botte quand Valencey d'Adana, enchaîné, était à terre.

Il manifestait cependant un très grand calme.

Se rendant au combat, il faucha d'un coup de sabre un chardon peu développé encore et il y fallait beaucoup d'habileté.

Le lieutenant qui lui était opposé ne s'y trompa pas.

Fainéant, il fuyait l'exercice quand La Mellerie, malgré ses vingt-cinq ans, avait déjà derrière lui vingt-deux combats navals, dont trois abordages.

Le mouchoir toucha le sol.

Le lieutenant d'infanterie, spéculant sur sa force qu'il savait son principal atout, se rua en avant.

La Mellerie plia, recula, et quand on ne l'attendait plus contre-attaqua d'un coup de sabre d'une telle violence qu'il sectionna la main tenant l'épée.

Le colonel du régiment de Flandres baissa la tête, l'amiral souleva son tricorne empanaché.

À cet instant, Gréville et Victoire, à cheval, sortirent du bois...

56

Ils s'étaient éloignés, main dans la main, comme autrefois la petite fille et le garçon plus âgé de cinq ans.

Loin derrière, les hommes du régiment de Flandres quittaient le terrain en emportant leurs morts et leurs blessés.

Gréville avait renvoyé sa troupe de police et attendait près des chevaux en compagnie des six marins de *La Terpsichore*.

Valencey d'Adana avançait tête baissée, mal à l'aise :

– Je sais bien qu'elle ne m'aimait pas, qu'elle ne pouvait aimer personne et ce n'était pas sa faute. Pauvre Pauline...

– Et toi, l'aimais-tu ?

Il la regarda et sourit.

– Je n'ai jamais aimé que toi, n'en aimerai jamais une autre et tu le sais très bien.

Il devina sa prière et la devança :

– Je suis au fond un homme lent, un homme d'études tombé par hasard dans l'action. Ce n'est pas Pauline et sa fin atroce, ce n'est pas l'ignoble trahison de Nicolas et tous ses crimes, c'est plus simple, Victoire, tellement plus simple : cela vient de moi. J'ai peur, bien qu'aujourd'hui le monde soit pour moi plus lumineux qu'hier.

Sans lui lâcher la main, elle lui fit face.

– Peur de moi ?

– Non, de mon amour pour toi... Et comment m'y prendre car je suis terriblement maladroit.

– Mais Joachim, pourquoi ?... Je t'aime en retour aussi fort que tu m'aimes, tu sais cela, tu le sais depuis toujours. Je ne te trahirai jamais !... Jamais !... Jamais !... Je mourrai pour toi à l'instant, sans réfléchir, sans hésiter. Tu es toute ma vie, tous les instants de ma vie, tous les ciels déchirants de beauté, tous les soupirs et les étoiles lointaines, tout ce qui me bouleverse et me fait rêver. Je t'en prie, Joachim, ne me repousse pas. Je n'ai aucune fierté avec toi : je ne peux pas vivre sans toi, chaque jour est une horreur, chaque matin sans toi je retourne au tombeau... Je suis comme une morte, Joachim... sans toi !

– Mais... le voudrais-je – et combien je le veux ! –, il y a aussi cette guerre et le roi qui me chasse de France. Je peux être tué demain, toute la flotte anglaise est à mes trousses, les rois de France et d'Angleterre me détestent : tout cela, il faut que tu le saches...

– Mille, cent mille ennemis : c'est cent mille raisons de t'aimer si une seule ne suffisait : Joachim, je t'ai choisi et tu m'as choisie. Nous étions de si petits enfants et nos sentiments n'ont jamais changé...

– Je t'en prie, laisse-moi finir cette guerre. Je ne peux déserter, je n'y survivrai pas.

Victoire baissa la tête.

Il ôta ses gants gris perle et prit délicatement le visage de la jeune femme dans ses mains.

– Je la terrasserai, cette peur. D'ailleurs, déjà elle s'estompe. Demain, elle tombera en poussière car elle n'est plus qu'une sale habitude. Tu es ma vie, Victoire, je veux être à tes côtés mais en homme enfin libre de s'abandonner à toi. Plus que tout, je ne veux pas... je n'ai pas le droit de gâcher notre amour.

Elle ne put dissimuler ses larmes mais, d'un signe de tête, elle désigna la clairière en disant :

– Ils t'attendent. Eux aussi ils t'aiment. Seuls les magiciens sont comme toi adorés et haïs. Pars, mon beau prince, et garde-toi de tous côtés...

– Je reviendrai, Victoire. Ils ne m'auront pas.

– Va-t'en vite, j'ai si mal...

Il l'embrassa longuement, plus longuement encore que cette autre fois sur la Tour des Demoiselles. Et c'était si merveilleux qu'une tempête se déchaîna en son esprit : rester, partir, rester... Il ne savait plus.

Elle devina son hésitation mais ne le voulait près d'elle qu'épanoui et heureux.

– Va-t'en vite, Joachim, c'est trop dur pour nous deux, je t'en supplie... Je t'attendrai toute ma vie !

Il lui embrassa les mains et tourna les talons mais lui eût-elle dit « reste » qu'il ne serait point parti et le sachant sans pour autant le dire, c'est en cela qu'elle l'aimait follement et d'une façon sublime.

Il allait à grands pas, ses hautes bottes noires mouillées de la rosée du matin.

Brusquement, il fit demi-tour, revint sur ses pas et l'embrassa de nouveau, puis :

– Victoire, je dois partir, je n'ai pas le choix. Mais je reviendrai vivant, je te le jure. Je veux t'aimer comme j'en ai rêvé c'est-à-dire en te donnant tout mon temps, tous mes instants. Je ne veux te partager avec rien, ni la guerre, ni même une révolution. Ma chérie, comprendras-tu enfin si je te dis : à l'instant où nous serons l'un à l'autre, je ne remettrai plus le pied sur le pont d'un navire de toute ma vie... sauf si tu es avec moi ?

Elle le crut. Ils s'embrassèrent encore puis elle lui souffla :

– Va, mon amour, garde-toi de tout. Je t'aime !

Il la souleva de terre, l'embrassa une dernière fois et lui murmura :

– Je t'aime. Il en sera ainsi jusqu'à mon dernier souflle.

Puis il rejoignit ses amis et monta à cheval, imité à la seconde près, en des gestes simultanés, par les six officiers et sous-officiers de marine.

Au dernier instant, il regarda le général de police avec sympathie :

– Vous avez été très bon pour moi, monsieur Gréville, et je vous en remercie mais, plus que tout, je vous en prie : prenez soin d'elle !

– Je veillerai sur elle. Vous savez, je crois, mieux que quiconque, la valeur de ma vigilante amitié !... répondit-il en souriant.

Les cavaliers s'élancèrent. La route est longue et fatigante jusqu'à Rochefort.

Ils allaient vers la guerre d'Indépendance américaine, mais, injustement proscrits, vers d'autres guerres encore et d'autres temps. Lorsque les trônes d'Europe vacillèrent, que la tête du roi roula dans le panier de son, que la guerre civile et la guerre aux frontières firent rage tandis que la Convention nationale déclarait la Patrie en danger et décrétait la Terreur, ils revinrent.

Sans-culottes, Chouans, Ci-Devant, espions, tueurs, Anglais, réfractaires, Vendéens, fanatiques des deux bords : on les attendait.

Valencey d'Adana savait qu'il retrouverait Blacfort mais cette fois, tous deux étaient au moins d'accord sur une chose : il n'y aurait qu'un survivant.

Il savait surtout qu'il allait revoir Victoire et s'était

juré de lui prendre la main pour ne la plus jamais lâcher de sa vie.

Mais était-ce si facile à l'ombre immense, terrible et menaçante de la guillotine et des pelotons d'exécution des Blancs ?

Or donc, c'est là bien d'autres aventures fort dangereuses et mouvementées avant que d'arriver à la fin de cette longue histoire...

Frédéric H. Fajardie dans Le Livre de Poche

Les Foulards rouges n° 15346

Au Palais-Royal, un homme surgit, sauvant la vie du cardinal Mazarin. Il est comte, général d'artillerie, et s'appelle Loup de Pomonne, seigneur de Nissac. Nul ne l'a vaincu à l'épée, aucune armée ne l'a jamais défait. A la demande de Mazarin, Nissac monte une petite troupe, « Les Foulards rouges », curieux mélange d'aristocrates et de galériens. Sabotages, missions secrètes, duels au clair de lune, guets-apens, tombes profanées, enlèvements, trésors exhumés, rien n'y manque, pas même la lutte acharnée entre deux femmes éblouissantes de beauté, pour gagner le cœur de Nissac. En cette époque étrangement moderne où les dames montent à cheval, l'épée au côté, et se battent en duel, où deux très grands écrivains français – le cardinal de Retz et La Rochefoucauld – luttent pour la Fronde, un autre péril menace... Le visage caché par un masque d'argent, un homme appelé l'Ecorcheur terrorise villes et campagnes et va croiser la route de Nissac. D'une plume élégante, Frédéric H. Fajardie signe une splendide épopée, entre thriller historique et roman de cape et d'épée, avec l'ambition déclarée de chasser jusqu'au souvenir du mot « ennui », nous faire trembler, rire, pleurer, rêver... et passer quelques nuits blanches avec un livre romantique et captivant.

Le Loup d'écume n° 37060

Un sous-marin fantôme de la Seconde Guerre mondiale sème la terreur dans l'Atlantique : catastrophes et attentats sanglants s'enchaînent ; des centaines d'agents « dormants » et de terroristes attaquent tous azimuts. La tension internationale atteint son point de rupture... En face, malgré les bruits de bottes, deux hommes remontent patiemment la filière. Mais pourront-ils deviner que, d'outre-tombe, de grands dirigeants nazis et communistes des années 1930 ont déclenché une formidable bombe à retardement ?

Le Voleur de vent n° 30095

Décembre 1609 : deux cavaliers approchent d'un château en ruine où se trame un terrible complot. Le premier est l'un des hommes les plus puissants du royaume des lys. Son acolyte, un moine défiguré, est sans doute ce que le mal a produit de plus raffiné depuis des siècles. A ses ordres, une troupe de loups-garous attend son heure pour participer à la rage meurtrière qui va secouer le pays pendant les six mois qu'il reste à vivre au roi Henri IV. Et, pour mieux assurer l'infamie, à Paris, ils sont douze conjurés, les fleurons de la cour, qui se réunissent pour fermer autour du roi trois cercles de fer et de mort. Mais c'est compter sans Thomas de Pomonne, comte de Nissac et amiral des mers du Levant, aussi à l'aise au sabre qu'à l'épée, aussi redoutable sur terre que sur l'eau. Entouré de rudes compagnons, fidèle à un roi qui, le premier, reconnut la liberté de conscience, Nissac tentera de le sauver. D'une plume élégante, dans la veine des *Foulards rouges*, Frédéric H. Fajardie signe ici une époustouflante épopée entre thriller historique et roman de cape et d'épée qui devrait faire trembler, rire, pleurer et rêver.

Du même auteur

ROMANS

LE VOLEUR DE VENT (Lattès)
LES FOULARDS ROUGES (Lattès)
UN PONT SUR LA LOIRE (La Table Ronde)
CIAO, BELLA, CIAO ! (La Table Ronde)
LA MANIÈRE DOUCE (La Table Ronde)
JEUNES FEMMES ROUGES TOUJOURS PLUS BELLES (La Table Ronde/Poche)
AU BORD DE LA MER BLANCHE (Gallimard)
QUADRIGE (Gallimard/Folio)
UNE CHARRETTE PLEINE D'ÉTOILES (Gallimard/Folio)
UN HOMME EN HARMONIE (Gallimard/Folio)
DES LENDEMAINS ENCHANTEURS (Actes Sud/Poche)
FRIVOLITÉS D'UN SIÈCLE D'OR (Julliard)

ROMANS NOIRS

FULL SPEED (Les Équateurs)
PATTE DE VELOURS (La Table Ronde)
TUEURS DE FLICS (La Table Ronde/Poche)
LA NUIT DES CHATS BOTTÉS (La Table Ronde/Poche)
SNIPER (La Table Ronde/Poche)
LA THÉORIE DU 1 % (La Table Ronde/Poche)
LE SOUFFLE COURT (La Table Ronde/Poche)
POLICHINELLE MOUILLÉ (La Table Ronde/Poche)
AU-DESSUS DE L'ARC-EN-CIEL (La Table Ronde/Poche)
LE FAISEUR DE NUÉES (La Table Ronde/Poche)
BROUILLARD D'AUTOMNE (La Table Ronde/Poche)
L'ADIEU AUX ANGES (La Table Ronde/Poche)
CLAUSE DE STYLE (Gallimard/Folio)

BLEU DE MÉTHYLÈNE (Gallimard/Folio)
SOUS LE REGARD DES ÉLÉGANTES (Gallimard/Folio)
APRÈS LA PLUIE (Gallimard/Folio)
GENTIL, FATY ! (Actes Sud/Poche)
QUERELLEUR (Actes Sud/Poche)
LES ENFANTS DE LUNE (Denoël)
LE LOUP D'ÉCUME (Albin Michel)
REINES DANS LA VILLE (Baleine/Le Seuil)
LES HAUTS VENTS (Librio)

Nouvelles

ÉGÉRIE LÉGÈRE (La Table Ronde)
LA LORETTE HALLUCINÉE (La Table Ronde)
PERDRE LA PAUSE (La Table Ronde)
LE LOUP PAR LES OREILLES (Le Rocher)
UN DIMANCHE ANGLAIS (Le Rocher)
CENDRES ET SANG (Le Rocher)

Documents

METALEUROP, PAROLES OUVRIÈRES (Mille et une Nuits)

Sur Frédéric H. Fajardie

Jérôme Leroy : FRÉDÉRIC H. FAJARDIE, Le Rocher, collection « Domaine Français », 1994.

Composition réalisée par IGS-CP

Achevé d'imprimer en mai 2006 à Bardelone – Espagne par
LIBERDUPLEX
N° d'éditeur : 70241
Dépôt légal – 1re publication – mai 2006
Librairie Générale Française – 31, rue de Fleurus – 75278 Paris cedex 06

31/1521/9